〖中华诗词存稿·名家专辑〗
中华诗词学会 编

颍川诗草

陈文玲著

中国书籍出版社
China Book Press

图书在版编目（CIP）数据

　　颍川诗草 / 陈文玲著 . — 北京：中国书籍出版社，
2020.9
　　（中华诗词存稿）
　　ISBN 978-7-5068-7992-7

　　Ⅰ . ①颍… Ⅱ . ①陈… Ⅲ . ①诗词—作品集—中国—
当代 Ⅳ . ① I227

　　中国版本图书馆 CIP 数据核字 (2020) 第 177405 号

颍川诗草

陈文玲 著

责任编辑	毕　磊	
责任印制	孙马飞　马　芝	
封面设计	采薇阁	
出版发行	中国书籍出版社	
地　　址	北京市丰台区三路居路 97 号（邮编：100073）	
电　　话	(010) 52257143（总编室）(010) 52257140（发行部）	
电子邮箱	eo@chinabp.com.cn	
经　　销	全国新华书店	
印　　刷	北京虎彩文化传播有限公司	
开　　本	710 毫米 ×1000 毫米　1/16	
字　　数	415 千字	
印　　张	27.25	
版　　次	2020 年 11 月第 1 版　2020 年 11 月第 1 次印刷	
书　　号	ISBN 978-7-5068-7992-7	
定　　价	278.00 元	

作者简介

陈文玲，著名经济学家，诗人、书法家。国务院研究室原司长，研究员，博士生导师，中国国际经济交流中心总经济师、执行局副主任、学术委员会副主任；国务院深化医药卫生体制改革专家咨询委员会第一届委员、国务院食品安全委员会第一届专家委员。南开大学、北京师范大学、对外经贸大学博士生导师；中国文化研究会、中国市场学会、中国商业经济学会、中国物流学会、中国太平洋学会、中国城市经济学会副会长。中华诗词学会副会长，中华诗词学会女子工作委员会常务副主任；中国书法家协会会员。

笔名颖川。出版《颖川吟草·陈文玲诗词选》《颖川诗草·陈文玲诗词选》《颖川诗词（三）》《颖川诗词（四）》《颖川放歌·陈文玲现代诗歌选》《陈文玲诗词书法》《颖川乐平诗画集》等集多部。获文化部创作精品奖等国家级奖多次。

作者从事经济研究、国家战略研究和政策研究成绩卓著。出版学术著作、译著30余部，发表论文600余篇。研究成果获国家级奖励、部级奖励30余项。曾获中央国家机关五一劳动奖章，中国改革开放30年在流通领域做出突出贡献的人物，中国智库领军人物等荣誉。

总　序

　　我们这个诗歌大国有一个很好的传统，历来注重"采诗"、搜集整理诗歌材料。作为唯一的全国性诗词组织的中华诗词学会，自 1987 年 5 月成立以来，就十分重视这项工作。学会每年的学术研讨会和历届"华夏诗词奖"，都出版论文集和获奖作品集。纪念学会成立二十年、三十年时，还专门编辑出版了《大事记》《论文选集》《诗词选集》。《中华诗词》创刊以来，每年都制作年度合订本。2007 年 5 月，在北京天识东方文化艺术传播有限公司的资助下，以近代以来诗词创作、诗词理论、诗词运动重要文献汇编，当代名家个人作品专集等为主要内容，出版了《中华诗词文库》。经过十来年的编辑整理，已经出了近百卷。这些诗集、文集的出版，记录了近百年来尤其是改革开放四十多年来，中华诗词从起步、复苏走向复兴的砥砺前行的历程，为近、当代诗歌史的撰写准备了丰富的资料。

　　党的十八大以来，中华民族优秀传统文化重新受到应有的重视。习近平总书记《念奴娇·追思焦裕禄》词和《军民情》七律的相继发表，引领中华大地诗潮滚滚而来。《中共中央关于繁荣发展社会主义文艺的意见》和中办、国办《关于实施中华优秀传统文化传承发展工程的意见》，都明确提出"加强对中华诗词、音乐舞蹈、书法绘画、曲艺杂技和历史文化纪录片、动画片、出版物等的扶持。"国家教育部组织制定由中华诗词学会起草的新中国语言体系中的新韵书《中华通韵》已经通过国家语言文字工作委员会语言文字规范标准审定委员会审定，即将颁布全国试行。这些都使我们真切地感受到，中华诗词的春天真的到来了。诗人们乘着骀荡春风，正以高昂的激情，书写着中华民族伟大复兴的新时代、新史诗，国家富强、民族振兴、人民幸福的中国梦；正以与人民同呼吸、共命运的诗人之心，对人民的欢乐、人民的忧患、人民的情怀给以诗意的表达；正以"美"或"刺"的诗人之笔，对市场经济大潮中人民对幸福生活的期待，对美好未来的希望，对假丑恶的深恶痛绝，或给以方向，或给以赞美，或给以鞭挞。正如习近平总书记所指出的："好的文艺作品就应该像蓝天上的阳光、春季里的清风一样，能够启迪思想、温润心灵、陶冶人生，能够扫除颓废萎靡之风。"

当前，传统诗词创作者和诗词爱好者队伍发展迅速，已超过三百万。每天创作的诗词作品超过唐诗、宋词、元曲的总和。诗词评论研究队伍也成长很快，诗词评论、诗词学、诗词创作理论研究成果丰硕。如何从浩如烟海的诗词作品中"淘"出优秀作品，并使之存下来、传下去，如何使诗词研究理论成果"面世"并发挥应有的指导作用，确实是摆在我们面前的无可回避的一个重要课题。中华诗词学会是一个没有国家编制，没有国家拨款的社会团体，事业的运转主要靠社会赞助和会员费支撑。俊识（北京）文化传媒有限公司总经理吕梁松、北京采薇阁总经理王强，两位一直是对中华传统文化情有独钟的热心人，慷慨解囊，愿意同中华诗词学会一起，搜集整理编辑推出《中华诗词存稿》这套书，共同为中华诗词文化的继承和发展，做成这件十分有意义的事情。

　　《中华诗词存稿》主要搜集整理出版三部分内容的资料：一是当代诗词名家的个人作品集；二是当代诗词评论家、诗词学者的学术著作集；三是当代诗词作品、诗词理论学术成果阶段性、专题性、地域性的集成类作品集。诗词作品强调精品意识，沙里淘金，把"有筋骨、有道德、有温度"的优秀诗词作品搜集起来。诗词评论、研究类资料强调理论性和创新性，应具有鲜明的个性特点，具有创建性的见解。集成类的资料应有一定的史料保存价值。总之，做成一套具有当代价值和历史意义的好书。在此，我们编委会人员，向提供资料、筛选编辑、版面设计、校对勘误，包括所有为这套资料付出辛勤劳动的同志们，表示真诚的谢意！

郑欣淼

二〇一九年七月于北京

她从唐诗宋词中走来

　　她从唐诗的圣殿中走来，穿过宋词的艺术长廊，沿着曲折的平仄小径，一路观赏，一路采撷，像一位从诗词国度访问归来的学者，满载而回。她如一位风华正茂、意气风发的盛唐才子，又似一位多情善感、春意绵绵的宋代佳人，弥漫着唐诗的气息，流露着宋词的高雅。这位从中国传统文化特别是唐诗宋词中走来的诗人，是颍川先生留给我的深刻印象。白驹过隙，一晃千年，盛唐的背影远去，雅宋的风姿消失，但遥远的时光并未将那段美好的文化记忆封存，在一个崭新的时代出现了充溢着这种文化基因的新气象。盛唐的繁华、盛唐的文雅、盛唐的风韵和精神，雅宋的高贵、雅宋的雍容、雅宋的潇洒和气质，穿越岁月的隧道，悄然入驻无数中国人的心灵深处，也融入诗人的精神和随心挥洒的诗情中。诗风还是古典的诗风，词牌还是既有的词牌，不同的是它们被赋予了崭新的时代内容，载入了现代的思想情感，向世人展示出当代诗词的另一种摇曳多姿和美轮美奂的神采。这就是我对颍川先生诗词的第一感受，正所谓"年年岁岁花相似，岁岁年年花不同"。她娴熟地掌握了古典诗词的创作规律和艺术特征，继承和发扬了其中最优秀最精华的部分，和着当今这个伟大时代的脚步，创作出琳琅满目的诗词。像夏天炎炎的烈日散发出前所未有的热度和引人注目的光辉。她的诗词昂扬向上，充满朝气，浸润美感，饱含希望，催人奋进。她的诗词不矫不饰，不悲不叹，不愁不哀。她的诗词把唐诗宋词的语言美、意境美、音韵美发挥得淋漓尽致，饱含盛唐之象，却无雅宋之伤。读她的诗词，唐诗宋词的影子始终挥之不去，始终在诗行和平仄中徘徊，在艺术长廊里流连。唐诗宋词滋养了一代又一代中华儿女，她无疑是其中受益最大、修养最深的诗人之一。

一、善于用典，诗语高雅

凡是读过她的诗词的人无不为其语言的精美和诗意而倾倒，那是地地道道的古典诗词的语言，也是真真切切的现代人创作的诗词。她的诗词语言的最大特征之一，就是善于运用典故。把古典诗词和传统文化中精彩经典的珠玑词句，信手拈来，有意无意地点缀在她的诗词中，竟如出水芙蓉般天然美丽，古朴高雅，清丽脱俗，诗香意浓。语言的深度、厚度、内涵、张力、质感、温度和弹性骤然聚集，诗词的韵味和气息迎面扑来，沁人心扉，令人陶醉。如她的词作《十六字令·水的哲理》："水，天下至柔入无间。难无惧，点滴洞石穿。水，生命之源不争先。低流处，虚怀若谷谦。水，纵横奔腾道自然。柔胜刚，'无为''有为'焉？"这三首十六字令，其典出自《道德经》，用典多达九处。又如其词作《一剪梅·满院菊黄》中"满院菊黄，一缕清幽""缘何陶令赏东君？荣辱皆休，高雅长留"，"菊黄"出自白居易诗句"更待菊黄家酝熟"，"陶令"则指东晋曾做过县令的诗人陶渊明，"东君"则指菊花，出自陶渊明诗句"采菊东篱下，悠然见南山"。《于中央电视台〈市场分析室〉解析中美经贸关系》中"一览众山青"，出自杜甫《望岳》"会当凌绝顶，一览众山小"，《贺中国共产党建党九十周年》中"沧桑正道"出自毛泽东《七律·人民解放军占领南京》"天若有情天亦老，人间正道是沧桑"、"枝叶关情已任"出自清代郑板桥七言绝句《潍县署中画竹呈年伯包大中丞括》"些小吾曹州县吏，一枝一叶总关情"，"战地飘香"和"黄花韵"出自毛泽东词《采桑子·重阳》"今又重阳，战地黄花分外香"，"江山代有"出自清代赵翼《论诗》"江山代有才人出，各领风骚数百年"，"无数天骄"则出自毛泽东词《沁园春·雪》"江山如此多娇，引无数英雄竞折腰。"和"一代天骄，成吉思汗，只识弯弓射大雕"。在《晚风收暑》《紫玉兰春色》《满目硕果》《观秋菊》《一树桃花一缕意》《寿桃》《梅香》《墨藤》《梨花》《牡丹天香》等诗作中，以及《蝶恋花·淡淡脱俗》《桃园忆故人·别样荷花》《青杏儿·山间兰花》《青玉案·玉兰牵春走》《醉春风·西府海棠》《踏沙行·荷香》《美国总统大选》《第四届全球智库峰会》《赴美国智库交流有感》《"一带一路"畅想》《一代伟人孙中山》《习近平接见美方代表重要讲话有感》等诗词中，用典比比皆是，不胜枚举，并且表现得更为深刻。

诗人用典的范围很广博，有的取自古代学术名家经典著作，有的取材于历史传说，有的取材于古代诗词作品或诗文评论，有些词句则是从古人的诗句中演化而来，有古典诗词功底的读者，很容易发现和捕捉出来。如七律《芭蕉》中"纸上得来终是浅"，出自宋代陆游《冬夜读书示子聿》："纸上得来终觉浅，绝知此事要躬行"。"窗前谁种南国树"，出自宋李清照《添字采桑子》的"窗前谁种芭蕉树"。如《鹊桥仙·九寨沟五花海》"蓝天倒映，白云如坠，老树横斜沉睡"，

"倒映"一词，使人联想起唐代著名诗人王维的诗句"分行接绮树，倒影入清漪"，"澄澜方丈若万顷，倒影咫尺如千寻"白居易的诗句温庭筠的诗句"鸟飞天外斜阳尽，人过桥心倒影来"和宋代范仲淹的诗句"倒影澄波底，横烟落照时"。"白云如坠"一句，使人联想起元曲名家张养浩的《山坡羊·潼关怀古》。"老树"一词，使人联想起元曲名家马致远的《天净沙·秋思》。"横斜"一词使人联想起宋代诗人林逋的七律《山园小梅》。这不仅体现在她所创作的古典诗词当中，即使在她创作的现代诗歌中也表现得十分突出，古典诗词的印记镌刻在字里行间，如《黄河诗赋》，连续借用十几句描写黄河的古典诗词妙语，与现代诗歌表达融为一体，平添了现代诗歌的韵味。纵观她的诗词语言，似乎时时处处都在用典，篇篇首首都在用典，其频率之高，令人惊叹。如《千秋岁·水的乐章》《六洲歌头·江河》《摸鱼儿·溪流》《念奴娇·三江源》《水调歌头·赏东京梦华》《沁园春·读毛泽东诗词》《莺啼序·诗意潺潺》等。

古代学派大家都喜欢引经据典，旁征博论，大抵用典之法由此而来。后来这种技巧被当作一种艺术手法广泛运用到文学创作当中，在汉唐辞赋中达到登峰造极的地步，为赋的发展兴盛起到了推波助澜的作用。诗家发现了它的好处，大量地把它运用到诗词创作当中，唐诗宋词中诸多名家都非常擅长用典，如初唐四杰、盛唐萧（颖士）李（华）、李（白）杜（甫）、韩（愈）柳（宗元）等，宋代辛（弃疾）陆（游）等。用典对诗人来说可获得五个方面的突出效果：一是语言显得高古典雅；二是增添了诗词的韵味；三是强化了诗词的意境；四是语言变得更加凝炼厚重；五是开拓了读者的想象空间；

六是提升了读者的审美愉悦。用典需要有深厚的文化积淀和高超的艺术技巧，诗人颖川是擅长用典的高手，随心所欲，灵气飞动，犹如在皇冠上镶嵌美丽的宝石，画龙点睛，锦上添花，诗歌语言的艺术魅力得到进一步展示。擅长用典是颖川诗词语言的一大特色，这一点不是每一个诗人都能轻易做到的。她的诗词语言还有很多其他方面的特色，如生动、形象、雄奇、瑰丽、大气、精道、老辣、清新、隽雅等等，都有出色不凡的表现，用典是她诗歌语言的一个大风景而已。用典增强了她诗歌语言的诗（词）气诗（词）味诗（词）趣诗（词）韵，形成了颖川诗（词）独特的创作特点。

二、善造意境，诗蕴深厚。

在所有的文学体裁当中，诗歌应当是诞生最早的一种。它历经千年，世代相传，经久不衰，就在于它能带给人一种无与伦比的艺术享受，而这种艺术享受就是诗歌所创造的神奇的意境之美，这是其他文学体裁难以替代的。颖川诗词的另一个突出特色，就是创造了意境之美，可以说，诗人在不懈地追求诗歌创作要达到的意境与境界，这当然也是每一位诗人穷其一生最向往的追求。《毛诗·大序》载："诗者，志之所之也。在心为志，发言为诗"。南宋严羽《沧浪诗话》云："诗者，吟咏情性也"。究竟怎样"发言"和"吟咏"，才能把诗人心中内在的思想情感借助于外物的力量展示出来，这几乎是古今所有诗人一生探究的课题，于是便有了贾岛和韩愈关于"推""敲"的故事。一首诗歌作品的优劣，关键看诗人所创造的意境是否达到神奇奥妙、美丽如画和令人遐思万缕、回味无穷的天然境界。如果能达到这个境界，就能称是上品或者精品，如果再有一两个画龙点睛的警句，这首诗作就可称得上是精品中的精品，这样的诗作必定万代流传、永不磨灭。所谓意境，就是诗人把自身所需要表达的思想情感，通过诗歌的形式将其物化赋形造象生意而成。意境由三个方面构成：一是诗人的思想情感，二是自然物象，三是溶化在自然物象之中的思想情感。创造意境的方式是诗人的语言，即诗歌，创造意境的主体是诗人。

颍川诗词表达诗人"发言"和"吟咏"的是诗人迸发的激情，这种迸发的激情催生出一种被称为灵感的神秘东西。诗人在这种灵感的支配下，诗情就像火山爆发一般喷薄而出，瞬间出口成章，落笔成诗，一挥而就，畅快淋漓。并不是所有的激情都能催发出灵感，并不是所有的灵感都能创作出好诗。灵感给人的抽象感觉似乎有大小多少优劣之分，灵感如泉、才华优等的诗人才能创作出质量上乘的诗作，创造出只可意会不可言传的意境，这就是作为诗人的不易。但灵感也并不是超然神外、高不可攀的东西。灵感的产生也有其自身规律。它确确实实存在于人的意识当中，是一种高层次的艺术思维，主宰着诗人的创作活动。它往往钟情于那些博学善思、勤奋不辍、敢于坚守的诗人。怎样将自身的主观情感作用于客观的物象，使二者有机结合、互动发酵，创造出崭新的意境，是诗人的使命和天职。诗人艺术水平的高低直接决定着意境诞生的成败。自古以来，写诗的人很多，能够创造美妙意境的人却很少。因此，有的人成了著名诗人、伟大诗人，被誉为诗仙、诗鬼、诗圣、诗佛、诗王、词帝、词仙、词圣。但也有很多人一生爱诗，一生写诗，却始终没能成为诗人。诗人万千，水平有高有低，名气有大有小，就好像人人都能铸剑，但未必人人都能铸出干将、莫邪一样。

颖川先生是一位能够娴熟运用古典诗词语言创造大美意境的卓越诗人。她的诗词视角独特、构思精巧、想象丰富、言辞优美，能够创造出神奇奥妙、美丽如画和令人遐思万缕、回味无穷的境界。她的诗词起势迅速，造象急迫，出境快捷，如其词作《渡江云·张家界》上阕："溪流山谷，雾蒙天阔，诗意漾成河"，寥寥数语，意境尽出。紧接着"三千峰对坐，绝壁云中，险仞风轻拂"，又一层意境闪电而出，镜头切换，时空大变。既像一位老练的摄影师，快门一闪，瞬间就能捕捉到多个镜头连拍成像；又像一位娴熟的画家，大笔一挥，就能创作出一幅意境深远的好画来。

她所创造的意境气象万千，丰富多彩，琳琅满目。有的雄奇壮丽，如她的词《千秋岁·水的序曲》，雪山冰峰、云雾群壑、飞瀑湖泊、万里江河、繁花茂树、大海波涛，构成一幅关于水的生命姿态的自然画卷，用粗犷的线条勾勒出水的雄奇壮丽，其意境飘渺宏阔、深邃高远，给读者以既在视野之内、又在视野之外的感觉。而《千秋岁·水的乐章》则是通过远近虚实的手法，描绘出一幅关于生命之水的山水田园画卷，其意境既有远在天边的山峰云雾的飘渺、又有近在眼前的田园的宁静恬淡，给人以亲切甜美、赏心悦目之感。她的诗词，有的博大精深，如《十六字令·水的哲理》三首小词，把水的坚毅和谦柔形象刻画得栩栩如生。老子的《道德经》语言精练，玄奥抽象，博大精深，诗人却能用生动形象、具体可感的语言将其深奥内涵表达出来，水的姿态、水的精神、水的修养、水的气度跃然纸上，活灵活现地呈现在读者面前。用诗词的形式诠释哲学经典的内涵，在古往今来的诗人当中是不多见的，是诗人一次大胆的尝试。有的恬淡幽静，如《贺新郎·湖泊》《鹊桥仙·九寨沟五花海》等。有的深沉含蓄，如《人月圆·咏月》《桂枝香·胸襟》《采桑子·淡然》《一剪梅·独傲红梅》《踏青游·竹赋》《踏莎行·荷香》《乌夜啼·野春图》等。有的清新俊雅，如《唐多令·乱剪紫云烟》《生查子·叶绿风知否》《江城子·中南海岁月》等。有的空灵剔透，如《武陵春·荷塘月色》《洞仙歌·黄龙仙境》《渡江云·张家界》等。这些佳作，不一而足，都能给人一种艺术的美感和享受。令人惊喜的是，从她的诗词当中时不时地可以采撷到一些经典名句，如《渡江云·张家界》"三千峰对坐""红尘万丈谁看破"句；《青玉案·乙未年春节》"冬去春来百花簇，不老江山无胜负""彩霞如舞，且飘且美，雁过长天赋"等。意境是个很神奇美妙的现象，颍川诗词中一些作品之所以有感染力，就说明好的诗词一旦创造成功，其艺术的魅力就会自然散发出无穷奥妙，完全超越诗人的预想和控制，成为时空多维、自由灵动的个体意象，呈现在读者面前，任由读者去想象驰骋。不同的时间，不同的地点，不同的心情，不同的阅历，不同的视角，不同的主体，可以产生不同的审美感受和体验，正所谓仁者见仁，智者见智，雅者见雅，俗者见俗，各有所得，各有所感，各有所悟，各有千秋。

每次读颍川先生诗词，都会产生新的感受、新的体验、新的领悟，就像享受一次崭新的情感旅程，这就是意境的独特魅力所创造的艺术效果。由于她生活阅历丰富，文化积淀深厚，又博学善思，勤耕不辍，其诗词意境飘渺宏阔、景象瑰丽、意蕴丰富、梦幻唯美，诗中有画，画中有诗，神奇美妙，趣味无穷。她的一些诗词精品意境可追唐宋，令人赞叹。

三、善于创新，诗风隽丽

唐诗宋词是中国诗歌发展史上的巅峰。一座座难以逾越的高峰横亘在后代诗家面前，令无数后代诗家望之兴叹，望而却步。唐诗宋词又是中华文化高山中的一座富矿，为后代诗家提供了取之不尽、用之不竭的宝贵资源。后代诗家可以尽情地从中汲取丰富的营养，不畏艰险地向更高的山峰攀登。毫无疑问，颍川先生就是其中的一位。古往今来，欲超越者必先开拓，欲开拓者必先创新。她的诗词创作自始至终贯穿着创新的精神，创新成为她诗词创作的一个清晰脉络，体现在创作过程的多个方面。

从体裁上来看，她的诗有古体诗、格律诗、自由诗；有四言、五言、六言、七言；她的词表现更为突出，近百种常用词牌遍布于其词作当中。大吕黄钟，长歌短调，交相辉映，其形式之广、曲调之多、种类之繁，俨然构成了一曲可以打动心灵的交响乐，场面壮观，气势宏伟，令人神思飞扬、荡气回肠。这种运用古典诗词勇敢抒写当代风貌的探索，大大激发出古典诗词的生命活力和时代魅力，打破了古典诗词已经过时的谬论，为新时代古典诗词的发展开拓出一条成功之路，这既是她在诗词创作方面的一种大胆尝试，也是一种创新突破。

从题材上来看，颍川诗词内容广博，气象宏伟。上千首诗词，吟诵数百种物象，事无巨细、物无大小，随意剪裁，皆能翻手为诗，覆手为词，让人耳目一新，这在当今诗家中十分罕见。她的足迹遍及大江南北、五湖四海、世界各地，她走到哪里，就把诗词的种子播撒到哪里，哪里就能生长出优美的诗词。

不落窠臼，另出新意。其作品多为讴歌祖国大好河山、世界风光、咏物怀古、寄托情思之作。同样是描写山水之作，她的风格和韵味却与众不同。如词作《满庭芳·长江》，同样是写长江的雄伟壮阔和对人生短暂的感叹，她的感受方式与宋代大诗人苏轼写《赤壁赋》的感受方式就有所不同。大诗人苏轼是一赞二叹三伤，而她却是一赞二叹三歌，表达出她愿与大自然相生相融、共存共荣的开阔胸襟。同样是写梅兰竹菊，她的胸怀和气度就超人一等。如其五言排律《兰花物语》，同样是写兰花之美，古人多写兰花之清高绝俗、孤芳自赏、不与世俗为伍之美；她写兰花却是美而不骄、雅而不傲，随情淡雅，素生草颜，愿与众芳同春、和谐共存。同样是登高望远，她的感悟和体验就别具一格。如其五律《登高望远》"遇事登高望，逢危俯瞰吟"，使人联想起王之涣的"欲穷千里目，更上一层楼"，两者似有所同，而又有所不同。诗人王之涣的诗着眼于高和远，而她则着眼于高和低。二者视角和思维既有相同之处，又有明显区别。

前人没涉足的领域她敢大胆尝试，融化入诗入词。表现最为突出的当是她诗词中有关读书、挥洒书法、品味书画和观世界的一些作品。古代诗文大家都喜欢读书思考，经常把读书的感受随手记录下来。少则只言片语，多则三五成段，人们习惯称之为随笔或小品。也有诗兴大发吟咏成诗者，但如凤毛麟角，屈指可数。像颍川先生这样大规模地将读书感受用词的形式记录下来，在古今诗家当中还不曾多见。而将诸如阅读《诗经》《论语》《易经》《道德经》《孙子兵法》《论持久战》《毛泽东诗词》等大部头作品的感受载入词籍，更是绝无仅有。这不能不说是她的伟大创举。最惊心动魄的当如其词作《暗香·读〈孙子兵法〉》。在她的眼中，《孙子兵法》不仅是一部伟大的经典不朽的军事著作，而且还是一部饱含哲思、意境辉煌、造诣深厚的艺术诗篇。大道相通，兵法是艺术，诗词也是艺术，而艺术是息息相通的。她的诗思才情穿越了军事和文学的时空，把人们的思维和想象带入一个从未涉足过的崭新境界。"大道无形至简，倚正义、伐谋先导。艺术否？兵事否？抑或诗草？"读来令人回味无穷，幽思渺渺。古代文人多才多艺，喜欢的形式表达欣赏书法和绘画之后的感受，所以出现了许多以诗论书品画的诗章。但大量以词的形式来表达这种感受的，她应当是第一个吃螃蟹的人。

她是个多才多艺的诗人，她既擅词又擅书，所以二者的结合也就有了天赐的缘分。她的大量描写书法和绘画的词作，情真意切，品评精确，感悟深刻，境界高远。这在其词作《暗香·中国书画》《七律·水墨》《千秋岁·激活汉字》《水龙吟·中华草书》《疏影·满纸草书》《诉衷情·书法似弦》《三台·感悟书法》《一剪梅·水墨无声》《踏莎行·一江雅颂》《东风第一枝·赏冯远画展》《江城子·贺安想珍法国卢浮宫书法展》等作品，都表现得淋漓尽致。

颖川诗词令人瞩目的是，她的第三部诗词集"浩然正气"部分和本集"心灵尺度"部分，大量出现了关注国事民生的诗词，这些诗词从国际风云世界大事之中美关系、金融危机、世博大会、博鳌论坛，到民生话题之打工农民、留守儿童、问题奶粉等,她把个人的思想情感和国家的前途命运及百姓的福祸冷暖紧密地结合在一起,风雨同舟,相濡以沫,荣辱与共。这些诗词大大丰富了其创作的思想和内涵,拓宽了其创作的视野和境界,提升了其创作的价值和品位。她不仅是这样写的,更是这样做的。她把自己的时间精力和智慧无怨无悔地奉献给伟大的祖国和伟大的人民,她用诗词的语言记录着自己的心路。以书入词、以诗记事,是她在诗词创作方面的又一次大胆尝试,而将其创作领域拓宽到国际政治风云和国计民生,更是她敢于探索创新的有力表现。

从语言运用来看,颍川诗词善于古为今用,推陈出新,活学活用,这是其诗词语言大胆创新的法宝之一。她善于运用比喻、拟人、夸张、排比、对仗和诗词的节奏,用奇造势,点燃激情,烘托氛围,开拓意境。字是同样的字,词是同样的词,经她的巧手一点,就能幻化出崭新的意境来。她还能把佛、道两家的思想融入到诗词创作当中,使她的诗词意境充满禅韵,饱含哲理,如其诗作《菊花物语》《兰花物语》《水的哲理》等,空灵之中透着深邃。从其创造的诗词意境来看,也是异彩纷呈、多种多样的。"横看成岭侧成峰,远近高低各不同",雄奇与壮丽交织,清新与淡雅相伴,含蓄与深沉并存,浪漫与现实共生。有时一首诗词,多重意境,交织重叠,很难分割开来。

从艺术风格来看,她的诗词豪放中透着婉约,婉约中透着豪放,是豪放与婉约兼而有之的一代诗人。她的诗词豪放时大气磅礴,充满阳刚之气;婉约时清新俊丽,饱含柔韵之美。突破了诗人的个性空间,成功地实现了角色的转换,这是说起来容易做起来特别难的一件事情,能做到这一点的诗词家并不简单，这也是她的诗词令人刮目相看的原因之一。

从创作方法上来看，她的诗词寓浪漫主义与现实主义于一体，二者交织辉映，相得益彰。在她眼中，世间万事万物皆有诗词之格，皆有诗词之缘。她把对美好生活的无限向往，深深地融化在对现实生活的关切关爱之中，创作出一首首既意境优美又具有时代气息的诗词。将浪漫与现实有机地结合起来，细腻地表达作者的思想情感，这也是她对诗词创作的一种追求。

通览她的诗词作品，紧扣时代、与时俱进，具有鲜明的时代特征。中华民族经历了百年的屈辱，必然要迸发出百年的抗争。百年的抗争，必然要伴随百年的梦想。习近平总书记在十九大报告中明确指出，中国特色社会主义已进入新时代，在 2019 新年贺词中强调"我们都在努力奔跑，我们都是追梦人"。颍川先生身居京城，身份特殊，对新时代脉搏的跳动和十三亿人民追梦的渴望，感受得更加强劲和真切。她的诗词立足时代，站位高远，诗情充溢，精神昂扬。作为中华民族仁人志士当中的一员，她的追梦情怀表现得更加炽热和痴情。她在《念奴娇·拜读习近平〈念奴娇·追思焦裕禄〉》中写道："胸臆灼灼，融梦想，直上长天寰宇。月夜银屏，醉英雄气概，任凭风洗。凝胶时刻，淌出无尽心语。"在《水调歌头·第四届全球智库峰会》中写道："光阴迫，日月转，步匆匆。不应有恨，追寻人类梦中情。突破藩篱阻滞，解构心灵密码，谁不愿和平？冷战应抛弃，携手写丹青。"在《满江红·"一带一路"畅想——写在"一带一路"国际合作高峰论坛之际》中写道："无数春蚕，丝吐尽，织成锦绣。驼铃响、千辛万苦，情深意厚。古往今来多少事，日出月隐时光皱。带与路、穿起梦相连，风光又。"在《满江红·赴美国与智库交流有感》中写道："春夏秋冬交替过，兴衰强盛轮回转。寰球小，大鹏鸟扶摇，长天瞰。"在《满庭芳·贺中国共产党成立九十周年》中写道："谁把乾坤转动？翱翔梦、已在云霄。时光水，冲刷意志，再启万千锚。"在《水调歌头·南京》中写道："志士仁人无数，挥洒英雄梦境，青史有刚风。"在《江城子·厦门》中写道："百舸争流激荡里，追梦想，染苍穹。"在《凤凰台上忆吹箫·广州感怀》中写道："惟雄才大略，憧憬聚、梦在心头。"她以诗词画卷的形式，把新时代伟大领袖、仁人志士和全国人民以及她自己渴望中华民族伟大复兴的追梦情怀描写得心潮澎湃、激情满怀、感人至深。

她的诗词紧接着时代地气，弘扬着时代正气，散发着时代清气，弥漫着时代豪气，充满着时代勇气。一个伟大时代的来临，必然催生崭新的主题，必然呼唤伟大的作品。那些无奈自嘲的小品、玄幻穿越的网文、以个人情感为中心的"美篇"和愤世嫉俗的"力作"，已经不能够满足伟大新时代追梦的需要。大国崛起过程中所呈现的国人的自信沉着、改革开放、包容雍容、开拓奋进，集中表现在她的作品之中。作为一名诗词家，她把讴歌伟大新时代作为历史使命，不知不觉中成为率先为新时代呐喊的优秀诗人。从她的诗词中，我们能真切地感受到中华民族崛起的伟大时代正悄然来临。颍川诗词作为一种古老的文学体裁，焕发出新的生命活力，并以崭新的姿态和魅力，引领着当代文学发展的时代潮流。从这点来看，当代诗词名家系列丛书的出版发行，颍川诗词位列其中，当有其历史意义。

中国古典诗歌一直都是在创新中行进、在创新中发展起来的，创新的轨迹十分明显。从诗经、骚体诗、骈体诗、古体诗、格律诗、长短句到散曲，创新始终引领着诗歌发展的历史潮流。从第一部诗词集《颖川吟草》开始，颖川先生探索和创新的脚步就一直没有停止过。她的诗词，语言越来越精练，韵律越来越优美，意境越来越高远，哲思越来越深邃，禅意越来越浓厚，风格越来越成熟。这在其第三部、第四部诗词集《颖川诗词》和本集诗选之中表现得尤为突出。珍珠满斛，入手可取。鲜花遍地，俯拾皆是。她的创作之路，告诉我们一个简单而实在的道理：只有落后的诗人，没有落后的诗词；只有拙劣的诗人，没有拙劣的诗词。毛泽东的诗词是一个铁的证明。毛泽东没有出生在一个古典诗词繁盛的时代，但他却创造出一个伟大的诗人神话，他的诗词气盖唐宋，藐视古今，成为超越任何时代的一位伟大诗人。诗词永远是一种高端的文学体裁，带给人们的必然是一种高端的艺术享受和审美体验，这是其他文学体裁所永远不能代替的，那些认为诗词早已过时的言论是站不住脚的。正因为诗词的高端性和艺术性，要想成为一位称职的诗词家并非易事，要想成为一名优秀的诗词家更是难上加难。如果没有高尚的道德情操，没有深厚的文化积淀，没有扎实的文学功底，没有非凡的人生阅历和强烈的社会责任感，你永远都只能是个门外汉。今天很多人一度追逐金钱和权利，真正静下心来读书的人少了，潜心研究学问的人少了，心中装着国家和人民的人少了，坚守道德底线和追求人生价值的人少了。颖川先生作为一个优秀的坚守者，仅此一点就难能可贵，她对现代诗词的探索、创新和发展，更令人尊敬和钦佩。

　　颍川先生是一个文化积淀深厚的诗词家，也是一个勤奋不辍的诗词家，更是一个有着民族担当和奉献精神的诗人和词家。她的一千多首诗词令同行们震惊和羡慕。当前，她的诗词创作正处在一个厚积薄发的黄金时期，才思敏捷，诗如泉涌。相信过不了多久，她的新诗词集就会横空出世，向读者奉献的将是更多更加优美的诗词精品。她用自己孜孜不倦的探索，正在创造一座诗词发展的高峰，这座高峰随着时间的推移、世人的觉醒和文风的淳厚，会变得越来越明显、越来越突兀。

　　颍川先生的大部分诗词作品堪称上乘之作，其中也有不少堪追唐宋的精品。但是由于受时空环境、情感变化、灵感捕捉和工作繁忙推敲不够等诸多因素的影响，她的诗词作品艺术水平上尚存在着一些差异。从整体上说，她的后期作品优于早期作品，随着诗人艺术修养的成熟，她的诗词创作已经进入一个新的境界，这表现在她创作的大量诗词精品中。当然，灵感是艺术创作中一个十分玄妙的东西，来也无影，去也无踪，神秘而难以驾驭，即使是已经成了名的大家，也不是每时每刻都能创作出诗词精品的。即使创作出来也不可能每首都是精品，即使整首是打动人的也不可能每一句都是警句，这完全符合艺术创作的自然规律。

　　面对颍川先生一首首意境优美、诗意盎然的诗词，那种只可意会不可言传的感觉，任何解析的语言都有点苍白，任何诗评家的评论都显得些许笨拙。日月不语，自有光华。大美无言，自能醉人。正所谓"诗意悠悠满帝京，江山处处沐春风。千章览过神思俊，万卷亨通美境清。口占偏钟唐宋气，咏吟最慕老庄经。诸生尽喜登高望，谁悟坤德阔大胸？"姑妄评之，不妥之处，敬请方家批评指正。

张东方

2019 年 5 月 29 日子夜

于鲁山琴台之侧

【注】

　　张东方，男，河南鲁山人。号于蔫。中华诗词学学会会员。唐代名人元德秀研究专家，学者。主要作品有专著《元德秀研究》、60 集长篇电视剧本《大唐琴声》。

目　　录

千秋岁·水的序曲

　　远山高处，冰雪悄悄驻。飘然雾，凝心露。涓涓溪淌入，群壑垂瀑布。湖泊聚，江河万里从天注。　　云漫轻风吐，飞雨如帘幕。柔弱水，长行路。奔腾流光谱，浸润繁花树。海作赋，涛声暗送真情渡。

【注】

①斛：中国旧量器名，亦是容量单位，一斛本为十斗，后来改为五斗。

②奔腾流光谱，浸润繁花树：明薛蕙《海棠画扇》有句："西蜀繁花树，春深乱蕊红。"此处指奔腾的流水谱写着自己的流光谱，滋润了百花万物。

千秋岁·水的乐章

渺然云路，低吟从天渡。飘飘下，飞流注。江河催雨露，山野吹香雾。横笛牧，弯弯曲曲东流入。　　泉水叮咚处，溪纵田园布。流动水，神之助。声声呼韵楚，浪浪腾诗簇。夜以日，潺潺演绎时光赋。

【注】

①淼然云路：《唐文续拾》中有句："云路阻远，沧波渺然"。

②东流入：唐于濆《横吹曲辞·陇头水》有句："何处接长波，东流入清渭。"描写流水曲折，奔腾向东流汇入江河。

③夜以日：日夜不停。语出《陈书·郑灼传》："灼家贫，抄义疏以日继夜，笔毫尽，每削用之。"形容水日夜兼程，奔流不息。

千秋岁·水的情愫

　　百川汇入，凝聚奔腾渡。抬望眼，蓝天楚。白云飘然处，极目高山路。仙境里，婵娟泪雨飞如注。　　洗净江湖雾，洒下纯洁露。温婉水，生之母。波波催瀑布，浪浪书情愫。澎湃怒，回归清澈声才住。

【注】
　　①蓝天楚：毛泽东《水调歌头·游泳》有句："万里长江横渡，极目楚天舒。"宋柳永《雨霖铃》有句："暮霭沉沉楚天阔。"此处描写天空清朗，蔚蓝开阔。
　　②极目高山路：极目，放眼远望。清乾隆长沙人孙理《道州杂咏》有句："极目高山近，苍梧日暮时。"
　　③温婉水，生之母：指水为生命的源泉，是生命之母。最初的生命在水中产生，各种生命的复制、繁衍、变异都离不开水。

摸鱼儿·溪流

岩缝中、蜿蜒轻进，叮咚跳跃东竞。柔柔羞涩晶莹里，音符潺潺如倾。曼舞弄。芳草伴、傲梅飘落幽兰梦。馨香愈重。待晚露朦胧，滴滴浸润，浅浅水湾境。　　悄悄雨，扑面催开风景。掬出恬淡生命。淙淙淌过林间路，落叶叠叠情共。天籁静。心潮涌、缠绵悱恻清流纵。鸟啼花影。妩媚醉溪丛，波波腼腆，潋潋暗香动。

【注】

①岩缝中、蜿蜒轻进，叮咚跳跃东竞：描写山涧流水激石，涓涓而流，溪水由西涓涓而来，轻快地跳跃着争相向东流淌。

②芳草伴、傲梅飘落幽兰梦：溪水流淌在蔓木和花草之间，自然野趣盎然。梅花瓣瓣飘零，溪畔兰花淡淡，花香弥漫，伴随溪水悠远如梦。

③鸟啼花影，妩媚醉溪丛：鸟鸣花间，倒影在溪水中，其景妩媚让人心醉。

贺新郎·湖泊

镶嵌心潮处。洒珍珠、下凡常驻，柔柔情愫。天赐圣洁春水渡，飞落人间楚楚。云烟蒙、长风轻吐。汇聚溪流涓涓入，报梦归、一任纯真注。闻鸟语，看花簇。　　渔舟唱晚霞光沐。淌鎏金、微澜如舞，慢声低诉。尽赏湖泊平静美，心旷神怡成谱。不逐浪、别番气度。谁晓水中相思慕，情侣牵手依依步。满目画，染诗赋。

【注】

渔舟唱晚霞光沐：唐王勃《滕王阁序》有句："渔舟唱晚，响穷彭蠡之滨"，诗句形象地表现在夕阳西下的晚景中，渔舟纷纷归航，湖面歌声四起的动人画面。

六州歌头·江河

江河两岸，绿柳伴花鲜。醅鸭戏，春拂面，弄微澜。水泽山。纵使飞流下，九天落，青罗带，竟如练，波光潋潋情牵。大浪淘沙，自古英雄者，不朽诗篇。远望依稀处，恍若醉栏栅。万语千言。寄风帆。　　淌出爱意，声声婉，涛涛恋，润田园。激情曲，澎湃梦，奏心弦。更无前。滚滚东流水，海洋盼，浅湾惭。不可挡，不寂寞，洞石穿。破谷行峡汇聚，星辰晓，霞蔚云衔。又喜新雨注，雪后更开颜。浩荡涟涟。

【注】

①纵使飞流下，九天落，青罗带，竟如练，波光潋潋情牵：唐李白《望庐山瀑布》有句："飞流直下三千尺，疑是银河落九天。"

②大浪淘沙，自古英雄者，不朽诗篇：明杨慎《临江仙》有句："滚滚长江东逝水，浪花淘尽英雄，是非成败转头空，青山依旧在，几度夕阳红。"

宝鼎现·海洋

　　无人鞭策。万水归入，东流不辍。心驿动、奔腾诠释，鼓荡长风吹琴瑟。情汇聚、吟诵追随曲，首首波澜壮阔。酿造爱、潮潮起落。弹奏春光同刻。　　吐日乍涌红盘坐。染晨曦、海天一色。谁最美？朝霞羞涩。淡淡柔柔波浪错。层层染、醉观金光泊。又见含情脉脉。出其里、微涟许许，卷起滔滔与和。　　宽广美丽如歌，皎浩瀚、深沉透彻。天湛湛、接海无涯，共生惊殊魄。远望去、千帆百舸，点点星舟过。大气概、厚重沧桑，亘古不息求索。

【注】

　　①无人鞭策。万水归入，东流不辍：从溪流汇聚成湖，江河源自湖泊，万条河水一路奔流向东，最终汇入大海。

　　②吐日乍涌红盘坐。染晨曦、海天一色：描写红日初升，旭日静坐在海天交界之处，天际海面都被晨曦浸染如一色。

踏莎行·九寨沟珍珠滩

撒落珍珠，溪流穿渡，碧泉染透青苔路。草中浸润水输图，从天而下飞瀑布。　　静可为湖，动则如注，诗情涌动轰鸣处。携手漫步赏惊殊，催出雨幕丝丝雾。

【注】

①珍珠滩：位于四川省九寨沟景区的花石海下游，是九寨沟一个较为宽阔的石头滩面，清澈的湖水经过宽敞的滩面奔流而下，湖水倾泻在凸凹不平的石头滩面上溅起粒粒银珠，形似珍珠，珍珠滩之名由此而来。另有传说，很久以前，一位过路的女神爱上了一位藏族青年，小伙子送她一串珍珠项链，女神回赠她一把开山斧。青年用开山斧开水渠引水，被天神知道后，勃然大怒，派兵来捉拿女神，一把扯断了她脖子上的项链，珍珠纷纷落地，化作美丽的珍珠滩。

②青苔路：指珍珠滩上密布着浅黄色苔藓，这些苔藓并不滑腻，赤足在其上行走，触感如海绵般。

③草中浸润水输图：指珍珠滩瀑布瀑顶的钙化山坡上翠绿色、黄绿色、鹅黄色的青苔丛，犹如一条美丽的彩毯图案，水自顶端直泻而下，在金黄色的钙化陡坡与瀑底激起绚丽多彩的浪花呈现出迷人的如图画般美景。

④从天而下飞瀑布：此处描写了九寨沟最大的钙化瀑布——珍珠滩瀑布。高21米，顶宽1625米的瀑布成群连绵如银河天降，气势磅礴，在山谷中发出惊天动地的轰鸣声，气势非凡。

⑤静可为湖，动则如注：指清澈湖水流经珍珠滩，于石头滩面漫滩铺开，随即顺滩而下形成如注瀑布，从静至动，浑然天成。

洞仙歌·追寻黄龙梦

寻诗觅画，共揽黄龙胜。七彩梯田雪山共。水缠绵、涌动锦瑟诗情，抬望眼，宝鼎洁白辉映。　　湖光流旧梦，漫步云天，追忆昨天画中境。小路已朦胧，故地依稀，携行处，亭阁幽静。转瞬逝、十二载春秋，更珍重，知音遇三生幸。

【注】

①七彩梯田：指黄龙景区内串珠状钙华彩池呈梯田状层层叠叠逶迤而下，莹红漾绿，泻翠流金，满眼七彩流溢。

②宝鼎：指雪宝鼎，藏语意为"夏旭冬日"，即东方的海螺山，海拔5588米，是岷山山脉的主峰。位于松潘县城东50千米。《松潘县志》上有诗云："岩悬势天穹，晶莹凝太空，高凌世界外，寒冱群山中。"描绘雪宝鼎之高悬冷峭、突兀雄拔。

桂枝香·九寨沟黄龙印象

水中有景，画卷涌诗情，湖光山影。栈道通达仙境，如痴如梦。飞瀑叠翠珍珠盛，镜中云、蓝天灵动。悠然绕岭，薄纱似纵，雾飘峰送。　　彩林美、斑斓色重。翡翠染金风，红媚黄共。古朴民声，唢呐奏芳姿众。四时变化丹青弄，问谁迎、玉液相赠？千流汇聚，奔腾而进，月明星竞。

【注】

①黄龙：黄龙风景区位于四川省阿坝藏族羌族自治州松潘县境内，由黄龙本部和牟尼沟两部分组成。主景区黄龙沟位于岷山主峰雪宝顶下，以彩池、雪山、峡谷、森林"四绝"著称于世，是中国唯一的保护完好的高原湿地。

②栈道：又称阁道、复道。指在悬崖绝壁上凿孔架木而成的窄路。

③飞瀑叠翠珍珠盛：此处描写了黄龙主要景点之一"飞瀑流辉"，千层碧水冲破密林，顺坡而下，在高约10米、宽约60米的岩坎上飞流而来，形成数十道梯形瀑布，如珍珠滚落，银光闪烁。

④金风：指秋风。唐戎昱《宿湘江》诗有句："金风浦上吹黄叶，一夜纷纷满客舟。"此处指秋风拂过，林丛一片斑斓色彩，红枫黄叶相映成趣。

念奴娇·三江源——江河归源

众山之恋，三江源、喜马拉雅俯瞰。恣肆汪洋，板块易、拔地而起伟岸。雪化冰融，湖泊千万，汇聚波澜卷。飞流直下，纵横天地星汉。　　生命择水而安，若水惟上善，盘古之赞。放眼奇观，九州苑、血脉流淌如练。不尽长江，澜沧湄公岸，黄河飞溅。文明人类，母亲乳汁浇灌。

【注】

①念奴娇·三江源的四首词，作于 2020 年作者赴三江源调研，三江源生态问题期间。

②三江源：三江源地区位于我国的西部、青藏高原的腹地、青海省南部，为长江、黄河和澜沧江的源头汇水区。三江源区河流密布，湖泊、沼泽众多，雪山冰川广布，是世界上海拔最高、面积最大、湿地类型最丰富的地区，素有"江河源"、"亚洲水塔"之称。

③喜马拉雅俯瞰：喜马拉雅与三江源地区相邻，海拔比三江源地区高。

④汪洋：早二叠纪（距今 28 亿年前）时代，青藏高原原是汪洋大海，科学家称作特提斯海，也就是古地中海。

⑤板块易：指喜马拉雅山的成因，为欧亚板块、印度洋板块、太平洋板块相对移动引起的造山运动而成。

⑤雪化冰融，湖泊千万，汇聚波澜卷：写三江源水之来源和去向，来自冰雪融水和湖泊泉水，最终汇聚成巨澜大河。

⑥飞流直下，纵横天地星汉：此句隐含两名句，即"飞流直下三千尺"与"黄河之水天上来"，喻江水奔腾之势，自雪域冰峰泻落，犹如从天而降。

⑦生命择水而安：指生命因水而存在，依赖水而存续。早期生命即产生于原始海洋，其后生物皆赖水而生发。到了人类文明之初，有意识地开始探讨世界万物的组成与分类之时，水亦占据极重要的地位：古希腊七贤之一的泰勒斯一度认为，万物皆生于水，西方传统的四元素说中，水亦占据一席之地。而在中国阴阳五行学说乃至印度佛教"四大"之中，水亦不可或缺。

⑧若水惟上善：《道德经》第八章曰："上善若水，水善利万物而不争。"意为，最高境界的善行就像水的品性一样，泽被万物而不争名利。这里用于赞颂水养育万千生灵的功德。

⑨盘古：中国古代神话传说中开天辟地的人物，身死之后化为世界万物。《艺文类聚》曰："天地浑沌如鸡子，盘古生其中。万八千岁，天地开辟，阳清为天，阴浊为地。盘古在其中，一日九变，神于天，圣于地。"《述异记》曰："昔盘古氏之死也，头为四岳，目为日月，脂膏为江海，毛发为草木。"《绎史》曰："首生盘古，垂死化身；气成风云，声为雷霆，左眼为日，右眼为月，四肢五体为四极五岳，血液为江河，筋脉为地里，肌肉为田土，发髭为星辰，皮毛为草木，齿骨为金石，精髓为珠玉，汗流为雨泽，身之诸虫，因风所感，化为黎氓。"

⑩九州苑、血脉流淌如练：喻中华大地受到三江源的各水系滋养。"血脉"一词，既承上句盘古血脉化为江河的传说，想象奇丽壮观，又喻中国九州岛水系通达，血脉相连的地理实况。

念奴娇·三江源——活水源头

　　魂牵梦绕，三江源、何处涓涓初现？奔腾黄河，天之水、明媚澜沧两岸。玉树玛多，海南果洛，抑或山川恋？不尽活水，怎成巨浪翻卷？　　班固霞客道元，马可波罗探，钩沉情染。倚天云图，泼墨醉、仰望飞流一线。亘古冰川，星宿海灿烂，雪峰如幻。今朝惊叹，点滴汇聚漫漫。

【注】

①天之水：语出李白《将进酒》："君不见黄河之水天上来，奔流到海不复回。"尽写黄河源远流长，落差极大，如从天而降，一泻千里之气势。

②澜沧：历数长江、澜沧江、通天河之名，其中通天河为长江上游一段的名称。本句与前句"天之水"一起，并指发端于三江源的三条河流：黄河、长江、澜沧江。

③玉树玛多，海南果洛：玉树，指玉树藏族自治州，三江源所在地；玛多，指玛多县，位于果洛藏族自治州，玛多，藏语意为"黄河源头"。海南，指青海省海南藏族自治州；果洛，指果洛藏族自治州，黄河源头。

④不尽活水，怎成巨浪翻卷：指三江源为"活水"之源，也是万千生命之源。"活水"，并不直接提三江源，而是借句"为有活水源头来"，以"活水"隐含指三江源。

　　⑤班固霞客道元：分别指三位历史人物。班固，汉代历史学家，著《汉书·地理志》，其中提到"金城郡临羌西北至塞外，有王母石室，仙海、盐池"；北魏地理学家郦道元，著《水经注》，提到"南有湟水出塞外，东径西王母石室石釜，西海盐池北"；明代地理学家徐霞客，著《江源考》，提出"岷流之南，又有大渡河，西自吐蕃，经黎、雅与岷江合，在金沙江西北，其源亦长于岷而不及金沙，故推江源者，必当以金沙为首"，肯定了长江的源流。以上三者皆是地理史上考察江源的重要著作。

　　⑥马可波罗：指古代欧洲旅行家马可波罗，著有《马可波罗游记》，记载有青藏高原。

　　⑦钩沉情染：钩沉，指探求深奥的道理或佚失的内容，此处指探索江河之源。

　　⑧倚天云图，泼墨醉、仰望飞流一现：此句脱胎于毛泽东词句"安得倚天抽宝剑，将汝裁为三截"，亦承此意，表达人类了解与改造自然的志向。历史上曾有很多名人或冒险家，历经艰难险阻探求江河之源。此句反映探求之难，亦赞不舍坚毅之精神，亦表不畏险阻务求正源之愿。

　　⑨亘古冰川，星宿海灿烂，雪峰如幻：冰峰，雪山均为青海景观。星宿海，位于黄河源头地区，曾一度被误以为是黄河正源，是黄河流经两山夹峙间的开阔川地，是人迹罕至的草滩上的水泡子，娴静如处子，大小不一、星罗棋布，一到晚上月光泻地，星光闪烁之下，草滩上的水泡子也恍若群星，星宿海由此得名。

念奴娇·三江源——高原物语

　　拜天惜地，三江源、超越生命情感。神韵古风，奇观展、唐卡花儿箴念。守望自然，高山仰止，匍匐虔诚面。如诗歌舞，还有风韵相伴。　　氧气稀薄酷寒，冬去春又暖，苍凉悠远。依次拾级，抬望眼、林茂灌丛毡甸。冬月清辉，羚羊争夺战，夏天生产。冰雪洗礼，爱河碧澈惊艳。

【注】

①拜天惜地：此句反映三江源地区居民的基本价值观，即敬天惜地、尊重自然、与自然和谐共生。

②超越生命情感：生命情感，即个体对自我生命的体认、肯定、接纳、珍爱，对生命意义的自觉、欣悦、沉浸，以及对他者生命乃至整个生命世界的同情、关怀与钟爱。达尔文曾说对于所有生命的热爱是人类最高尚的品格。作者认为三江源人民的敬天惜地已经超越了对生命世界的热爱，而上升为对一切自然万物的尊重与呵护的高度，是一种为更高尚的品格。

③神韵古风：指三江源地区的艺术成就，如青藏各民族宗教艺术、绘画和音乐等，后句之"花儿唐卡箴言"均为其代表。

④唐卡：系藏语音译，指用彩缎装裱后悬挂供奉的宗教卷轴画，是藏族文化中一种独具特色的绘画艺术形式。它兴起于松赞干布时期，题材内容涉及藏族的历史、政治、文化和社会生活等诸多领域。唐卡绘画线条精描细绘，银勾铁划似的线条之中透露出中国传统工笔的底蕴，上色则浓墨重彩，极富于装饰性，颜料全为天然矿植物原料，色泽艳丽，经久不退，具有浓郁的宗教风格。创作内容多以佛教传说故事为主，早年多出自寺院僧人之手。

⑤花儿：花儿是产生于青海，并流行于青、甘、宁、新等地

区的一种山歌，唱词浩繁，文学艺术价值较高，被人们称为西北之魂，青海素有"花儿家乡"的美称。大部分花儿的内容与爱情有关，常把女孩子比作"花儿"，也有一部分以咏唱生活为主题。每年农历的五六月间，成千上万的农牧民，聚集在山坡上唱歌跳舞，这就是著名的花儿会。各地的花儿会，不仅风情各异，而且都和特别美丽而动听的传说、独特的习俗联结在一起。

⑥箴念：指嘛呢石堆。以在石头上刻有"嘛呢"，即梵文佛经中的"唵嘛呢叭咪吽"六字真言而得名。藏传佛教相信，将六字真言纹刻在石块上，这些石块就具有超自然的灵性和宗教意义，能救赎众生。青海地区世界上最大的嘛呢石堆，石头总量多达25亿块，为青海人民在600多年里自发地堆砌而成。

⑦守望自然，高山仰止，匍匐虔诚面：三句均表现对天地自然的崇敬。"高山仰止"语出《诗经·小雅·车辖》："高山仰止，景行行止"，比喻对高尚的品德的仰慕。"匍匐大自然"，则指藏民朝圣拜佛时最为虔敬的等身长头礼：首先取立正姿势，口诵"唵嘛呢叭咪吽"六字真言，双手合十，高举过头，然后行一步；双手继续合十，移至面前，再行一步；双手合十移至胸前，迈第三步时，双手从胸前移开，与地面平行前伸，掌心朝下俯地，膝盖先着地，然后全身匍匐着地，额头轻叩地面。

⑧氧气稀薄酷寒：指三江源地区的高原气候特征：低压缺氧，空气稀薄清洁，寒冷干燥、。

⑨依次拾级，抬望眼、林茂灌丛毡甸：指青藏高原由于高山垂直气候带而呈现的山地垂直自然带植被特征。在高原的南缘和东部地区的河谷中分布有较茂密的森林，但随着海拔高度上升，气温不断下降，植被就逐渐转变为稀疏的矮树和灌木，乃至高山草甸。

⑩冬月清辉，羚羊争夺战，夏天生产：此句描写藏羚羊的习性。严冬之末为藏羚羊发情交配之季，为获得对母羊的占有权，公羊之间需要展开搏斗；而藏羚羊们会选择一个月圆的晚上开始交配，持续三天。每年夏季的六七月份则是母羊妊娠期满的时候。

念奴娇·神湖纳木错

云龙回首，纳木错、唐古拉山横卧。玉宇雪峰琼仙座，海天蔚蓝一色。碧空如洗，静谧宽广，几多牦牛乐。高原少女，恬然动人心魄。　　翻越五千高坡，豁然开朗，圣湖从天落。西藏之水救中国？如何可解困惑？敬畏自然，拜谒山水，世代修正果。人间美景，才与天公争阔。

【注】

①纳木错：纳木错湖，意为天湖、灵湖或神湖，是藏传佛教的著名圣地，信徒们尊其为四大威猛湖之一，传为密宗本尊胜乐金刚的道场，位于拉萨市当雄县和那曲地区班戈县之间。纳木错湖面平均海拔4718米，水面面积1920平方千米，东西长约70千米～80千米，南北宽约30千米～40千米，周长约318千米，是西藏第一大、我国第二大的内陆咸水湖，也是世界上海拔最高的大湖。

②云龙回首，纳木错：为作者所见、所摄的奇观，一片团云如回首之巨龙盘踞纳木错之上。

③唐古拉山横卧：纳木错湖的东边是雄伟的念青唐古拉山脉。

④玉宇雪峰琼仙座，湖天蔚蓝一色。碧空如洗，静谧宽阔，几多牦牛乐。高原少女，恬然动人心魄：均为作者所见之美景：纳木错的东南部是直插云霄，终年积雪的念青唐古拉山主峰，湖

滨平原牧草良好，是天然的牧场，天空湛蓝、湖光深碧、山峰堆雪，绿草如茵，牧民的牛毛帐篷散落其间，一派纯净静谧的美景。而"高原少女，恬然纯情如歌"，不仅描写作者所见之景，更是巧妙地以少女之形象暗指当地人纯朴的天性，并引出下阕的评论。

⑤五千高坡：指海拔 5231 米的唐古拉山口。

⑥西藏之水救中国：指报告文学《西藏之水救中国》，该书介绍了惊人的"再造中国"构想——大西线南水北调战略。这个计划的核心就是每年从西藏水系中调 2000 亿吨沿朔天大运河输往干旱缺水的华北和西北（包括新疆）地区，以解决这一地区的水资源匮乏问题。词作者对此观点所提质疑并非针对该设想的合理性，而是意在提出为什么西藏水系能够保持水量充沛和水质优良，而我国其他地区却出现水资源匮乏和水源污染现象这一深层思考。

⑦拜谒山水，敬畏自然，世代修正果。人间美景，才与天公争夺：此句为全词之眼，是作者对前句所提质疑的思考和回答。喻指只有敬畏自然，保护环境，才能保证人与自然的和谐相处和社会的和谐发展。

念奴娇·三江源——敬畏自然

海洋漫漫，乾坤转、青藏高原凸现。古时茫茫，今日见、峡谷奇峰雪线。世界屋脊，昂头携手，共御风寒伴。明媚春色，才将神韵叠染。　　山水交汇连天，涌出诗美奂，风情璀璨。亘古冰川，寒又暖、辉映天蓝云淡。敬畏自然，惠人间万物，润泽温婉。珍爱守望，醉人仙境如幻。

【注】

①海洋漫漫，乾坤转、青藏高原凸现：青藏高原有确切证据的地质历史可以追溯到距今四五亿年前的奥陶纪，其后青藏地区各部分曾有过不同程度的地壳升降，或为海水淹没，或为陆地。距今6000万年前，印度板块继续向北漂移，又一次引起了强烈的构造运动。冈底斯山、念青唐古拉山地区急剧上升，藏北地区和部分藏南地区也脱离海洋成为陆地，高原的地貌格局基本形成。地质学上把这段高原崛起的构造运动称为喜马拉雅运动。

②古时茫茫：到28亿年前（地质年代的早二叠世），现在的青藏高原是波涛汹涌的辽阔海洋。这片海域横贯现在欧亚大陆的南部地区，与北非、南欧、西亚和东南亚的海域沟通，称为"特提斯海"或"古地中海"。当时特提斯海地区的气候温和，成为海洋动植物发育繁盛的地域。

③世界屋脊：青藏高原是世界上最高的高原，平均海拔高度在4000米以上，有"世界屋脊"和"第三极"之称。

念奴娇·喀纳斯湖

　　碧湖天落，梦之河、疑是人间仙座。春夏秋冬，渐次过、调色板上染色。美玉一池，珍珠闪烁，溢彩流光和。如诗如画，如醉如梦如惑。　　观鱼亭上巍峨，雪山云渺渺，群峰相握。帷幕徐徐，忽开启、山水相连平阔。翠影叠光，月亮湾柔弱，恰似泼墨。长袖飘舞，待相知共时刻。

【注】

　　①喀纳斯湖：位于新疆维吾尔自治区阿尔泰地区布尔津县境内北部，是一个坐落在阿尔泰深山密林中的高山湖泊，以风景优美着称。喀纳斯湖具有很多唯一：亚洲惟一的瑞士风光，我国惟一和四国接壤的自然保护区，我国惟一的北冰洋水系，我国惟一的南西伯利亚区系动植物分布区等。喀纳斯意为"美丽富饶、神秘莫测"或者"峡谷中的湖"。

　　②碧湖天落，梦之河、疑是人间仙座：喀纳斯湖水主要来自冰川融水和当地降水，因此作者称之为"碧湖天落"；此外，此句，与后面一句"疑是人间仙座"一起，形容喀纳斯湖景色奇美，如从天上落下的仙河。

　　③春夏秋冬，渐次过、调色板上染色：喀纳斯湖的奇观之一是变色，因此又被称为"变色湖"。5月，冰雪消融，湖水幽暗，呈青灰色；6月，湖水随周山的植物泛绿，呈浅绿或碧蓝色；7月，上游白湖的白色湖水大量补给，湖水由碧绿色变成微带蓝绿的乳白色；8月，湖水受降雨的影响，呈现出墨绿色；进入九十月，湖水补给明显减少，翡翠色的湖水因周围植物的倒映而出色彩斑斓，12月份封冻，湖面呈白色。此外，一天之内，喀纳斯湖也会因为天气的变化而呈现不同的颜色。

④美玉一池，珍珠闪烁，溢彩流光和：描述喀纳斯湖三种美景。风静波平时，湖水如一池碧玉；微风起波时，涟漪因日光或月光的照射而闪闪发光，如万颗珍珠；秋季时，万木争辉，大放异彩。

⑤观鱼亭：喀纳斯湖景区景点，位于骆驼峰山顶。观鱼亭上可观赏喀纳斯湖的整体美景，后面诸景均为在观鱼亭上所观。其中"观鱼"典故出自《庄子·秋水》篇："庄子与惠子游于濠梁之上。庄子曰：'鲦鱼出游从容，是鱼之乐也？'惠子曰：'子非鱼，安知鱼之乐？'庄子曰：'子非我，安知我不知鱼之乐？'惠子曰：'我非子，固不知子矣；子固非鱼也，子之不知鱼之乐，全矣。'庄子曰：'请循其本。子曰"汝安知鱼乐"云者，既已知吾知之而问我。我知之濠上也。'"乃是通过庄子与惠子对"鱼之乐"的辩论，用以表达自得其乐的意境。

⑥雪山云渺渺：指阿尔泰山最高峰友谊峰山顶的冰雪。描写喀纳斯湖独特的云海雾涛景观。因降水充沛、气候清凉，喀纳斯湖常为朦胧雾霭围绕。

⑦帷幕徐徐，忽开启、山水相连平阔：云雾慢慢散去，有如帷幕慢慢拉开，喀纳斯湖逐渐露出真容，待云雾散尽，湖天相连，平阔疏远。

⑧翠影叠光，月亮湾柔弱，恰似泼墨：喀纳斯湖周围环山，山上不同植物倒映入湖，如水墨画般美丽。水墨，一般指用水和墨所作之画，由墨色的焦、浓、重、淡、清产生丰富的变化，此处将喀纳斯湖的风景比喻为水墨山水。月亮湾：喀纳斯的标志性景点，为一蓝色月牙形湖湾，随喀纳斯湖水变化而变化，是喀纳斯河的一颗明珠。湖内有一对光脚印，传说为嫦娥奔月时留下，也有传说为成吉思汗追敌人时留下。月亮湾美丽静谧，温柔可人。

⑨长袖飘舞，待相知共时刻：此处承上句"月亮湾"嫦娥奔月典故，化用毛泽东词《蝶恋花·答李淑一》"寂寞嫦娥舒广袖"句，写月亮湾静谧美景，欲等待"相知者"前来观赏。

忆秦娥·西湖夜色

西湖夜，星光洒落清辉月。清辉月，苏堤柳浪，宋时亭榭。　　雷峰塔映天堂界，桂花渐放飘香节。飘香节，金风如醉，梦中诗阕。

【注】

①西湖：我国各地共有西湖36处，此诗中所描写的是杭州西湖，古称钱塘湖，又名西子湖。古代诗人苏轼就对它评价道："欲把西湖比西子，淡妆浓抹总相宜。"杭州西湖位于浙江省杭州市西面，它以其秀丽的湖光山色和众多的名胜古迹而闻名中外，是我国著名的旅游胜地，也被誉为人间天堂，是"全国十大风景名胜"之一。苏堤和白堤将湖面分成里湖、外湖、岳湖、西里湖和小南湖五个部分。西南有龙井山、理安山、南高峰、烟霞岭，大慈山、临石山、南屏山、凤凰山、吴山等，总称南山。北面有灵隐山、北高峰、仙姑山、栖霞岭、宝石山等，总称北山。西湖不但独擅山水秀丽之美，林壑幽深之胜，而且还有丰富的文物古迹、优美动人的神话传说，自然、人文、历史、艺术，巧妙地融合在一起。

②苏堤：苏堤是北宋元祐五年（1090），诗人苏轼任杭州知州时，疏浚西湖，利用浚挖的淤泥构筑并历经后世演变而形成的，杭州人民为纪念苏东坡治理西湖的功绩，把它命名为"苏堤"。南宋以来，苏堤春晓一直居"西湖十景"之首。苏堤南起南屏山麓，北到栖霞岭下，全长近三千米，堤宽平均36米。沿堤栽植杨柳、碧桃等观赏树木以及大批花草，还建有六座单孔石拱桥。桥名自南而北依次为映波、锁澜、望山、压堤、束浦、跨虹。苏东坡曾有诗云："我来钱塘拓湖绿，大堤士女争昌丰。六桥横绝天汉上，北山始与南屏通。"说的就是苏堤风景。

③柳浪：指柳浪闻莺公园。地处西湖东南隅湖岸，占地约二十一公顷。以青翠柳色和婉转莺鸣作为公园景观基调，在沿湖长达千米的堤岸上和园路主干道路沿途栽种垂柳及狮柳、醉柳、浣沙柳等特色柳树。在园中部主景区辟闻莺馆，营造烟花三月、柳丝飘舞、莺声清丽的氛围。

④宋时亭榭：杭州在南宋时为南宋都城，名为临安。这是杭州的鼎盛时期，极为繁华，西湖周边的景致亦越发繁多，著名的"西湖十景"皆形成于南宋时期。此句表达的是，西湖之美有着深厚的文化及历史底蕴。

⑤雷峰塔：原名皇妃塔，又名西关砖塔，古人更多地称之为"黄妃塔"。它是由吴越国王钱俶为贺黄妃得子，而于宋开宝八年（975）年在西湖南岸夕照山上建造的佛塔。每当夕阳西下，塔影横空，别有一番景色，故被称为"雷峰夕照"。雷峰塔在民国十三年（1924）倒塌，1999年，浙江省和杭州市人民政府通过决策，按雷峰塔原有的形制、体量和风貌重建新塔，于2002年落成。

⑥天堂：宋范成大《吴郡志》云："谚曰：'天上天堂，地下苏杭。'"形容苏州、杭州的美丽、繁荣与富庶。唐诗人任华曾在《怀素上人草书歌》吟咏："人谓尔从江南来，我谓尔从天上来！"这应该便是将苏杭一带比作天堂的滥觞。

渡江云·张家界

溪流山谷过，雾蒙天阔，诗意漾成河。三千峰对坐，绝壁云中，险仞风轻拂。金鞭川美，醉游者、水绕高坡。风吹动、碧林芳草，涌起韵之波。　　天歌，湘西洒落，雨意婆娑。马鬃岭新色。望天外、白云曼舞，意态何多。红尘万丈谁看破，忆子房，能息干戈。甘淡泊，闲来尽览山河。

【注】

①张家界：相传汉代留侯张良隐居于此而得名。张家界市所在地位于湖南省西北部，原名大庸。20 世纪 70 年代末，张家界罕见的石英砂岩峰林奇观被世人发现，得以开发，将林场所属范围定名为"张家界森林公园"，成为中国第一个国家森林公园。一脉相连的索溪峪、天子山、杨家界三大自然保护区组成的武陵源，是张家界的核心景区。

②绝壁云中：指黄石寨。亦名黄狮寨，原名黄丝寨，又称黄氏寨。因传古有一道人黄石公在此隐居而得名，是张家界旅游区的精华，向来有"不登黄狮寨，枉到张家界"之说。它海拔 1200 多米，是由诸悬崖峭壁共同托起而形成的一块南高北低的台地。主要景点有：天书宝匣、定海神针、南天一柱、金海探龟等，是张家界美景最集中的地方。同时也是张家界最大的凌空观景台。

③金鞭川：即金鞭溪。金鞭溪是天然形成的一条美丽的溪流，因金鞭岩而得名。它全长 5700 米，穿行于绝壁奇峰之间，溪谷有繁茂的植被，溪水四季清澈，如"山水画廊""人间仙境"，有"世界最美的峡谷""最富有诗意的溪流"之誉。

④马鬃岭新色：张家界地域古属朝天山，因明崇祯邑人张再弘"蒙恩赐团官"设衙署于此而得名。也曾称张家界为马鬃岭。

⑤忆子房、能息干戈：张良，字子房，汉初三杰之一，谋略家、政治家。刘邦曾赞其"运筹帷幄之中，决胜于千里外，子房功也"。

如梦令·丹霞山神韵

气势磅礴横卧，涂抹霞光丹色。山峁嫁清江，禅意顺流飘落。　　交错！交错！天地阴阳之作。

【注】

①丹霞山神韵：丹霞山，位于广东省韶关市仁化县和浈江区境内。是广东省面积最大、景色最美的、以丹霞地貌景观为主的风景区和自然遗产地，与鼎湖山、罗浮山、西樵山合称为广东四大名山。被称为世界地质公园、世界遗产提名引地、世界自然遗产、国家 AAAAA 级风景名胜区、国家级自然保护区、国家地质公园。

②天地阴阳之作：阴阳，阴阳的概念，源自古代中国人民的自然观。古人观察到自然界中各种对立又相联的大自然现象，如天地、日月、昼夜、寒暑、男女、上下等，以哲学的思维方式，归纳出"阴阳"的概念。

兰陵王·咏山

大风景，一览群山与共。葱茏美、岚雾青松，五彩斑斓染金梦。峰峦起伏里，灵动、时光剪影。雄浑处，几处墨浓，几处红黄伴情赠。　　奔腾水轻进，汇聚与天拥，冰雪登顶。凝结胸臆写仙境。待到和风渡，溪流悄送，载着理想唱隽永。涌出诗情纵。　　厚重，手携起，袅袅响回声，心心相映。漫天遍野流憧憬。春夏秋冬曲，谁能听懂？曾经沧海，岁月逝，竟成诵。

【注】

①岚雾青松：山中雾气萦绕青翠松柏。白居易《阴雨》有句："岚雾今朝重，江山此地深。"

②待到和风渡，溪流悄送，载着理想唱隽永：描写和风暖日之时山顶冰雪消融，化为涓涓溪流依山静流而下，承载着滋养万物的理想。

③手携起，袅袅响回声，心心相映：山山相伴，是一种静默的情感，相连之处幽谷流风。人在山谷中高唱回响，山与人之间，山与山之间都在在诉说着彼此的默契和真情。

④曾经沧海，岁月逝，竟成诵：经历了沧海桑田，如今拔地而起、巍巍屹立的山峰，见证着岁月流逝，吟诵着属于它们的历史诗篇。

行香子·水中观丹霞山

　　锦江乘船，静仰奇观。见群象、东渡安然。
灿若明霞，色如渥丹。神工鬼斧，天造化，矗阳
元。　　灵峰秀帘，绿丛遮掩，娇还羞、神交自然。
归兮美人，醉卧高岚。玉女拦江，几百里，水绕山。

【注】

　　①丹霞山：位于广东省韶关市仁化县和浈江区境内，国家级
自然保护区、国家地质公园之一，是广东省面积最大、景色最美的、
以丹霞地貌景观为主的风景区和自然遗产地。也是广东四大名山
之一，被誉为"中国红石公园"。

　　②锦江：丹霞山下有一条清澈的锦江，环绕于峰林之间，与
诸多山洞共同构成"锦岩洞天"胜景。

　　③色如渥丹："色如渥丹，灿若明霞"乃是明末虔州巡抚李
永茂对丹霞山的赞美之词，丹霞山亦由此得名。丹霞，是地理学
上很重要的名词。它是指红色砂岩经长期风化剥离和流水侵蚀，
形成孤立的山峰和陡峭的奇岩怪石，是巨厚红色砂、砾岩层中沿
垂直节理发育的各种丹霞奇峰的总称。

　　④神工鬼斧：《庄子·达生》："梓庆削木为镶，镶成，见
者惊犹鬼神。"形容事物奇巧，像是鬼神制作出来的。

　　⑤阳元：阳元山。山上有形似男人生殖器官样的石头。

　　⑥玉女：丹霞山有"玉女拦江"之景。

沁园春·三峡之秋

绝壁巫峡，神女峰奇，一袭红衣。如朝霞锦
瑟，秋光绚丽，千山叠嶂，万壑湍急。高镜平湖，
飞流直下，百舸千轮过船级。曾记否，忆李白踏歌，
两岸猿啼？　　超然翠岭依依。似水墨、丹青挥
洒兮。聚百般风韵，巴山蜀雨，茫茫九派，南北
丛溪。动静相间，城乡衔趣，川江号子已渐稀。
极目望，叹昨天厚重，今日传奇。

【注】

①三峡：长江三峡西起重庆市的奉节县，东至湖北省的宜昌
市，全长205千米。自西向东主要有三大峡谷：瞿塘峡、巫峡和
西陵峡，三峡因而得名。三峡水力资源极为丰富，故建有三峡水
电站。

②巫峡：长江三峡之一，以幽深秀丽擅奇天下，峡深谷长迂
回曲折，峡中云雨之多，变化之频，云态之美，雨景之奇，令人
叹为观止。

七律·遍地绿意

深深浅浅绿婆娑，老树参天碧水河。

芳草丛丛追嫩柳，新苗垄垄漾春歌。

麦田雪后梳妆沃，庭院风前沐浴浊。

满眼生机流气度，清香遍地野花坡。

【注】

①麦田雪后梳妆沃：冬雪消融之后，麦田如同重新梳妆，更显肥沃。

五言排律·湖光水韵

吐纳时光雨，消融岁月溪。

湖深云朵落，水满柳丝依。

倒映峰峦醉，横观草色急。

歌轻浩渺远，墨重旖旎低。

归隐舟船泊，出征雪浪趋。

胸宽风韵涌，万顷画中栖。

扬州慢·一湾春水

树翠城娇，情绵诗绕，一湾春水飘飘。碧波出其里，深浅绿迢迢。望垂柳、迎风羞涩，岸边微醉，无语拂桥。正斜阳、丝絮飞扬，飘入江潮。　溪环水抱，岭重重、浩荡追涛。渡船伴山歌，真情如泻，画也难描。淡淡紫烟相映，朦胧美、随景轻摇。亘古无声韵，染出多少风骚。

【注】

①树翠城娇，情绵诗绕，一湾春水飘飘：桂林城市建设的主要特色是"显山露水、连江结湖、开墙通景、增绿减尘"。"两江四湖"工程，连接漓江、桃花江，沟通榕湖、杉湖、桂湖、木龙湖，构成环城水系，引水入湖，修建了21座名桥。词中描写的正是桂林"千峰环野立，一水抱城流"的美景。

②望垂柳、迎风羞涩，岸边微醉，无语拂桥：描写初春时节，桂林城区湖畔垂柳迎风飘舞，姿态如微醉般妩媚，柔枝依依拂桥，有种无语的柔美。

③渡船伴山歌，真情如泻，画也难描：描写作者在漓江阳朔水域上观看大型山水实景演出《印象·刘三姐》的场景，竹筏载着歌者，山水间回荡阵阵山歌，山峰隐现、水镜倒映，竹林轻吟，月光倾洒，连最美的图画也无法描绘出这样的美景。

齐天乐·情染漓江

醉游春水漓江动，山山与之呼应。远影重重，
弯弯意境，鸥鹭低回高纵。群峰垂挂，碧流荡竹排，
景随舟弄。两岸风光，淡然烟雨写诗梦。　　满
河飘落碧绿，倚窗深浅映，波伴涛竞。芳草吹香，
真情染透，画卷丹青韵重。仙姿与共。绕岭翠依依，
唤歌呼兴。又览苍穹，诉说心底恸。

【注】

①醉游春水漓江动，山山与之呼应：乘舟泛游漓江，江山如
画展现在面前，令作者陶醉。两岸青山随着船的前行含羞敛容地
往两边退去，仿佛与醉梦中的游人呼应。两岸的山麓，时现村舍
和翠竹，间或出现的农田，层层叠叠却又远近合度。漓江的远山
近景，让人感受到大自然的灵性和可贵。山与人的呼应，水与人
的呼应，山与山的呼应，山与水的呼应，恰如一唱三叹的婉约词。

②远影重重，弯弯意境：描写漓江两岸青山疏密有致的叠影，
江水绕奇峰，水转山移，叠峰错落。

③群峰垂挂，碧流荡竹排，景随舟弄：两岸奇峰以江面为界，
倒影如垂，有人乘坐的竹排顺流而下，移步异景。

④淡然烟雨写诗梦：漓江最有诗意的时候是烟雨时，淡淡的
云雾，飘零的细雨，带给漓江梦幻般的美景，缥缈云烟中，青山
参差低昂，若隐若现，水与烟雨浑然一体，漓江的诗情画意，宛
然而生。

江城子·九寨天籁曲

　　晶莹九寨雪山峰。撼心灵，忆攀登。瀑布飞湖，珠玉落溪丛。流水潺潺飘旧梦，夕阳照，溢诗情。　　纤尘不染透娇容。韵千重，珮纷呈。谁把绿蓝，赠与美丹青？弥漫心中天籁曲，弹琴瑟，共争鸣。

【注】

①九寨：九寨沟又称何药九寨，位于四川省阿坝藏族羌族自治州九寨沟县境内，为白水沟上游白河的支沟，以有九个藏族村寨而得名。九寨沟以其神妙奇幻的翠海、飞瀑、彩林、雪峰等无法尽览的自然与人文景观，成为全国唯一拥有"世界自然遗产"和"世界生物圈保护区"两顶桂冠的圣地。

②晶莹九寨雪山峰。撼心灵，忆攀登：九寨沟海子里面的水都是雪山雪水融化而来。身处九寨沟内，举目能看到雪峰，低头便是雪水消融后清莹透彻的水，这一刻似乎可以洗净沧桑，揭开尘封，让人不禁感到自然的伟大。

③瀑布飞湖，珠玉落溪丛：九寨沟内诺日朗瀑布的水如玉珠一样落在溪丛中，最后汇集成碧玉一样的湖水。

④流水潺潺飘旧梦：九寨的水让人沉醉，见过九寨的水，人们往往都会怀念起那一湾湾的碧水。九寨潺潺的流水，飘散着人们对其怀念的旧梦。

⑤珮纷呈：珮，玉饰。

⑥谁把绿蓝，赠与美丹青：九寨的水如童话世界一样斑斓，一泊是绿色，一泊是蓝色，随着四季而添彩。让人不由感叹，大自然赋予了九寨世界上最美的水。

⑦弥漫心中天籁曲，弹琴瑟，共争鸣：面对着这样的美景，

无论是文学家还是画家，都想用各自擅长的艺术形式抒发自己心中的天籁之曲，为九寨的美增添一笔光彩。

乌夜啼·飞梦

　　无言静赏榕湖，润如酥。细雨似飘飞梦，染江图。　　山已寐，水仍醉，桂香出。谁解其中情韵，待风拂。

【注】

①无言静赏榕湖，润如酥：桂林的自然景观举目有色，移步有景，作者静赏这番美景，细雨之中的榕湖景色滋润如酥，颇有唐韩愈《早春》诗中"天街小雨润如酥"之意境。

②榕湖：榕湖位于广西桂林市区中心，秀峰区、象山区接合处，阳桥西侧，向西通桃花江，东接杉湖，因湖岩生长古榕树得名。榕湖常与杉湖一起合称榕杉湖。作者下榻的酒店位于榕湖边，晚上得以静赏榕湖。榕湖因湖岩生长古榕树得名，常与杉湖一起合称榕杉湖。

③山已寐，水仍醉，桂香出：渐入深夜，虽然山已入睡，但水亦沉醉，作者的心情如水般陶醉，沿湖桂花的清香随风飘散，沁人心脾。

蓦山溪 · 又见喀纳斯

千回百转，韵致丹青线。梦寄喀纳斯，记忆中、曾经俯瞰。借得山水，酝酿写词章，情漫漫。光阴转，又见心中幻。　　追寻画卷，满目青山涧。幽谷绕云烟，小木屋，无声依恋。瞬间飘雨，静静入江潮，珍珠溅，湖正盼。恍若诗书卷。

【注】

①喀纳斯：喀纳斯自然景观保护区位于布尔津西北部，我国阿尔泰山西北端的深山密林中，堪称"阿尔泰山旅游明珠"。该风景区是一个森林型综合自然保护区，是我国唯一的一块欧洲——西伯利亚泰加林"飞地"。"飞地"指"一个国位于他国国境之内不与本国毗连的领土"。

②千回百转，韵致丹青线：喀纳斯湖是高山湖泊，进入景区的车行之路沿山千回百转，回望途经的道路犹如山谷间的丹青线，富有情致和韵味。

③梦寄喀纳斯，记忆中、曾经俯瞰：作者曾于2002年观览过喀纳斯湖，常忆起当时俯瞰喀纳斯湖，细赏鉴喀纳斯湖的情景。

④借得山水，酝酿写词章，情漫漫：作者曾在《念奴娇·喀纳斯湖》中用"碧湖天落，梦之河、疑是人间仙座"描写喀纳斯的山水美景。再次观景，仍然感觉"如诗如画，如醉如梦如惑"。

⑤追寻画卷，满目青山涧：喀纳斯的碧湖青山呈现出一种超凡脱俗的美，是作者追寻的一方净土。

⑦幽谷绕云烟，小木屋，无声依恋：图瓦人居住的小木屋散落在喀纳斯山谷之中。在云烟缭绕的山谷之中，无声的小木屋表达了淳朴的图瓦人对这方净土的依恋。

水龙吟·九寨神韵

　　冰肌玉骨清柔美，静若远山仙水。千般姿态，千般神秘，千般富贵。倒影婆娑，云飘波漾，湛蓝交汇。树叶飞其里，红黄片片，岭横卧，虬枝缀。　　蜀道已成故垒。落银河、雪融溪媚。翩然孔雀，展屏梳羽，仿佛沉醉。幻化风光，湖中流景，绿深生珮。叹三生有幸，轻读九寨，诗情催泪。

【注】

①树叶飞其里，红黄片片：秋天是九寨沟最为灿烂的季节，五彩斑斓的红叶，彩林倒映在明丽的湖水中。缤纷的落叶在湖光流韵间漂浮。

②蜀道已成故垒：蜀道，指三国时期修建的蜀道，亦指李白《蜀道难》。

③落银河、雪融溪媚：指九寨的水为雪融之水，高山雪水流淌而下如银河从天而落，潺潺溪水尽显妩媚。

④翩然孔雀，展屏梳羽，仿佛沉醉：描写九寨沟的孔雀湖，如孔雀落入湖中，正在梳理它美丽的尾羽，似乎沉醉在这九寨的美景之中。

洞仙歌·喀纳斯绿色

绿得浓郁，绿得妖娆聚。绿染湖中润如玉。绿深深、宛若仙女依依；嫣然美，绿满风光横溢。　　绿涂群岭丽，绿领红黄，绿写湾湾水含趣。厚厚绿堆积，碧草芳香，一池梦，无垠诗意。正拜谒、芳姿绿飘流，入仙境、随情画中游弋。

【注】

①本词是作者于喀纳斯观景，被喀纳斯的绿色所震撼而作。全词"绿"字出现了十次，渲染喀纳斯湖的绿意了得。上阕一开始两句如散文，转而便有了诗词的意境。自朱自清写《绿》以来，很少有人专门写绿。作者用词的形式写喀纳斯的绿。

②绿染湖中润如玉：入夏之后，喀纳斯湖随周围的植物染绿，湖水呈现碧绿色，风静波平时，如一池温润的碧玉。

③绿深深，宛若仙女依依：喀纳斯湖碧如翡翠，山间云雾从湖面袅袅而起，如仙子临凡，长袖飘舞。

④厚厚绿堆积，碧草芳香，一池梦，无垠诗意：喀纳斯湖四周森林茂密，绿草如茵，繁花似锦。这一池以绿色为主旋律的隔世美景，让人诗意无限。

汉宫春·漫步西湖

漫步西湖，望青山伴水，淡雅如图。几桥几坝，塔映曲院荷舒。飘然翠柳，醉游人、袅袅风拂。常忆起，昔时故垒，还将旧日追逐。　　居易解忧民苦，此别轻洒泪，百姓低哭。东坡放歌酻月，情寄当初。精忠报国，岳飞轩、字字玑珠。千古唱，微涟许许，涌出荡气诗书。

【注】

①西湖：杭州西湖位于浙江省杭州市的西方，它以其秀丽的湖光山色和众多的名胜古迹闻名中外，是我国著名的旅游胜地，也被誉为"人间天堂"。西湖古称"钱塘湖"，宋代诗人苏轼对它评价道："欲把西湖比西子，淡妆浓抹总相宜。"故又名"西子湖"。

②漫步西湖，望青山伴水，淡雅如图：主要描写西湖四周的山，山与水之间的呼应，山与水的和谐。青山浅淡，近处的山和远处的山环绕西湖，山水相伴，这般湖光山色如水墨画般淡雅。

③几桥几坝，塔映曲院荷舒："几坝"是指几个堤坝——苏堤、白堤、杨公堤，"几桥"——断桥、西泠桥、长桥。"塔映曲院荷舒"之塔为西湖南岸夕照山上雷峰塔。"曲院风荷"位于西湖西侧，岳飞庙前。南宋时，此有一座官家酿酒的作坊，取金沙涧的溪水造曲酒，闻名国内。附近的池塘种有菱荷，每当夏日风起，酒香荷香沁人心脾，因名"曲院风荷"。

④飘然翠柳：西湖岸边遍植杨柳，闻名的景点有烟柳笼纱中闻莺啼的"柳浪闻莺"、飞柳熏风的"苏堤春晓"等。

⑤居易解忧民苦，此别轻洒泪，百姓低哭：诗人白居易在杭州任刺史期间，政绩有口皆碑，三年任期满后奉诏离开杭州赴洛阳之际，杭城百姓夹道相送，惜别白公，"合郡咸感德，离别情依依"。西湖岸边《送别白居易群雕》还原了当时的场景。白居易于唐长庆二年十月赴任杭州刺史，他怀着"下恤民庶"的抱负来到杭州，到任以后，就把彻底治理西湖这一工程提到议事日程上。他任杭州刺史的主要政绩之一，就是在西湖东北岸一带筑成捍湖大堤，有效地蓄水泄洪，保证农田有水灌溉，人民有水饮用。

⑥东坡放歌酹月，情寄当初：宋苏轼《念奴娇·赤壁怀古》："人生如梦，一樽还酹江月。"苏轼曾于熙宁四年和元祐四年两次来杭州，第一次任通判（副知州），第二次任知州，先后达五年之久。在杭五年，是苏东坡坎坷一生中最为快活的日子。作为地方官，他关心民生，赈济灾民，兴修水利，政绩显著。为官之暇，他纵情山水，其踪迹遍及西湖山水、园林、寺庙，留下了许多传说、题名、碑刻、诗词，为西湖增添了浓厚的文化内涵，留下了"居杭积五岁，自忆本杭人。故家归无路，欲卜西湖邻""欲把西湖比西子，淡妆浓抹总相宜"等诗句来咏叹西湖，表达对西湖的深厚感情。

⑦精忠报国，岳飞轩、字字玑珠：岳飞庙座落在杭州西湖栖霞岭南麓，是南宋抗金名将岳飞的长眠之地。岳飞墓前墓阙镌有"精忠报国"四字，是岳飞一生的座右铭。

点绛唇·太湖水

秀水柔湖，闻名遐迩依山处。月光如注，洒下诗书赋。　　垂爱风拂，便引春常驻。阡阡路，淌江南绿，留下悄然步。

【注】

①2010年国庆期间作者与家人朋友在苏州度假，于太湖湖畔小住，夜晚沿湖散步，有感而作。

②太湖：位于江苏、浙江两省交界处，长江三角洲的南部。它是中国东部近海区域最大的湖泊，也是中国的第二大淡水湖（洞庭湖多年来随着湖面缩减已退为第三大湖）。太湖是平原水网区的大型浅水湖泊，湖区号称有48岛、72峰，湖光山色，相映生辉，其有不带雕琢的自然美，有"太湖天下秀"之称。

③垂爱风拂，便引春常驻：与家人朋友分享宜人美景，如春风般温暖的爱和太湖风光一般，常驻心间。

④阡阡路，淌江南绿，留下悄然步：作者与家人相伴散步湖畔，太湖的柔柔湖水和葱茏绿植相伴一路。作者品味着江南婉约柔美，也留下淡淡感悟和感动。

水调歌头·大运河

　　承载时光逝，不废古河流。曾经匍匐温润，潮涌荡龙舟。秀丽婉约风韵，淡雅清妆印记，长水绕城楼。历历往昔事，蓦然又回眸。　江山俏，人惬意，绿娇羞。千年眉宇，依旧英俊再追求。一路行来足迹，不尽绵长厚重，俯仰是春秋。谁晓繁华处，似有似无愁！

【注】

①大运河：举世闻名的京杭大运河，是世界上开凿最早、最长的一条人工河道。大运河北起北京，南达杭州，流经北京、河北、天津、山东、江苏、浙江六个省市，沟通了海河、黄河、淮河、长江、钱塘江五大水系，全长 1794 千米。

②承载时光逝，不废古河流：京杭大运河从开凿至今有2500多年的历史，在两千多年的历史进程中，大运河为中国经济发展、国家统一、社会进步和文化繁荣做出了重要贡献，至今仍在发挥着巨大作用。

③曾经匍匐温润：京杭运河为历代漕运要道，是贯通南北的"黄金水道"，对两岸农田的灌溉起到了重要作用。

④历历往昔事，蓦然又回眸：在漫长的岁月里，京杭大运河主要经历三次较大的兴修过程。大运河开掘于春秋时期，完成于隋朝，繁荣于唐宋，取直于元代，疏通于明清（从公元前486年始凿，至公元 1293 年全线通航），前后共持续了 1779 年。

⑤千年眉宇，依旧英俊再追求：作者用拟人手法，展现了几千年谨守职责的大运河的精神，历史上它作为历代漕运要道，贯穿南北；如今它在很多地区仍然作为河运要道，重新发挥航运、灌溉、防洪和排涝等多种作用。

江城子·青海湖

　　远离尘世驻高原。吻蓝天，望群山。质朴晶莹，粗犷美无边。原始风情涂抹处，飘憧憬，意微涟。　　曾经古海涌波澜。水仍咸，草连绵。崛起成湖，依旧载风帆。百鸟归来寻画栋，轻吟唱，舞翩翩。

【注】

①青海湖：又名"库库淖尔"，即蒙语"青色的海"之意。它位于青海省东北部的青海湖盆地内，既是中国最大的内陆湖泊，也是中国最大的咸水湖。

②远离尘世驻高原：早在2亿多年前，青藏高原还是浩瀚无边的古地中海的一部分。200多万年前，剧烈的造山运动使得这片古海逐渐隆起，一跃形成了"世界屋脊"——青藏高原。海水被逼走，有的被四周的高山环绕起来，形成大大小小的湖泊，青海湖就是其中之一。

③曾经古海涌波澜：早在两亿三千万年之前，青海湖曾经是一片浩瀚的古海。

④水仍咸，草连绵：青海湖是中国最大的咸水湖，其湖滨地势开阔，是水草丰美的天然牧场，羊群如云。

⑤百鸟归来寻画栋：青海湖的鸟岛自然保护区是我国八大鸟类保护区之首，被称为"鸟类的天堂"。每年三四月候鸟从南方迁徙归来，栖息、繁殖，直至9月底南迁。其间五六月是青海湖观鸟最好的时间，绿草如毯，百鸟放歌。

醉花阴·夏尔西里

色彩斑斓花正涌，芳草茵茵映。几岭柳兰红，
几岭轻黄，几岭画廊动。　　山弯路曲飘然境，
原始天飞梦。松塔嫁东风，列队边关，书写牵魂颂。

【注】

①2010 年 7 月 31 日作于新疆博尔塔拉蒙古自治州。

②夏尔西里：位于新疆博尔塔拉蒙古自治州博乐市北部，是
夏尔西里河（萨雷奇里德河）源头和上游。夏尔西里地区面积约
320 平方千米，森林密布、河流纵横、牧草繁盛，是一片美丽富
饶的地方。夏尔西里原属中、哈两国争议区，1998 年《中哈勘界
补充规定》将这里划归我国，于 2003 年正式交接，夏尔希里才
真正完整地回归中国。由于长期属于军事争议区，很少有人的活
动，这里自然资源保存完好，被称为中国"最后一块净土"。

③几岭柳兰红，几岭轻黄，几岭画廊动：夏尔西里是植物的
天堂，山岭上山花整山整片地生长，一个山岭长满红艳的柳兰，
一个山岭长满浅黄的野罂粟。五彩斑斓的山花绘成的图画，一张
张闪现在作者面前。

④山弯路曲飘然境：进入夏尔西里的山路及其险峻，都是蛇
绕龙盘的 Z 型单行路。这伴依山势的山路向前飘然延展，领着人
们进入这个人间仙境。

⑤松塔嫁东风，列队边关，书写牵魂颂：夏尔西里作为中国"最
后的净土"，这里的自然资源和生态环境尤为珍贵。为了更好地
保护好这片净土，武警博尔塔拉蒙古自治州边防官兵，长期担负
着守卫边境安宁的重任，是夏尔希里的"生态卫士"。这里的战
士如同一排排松塔一样，保卫着边疆，成为夏尔西里的"保护神"。

忆江南·额尔齐斯河（三首）

（一）

额河美，俯瞰色纷飞。可晓游人心已醉？水流跌宕向西追。灵动惹风吹。

（二）

额河美，水绕岭生辉。动静之间春染翠，清江碧透草为媒。妩媚与山偎。

（三）

额河美，落笔景相随。阿米尔萨桥跨水，满山绿色伴秋归。遍野演芳菲。

【注】

①额尔齐斯河：额尔齐斯河是我国唯一流入北冰洋的河流，源出我国阿尔泰山西南坡，西出国境入哈萨克斯坦，再入俄罗斯，在西伯利亚大平原上汇入鄂毕河后，流向北冰洋。额尔齐斯河是新疆第二大河。水中多产鱼，接近边境处河面宽达千米，可通轮船。流域内众多支流均从干流右岸汇入，形成典型的梳状水系。额尔齐斯河沿岸风光壮美，又应"金山"而有"银水"之美称。这三首《忆江南》第一首描写作者从高处俯瞰额尔齐斯河之美景；第二首描写作者想象春季额河的"清江碧透"；第三首描写作者

遥想秋季额河的斑斓多彩。

③动静之间春染翠，清江碧透草为媒：描写额尔齐斯河山静水动的美景，沿额河连绵排列的花岗岩山峰，与叠石湍流的额尔齐斯河相得益彰。河岸青草与河中水草丛生，来为这山水做媒。

④阿米尔萨：指神钟山，又名"阿米尔萨娜峰"，其名源于哈萨克民间传说。神钟山是位于额尔齐斯河两侧的两座钟形巨岩，之间有桥索相连。

苏幕遮·缱绻流岚

湛蓝湖，云里路，守望清纯，远眺飘然处。妩媚风情恒久驻，缱绻流岚，正领天然赋。　　聚玑珠，神圣渡，端坐天边，梦想潺潺吐。唐古拉山白雪慕，一览娇颜，融化成心露。

【注】

①缱绻流岚：几年前游览神湖纳木错，一位少女端坐湖边凝望远方的图景，深深刻印在作者脑海中。虽然不曾看清少女的面容，却被这种静坐的纯净深深打动，在临近天际的高原湖畔，体味到如山间流岚般灵动意境，这种缱绻萦绕的意境让人久不能忘，故作此诗。缱绻：纠缠萦绕、情意深厚之意，唐韩愈《赠别元十八协律》有句："临当背面时，裁诗示缱绻。"流岚：山间流动的雾气，亦喻指美好灵动的境界。

②湛蓝湖，云里路，守望清纯，远眺飘然处：湛蓝的纳木错湖绵延到天际和蓝天交界，连接处白云铺路。湖边静坐的少女，和湖水一般纯净，远眺云路，似乎思绪也飘然而去。"飘然处"，指湛蓝湖面、远处的白云和山峦。

③妩媚风情恒久驻：画面中的少女的背影是妩媚的，纳木错湖的湛蓝和清澈是妩媚的，远处如泼墨般山峦是妩媚的，这些妩媚有着不同的姿态，却在这一刻成为一副永恒的天然画卷。

④聚玑珠：在高原清透的阳光照耀下，湖面如有无数的珍珠点缀，夺目闪耀。

⑤神圣渡：纳木错湖是西藏三大圣湖之一，每到藏历羊年，诸佛、菩萨、护法神集会在纳木湖，设坛大兴法会，人们认为此时前往朝拜，转湖念经一次，胜过平时朝礼转湖念经十万次。所以，每到藏历羊年僧俗信徒不惜长途跋涉，前往转湖。转山、转水、转湖的习俗，是盛行于西藏等地区庄严而又神圣的宗教活动仪式。藏民敬山、敬水、敬湖，以这种独特的方式表达着对大自然的崇敬和虔诚。

⑥端坐天边：纳木错湖海拔 4718 米，是世界上最高的湖，藏语意为"天湖"。

⑦唐古拉山：位于西藏自治区东北部与青海省边境处，东段为西藏与青海的界山，东南部延伸接横断山脉的云岭和怒山。藏语意为"高原上的山"，又称"当拉山"，在蒙语中意为"雄鹰飞不过去的高山"。

⑧融化成心露：高山上的皑皑白雪融化之后，凝成心露流入江湖。

声声慢·山湖相恋

——念青唐古拉山与纳木错

天湖澄净，峻岭多情，遥相依恋互敬。冰化雪融流入，沧桑与共。唐古拉山高耸，秉祥和、庄严厚重。纳木错，守纯洁，无渡无涯无竞。

刹那云涛雾涌，随天降，波澜漾成飘动。万象恢弘，炫彩染出仙境。腾格里海护佑，越心魂、风光纵横。堪壮阔，亦神圣，亘古飞梦。

【注】

①念青唐古拉山与纳木错：青唐古拉山脉屹立在西藏高原中部，自西向东约600千米，是藏北高原的南方门户，西藏四大著名神山之一，雄踞藏北数以百计的保护神山之首。念青即藏语大神，与它素有夫妻美称的天湖——纳木错，是西藏第一大湖。念青唐古拉山和纳木错不仅是西藏最引人注目的神山圣湖，而且是生死相依的情人和夫妇，念青唐古拉山因纳木湖的衬托而显得更加英俊挺拔，纳木错湖因为念青唐古拉山的倒映而愈加绮丽动人，吸引着成千上万的信徒、香客、旅游者前来观瞻朝拜，成为世界屋脊上最大的宗教圣地和旅游景观。

②腾格里海：指纳木错。藏语中，"错"是"湖"的意思，当地藏族人民称纳木错为"腾格里海"，意思是"天湖"。

三台·武夷山

　　荡竹排初见九曲，水中淌出佳句。朱子吟、首首唱清溪，几百载、恰逢知遇。读书苦、遍览方成器。不远复、集成学理。顺流下，情绕丹霞，岁月逝、旧诗新续。　　翠峰青黛景色聚，岭岭风光浓郁。蜿蜒路、人动恍如渠，溯景上、邀天相戏。岩茶绿、正待采摘女。印象里、茶香飘溢。品淡泊、一饮甘茗，贵中雅、雅中寻觅。　　沐阳光云雾露雨，写出自然神气。款款行、静静赏旖旎，洗凡欲、疏离次第。无形韵，尽涂娇与意。感悟间、天降思绪，自由贵、突破藩篱，武夷山、不竭旋律。

【注】

①武夷山：地处中国福建省的西北部，属典型的丹霞地貌，素有"碧水丹山""奇秀甲东南"之美誉，是首批国家级重点风景名胜区之一。武夷山西部是全球生物多样性保护的关键地区，分布着世界同纬度带现存最完整、最典型、面积最大的中亚热带原生性森林生态系统；东部山与水完美结合，人文与自然有机相融，以秀水、奇峰、幽谷、险壑等诸多美景，悠久的历史文化和众多的文物古迹，而享有盛誉；中部是联系东西部并涵养九曲溪水源，保持良好生态环境的重要区域。武夷山于1999年12月被联合国教科文组织列入《世界遗产名录》，荣膺"世界自然与文化双重遗产"。

②荡竹排初见九曲，水中淌出佳句。朱子吟、首首唱清溪"：指朱熹所作《九曲棹歌》被后人刻于九曲溪各曲之畔的岩壁。作

者乘竹排每转过一道湾，都能看到岩壁上《九曲棹歌》倒映清溪之中，朱子当年吟唱的佳句，似乎由水中款款而出。

④读书苦、遍览方成器：指正是因为朱熹四十载如一日的潜心苦读，遍览群书，才成就了他的旷世才学。

⑤不远复、集成学理：不远复，出自《易经》："不远复，无悔，元吉"。其意"不远之复，以修身也"，即修养身心，不要往外面跑，不要往远处去找，要在自己的身上找。朱熹的老师刘子翚用"不远复"告诫青年的朱熹，并在朱熹的心中留下深刻的烙印，以致使其将儒学发扬光大，成为理学大师。

⑥岩茶绿：指武夷岩茶，是产于闽北崇安县武夷山岩上乌龙茶类的总称。茶树生长在岩缝之中，故得名。武夷岩茶具有绿茶之清香，红茶之甘醇，是中国乌龙茶中之极品。其中最著名的是武夷岩茶（大红袍）和正山小种。

⑦印象里、茶香飘溢：指大型山水实景演出《印象·大红袍》，为观众介绍武夷山大红袍从采茶到制茶的全过程。

⑧洗凡欲、疏离次第：武夷山的云雾露雨似乎可以洗去人们的凡欲，让人放下烦劳忧愁，分清人生的轻重缓急。

三台·天台山

　　旖旎幽深毓秀落，古来踏寻追索。李太白、晓望咏天台，梦天姥、别吟海客。登华顶，可览繁花泊？杜子美、超然诗作。问明月、苏轼抒怀，可忆否、满山清澈？　　水环山抱崇岭错，遍染风光姿色。徐霞客、游记第一说，鹤舞起、心随神和。远行路、总有此情涉。驿道静、西流不辍。古树翠、绿瓦黄墙，寺群伴、美哉丹墨。　　道佛双修故里握，赏词悦心舒魄。紫气多、谒拜月当歌，院沉寂、春晖飘落。云遮处、淡然飞水墨。万籁蒙，谁把灯影，照花座、芯蕊轻拂？正聆听、曲高时刻。

【注】

　　①李太白、晓望咏天台，梦天姥、别吟海客：李白登临天台山留下诗歌名篇《天台晓望》有句："天台邻四明，华顶高百越。"梦中神游天姥山写下《梦游天姥吟留别》有句："海客谈瀛洲，烟涛微茫信难求；越人语天姥，云霓明灭或可睹。"天姥即天姥山，浙江新昌一邑之主山，由拨云尖、细尖、大尖等群山组成，连绵起伏，气势磅礴。

　　②登华顶，可览繁花泊：台州天台山的主峰华顶，参天松柏林立，森森古寺静卧其间。华顶上的"云锦杜鹃"绽放时连成片片云锦，艳丽繁茂，构成了华顶峰上特有的云中花景。立身峰顶俯瞰，展现在眼前的是瞬息万变的奇妙景象，花在云中开，雾在花间飘，云雾与花海交映成趣。

　　③杜子美、超然诗作：杜甫，字子美，自号少陵野老，盛唐

大诗人，号称"诗圣"，现实主义诗人。"台州地阔海溟溟，云水长和岛屿青"，这是杜甫对台州赞美的诗句。

④问明月、苏轼抒怀：苏轼曾慕名游历天台山，留下多首诗作。

⑤徐霞客：名弘祖，字振之，号霞客，明南直隶江阴（今江苏江阴市）人。地理学家、旅行家和探险家。徐霞客足迹遍天下，三上天台山，写下二篇游记，并将《游天台山日记》列于《徐霞客游记》篇首。

⑥道佛双修：浙江天台山以"佛宗道源，山水灵秀"著称，既是佛教圣地，也是道教圣地。

⑦"紫气多、谒拜月当歌，院沉寂、春辉飘落。……万籁蒙，谁把灯影，照花座、芯蕊轻拂：作者夜访天台山国清寺，入夜后的天台山，万籁俱静，月亮的清辉洒落，院落更显静谧。方丈领众人穿过庭院，将灯光照向花蕊，晚风拂过，灯影斑驳。

行香子·探索山川

　　走进天然，探索山川。任飞翔，思绪翩翩。品读境界，鉴赏非凡。任东流水，冲刷处，岭成湾。　　人文部落，云端帷幔，旭日升，携手婵娟。匆匆过客，转瞬之间。古往今来，真情贵，润诗篇。

【注】

①作者与友人假日下游览福建武夷山，两天的旅程，真正感受到"走进天然，探索山川"的恬静心境，此词为有感而作。

临江仙·登衡山

　　跃上葱笼登山顶，佛光普照群峰。法身千载亦神灵。时光虽逝去，感悟却长生。　　九曲楼台天外梦，甘霖浸润青松。仙风吹遍染苍穹。似无无有道，似道道无形。

【注】

①衡山：南岳衡山又名寿岳、南山，为我国五岳名山之一，主峰坐落在湖南省衡阳市南岳区，七十二群峰，重峦叠嶂，气势磅礴。素以"五岳独秀""宗教圣地""文明奥区""中华寿岳"著称于世。《诗经》中"福如东海，寿比南山"的"南山"即衡山。

②跃上葱茏登山顶：沿衡山的盘山公路乘车盘旋而上，一路观赏连绵飘逸的山势和茂林修竹，在惬意轻松之间不觉跃上顶峰。

③佛光普照群峰：衡山瑞应峰之上建有九层佛塔——金刚舍利塔，其顶层供有释迦牟尼的两颗舍利子。

④时光虽逝去，感悟却长生：几千年前佛教创始人释迦牟尼创建的佛教思想，对后世影响很大。释迦牟尼最初的教义被称为"原始佛教"，随着佛法传播范围的日益扩大，佛教逐渐成为世界性的宗教。

⑤九曲楼台：指放置释迦牟尼舍利子的九层佛塔——金刚舍利塔。

踏莎行·梅岭古道

踏径穿行，半坡梅影，香飘古道悠然景。一
川烟草越千年，昔时故垒风光垄。　　驿站长亭，
雄关峻岭，青石板上花枝倾。谁人畅想雁来时，
谁人煮酒诗词涌？

【注】

①作于 2010 年 8 月，作者于韶关市南雄县会议后漫步梅岭
古道时即兴而作。

②踏径穿行：梅岭古道北接江西章水，南连广东浈水，作者
一行人从梅岭古道的南端（毗邻广东），走到可以望见江西的古
道北端，方返回。

③半坡梅影，香飘古道悠然景：梅岭古道两旁种满梅树，虽
然未到梅花盛开的季节，仍感觉山坡上梅影重重，古道处处飘散
梅香。

④一川烟草越千年：梅岭古道已经历千年风雨，而古道途经
的山川依旧是青草悠悠，绿树葱茏。

⑤驿站长亭，雄关峻岭，青石板上花枝倾：梅岭之上驿站、
长亭、雄关、石板路等设施齐备，古道两旁的梅树繁茂压枝。梅
岭在古代是连接南北交通的主要通道，当时的百里梅岭古道一片
繁荣，地位犹如我们现今的高速公路。据史料记载，梅岭古道"长
亭短亭任驻足，十里五里供停骖，蚁施鱼贯百货集，肩摩踵接行
人担"。

⑥谁人畅想雁来时：梅岭"雁来石"，此处作者写成"雁来
时"，具有双关含义。

⑦谁人煮酒诗词涌：苏东坡《赠岭上梅》有句："不趁青梅
尝煮酒，要看细雨熟黄梅。"

暗香·自然书架

古枫桥下，有几丛嫩绿，春光初乍。几簇黄花，陪伴白墙共青瓦。几处方塘溢满，飘细雨、江南如画。几缕韵、淡淡之中，草木也融洽。　　吟罢，几丝讶。原野锦绣铺，几成纱帕，暖风吐纳。一任随情写诗话。几树枝头挂满，硕果累，水滋养大。借慧眼、几回里，自然出嫁。

【注】

①自然书架：在诗人眼中，自然万物可被观赏、被品读，是有姿态、亦有内涵的大自然书籍。

②几簇黄花，陪伴白墙共青瓦：黄花、白墙、黛瓦，是诗人眼中最素雅的景致。

③几处方塘溢满，飘细雨、江南如画：描写雨天江南小镇的典型画面，细雨如丝，古镇几处水塘满溢，景如画，画如景。

④借慧眼、几回里，自然出嫁：指每一处自然之物，每一处人为之景，融合相依，需要我们别具慧眼去发现美、感受美、提炼美，读懂自然书架上每一本书，每一段文字。慧眼，佛家语。为五眼之一。亦指上乘的智慧之眼，能够看到过去和未来；今泛指锐敏的眼力。

江城子·三清山

　　出山巨蟒作独峰。侧目中，女摩登。云卷云舒，云醉吐真情。瀑借水声吟理想，垂峭壁，挂晶莹。　　三清山秀共青松。且徐行，任平生。雨雾蒙蒙，转瞬见晴空。墨渍染出流动景，如道骨，似仙风。

【注】

①三清山：三清山位于中国江西省上饶市玉山县与德兴市交界处，为怀玉山脉主峰。因玉京、玉虚、玉华"三峰峻拔，如三清列坐其巅"而得其名。三峰中以玉京峰为最高，海拔18169米，是江西第五高峰，也是信江的源头。三清山是道教名山，风景秀丽，为中国第七个、江西第一个世界自然遗产。

②出山巨蟒作独峰：巨蟒出山是三清山标志性景观。海拔1200余米，相对高度128米，由风化和重力崩解作用而形成的巨型花岗岩石柱，峰身上有数道横断裂痕，经过了亿万年风雨，依然屹立不倒。顶部扁平，颈部稍细，最细处直径约7米，状极突兀，形似一硕大蟒蛇破山而出，直欲腾空。

③"侧目中，女摩登。云卷云舒，云醉吐真情：作者发现从独特的角度观看"巨蟒出山"，形如体态婀娜的摩登女郎。云雾萦绕间，像一位多情的女郎吐露着真情。

⑤三清山秀共青松：三清山景色"秀中藏秀"，青松与山相伴。

⑧墨渍染出流动景，如道骨，似仙风：描写作者登上三清山山顶后观看到的景色。"如道骨，似仙风"，三清山自古为佛道双修之地。

醉太平·归兮自然

　　风情万端，清江载船。重重翠岭田园，雨飘
云绕山。　　归兮自然，魂牵梦湾。如无似有年年，
古今皆画帘。

【注】

①归兮自然：万事沧桑、人间万代，均将归于自然之中。

②如无似有年年，古今皆画帘：指时间似乎未改变这自然美
景，从古至今，始终呈现出如画般景色。

菊花新·天地交融

　　今日乘飞机赴长沙开会，明天是传说中的末日，飞机起飞前
忽然雪花纷飞，望窗外皑皑白雪，有感而作。

　　举目洁白飞雪落，天地交融皆水色。竞舞意
如何？为什么、依然羞涩？　　飘然万载年年和，
亦空灵、更随情泊。融化润山川，终不似、曾经
来过。

【注】

① 2012 年 12 月 20 日晚，乘 22：40 时飞机赴长沙参加一个
会议，第二天即是传说中的末日，作者淡然处之，不信末日来临，
即发生，也不足惧。一个人只要无愧于这个伟大的时代和伟大的
祖国和人民，此生足矣。

②末日：2012 年 12 月 21 日，玛雅人传说中的"世界末日"。

③天地交融：白雪纷飞，天地间一片洁白景象，天与地已分不清界限，融为一体。

千秋岁·天地交割

　　群星撒落，天地交割过。执手望，苍穹阔。梦随情辗转，日夜如斯错。千万载，银河深处藏心舍。　　仰望谁人和，唤醒清辉若。月影乱，披衣坐。太空之上问，点点清愁客。经行处，一川雪浪如诗作。

【注】

　　①仰望谁人和，唤醒清辉若：清辉，清光。多指月亮的光辉。此时作者思绪翩翩，天上人间，仿佛看到天地之间的互动和交割。

　　②经行处，一川雪浪如诗作：人的思绪融入长空，所经之处，仿佛星河成川，卷起雪浪，涌出无限诗的浪花。

卜算子·昆仑

出世便沧桑，横卧长天莽。伟岸雄浑舞动间，万里群山响。　　俯瞰满园香，亘古风情淌。滚滚江河入海时，厚重心胸广。

念奴娇·登临雁荡

登临雁荡，恰春深林密，自然佳酿。谁落仙山铺胜景，悟道拾阶而上。神剪合屏，婀娜少女，移步帆催浪。同一沟壑，只缘各异方向。　　幻化似有如无，今夕相见，恍若心中淌。玉宇琼楼悄入夜，掩映峰峦叠嶂。敛翅雄鹰，隐约双乳，合掌情人望。不由惊问，此时天外何样？

五言排律·黄河

晾晒时光魄，穿行岁月梭。
从容淡定水，慷慨激昂歌。
九曲心魂驻，几弯气势播。
开怀迎峻岭，放眼送长车。
自古泥沙下，而今草木坡。
东流追梦想，滚滚醉黄河。

【注】

①黄河：中国第二长河，世界第五大长河。发源于青海省青藏高原的巴颜喀拉山脉北麓的卡日曲，呈"几"字形。流经青海、四川、甘肃、宁夏、内蒙古、陕西、山西、河南及山东9个省，最后流入渤海。河流中段流经中国黄土高原地区，因此夹带了大量的泥沙，也被称为世界上含沙量最高的河流。黄河及沿岸流域给人类文明带来了巨大的影响，是中华民族主要的发源地之一，是中华文明的"母亲河"。

②九曲心魂驻：九曲，指黄河流经的九个省区，而这些省区又由其中的各个渡口而闻名。黄河自西向东，滋养沿途生灵，也印刻和驻留了黄河的心魂。

③几弯气势播：从高空俯瞰，黄河形如一个巨大的"几"字，更显气势磅礴。

④自古泥沙下：自远古以来，黄河即为多泥沙河流。公元前4世纪，黄河下游因河水浑浊，而得"浊河"之名，"河水重浊，号为一石而六斗泥"。

浪淘沙令·黄河奔腾

　　黄土地童年，金色风帆，长河万里伴江天。气势磅礴冲浪处，酿造甘甜。　　沙聚土成田，几道弯弯，奔腾到海不回还。意重情深汁液涌，涵养怡然。

【注】

①黄土地童年，金色风帆，长河万里伴江天：黄河流域的黄土地孕育了华夏文明的萌芽，160多万年前的山西芮城西候度人，

100万年前的陕西蓝田人，以及大荔人、丁村人、河套人先后都在黄河的臂弯里狩猎采集、繁衍生息。我们的祖先在这片黄土地上繁衍生息。江天，江面上的广阔空际。

②沙聚土成田：黄河部分河段水流放缓，所含泥沙沉积，形成平原地貌，后逐步成为开垦种植的良田。

③奔腾到海不回还：唐李白《将进酒》有句："君不见，黄河之水天上来，奔流到海不复回。"

浪淘沙令·黄河情愫

　　　　成也土成田，败也泥潭，推高河道挂前川。满目疮痍沟壑纵，岁岁年年。　　何处觅清涟，天上人间，丛丛芳草驻高原？日月星辰随水逝，大道无言。

【注】

①成也土成田，败也泥潭：秦朝以后，黄土高原气温转寒，暴雨集中。加上黄土本身结构松散，很容易受侵蚀和崩塌，助长了水土流失，使大量泥沙进入黄河。更严重的是，水土流失使土壤的肥力显著下降，造成农作物大量减产。越是减产，人们就越要多开垦荒地；越多垦荒，水土流失就更严重。这样越垦越穷，越穷越垦，黄河中的泥沙也就更多，因而黄河决口、改道的次数也就越来越频繁。

②推高河道挂前川：由于泥沙淤积，全长5500千米的黄河大部分河段里，河床都高于流域内的城市、农田，全靠大堤约束，因而又被称为"悬河"或"地上河"。

浪淘沙令·黄河回望

回望六千年，绿树参天，黄河两岸尽粗憨。
繁衍生息神水落，倾泻成川。　　侃侃正伐檀，
掌火烧山，屯田拓土采薪燃。触目惊心沙俱下，
却造田园。

【注】

①回望六千年，绿树参天，黄河两岸尽粗憨：六千年前，黄河流域温暖多雨，非常适合杨树、桦树、栎树、油松、云杉和酸枣、黄荆条等生物。在山西、陕西、甘肃、宁夏、河南等省，分布着大片原始森林，两岸遍布古树苍松。

②繁衍生息神水落，倾泻成川：黄河流域孕育了中华文明，人类在流域沿岸繁衍生息。"黄河之水天上来"，这生命之水，随着时光、空间流淌，"奔流到海不复回"。倾泻成川，流向大泽大海之水为"川"。

③侃侃正伐檀，掌火烧山，屯田拓荒采薪燃：《诗经》有句："坎坎伐檀兮，置之河之干兮，河水清且涟漪。"上古传说，神农氏曾教民稼穑。神农一说即炎帝，也就是火神，传授焚林垦殖。《孟子》中也记载了三皇五帝烧山林的"功绩"："当尧之时……草木畅茂，禽兽繁殖，五谷不登，禽兽逼人……尧独忧之，举舜而敷治焉。舜使益掌火。益烈山泽而焚之，禽兽逃匿。"

五言排律·于青海贵德观黄河

静览黄河阔，情携万里歌。
一江清澈绿，几岭草香坡。
缓缓水车转，层层雪浪播。
鱼跃腾胜景，人醉唱斑驳。
不见泥沙下，但观暮霭娜。
可知除此外，滚滚竟浑浊？

【注】

①2011年7月，作者参加青海三江源生态保护区二期规划专家评审期间所作。

②青海贵德：贵德县位于青海省东部，海南藏族自治州东南部。黄河由西向东中贯县域内的罗汉堂、河西、河阴、河东、尕让五个乡镇，该地区在黄河上游建制最早，历史悠久。境内山清水秀，自然环境优美，素有"小江南"之称。

③缓缓水车转：水车是黄河沿岸一种古老的提水灌溉工具，千百年来在沿黄两岸，经河水冲击，日夜缓缓旋转，以其独有的风姿流传至今。

满庭芳·长江

孕育斑斓，催生画卷，一泻千里江天。携情融韵，乘月洒珠帘。故国何人咏叹，赤壁赋、水绕山巅。时光逝，夕阳几度，汀渚落诗篇。　涓涓。奔涌处，轻舟已过，崇岭急滩。后浪推前浪，昏晓桑田。多少征棹远去，当此际、地阔胸宽。长河竞，年年岁岁，我亦在其间。

【注】

①长江：长江，亚洲第一大河，世界第三大河。发源于青藏高原唐古拉山主峰各拉丹冬雪山，流经三级阶梯，自西向东注入东海。长江全长 6397 千米，流域总面积 1,808,500 平方千米（不包括淮河流域），约占国土总面积的1/5，和黄河并称为中华民族的"母亲河"。

②赤壁赋：1082 年秋、冬，苏轼被贬为黄州（今湖北黄冈）团练副使，先后两次游览黄州附近的赤壁，写下《赤壁赋》两篇，后人称之为《前赤壁赋》和《后赤壁赋》，成为中国古代文学史上的名篇。

③时光逝，夕阳几度：明代杨慎《临江有句："滚滚长江东逝水，浪花淘尽英雄。是非成败转头空。青山依旧在，几度夕阳红。"

④汀渚落诗篇：汀渚，水中小洲或水边平地。

浪淘沙·湘江北去

北去望湘江，无限风光，流出岁月淌诗章。
岳麓晚枫台阁畔，留下芬芳。　　遥远古东方，
浩荡苍茫，层林尽染伴秋霜。满目风光堪壮阔，
惟楚情长。

【注】

①湘江北去：出自毛泽东《沁园春·长沙》："独立寒秋，
湘江北去，橘子洲头。看万山红遍，层林尽染；漫江碧透，百舸
争流。"

②岳麓晚枫停车处，留下芬芳：岳麓山上，晋朝的罗汉松、
唐代银杏、宋时香樟、明清枫栗均系千百年古树，老干虬枝，苍
劲挺拔，高耸入云。每到秋冬之交，红枫丛林尽染，红桔满挂枝头，
麓山更加艳丽。无数诗人在此留下华章。

③层林尽染伴秋霜：层林尽染，原意是山上一层层的树林经
霜打变红，像染过一样。毛泽东《沁园春·长沙》有句："看万
山红遍，层林尽染"。

④满目风光堪壮阔，惟楚情长：五代十国时期长沙为楚国国
都，这也是唯一以长沙为都城建立的国家。

惜分飞·漫步西湖

漫步西湖欣赏美，古塔繁花绿水。点点桃红
处，柳丝青翠催花蕊。　　过客游人皆入睡，此
刻惟听梦醉。呓语悄然汇，任凭春色随情贵。

桂枝香·泗水

　　登临泗水，正生机勃发，满园叠翠。岁月
匆匆步履，却留深邃。泉林溢涌低流处，圣人
出、尼山高贵。不舍昼夜，如斯逝者，伟哉先
辈！　　上古时、伏羲智慧。划天地阴阳，黑白
相对。舜帝躬耕，大禹治河归位。龟蒙陪尾皆无语，
岭相连、似也沉醉。风清月朗，书声入耳，江川
不废。

【注】

①泗水：泗河，又名泗水，山东省中部较大河流，发源于沂
蒙山区新泰市太平顶西麓，原经鲁西南平原，循今山东南四湖（昭
阳湖、南阳湖、独山湖、微山湖）水流路，进入江苏省。

②岁月匆匆步履，却留深邃：岁月流转，河流静静流淌东去，
孕育了泗水厚重的历史人文积淀。

③泉林：泉林镇，位于山东省济宁市泗水县东部，东临沂蒙
革命老区，西邻孔子故里曲阜，南峙孟子家乡邹城，北依五岳之
尊泰山。

④圣人出、尼山高贵：尼山，位于曲阜市城东南30千米，
一代圣人孔子诞生在这里。孔子名丘字仲尼，后人避孔子讳称为
尼山。据《史记》记载：孔子父母"祷于尼丘而得孔子"，故尼
山名扬遐迩。

⑤不舍昼夜，如斯逝者：出自孔子《论语·子罕》："逝者
如斯夫，不舍昼夜。"指时光像流水一样一去不复返。

⑥上古时、伏羲智慧：伏羲，是古代传说中中华民族人文始祖，
是中国古籍中记载的最早的王，是中国医药鼻祖之一。

⑦划天地阴阳，黑白相对：伏羲仰观天上的云彩、下雨下雪、

打雷打闪，看地上会刮大风、起大雾又观察飞鸟走兽，根据天地间阴阳变化之理，创造了八卦，即以八种简单却寓意深刻的符号来概括天地之间的万事万物。

⑧舜帝躬耕，大禹治河归位：舜帝，舜，是中国传说历史中的人物，是五帝之一。躬耕，亲身从事农业生产。大禹，禹，姒姓夏后氏，名文命，号禹，后世尊称大禹，是黄帝轩辕氏玄孙、中国奴隶制的创始人。泗河流域是古代东夷族聚居之地，也是中华古老文明的发祥地之一。据记载，伏羲、神农、黄帝、唐尧、虞舜、皋陶、大禹等出生或活动的地点，大都在曲阜及其以东泗河上游一带。

凤来朝·蚌埠龙子湖

漫步听春早，在隆冬、故人可晓？忆湖边放牧青青草，那时候、梦啼鸟。　　水中曾经洗澡，纳钟声、故乡不老。多少事、随风渺。只剩下、远山考。

【注】

①蚌埠龙子湖：位于安徽省蚌埠市龙子湖区境内，有"中原西湖"之称。龙子湖三面环山，山水相依。湖东岸有曹山、锥子山，绵延起伏如龙，又称"双龙山"；南有大小九条沟渠，是龙湖发源地；西侧有雪华山、梅花山，山体植被茂盛，青山绿水，闻名遐迩。

②忆湖边放牧青青草，那时候、梦啼鸟：相传明太祖朱元璋曾在湖边的寺庙里修行，期间经常在此流连。

五律·乌江傍晚

蜀中山水绿，若有梦依稀。

错落竹屋矮，参差峻岭栖。

乌江铺画卷，古镇覆霞衣。

傍晚夕阳醉，缠绵眷恋滴。

【注】

①乌江傍晚：乌江，中国贵州省第一大河，长江上游右岸支流。又称黔江。发源于贵州省境内威宁县香炉山花鱼洞，流经黔北及渝东南，在重庆市涪陵区注入长江。

②蜀中：蜀，古国名，为秦所灭。有今四川省中部地，因泛称蜀地为"蜀中"。晋·常璩《华阳国志·刘先主志》云："建安十九年，先主克蜀。蜀中丰富，盛乐置酒大会，飨食三军。"

③错落竹屋矮，参差峻岭栖：乌江号称"天险"，滩多、谷狭，河滩上散落着竹屋，前方的山岭峡谷似乎从天际被劈开，显得分外险峻。错落，交错地排列。

④乌江铺画卷，古镇覆霞衣：沿着乌江驱船而行，土木吊脚楼、千年古镇、青石老街、古巷、历史文化遗迹处处可见，诗情画意的山水韵味随处可寻。

唐多令·宁夏沙湖

一岭起伏黄，满湖翡翠妆。鸟天堂、塞外风光。大漠江南交汇处，沙与水，绕情肠。　　牵手共沧桑，无言韵却长。鱼跃时、芦苇飞扬。九曲黄河千古恋，从天降，酿琼浆。

【注】

①宁夏沙湖：位于宁夏引平罗县西南，总面积82平方千米，其中水域面积22平方千米，沙漠面积127平方千米，南沙北湖，湖润金沙，沙抱翠湖，湖水如海，柔沙似绸，天水一色，是一处融江南水乡与大漠风光为一体的生态旅游胜地。

②一岭起伏黄：一岭指贺兰山。沙湖西眺，巍巍贺兰山山峰高耸，重峦叠嶂。起伏黄，贺兰山为石质山地，土地瘠薄，多岩石裸露，植被覆盖度低。

③满湖翡翠妆：此处将湖水比作翡翠。

④塞外：塞外古代指长城以北的地区，也称塞北。包括内蒙古、甘肃、宁夏、河北等省、自治区的北部。

⑤大漠江南交汇处：沙湖自然景观独特，既有沙漠，又有万亩平湖，融合江南水乡与大漠风光为一体。

⑥沙与水，绕情肠：沙湖南面是一片面积3万亩的沙漠，它和这万亩湖水似乎是天造地设的伴侣，相互偎依，相映成趣，湖水碧波荡漾，沙海金浪起伏。

水龙吟·海浪

　　滔滔海浪接天处，絮语万千融入。层叠错落，淌出憧憬，再书心路。马蹄疾踏，士兵成列，奔腾如舞。望数条银链，编织壮美，谁提问，谁答复？　　浩瀚汪洋倾诉。借长风、推波相助。似弹乐曲，似飞丹墨，似吟诗赋。亘古不息，聚情携韵，冲刷无数。伴星辰日月，虚怀若谷，登高极目。

【注】

①马蹄疾踏，士兵成列，奔腾如舞：用"马蹄疾踏，士兵成列"的宏伟战争场面来比喻波涛汹涌的壮观。马蹄疾踏，出自唐孟郊《登科后》诗有句："春风得意马蹄疾，一日看尽长安花。"

②望数条银链，编织壮美：每一股海浪如一条银链，海浪阵阵相互连接，编织成壮美的画卷。

③谁提问，谁答复：海水呼啸而来，带着大海深处的疑问，扑向海滩，寻求答案。

④似弹乐曲，似飞丹墨，似吟诗赋：丹墨，朱墨和黑墨。把海浪的涌动如弹奏，挥洒书墨、吟咏诗赋。

青玉案·溪谷

悄然汇聚溪流谷，吐音符、吟诗赋。环绕高山峻岭处，不悲不怨，不兴不怒，惟有心归宿。　　长河万里情如注，点点滴滴水飞入。五蕴皆空观大朴，珍藏恬淡，采摘日月，走在随缘路。

【注】

①环绕高山峻岭处，不悲不怨，不兴不怒，惟有心归宿：指河流在山谷中穿行流淌，山河无言，始终相伴相依。

②五蕴皆空观大朴，珍藏恬淡，采摘日月，走在随缘路：五蕴：佛家语，指色、受、想、行、识。众生由此五者积集而成身，故称五蕴。五蕴皆空，五蕴皆无，指佛家修行的最高境界。出自《心经》："观自在菩萨，行深般若波罗蜜多时，照见五蕴皆空，度一切苦厄。"大朴，谓原始质朴之大道。《文选·桓温〈荐谯元彦表〉》有句："大朴既亏，则高尚之标显。"

武陵春·荷塘月色

淡淡清辉娇月色，人醉望秋荷。香雨刚停意不休，塘满润诗泽。　　大写丹青挥洒作，只是恐花拙。拟乘朦胧染野芳，梦里看情拂。

【注】

①清辉娇月色：描写月色皎洁明亮。唐代李白《把酒问月》有句："人攀明月不可得，月行却与人相随。皎如飞镜临丹阙，绿烟灭尽清辉发。"

②香雨：唐代孟郊《清东曲》有句："樱桃花参差,香雨红霏霏。"

③大写丹青挥洒作,只是恐花拙：表达想要挥墨描绘满塘秋荷,却恐笔法粗浅无法画尽荷花之美。

④野芳：指幽香扑鼻的野花。

如梦令·春水

春水打湿双目,窥视飞丝如舞。恰似洒甘霖,
赠与风光无数。何故？何故？竟令柔肠随处。

【注】

①春水打湿双目：春水,春天的河水。唐杜甫《遣意》诗之一有句："一径野花落,孤村春水生。"

②窥视飞丝如舞：飞丝,指春雨如丝。

醉春风·荷趣

起舞芙蓉丽,清风随水曲,翩翩莲叶绿依依。
趣、趣、趣。香露滴滴,秀颜托起,韵舒天洗。　　荡
漾飘雨意,隔岸观荷碧,已将情色渐花迷。聚、聚、
聚。别样芳泽,春凝夏溺,藕出还继。

【注】

①芙蓉丽：荷花别称芙蓉,《尔雅》云："荷,芙蕖,别名芙蓉,亦作夫容。"晋代郭璞《尔雅图赞·芙蓉赞》云："芙蓉丽草,一曰泽芝。"

②春凝夏溺：描写荷花集四季之宠爱,春天香露凝沾,夏天

聚万千溺爱一身。

③藕出还继：描写荷花娇美淡出，藕出污泥之后又是一次轮回以继。

醉春风·西府海棠

解语春风贵，花仙娇妩媚，忽如满树彩蝶飞。美、美、美。西府海棠，只偎香睡，蕾红枝翠。　　怒放争舒蕊，竟惹人难寐，待将诗意化情追。醉、醉、醉。园满芬芳，露湿兰蕙，鸟鸣音脆。

【注】

①西府海棠：又名海棠、海棠花、解语花。因晋朝时生长于西府而得名。海棠花是我国的传统名花之一，花姿潇洒，花开似锦，自古以来是雅俗共赏的名花，素有花中神仙、花贵妃，有"国艳"之誉，历代文人墨客题咏不绝。明代《群芳谱》记载：海棠有四品，皆木本，这四品指的是：西府海棠、垂丝海棠、木瓜海棠和贴梗海棠。

②解语春风贵：西府海棠雅号"解语花"。据五代·王仁裕《开元天宝遗事·解语花》记载："帝（唐明皇）与妃子（杨贵妃）共赏太液池千叶莲，指妃子与左右曰：'何如此解语花也。'"

③只偎香睡：此处指一般的海棠花无香味，只有西府海棠既香且艳，是海棠中的上品。北京故宫御花园和颐和园中就植有西府海棠，每到春夏之交，花姿明媚动人，散发出淡淡香味，偎香而睡。

春草碧·玉兰染春图

朵朵如玉翩翩舞，恋恋风轻拂、枝头驻。影透芳苑惊舒，冰清月色聚心露，韵满溢香出、洁白处。　飘飘洒洒叠铺，柔柔绽放，脉脉染春图、繁华簇。典雅诗意谁读？丹青墨醉和词赋，栩栩真情渡、溪流注。

【注】

①恋恋风轻拂、枝头驻：玉兰花期在三月，初春时节微风拂过，玉兰花早于绿叶朵朵驻满枝头，直到花期过后才会长出绿叶。

②脉脉染春图、繁华簇：描绘玉兰素妆淡裹、脉脉含情，展现的是一种雅致高贵的春意的繁华。

江城子·向日葵

执著守望向日光。待秋风，染浓黄。唤醒乡情，垄上散馨香。最是金盘垂首美，情韵中，有流觞。　超然淡雅拒初霜。看田园，品芬芳。细语呢喃，感慨入心房。浪漫随缘花梦想，争绽放，沐朝阳。

【注】

①向日葵：别名：朝阳花、转日莲、向阳花、望日莲。一年生草本，茎直立粗壮，圆形多棱角，夏季开花，花序边缘生黄色的舌状花，不结实。花朵具有向光性，故而得名向日葵。果皮木

质化，灰色或黑色，俗称葵花子。性喜温暖，耐旱。原产于北美洲，世界各地均有栽培。野生的向日葵可能来自于大草原地区，因而它的形象和美国的早期历史互相交织在一起。

②执著守望向日光：向日葵喜欢充足的阳光，其幼苗、叶片和花盘都有很强的向光性。从发芽到花盘盛开之前这一段时间，其叶子和花盘在白天追随太阳从东转向西，不过并非即时的跟随，据植物学家测量，花盘的指向落后太阳大约 12 度，即 48 分钟。太阳下山后，向日葵的花盘又慢慢往回摆，在大约凌晨 3 点时，又朝向东方等待太阳升起。但是，花盘一旦盛开后，就不再向日转动，而是固定朝向东方了。

③最是金盘垂首美：英语称向日葵为 sunflower，是因为它的黄花开似太阳的缘故，向日葵除了外形酷似太阳以外，她的花朵明亮大方，适合观赏摆饰。随着植株的成熟，花盘会呈现出越来越明显的垂头之姿，明媚动人之余，又有谦虚的姿态。

沁园春·赞画卷《墨玉兰》

墨染云烟，淡写琼花，诗意万千。观冰清如玉，含苞初绽，飘然傲骨，枝上缠绵。惠风和祥，吹开梦幻，万物惊蛰独自牵。叹神韵，疑木莲望月，往返留恋？　　初春乍暖还寒。问百花、谁愿展娇颜？解白色霓裳，仙女下凡，丛丛芯蕊，一夜舒展。细雨无声，落英微醉，忽见虬枝绿叶满。坠露兮，品高雅玉兰，恩报人间。

【注】

①《墨玉兰》：当代著名国画家胡乐平独创"色如玉、香似

兰"的水墨玉兰，吸收了西洋绘画的逆光和传统中国画的没骨法，使所画玉兰有笔、有墨，质感极强，大有文征明所描绘的"影落空阶初月冷，香生别院晚风微"的诗情画意融为一体的中国文化意境和清峻、空灵的中国画美学观念。

②万物惊蛰独自牵：玉兰花期在惊蛰节气左右，独立于群花而率先绽放。

③疑木莲望月：木兰、望春是白玉兰的别名。

④坠露兮：引自屈原《离骚》中句"朝饮木兰之坠露兮，夕餐秋菊之落英"。此处用以描绘玉兰高洁的品性。

⑤恩报人间：玉兰花被人们认为是含有报恩之意的花。有诗云："多情不改年年色，千古芳心持赠君。"

青玉案·玉兰牵春走

轻风细雨香薰手，剪绸缎、花开否？忽若飞雪飘落抖，枝枝梨白，树树月色，玉兰牵春走。　　含苞绽放追新柳，品位高雅韵情久。墨染丹青挥洒就，辞霜送暖，风光璀璨，诗画痴诤友。

【注】

①枝枝梨白：岑参《白雪歌送武判官归京》："忽如一夜春风来，千树万树梨花开。"比喻白玉兰枝头花朵洁白之貌。

②树树月色：元代长春真人丘处机《无俗念》有句："白锦无纹香烂漫，玉树琼苞堆雪。静夜沉沉，浮光霭霭，冷浸溶溶月。"此处比拟白玉兰花色如月，洁白朦胧。

鹧鸪天·鱼鹰

　　轻掠低飞携手游，天高水浅任君求。鱼鹰展翅翱翔处，又见丰收美妙流。　　色满秋，醉心头，一池墨绿染田畴。亭亭玉立荷花聚，争望长空蓦然眸。

【注】

①鱼鹰：俗称鸬鹚，属鸟纲鹈形目鸬鹚科，中国有5种，几乎遍布全国各地。青海湖为普通鸬鹚，全身为带有紫色金属光泽的蓝黑色。嘴厚重，眼及嘴的周围欠缺羽毛，裸露的皮肤呈黄色，裸出部分的周围有幅宽广的白带。上背、肩羽为暗赤褐色，羽缘为黑色。

②轻掠低飞携手游，天高水浅任君求：鱼鹰平时栖息于河川和湖沼中，也常低飞，掠过水面。

一剪梅·独傲红梅

　　纵令寒冬雪漫飞。独傲红梅，笑看春回。虬枝点点早霞堆，大地微微，似见芳菲。　　草木经霜神韵追。不畏人非，只作花媒。随风飘舞醉诗归，再望江纬，绿柳轻垂。

【注】

①独傲红梅：红梅是高洁、孤傲的象征。苏轼《江梅三首》有句："不知梅格在，更看绿叶和青枝"；李清照《满庭芳》有句："莫恨香笑雪减，须信道，扫迹情留，难言处，良宵淡月，疏影尚风流"，

赞美的是梅之饱经风霜的折磨，仍孤高自傲，对人生存在信心的高尚的精神品格。

②虬枝点点早霞堆：虬枝：盘屈的树枝。梅以曲为美，直则无姿；以欹为美，正则无景。此处描写清晨朝霞微洒在盘曲的梅枝，梅花与晨曦点点相映，闪耀缀饰着梅树。

③只作花媒：梅既是一年中最后一个季节开放的花，又是来年春天第一个盛开的花，是一个美丽的报春使者。

粉蝶儿·柿柿如意

满树灯笼，霜叶红透时令，染秋光、更添风景。望田园，谁人庆，喜浪飞纵？伴朱颜，耕者感怀诗涌。　　柿柿如意，高高挂起灵动，露清清、韵声愈重。聚心香，播锦瑟，追寻梦境。待春归，再将绿飘黄送。

【注】

①柿柿如意：柿树有"事事如意"之寓意。秋柿橙红为北京四合院中一景。

②喜浪飞纵：毛泽东《到韶山》有句："喜看稻菽千重浪，遍地英雄下夕烟。"描写秋收季节喜看大片庄稼在风中摇曳生姿，宛若千重波浪。

③再将绿飘黄送：春回大地，柿树又生绿叶，果实重挂，表达生生不息积极之意。

一剪梅·满院菊黄

情染竹篱望晚秋。满院菊黄，一缕清幽。花
中唯此傲霜枝，香漫层楼，醉浸心头。　　昂立
金风韵意流。举目霓裳，俯首娇柔。缘何陶令赏
东君？荣辱皆休，高雅长留。

【注】

①菊黄：菊花盛开之时。唐代白居易《与梦得沽酒闲饮且约
后期》有句："更待菊黄家酝熟，共君一醉一陶然。"

②昂立金风：指深秋时节，秋风中菊花开满的美景，为萧索
的秋景增添一抹娇色。

③陶令：指陶渊明，字元亮，东晋诗人。他曾经做过彭泽县令，
故称陶令。

④东君：这里指东菊。在这里诗人重墨描写秋菊之美，在这
样的满眼菊黄之中，诗人一句反问，一句回答"荣辱皆休，高雅
长留"，道出陶渊明爱菊的原因。

鹤冲天·仙鹤之四

飘然鹤舞，弄影真情注。俊逸立青松，群芳
妒。曲高和者寡，同步最知甘苦。独香长寿路。
百态千姿，品味韵声雅素。　　飞翔漫步，伴侣
终生相护。引颈唱丹朱，说倾慕。比翼遨游翘楚，
争破雾、观星宿。吉祥含大度。放眼天舒，遍览
众鸟才悟。

【注】

①曲高和者寡：丹顶鹤的鸣声超凡不俗，在《诗经·小雅·鹤鸣》中就有"鹤鸣于九皋，声闻于野"的精彩描述。"曲高和寡"则出自宋玉《对楚王问》句："其曲弥高，其和弥寡"。

青杏儿·山间兰花

冬草散清香。湘云醉、楚雨纷扬。脉脉兰蕙凝清露，飞霜淅沥，丛溪流淌，峭壁新妆。　　叶绿倚山梁。君子赏、九畹寻芳。仙子素面朱唇绛，微风晨韵，旖旎诗酿，泼墨情翔。

【注】

①湘云醉、楚雨纷扬：清郑燮《咏兰》有句："楚雨湘云千万里，青山是我外婆家"。

②君子赏：《孔子家语·在厄》云："芷兰生于深林，不以无人不芳；君子修道立德，不为穷困而改节。"兰花的入诗入画都寄托文人画家一种如君子般幽芳高洁的情操。

③九畹寻芳：九畹：九畹兰，是一种每年四月、九月两次盛开兰花，花香四溢。屈原在《离骚》中写道："余既滋兰之九畹兮，又树蕙之百亩。"诗人出生于湖北秭归，诗中歌颂的"兰草"，正是写的生长在家乡秭归县周坪乡九畹溪畔的九畹兰。寻芳：游春，踏青。

④仙子素面朱唇绛：清盛大士《顾南雅侍读画兰歌》有句："仙姿亭亭俗艳空，有意无意天然工。"描写兰花脱俗清丽之美。

定风波·风竹

　　打叶沙沙起大风，谦谦君子舞随情。似醉竹林谁人懂？怦动。任由烟雨洗平生。　　绿海波波催韵动，如梦，何妨泼墨写丹青。画卷诗篇书壮景。吟诵，声声朗润漫天听。

【注】

　　①风竹：风中竹。唐代白居易《长安闲居》诗有句："风竹松烟昼掩关，意中长似在深山"，北宋欧阳修《木兰花·别后不知君远近》有句："夜深风竹敲秋韵，万叶千声皆是恨。"均描写了风吹竹林之韵。

　　②谦谦君子：竹青翠挺拔、蓬勃向上，它的品格坚贞、高尚。中国人称之为高风亮节的竹君子。唐代女诗人薛涛《酬人雨后玩竹》有句："虚心能自持"，"苍苍劲节奇"。描写竹君子的高洁品质。

　　③绿海波波催韵动：描写风起竹林，叶随风动如绿色海洋催人遐想灵动。

后庭花·广寒月桂

　　广寒香桂花飞雨，满天秋曲。月宫幸有嫦娥舞，长袖飘起。　　芬芳岁晚丛丛聚，绿深黄密。人间移种多情树，任凭风洗。

【注】

　　①广寒月桂：月桂：月桂树、香叶子，属樟科。为亚热带树种，

原产于地中海一带，我国长江流域以南江苏、浙江、台湾、福建等省庭园中多有栽培。中国古代传说月亮上有桂树，有广寒宫，故有广寒月桂之称。

②绿深黄密：指月桂叶绿花黄，月桂属常绿小乔木，小枝绿色，小花淡黄色，散发出香气。

③多情树：指与月桂相关的传说多与爱情相关。中国古代传说中的吴刚受罚伐月桂树，亦有嫦娥相伴；西方太阳神阿波罗与河神女儿达芙妮的爱情故事，达芙妮最后变成了月桂树。

鹧鸪天·淡淡如菊菜花黄

遍地鹅黄万斛香，层层醉染落湖光。峰峦俯瞰妖娆处，妩媚金霜溢满塘。　　烟雨漾，映夕阳。白墙黛瓦菜花床。风姿莫过脱俗美，淡淡如菊韵更长。

【注】

①淡淡如菊：清陈维崧《溪兰芳引·咏兰》有句："数朵微含，一枝乍秀，淡淡如菊。"作者在此借用"淡淡如菊"以描写油菜花淡淡如菊花般雅致脱俗。

②遍地鹅黄万斛香：描写淡黄色的油菜花遍地铺延，花香阵阵的景象。万斛：形容量极多。唐杜甫《夔州歌》之七有句："蜀麻吴盐古通，万斛之舟行若风。"

③妩媚金霜溢满塘：油菜花盛放的季节，花田连成一片，影漾在池塘之中的花黄，恍如洒下金色的霜，随着汩汩池水溢满妩媚。

④白墙黛瓦菜花床：阳春三月，油菜花陆续开放，成片的金

黄色油菜花与粉墙黛瓦的江南民居组成一幅幅美丽的春日画卷。清陈维崧《沁园春·咏菜花》有句："风流甚，映粉红墙低，一片鹅黄。"亦描写了如此美景。

解佩令·山茶花诗意

雪中花艳，又随春晚，看山峦、嫣红绿遍。万朵云霞，层层染、丛丛弥漫。风吹过、茶香飘远。　　美哉草木，竟通情感，望奇观、孰能不染？楚楚蓝天，水流动、浇出灿烂。杜鹃追、玉兰相伴。

【注】

①山茶花：山茶花又名茶花，为山茶科山茶属植物。山茶花花姿丰盈，端庄高雅，为我国传统十大名花之一，也是世界名花之一。历代文人名家都表达了对山茶花的喜爱，苏轼《邵伯梵行寺山茶》有句："山茶相对阿谁栽，细雨无人我独来。"宋陆游《山茶花》有句："唯有山茶偏耐久，绿丛又放数枝红。"

②杜鹃追、玉兰相伴：指杜鹃花期在山茶花之前，而玉兰紧随山茶之后相继盛放。三者花期分别为：杜鹃十二月，山茶花二月，玉兰三月。

南乡子·雪舞的时候

　　飞舞醉隆冬，洒下洁白落梦丛。漫步赏花弥漫处，蒙蒙。正吐飘然淡淡情。　　试问几朝同，满目风光水色倾？踏径寻诗诗不语，轻轻。一片晶莹入眼中。

【注】

①写于 2013 年 1 月 20 日（周日），是日大雪纷飞。而前几日大雾几乎弥漫了大半个中国，严重污染困扰着人们，经济发展付出的代价呼唤加快经济转型，把生态环境的恢复和建设放在各项工作首位。

②试问几朝同，满目风光水色倾：指期盼生态环境能早日得到治理，还众人记忆中那片青山绿水、湖光山色。

五言排律·兰花物语

　　空谷清幽涧，随情淡雅缘。
　　一花一世界，一叶一脱凡。
　　香祖芝兰韵，素生绿草颜。
　　德高人自远，格贵水成川。
　　折茎聊可佩，吹风似有禅。
　　何须雕饰美，品味即天然。

【注】

①一花一世界，一叶一超凡：《华严经》云："佛土生五色茎，一花一世界，一叶一如来。"

②香祖芝兰韵：兰梅菊被誉为"国香"，而"香祖"桂冠，非兰莫属。南宋《兰谱》云："竹有节而啬花，梅有花而啬叶，松有叶而啬香，然兰独并而有之。"其岁寒四友，唯兰兼有花、叶、香。兰以其花、其叶、其香而独具四清：气清、色清、神清、韵清。

五言排律·三角梅物语

纸作繁花面，薄如羽翼蝉。
飞红娇妩媚，飘绿素怡然。
三角通俗美，九州锦绣颜。
枝头飞热烈，梅朵绕缠绵。
妆点时光韵，轻弹天地弦。
缘何春似雨，物语亦非凡。

【注】
①三角梅花：三角梅，又名九重葛、三叶梅、毛宝巾、簕杜鹃、三角花、叶子花、叶子梅、纸花、南美紫茉莉等。是紫茉莉科一种生命力旺盛、繁殖能力强且耐旱粗生的灌木。三角梅千姿百态、花色繁多、姹紫嫣红、争奇斗艳，给人以奔放、热烈的感受。三角梅原产于美洲，传入中国后，有很多形象的名字。华东等广泛地区称为"三角梅"，概因其花由三片"花瓣"三角状组成，如梅花般怒放。其实它跟蔷薇科的梅花并非同一家族，那三片"花瓣"是包拢着白色小花的花苞叶，并不是真正的花瓣，因此又名"叶子花"。
②纸作繁花面，薄如羽翼蝉：指三角梅的花苞叶质感如薄纸。

五言排律·菊花物语

放眼缤纷聚，留香淡雅殊。

脱俗般若境，撒韵色如无。

即令寒凉至，犹托热烈出。

傲霜凭傲骨，风度引风拂。

缕缕情丝慕，熙熙赏者沽。

牡丹虽富贵，物语比菊乎？

【注】

①菊花物语：物语，根据事物的一些特性、人们的习惯等，将人的表达物化了，或者说将事物拟人化了，能表达出情感。如："花之物语（或称'花语'）"。

②"即令寒凉至，犹托热烈出。傲霜凭傲骨，风度引风拂：指菊花不畏严寒在深秋开放，更兼具有浓香，故有"晚艳"、"冷香"之雅称。

唐多令·雨中荷花

羞涩雨轻盈，打湿谁梦丛？似低吟、串串晶莹。淌翠飞歌飘乐曲，满塘绿，吐心声。　　浓淡染丹青，怡然荷叶风。洒露珠、细语呢哝。香远溢清追贵雅，花君子，水交融。

五律·向日葵物语

浓密田间聚，金黄灿烂衣。

燃燃追赤日，淡淡映清溪。

无语藏羞涩，有缘展梦期。

随风结硕果，愈满愈垂兮。

【注】

①向日葵花语：向日葵是一种大型一年生菊科向日葵属植物。原产地为北美洲。是秘鲁、玻利维亚、俄罗斯等国的国花。

②燃燃追赤日：别名太阳花，因花序随太阳转动而得名

③愈满愈垂兮：指向日葵长满果实后，花盘沉坠，慢慢低下头，且果实越丰满，头垂得越低。喻指人成就越大越应自谦。

浪淘沙令·牡丹天香

信笔写天香，淡抹浓妆。满园国色竞芬芳。忘我之时春吐蕊，溢涌琼浆。　　细雨润风光，落在心房。花开花落亦沧桑。月醉水痴情不改，留下诗章。

【注】

①牡丹：又名洛阳花、百花王、鹿韭、木芍药、洛阳王、富贵花，谷雨花、洛阳红。原为陕、川、鲁、豫以及西藏、云南等一带山区的野生灌木，作为观赏植物始自南北朝时期。素有"竞夸天下双无绝，独立人间第一香"之称。

②满园国色竞芬芳：唐李浚《摭异记》云："国色朝酣酒，天香夜染衣。"宋代范成大《与至先兄游诸园看牡丹三日行遍》诗有句："欲知国色天香句，须是倚阑烧烛看。"可见从唐代起，就推崇牡丹为"国色天香"，形容颜色和香气不同于一般花卉的牡丹花。

五言排律·荷语

静静听荷语，仿佛淡淡溪。
不求独妩媚，但愿众惺惜。
守望花格贵，开襟道法依。
一方池水浅，几簇木莲低。
莫若生湖淀，何妨入土泥。
至清则自赏，厚重韵长栖。

【注】

①荷语：荷花的细语。

②不求独妩媚，但愿众惺惜：荷花为水生植物，性喜相对稳定的平静浅水、湖沼、泽地、池塘，多以花群整体生长，常常展现"接天莲叶无穷碧"的荷花群体之美。

③守望花格贵，开襟道法依：花格，指荷花的品格，"出淤泥而不染，濯清涟而不妖"，表达了荷花坚贞、纯洁、无邪、清正而谦虚品质。开襟，开阔心胸；敞开胸怀。唐李咸用《寄所知》诗："从道趣时身计拙，如非所好肯开襟。"

④莫若生湖淀，何妨入土泥：既然生于河塘之中，又何妨扎入泥土，欣然吸取滋养。指荷花随遇而安的坚韧品质。

三台·荷花禅意

　　蕴神思凝练记忆，水中绿飘荷密。半带羞、半醉似微酣，半含梦、生出禅意。根连藕、藕上新枝续。月色下、直达心域。任铺展、一片朦胧，墨渐重、化为空寂。　　正和风阵阵引絮，淡淡柔柔清气。远望去、花待绽开时，点线面、亭亭而立。随缘处、雨打碧如玉。憧憬里、云飞云聚。暗自赠、缕缕馨香，美交汇、仿佛诗句。　　落英缤纷往返趣，感怀万千思绪。幻化间、舍利子晶莹，老将至、浑然天地。迎春雪、赞周公胸臆。雅且真、魂魄相继。赏君者、琴瑟合弦，写词章、悟轮回律。

【注】

①任铺展、一片朦胧，墨渐重、化为空寂：描写荷叶相接，荷花点点，接天莲叶无穷碧，花叶重叠，与河塘碧水轻雾融为一体的美景。

②舍利子：舍利是梵语 śarīra 的音译，是印度人死后身体的总称。在佛教中，僧人死后所遗留的头发、骨骼、骨灰等，均称为舍利；在火化后，所产生的结晶体，则称为舍利子或坚固子。胡培元撰写《残荷赋》，其中："残荷，荷中之舍利子也"。此看法自古无人提出，作者以为非常深刻和具有文采。

③赞周公胸臆：自古以来，文人墨客多赞荷花之品格，唯有周敦颐《爱莲说》，将荷花高贵气节描写得最为深刻，让爱莲之人产生共鸣。

④雅且真、魂魄相继：荷花既有洁白高贵的出世之品格，又有扎入泥潭怒放生命的入世之坚韧，是生命至真、至雅的最完美

结合，诠释了生命能生生不息、韵存长远的真谛。

⑤悟轮回律：小荷尖尖，夏荷亭亭，残荷有声，荷花生生不息地谱写着它的生命轮回之曲。

东风第一枝·牡丹

　　暖暖春阳，群芳竞放，天姿国色佳酿。牡丹总领风光，韶华梦泽街巷。庭前屋后，田野里、香随风漾。徜徉其中品读时，富贵更兼和畅。　　心向往，雅俗共赏，娇妩媚、也知礼让。一江洛水浇开，万紫千红景象。如期而至，岁月过、时光流淌。绿依傍、桃李纷扬，满目婉约花浪。

【注】

①牡丹：牡丹原产于中国西部秦岭和大巴山一带山区，是我国特有的木本名贵花卉，素有"百花之王"之称。

②牡丹总领千红，韶华梦泽街巷：唐开元中，牡丹盛于长安，至于宋以洛阳第一，在蜀以天彭为第一。他花皆以本名，唯有牡丹独言花，故有花王之称。"春来谁作韶华主，总领群芳是牡丹"。韶华，美好的时光。常指春光。唐戴叔伦《暮春感怀》诗有句："东皇去后韶华尽，老圃寒香别有秋。"

③徜徉其中品读时，富贵更兼和畅：指牡丹花雍容华贵、富丽堂皇，素有"国色天香""花中之王"的美称。

④一江洛水浇开，大国盛世景象：洛水通常指的是洛阳市的洛河，洛河常被叫做洛水。"洛阳牡丹甲天下"之美名亦流传于世、众所周知。

过秦楼·白洋淀荷花大观园

　　扑朔迷离，乘舟寻觅，含蓄婉约荷聚。千姿
百态，万种风情，远望近观皆丽。飘雨落入裙裾，
凝露滴滴，恰逢知遇。淡然藏妩媚，亭亭而立，
绿深红密，圆舞举。　　　漫步随情，湖中摇曳，
忆起旧时莲语。丹青画卷，诗赋华章，绚烂致极
胸臆。浓淡相宜，不择泥土生息，苔枝缀玉。暗
香流淌处，留下丛丛妙句。

【注】

①白洋淀荷花大观园：白洋淀，原是黄河故道，古雍奴泽遗址。
经大自然的变迁和先人的开辟，造就了地貌奇特、神秘而美丽的
淀泊。白洋淀在宋朝称白羊淀，相传在阳光下，阵风吹来水面泛
起层层白浪，似成群奔跑的白羊。到明代，淀水宽阔，清澈见底，
人们站在淀边远眺，"汪洋浩渺，势连天际"，才改称白洋淀。
现有大小淀泊143个，其中以白洋淀较大，总称白洋淀。白洋淀
由堤防围护，淀内壕沟纵横，河淀相通，田园交错，水村掩映，
素有华北明珠之称、亦有"北国江南、北地西湖"之誉。

②扑朔迷离，乘舟寻觅，含蓄婉约荷聚：舟行荷花丛中，似
入迷宫，边行边寻路，好像成为荷花群中的一员。

③浓淡相宜，不择泥土生息，苔枝缀玉：指荷花的形态色彩
浓淡之间有种天然自成的美，自然择泥而长，花开洁净，叶凝雨露，
似玉珠般剔透。

三台·数枝梅香

　　数枝梅香溢涌处，暖春已成瀑布。傲雪中、代代有词章，赏花者、思怀如注。牵君手、赠与松竹赋。树愈老、新芽成簇。遇冬醒、红粉梳妆，古朴韵、满枝情愫。　　展心魂点点是梦，化作绵长思路。耐寂寞、甘愿寓寒凉，任冷雨、翩翩飞舞。虽无语、大智若开悟。更淡定、更有修为，更唯美、更知深度。　　聚精华枯干似骨，横弯竖曲交互。陆放翁、挚爱里轻吟，心声吐、一生思故。昔王冕、墨池皆仰慕。驿路行、石板倾诉。品高雅、不惧风霜，自然生、自然相助。

【注】

①数枝梅香溢涌处，暖春已成瀑布：寒冬梅花开，待梅花开盛，梅香浓郁之时，便是春将到来之日。

②牵君手、赠与松竹赋：松、竹经冬不凋，梅花耐寒开放，受人们赞颂，因此有"岁寒三友"之称。语出宋林景熙《王云梅舍记》："即其居累土为山，种梅百本，与乔松修篁为岁寒友。"

③树愈老、新芽成簇：指梅树的生命力非常顽强。越是砍伐它，它就越是不断地钻出嫩芽、抽出枝条。

④遇冬醒、红粉梳妆，古朴韵、满枝情愫：梅花香自苦寒来，严冬中百花凋谢，唯有梅花不畏严寒，粉妆缀枝，为寒冬添上一抹香韵。

⑤大智若开悟：大智，大智慧。《荀子·天论》云："故大巧在所不为，大智在所不虑。"开悟：领悟，解悟，开通。

⑥陆放翁、挚爱里轻吟，心声吐、一生思故：陆放翁，陆游，

字务观，号放翁。汉族，越州山阴（今浙江绍兴）人，南宋著名诗人。陆游一生爱梅，留下过许多与梅有关的诗句。如《梅花绝句》中的"何方可化身千亿，一树梅花一放翁"，又如《落梅》诗中"雪虐风号愈凛然，花中气节最高坚"。

⑦昔王冕、墨池皆仰慕：王冕，元代诗人、文学家、书法家，字元章，号煮石山农，浙江诸暨人。王冕诗书画皆善，尤以墨梅为最，是元代画梅的名家，号梅花屋主，画梅以胭脂作梅花骨体，或花密枝繁，别具风格。

采桑子·紫薇

　　谁家一树云霞落，几度繁花，枝上无他，绿叶深藏待后发。　　群芳争宠一时艳，絮语虽佳，转瞬飞涯，留下紫薇韵作答。

【注】

①紫薇：别名入惊儿树、百日红、满堂红、痒痒树。为千屈菜科紫薇属双子叶植物。产于亚洲南部及大洋洲北部。中国华东、华中、华南及西南均有分布，各地普遍栽培。紫薇树姿优美，树干光滑洁净，花色艳丽。开花时正当夏秋少花季节，花期极长，由6月可开至9月，故有"百日红"之称，又有"盛夏绿遮眼，此花红满堂"的赞语。

②谁家一树云霞落，几度繁花，枝上无他，绿叶深藏待后发：紫薇花盛开时，整树繁花，如满树云霞，灿烂无比。绿叶待花盛开之后，亦悄然生发。

青玉案·梨花

　　平凡绽放洁白处，沐细雨、铺心路。带泪携
情花满树，交相辉映，如痴如诉，飞雪飘然舞。

　　脆清忽如一夜香，枝头驻，溢满春风画中路。
辉香漫野，思怀几缕，涌出诗赋，依次悄然布。

【注】

①带泪携情花满树，交相辉映，如痴如诉，冰雪悄融入：梨
花带雨，像沾着雨点的梨花一样。原形容杨贵妃哭泣时的姿态，
后用以形容女子的娇美。带泪携情把梨花的这种姿态描述得淋漓
尽致。

②忽如一夜枝头驻，溢满春风画中路：忽如一夜，出自岑参《白
雪歌送武判官归京》中句："忽如一夜春风来，千树万树梨花开。"

满庭芳·青海门源油菜花

　　青海门源，风光渲染，一幅艳美奇观。山川
大地，俯首尽娇颜。细雨初停洗净，迷人处、无
际无边。夏潇里、飞黄飘聚，气度正绵延。　　斑
斓。心已醉，花香弥漫，薰透田园。脱俗欲滴情，
冲入垂帘。高雅清纯扑面，遇寒意、绽放平凡。
一团团、繁花锦簇，诠释美天然。

【注】

①青海门源油菜花：门源油菜花位于青海省海北藏族自治州
的门源县，是青海省及西北地区的主要油料产区，此处的油菜花

也成为了一种美丽而蔚为壮观的人造景观。西起浩门河畔的青石嘴，东到大通河畔的玉隆滩，北到与甘肃省交界的冷龙岭，南至高峻的大坂山，绵延数十千米。

②七月里、飞黄飘聚，气度正绵延：夏日时节，走进青海门源回族自治县，恰如走进一幅浑然天成的油画。

永遇乐·写意风竹

疏密相间，临风聚散，惟见枝干。寒翠清幽，徐疾变幻，满纸皆诗卷。参差错落，笼烟滴露，冬雪飞时尤倩。挺拔时、孤高婉丽，一任大地弥漫。　　缘何无憾，缘何无怨，动静俱佳洗练。放下荣枯，心归于道，世事沧桑变。春之嫩笋，夏之茂盛，秋日纵情千万。韵流入、群山田野，江河两岸。

【注】

①写意风竹：国画中画竹多以写意手法，体现风竹的品骨。写意，国画的一种画法，俗称"粗笔"。与"工笔"对称。通过简练放纵的笔致着重表现描绘对象的意态风神的画法。

②疏密相间，临风聚散，惟见枝干：写意风竹，以竹干为主型，随风向布局枝叶，多不乱，少不疏，疏密相间。

③徐疾变幻：指表现竹迎风而舞姿态的笔法。徐疾，或慢或快。

④笼烟滴露：似有若无的清烟萦绕着葱茏茂密的竹梢，有露水轻轻滴落。一幅非常清静幽雅的竹林美景。杜甫《堂成》有句："桤林碍日吟风叶，笼竹和烟滴露梢。"

⑤挺拔时：竹的姿态，挺拔又笔直。

⑥动静俱佳洗练：动静之间，竹都展现出潇潇洒脱的气度。洗练，简练。

⑦放下荣枯，心归于道，世事沧桑卷：荣枯，喻人世的盛衰、穷达。世事沧桑，世事，指的是人世间的事情，沧桑，沧海桑田，斗转星移，物是人非世事沧桑，是一种对人生、对生活乃至生命的感慨，既可指世事无常，物是人非，变化无穷。也可是对过去岁月的怀念和追忆。

七律·竹品

虚心傲骨入云中，赠与山川迥异风。

清静无为君子境，玄澹超逸士人空。

无香无艳从容绿，无语无花自在青。

有道有节心向上，有情有意隐于形。

【注】

①竹品：竹的品格。

②清静无为君子境：清静无为，春秋时期道家的一种哲学思想和治术。提出天道自然无为，主张心灵虚寂，坚守清静，消极无为，复返自然。君子境，以竹喻指君子之高雅、之品行，历代文人无不吟诵。唐·刘禹锡《庭竹》有句："依依似君子，无地不相宜。"

③玄澹超逸士人空：玄澹，指清高淡泊。晋束晳《近游赋》有句："穷贱於下里，寞玄澹而无求。"士人，中国古代文人知识分子的统称，他们学习知识，传播文化，政治上尊王，学术上循道，周旋于道与王之间。他们是国家政治的参与者，又是中国传统文化的创造者、传承者。士人是古代中国才有的一种特殊身份，是中华文明所独有的一个精英社会群体。

误佳期·胡杨

　　绝美感人风景，生死不渝舞动。茫茫沙海树金黄，染醉天边梦。　　古老亦从容，几抹霞光共。壮怀激烈问苍穹，绿水何时涌？

【注】

　　①胡杨：是杨柳科杨属胡杨亚属的一种植物，常生长在沙漠中，它耐寒、耐旱、耐盐碱、抗风沙，有很强的生命力，胡杨也被人们誉为"沙漠守护神"，是一种神奇的植物，千百年来，它们毅然守护在边关大漠，守望着祖国边疆。

　　②生死不渝舞动，茫茫沙海树金黄，染醉天边梦：秋季的胡杨叶变成金黄色，几乎是将储备了一年的激情在秋天突然迸发出来，为这茫茫沙漠增添了梦般色彩。

　　③壮怀激烈问苍穹，绿水何时涌：壮怀激烈，岳飞《满江红》中句。"怒发冲冠，凭栏处、潇潇雨歇。抬望眼，仰天长啸，壮怀激烈。"作者不禁问道：在这茫茫的沙漠，什么时候绿水才能涌流不断呢？

少年游·蜀南竹海

蜀南竹海绿飘流，万顷碧波柔。丹霞似火，
漫山淌翠，天赐落晖眸。　　林梢垂钓有情日，
摄入梦中留。点点飞红，几丝光缕，无语伴春秋。

【注】

①蜀南竹海：甲天下的蜀南竹海，位于四川南部的宜宾市境内，是我国最大的集山水、溶洞、湖泊、瀑布于一体，兼有历史悠久人文景观的最大原始"绿竹公园"。植被覆盖率达87%，为我国空气负氧离子含量极高的天然氧吧。

②天赐落晖眸：阳光透过层层竹林，光线形成特有的光晕，在作者的相机里形成一幅天赐光辉的景象。

③林梢垂钓有情日，摄入梦中留：作者举起照相机对落日中的竹林拍摄，日光透过竹叶，形成五彩斑斓的光晕，作者似乎在海竹林中垂钓到有情的落日余晖。这些景色保存在摄影作品和作者的梦中。

七律·薰衣草花语

何种花香飘呓语，穿行夏露浣霞衣。
天生丽质神仙赐，地赋浓情道法栖。
有色纷扬高贵紫，无声流淌淡妆霓。
一枝一叶不成垄，恣肆汪洋南北居。

虞美人·虞美人花

天生丽质花如草，俯仰轻风晓。娇娇不傲韵无声，汴水淌出思念润诗情。　　芳菲未必成澎湃，质朴香常在。荒野田园载春秋，一茎纤纤美女落九州。

采桑子·玉兰物语

千花万蕊争春俏，淡雅心湾，大朴心湾，一树清凉墨玉兰。　　无须待到山花漫，羞涩如帆，绽放如帆，独领风骚涨满园。

五言排律·安吉印象

木叶斑驳老，云烟缥缈间。
风拂竹海绿，湖绕翠峰蓝。
古韵追流月，野芳入画帘。
娇羞颜似玉，飒爽朴如棉。
绿水青山驻，仙人净土还。
清晨闻鸟语，踏月觅诗篇。

浪淘沙·银杏飘黄

金叶舞秋天，涂抹娇颜，翩翩而至悟参禅。遍野新黄谁染就，片片风帆。　　苍翠已昨天，更待来年，满园秋色绣怡然。流水落花春又至，再绿江山。

【注】

①银杏飘黄：秋季银杏金黄，秋风起，满城飘金。

②流水落花春又至：李煜《浪淘沙·怀旧》有句："流水落花春去也，天上人间。"

鹊桥仙·桐庐红豆杉林

无声倾诉，飞红一树，凝聚夏风秋露。何方种下万年情，远望去、层叠密布。　　琼浆玉酿，紫杉醇牧，众里寻他百度。淡然宁静驻桐庐，待明日、捧出诗簏。

【注】

①浙江东方文化园在桐庐种植红豆杉，十年磨一剑，目前40万棵红豆杉不仅已成为旅客游览旅游胜地，更成为造福人民的珍奇树林，将福荫当代和后代。故作词以致敬意。

②桐庐红豆杉林：桐庐县，位于中国浙江省西北部，地处钱塘江中游。红豆杉，属浅根植物，其主根不明显、侧根发达，是世界上公认的濒临灭绝的天然珍稀抗癌植物，是经过了第四纪冰川遗留下来的古老树种，在地球上已有250万年的历史。

③琼浆玉酿，紫杉醇牧，众里寻他百度：众里寻他百度，宋辛弃疾《青玉案·元夕》有句："众里寻他千百度，蓦然回首，那人却在灯火阑珊处。"

七律·金黄落叶

金黄落叶舞翩翩，铺满斑驳庭院前。
最美并非繁茂处，真情却在化蝶间。
秋风拂过漫天梦，寒意袭来遍地禅。
恬淡平添灵动色，纷扬写作美人颜。

【注】

①金黄落叶舞翩翩，铺满斑驳庭院前：一夜秋风催黄了枝头绿叶，片片金黄翩翩而落，层层叠叠铺满庭院，颜色深浅不一，一片错落斑驳之景。

②最美并非繁茂处，真情却在化蝶间：四季皆景，以树为例，春之清新，夏之浓郁，秋之潇潇，冬之孑然，并非叶满枝头才是景盛之时。景随季转，最动人的是生命在盛放和消败中的重生，每一次轮回有如一次羽化成蝶。

浪淘沙·枫叶红了

飒爽正临风，转瞬飘红，经霜古树悟人情。
领略世间多少事，解构时空。　　一管乐声中，
枫叶丛丛，谁烧烈火染群峰？更待雪花飞舞起，
滋润苍穹。

【注】

①枫叶红了：枫叶，枫树的叶子，一般为掌状五裂，秋季变
为黄色至橙色或红色。

②领略世间多少事，解构时空：一叶知秋，片片经霜的红叶，
象征着对往事的回忆、人生的沉淀、情感的永恒及岁月的轮回，
对昔日的岁月的眷恋。

南乡子·春草

嫩绿染芳菲，青草催春吐翠微。润物细声飘
雨后，霏霏。满树鹅黄柳叶垂。　　遍野是新眉，
不恋俗尘惬意随。检点世间随冷暖，挥挥。显赫
何如潇洒归。

【注】

①润物无细声飘雨后：杜甫《春夜喜雨》有句："好雨知时节，
当春乃发生。随风潜入夜，润物细无声。"

②遍野是新眉，不恋俗尘惬意随：春来草荣，一年一轮回，
春草在当季漫山遍野展现新颜，似懂得草枯草荣是自然规律，不
贪恋春之长短，尽情蔓延，展现生命的张力。

③检点世间随冷暖，挥挥。显赫何如潇洒归：春草亦有如此的洒脱态度，人们为何要为俗世得失牵绊，显赫也罢，落魄也罢，倒不如像一棵春草，潇洒面对春之荣光，冬之败落，来年自然重生。

木兰花慢·森林咏叹

看群山画卷，碾春水，韵飘然。舞姿曼妙旋，四时转换，生命如磐。惊蛰，百花斗艳，嫩芽青唤醒草香还。夏日情舒夙愿，婵娟相伴无眠。　秋光，璀璨斑斓，七色土，竞奇观。雪落树成仙，迎风举目，不惧霜寒。天潢，景随人愿，叹生机皆有绿之源。木重云飘池畔，意浓雨落江边。

【注】

①惊蛰：二十四节气之一。蛰是藏的意思。这时气温回升较快，渐有春雷萌动，惊醒了蛰伏在土壤中冬眠的动物。是反映自然物候现象的一个节气。《月令七十二候集解》云："二月节，万物出乎震，震为雷，故曰惊蛰。是蛰虫惊而出走矣。"

满庭芳·玉兰词韵

　　淡淡馨香，枝头荡漾，谁为春韵梳妆？满园新色，尤爱素衣裳。高雅清纯解语，憧憬里、情意绵长。凭人问，迎风绽放，可否惧寒凉？　　如凰。轻展翅，飘飘洒洒，正待飞翔。染出玉如花，挥就词章。不喜平庸造作，珠联璧、尽赏兰芳。何为贵？诗中有画，画里写心乡。

【注】

　　①满园新色，尤爱素衣裳：素衣裳，指白玉兰。作者此句回答"谁为春韵梳妆"。春季开花的花很多，"满园新色"中，作者尤爱玉兰花。

　　②凭人问，迎风绽放，可否惧寒凉：玉兰花期在三月，正处春寒料峭之时，初春时节微风拂过，洁白的玉兰花早于绿叶朵朵驻满枝头。此处一问，烘托玉兰染春不畏寒凉的境界。

　　③如凰。轻展翅，飘飘洒洒，正待飞翔：用玉兰花开驻满枝头的神韵，回答上阕末句一问："可否惧寒凉？"

　　④何为贵？诗中有画，画里写心乡：此处一问一答，引出作者对文人画的理解。文人画是中国国画的最高境界。中国绘画史上由于文人画的兴起，才反映出中国绘画的哲学深度和高度。文人画是中华民族珍贵的文化瑰宝，因为有了笔墨，着重抒发作者主体之气，客体的对象就变成与主体之气相呼应、相匹配、更有文化含量的艺术表达。

蝶恋花·茉莉咏叹

褪尽浮尘芬芳捧。缕缕清香，处处春归景。
溢满随风追隽永，谁人陶醉花间影？　　飘逸写
出高雅咏。淡淡脱俗，天赋洁白垒。犹抱琵琶情
却醒，娇羞不语心光倾。

【注】

①天赋洁白垒：茉莉花洁白高雅，花开时节如天降白雪，从
初夏到晚秋开花不绝。

②犹抱琵琶情却醒，娇羞不语心光倾：白居易《琵琶行》有句：
"千呼万唤始出来，犹抱琵琶半遮面。"

五言排律·香漫荷塘

天赠妖娆聚，晴柔韵味溪。
一滴晨露戏，几许晚风趋。
香漫荷塘处，情依翠盖居。
微酣观秀色，大醉赏萍衣。
撒绿新枝伴，飞红旧藕栖。
悄然随故土，续梦待春犁。

【注】

①晴柔：指阳光和煦柔和，荷塘中光和影形成水乳交融的美
感。宋杨万里《小池》有句："泉眼无声惜细流，树阴照水爱晴柔。"

②一滴晨露戏，几许晚风趋：清晨荷叶滚动着一滴晶莹的露
水，晚上几许晚风吹起，摇曳着荷花。

③翠盖：指荷叶。

④撒绿新枝伴，飞红旧藕栖：荷花是多年生水生植物，每年花落入土，来年重新长出新绿，粉红的荷花，盛开的时候，去年的旧根也长成了新藕。

⑤悄然随故土，续梦待春犁：春日新叶，盛夏花开，入秋花谢，冬日残荷，荷花的四季轮回始终相伴荷塘。荷花每年的生长过程结束之后，悄然潜入泥土中，等待下一个春天再续梦想。

五律·水绕白桦

水绕白桦树，挥毫浪漫图。
叶疏迎日泊，影密透光出。
举目望天际，凝神向路途。
莫言林寂静，等待有人读。

【注】

①水绕白桦树，挥毫浪漫图：本词描写的是一副白桦林的浪漫图画。这幅图画与作者在新疆塔城所见到白桦林极为相似，画中宁静的河流围绕着茂密的白桦林，漫无目的地向四处流淌。白桦树的树干洁白雅致，与水为伴，有一番浪漫风情。

②举目望天际，凝神向路途莫言林寂静，等待有人读：指白桦树树干上横生的孔，就像是白桦树的眼睛，举目望着远处，等待从远方来的客人。

踏莎行·荷香

　　缕缕荷香，翩翩绿掌，花中君子风姿淌。接天莲叶嫁清塘，婷婷玉立心神往。　　不染淤泥，清妆素仰，一池故事诗书赏。枝枝蔓蔓总关情，生生世世追梦想。

【注】

①花中君子：荷花为"君子之花"。周敦颐《爱莲说》云："莲，花之君子者也。"

②接天莲叶嫁清塘：广植湖泊的荷花莲叶面积很广，似与天相接，蔚为壮观，呈现无穷的碧绿。西周时期荷花从湖畔沼泽的野生状态走进了人们的田园池塘。南宋杨万里《晓出净慈送林子方》有句："接天莲叶无穷碧，映日荷花别样红。"

③不染淤泥：北宋周敦颐《爱莲说》云："予独爱莲之出淤泥而不染，濯清涟而不妖。"

④枝枝蔓蔓总关情：清郑板桥《潍县署中画竹呈年伯包大中丞括》有句："一枝一叶总关情"。荷花全身皆宝，藕和莲子能食用，莲子、根茎、藕节、荷叶、花及种子的胚芽等都可入药，可治多种疾病。荷花用美景、美食、美色滋养着人类的生活。

醉春风·秋雨

　　洒落珠成缕，弹拨情几许，秋高气爽太阳滴。雨、雨、雨。七彩长虹，写天然意，忆春风举。　　万紫千红聚，枫叶银杏比，正将娇色化新霓。洗、洗、洗。浸润田园，乐声飘起，谱丰收曲。

唐多令·紫藤

乱剪紫云烟，飞霞挂木繁。漫天吟、一览庭园。典雅低垂高品位，虽不语，染江山。　　荡漾赠缠绵，疏枝绕曲栏。叶离披、数朵微含。藤舞蜿蜒情楚楚，花似雨、润春颜。

【注】

①紫藤：豆科，紫藤属。落叶攀援缠绕性大藤本植物。

②乱剪紫云烟，飞霞挂木繁：描写紫藤吐艳之时，紫藤花穗垂挂枝头，灿若云霞的景象。

③叶离披、数朵微含：清陈维崧《溪兰芳引·咏兰》有佳句——"有黛叶离披，露萼烟条齐矗""数朵微含，一枝乍秀，淡淡如菊"。离披：有分散下垂，茂盛状等意。描写紫藤花穗点缀在盛茂的藤叶之中郁葱柔和之景。

最高楼·京都赏樱

春绚烂，醉意赏嫣然。怒放赠流年。缤纷热烈花吹雪，翩翩起舞弄娇颜。恋新枝，凝锦簇，惹风怜。　　香气绕，满城情韵道；人气绕，一园飘俏笑。谁把梦，寄云天？东瀛美色何方染？曾听韶乐仰高山。傲霜梅，樱远渡，共木莲。

【注】

①樱花：樱花是一种于植物，蔷薇科，落叶乔木，花于3月，与叶同放或叶后开花。原产于北半球温带喜马拉雅山地区，日本、

印度北部、中国长江流域、台湾、朝鲜等地都有栽培，以日本樱花最为著名。《樱大鉴》里有记载，日本樱花最早是从中国的喜马拉雅山脉传过去的。樱花由中国东渡到日本之后，深受日本民众喜爱，经培育改良，成为日本的国花，日本因此被誉称"樱花之国"。

②曾听韶乐仰高山：《韶》乐，史称舜乐，起源于五千多年前，为上古舜帝之乐，是一种集诗、乐、舞为一体的综合古典艺术。《韶》乐是中国宫廷音乐中等级最高、运用最久的雅乐，由它所产生的思想道德典范和文化艺术形式，一直影响着中国的古代文明，《韶》乐曾被誉为"中华第一乐章"。高山：指喜马拉雅山。

③傲霜梅，樱远渡，共木莲：梅花、樱花、玉兰同是源于中国，后又于不同时期伴随中国文化传入日本，承载了中日两国交流的历史。几千年来梅花深受国人喜爱，樱花远渡日本成为日本国民的最爱，玉兰花的高洁气质则被两国人民所共同称道。

醉春风·春雨

缱绻缠绵意，当春飘嫩绿，丁香结里韵成溪。雨、雨、雨。点点滴滴，柳丝飞起，正读心曲。　　仄仄平平律，随风吟哦趣，慢条斯理润香泥。洗、洗、洗。尽褪浮尘，又闻鸟语，暗香如缕。

【注】

①当春飘嫩绿，丁香结里韵成溪：初春，丁香的花蕾丛生如结，点缀在春天飘荡的嫩绿中，如韵律款款，又如溪流一样潺潺流淌。唐代李商隐《代赠》有句："芭蕉不展丁香结，同向春风各自愁。"

②仄仄平平律：平声和仄声，泛指诗文的韵律，这里指雨声

如诗词一样抑扬顿挫。

③吟哦：写作诗词，推敲诗句，有节奏的背诵、朗读。

醉春风·冬雨

弹奏心灵曲，飘然高雅里，寒风刮起水神奇。雨、雨、雨。飞舞晶莹，韵铺大地，倚冬春抵。　　静静冰花语，抛却浮躁许，理清思路再耕犁。洗、洗、洗。滋养山川，壮哉寰宇，蕴涵无比。

【简析】

本组《醉春风》词是作者描写四季之雨的创新之作，组词中很多描绘雨之形态、雨之内涵的词句，为前人所未使用过。春雨的"仄仄平平律，随风吟哦趣，慢条斯理润香泥"；夏雨的"草色花香里，随风成甲乙"；秋雨的"七彩长虹，写天然意，忆春风举"；冬雨的"飞舞晶莹，韵铺大地，倚冬春抵"。组词中用"雨、雨、雨。"刻画四季之雨的各种形态，"洗、洗、洗。"表达四季之雨的不同内涵和神韵。

春雨是"缱绻缠绵"的雨，它点点滴滴滋润大地，点滴之间又像古典诗词一样，有着仄仄平平之韵。春雨随风飘落，像吟读诗句一般，有种别样的情趣。春雨带着音节韵律，不急不慢、慢条斯理飘落大地。大地回春，人们倾听鸟语，赏闻花香。

夏雨是痛快淋漓的雨，这种雨在"草色花香里"，"随风成甲乙"。与春雨不同的是，夏雨非常痛快淋漓，"一泻情思"，从天而下，如天边骤然响起的交响乐。夏雨可以翻江倒海、波涛滚滚，只有这种淋漓尽致的雨才能把原野染绿。与春雨的"慢条斯理"不同，夏雨的"瞬间洗礼"，荡涤尘埃，让无数的诗人、词人岸边吟诵，诗意潺潺。

秋高气爽，多降太阳雨。秋雨如天际悬挂而下的珠帘，一缕缕间而不断，折射着太阳炫目的光芒。雨后的七彩长虹挂于天际，奏响一曲天籁，回忆着春风吹醒了这一年的轮回，没有春风就没有四季的开始。秋雨是炫美、喜庆、丰收、七彩的雨，它将枫叶的红、银杏的黄，织成娇媚的霓裳；它浸润田园，谱出一首丰收的乐曲。

冬雨是高雅的飘然而下的雨。"寒风刮起水神奇"，春、夏、秋的雨是水的形态，而冬雨是雪的形态。"飞舞晶莹，韵铺大地，倚冬春抵"，冬雨变成飘然的雪花，纷纷扬扬铺满大地，万物在冬天的寒冷里等待春天的到来。静静的冰雪用它的絮语，让人们褪去人世间的许多浮躁，"理清思路再耕犁"。冬雨的这种"洗"与春雨的"点点滴滴"、夏雨的"一泻情思，瞬间洗礼"、秋雨的"七彩长虹，写天然意"不同，冬雨是高雅的雨，是心灵的雨，是蕴含无比的雨。

醉春风·夏雨

草色花香里，随风成甲乙，云飘雾绕撒清溪。雨、雨、雨。一泻情思，瞬间洗礼，汇天边曲。　　倒海翻江举，谁令波涛起？染出原野绿依依。洗、洗、洗。涤荡尘埃，岸边正拟，赏诗如许。

【注】

①赏诗如许：作者在《浪淘沙·大雨如注》中有诗句描写夏雨倾泻的场景："大雨久徘徊，洗净尘埃。如痴如醉泻情怀。"历代文人诗作不乏描写夏雨的佳句，其中为陆游尤爱夏雨，陆游

《夏雨》有句："清风起湖滨，急雨来天末""东风吹雨溪上来，北山出云以应之"。

浪淘沙令·写意春天

翠绿染田园，写意春天，随风杨柳舞翩翩。
匍匐土香花烂漫，酿造斑斓。　　野渡水成川，
雨润青山，卖花店里买娇颜。无限生机扑面美，
惬意连绵。

【注】

①野渡：指河流没有规整的河道，河水毫无规则地向四方延漫。

②卖花店：清陈维崧《南乡子·咏春兰》有句："飘得卖花声到了，春兰。"

踏青游·春之韵

　　细雨朦胧，染透韵情飞动。睡梦中、打湿憧憬。满园香，春色抹、洗妆正拟，风光赠。淅淅沥沥声共。浸润淡然诗境。　　嫩笋沙沙，已破土生机纵。觅芳草、手携肩并。撒鹅黄，催碧绿、领着千紫，新红映。杨柳絮飘拂杏。又见簇簇花盛。

【注】

　　①细雨朦胧，染透韵情飞动。睡梦中、打湿憧憬：春天的细雨朦胧，特别让人感动，以致打湿了睡梦中作者的憧憬。浸润万物的春雨"随风潜入夜，润物细无声"，让人憧憬着春雨绵绵之后的遍地春色。与《望海潮·春如潮》描写春之景不同，《踏青游·春之韵》描写了春天韵律带给作者的感动。

　　②嫩笋沙沙，已破土生机纵：描写春韵之动感，"沙沙"之声形象描绘嫩笋破土而出的过程，有种连贯的镜头感。

　　③撒鹅黄，催碧绿、领着千紫，新红映：将春天拟人化，一"撒"、一"催"、一"领"、一"映"，尽显春之律动，带来新柳的鹅黄、秧苗的碧绿、花簇的万紫千红，只言片语便呈现出春意的盎然。苏轼《次荆公韵四绝》有句"深红浅紫从争发，雪白鹅黄也斗开"，尽显春的斑斓。

七律·春

——生机无限

生机无限春光嫁，细雨飘零染杏花。
入夜听声催绿草，清晨洗色待红霞。
寒梅傲雪悄然落，嫩柳迎风骤时发。
燕子归来寻故里，几丛翠黛领新芽。

【注】

①生机无限春光嫁，细雨飘零染杏花：描写暖春将临，大地一片生机盎然，春雨染杏花，花雨交融，春意浓郁。"春光嫁"，作者诗作《憨鸭》中亦有"一江春色待嫁"的诗句。杏花雨，杏花开放时节下的雨，特指春雨。南宋陆游《临安春雨初霁》有句："小楼一夜听春雨，深巷明朝卖杏花。"

②入夜听声催绿草，清晨洗色待红霞：深夜倾听窗外细雨飘零，轻柔的雨声催绿遍地芳草，洗净万物浮尘，作者想象明日的朝霞将更璀璨。此处"入夜听声"借用唐孟浩然《春晓》句："夜来风雨声，花落知多少。"

七律·夏日

心旷神怡入画中，莺啼鸟唱落诗丛。
流云包裹长空韵，骤雨牵出跨岭虹。
江岸低垂风景树，湖边浅唱风波亭。
淋漓火热阳光浴，注满真情写夏公。

七律·秋光梦

多姿多彩秋光梦，绚丽斑斓落墨丛。
落叶铺成七彩路，飞霞染就九重空。
远观山影层层韵，近赏田园缕缕情。
浸润春风携夏露，绿肥红瘦美随行。

七律·追春

野花遍地涌春河，朗润清风惹婆娑。
仙女斜织新雨软，农夫耕种晚秋割。
舒活筋骨追时月，抖擞精神领韵泽。
谁令馨香成酒酿，酩酊大醉染烟波。

【注】

①仙女斜织新雨软，农夫耕种晚秋割：四季轮值，春种秋收的自然场景在作者笔端都染上了浪漫的色彩，春回大地，天界仙女编织细雨，为大地披上锦缎；秋意深浓，人间收获遍野金黄。

②谁令馨香成酒酿，酩酊大醉染烟波：是谁把春天的馨香酿制成美酒，让人们陶醉其中直至酩酊大醉，似遍野绿波。

五律·春无痕

草色无痕绿，花香有意娇。

绵绵丝雨细，煦煦暖风悄。

桃李满庭韵，楼台几处高。

蜂蝶情脉脉，飞舞与春邀。

【注】

①草色无痕绿：化用唐韩愈《早春呈水部张十八员外》有句：
"天街小雨润如酥，草色遥看近却无。"春雨过后，最初的春草
芽儿冒出来了，隐隐泛出了那一抹青青之痕，便是早春的草色。
远远望去，一片鹅黄或葱绿，可走近了，反倒看不出。这便是早
春时节春色，带给人们欣欣之喜却又不着痕迹。

五言排律·对话自然

畅饮春风醉，诚邀日月辉。

青山融意境，绿地汇芳菲。

放牧江川水，开怀雨雪归。

晨曦托旭日，晚露伴霞帏。

湖岸峰峦密，窗前翠鸟飞。

举头皆雅韵，俯首尽香薇。

五言排律·咏月

天上相思月，人间向往诗。

举杯邀美桂，把酒对清溪。

影落田园醉，辉盈水畔栖。

随情追远梦，绕韵觅佳期。

破解圆缺事，收藏冷暖谜。

无言心与共，清澈照东篱。

【注】

①举杯邀美桂，把酒对清溪：李白《月下独酌》有句："举杯邀明月，对影成三人。"苏东坡《水调歌头》有句："明月几时有？把酒问青天。"美桂：指月亮。

②绕韵觅佳期：指月亮围绕地球转动，阴晴圆缺之间，寻觅"佳期"，总在寻找月圆的时刻。

③清澈照东篱：此处两意，一指陶渊明《饮酒》有句："采菊东篱下，悠然见南山。"又指作者颍川《一剪梅·满园菊黄》有句："缘何陶令赏东君？荣辱皆休，高雅长留。""清澈照东篱"，是陶渊明和作者对菊花高洁气质的诠释。

④破解圆缺事：苏东坡《水调歌头》有句："人有悲欢离合，月有阴晴圆缺，此事古难全。"

太常引·雪

　　风霜雪雨写天然，静默是白帆。覆盖暖山川。
翔之舞、如参悟般。　　消融自己，润泽万物，
即令瞬时间。已把汝娇颜，原始色、藏于梦田。

【注】

　　①翔之舞、如参悟般：雪从天飘洒，飞舞之间似乎在倾诉对
大自然的参悟。

　　②消融自己，润泽万物，即令瞬时间：冬雪飘落大地，消融
化为清流，滋润万物。

　　③已把汝娇颜，原始色、藏于梦田：冬雪之素面依依、默默
贡献的神韵更显其娇媚，天空飘洒，大地素裹，这种在原始色装
点下的世界，永远藏于我们的梦田。

浪淘沙令·雪白写清纯

　　感悟动天云，白雪纷纷，江川皑皑写清纯。
轻舞起时尘埃尽，吐纳诗文。　　楚楚耐人寻，
擦拭心魂，寒风吹过万重春。岁月织成颜色里，
高雅胸襟。

【注】

　　①江川皑皑写清纯：描写对雪的感悟。皑皑的白雪书写的是
清纯篇章，"山，雪色裹；河，雪色裹"，大雪纷飞中，江川如
一幅清纯的画卷。

　　②轻舞起时尘埃尽，吐纳诗文楚楚耐人寻，擦拭心魂：大雪

纷飞轻舞，身姿轻盈，尘埃荡涤。雪变成了一种晶莹、一种纯洁，是自然界赏赐给人类的高贵礼物，它似乎在尽情抒怀，既吐纳诗文，又擦拭心魂。

③寒风吹过万重春：寒风凛冽，纷飞大雪奏响的却是春曲，大地回春已不遥远。

④岁月织成颜色里，高雅胸襟：在作者眼中雪楚楚动人、拥有高雅胸襟。在岁月织成的底色里，迎来万重春色。

满庭芳·太阳

大气磅礴，从容不迫，不朽之韵长河。日出霞涌，灿烂惹情多。赠与江山美色，春妩媚、夏演婀娜。秋逶迤，冬吟雪曲，含蓄染金波。　　神梭，织锦瑟，太阳雨落，点点飞播。再涂满天蓝，七彩斑驳。亘古不息吐纳，光与热，胸臆灼灼。将恩典、惠泽万物，浩荡写心歌。

【注】

①大气磅礴，从容不迫，不朽之韵长河：太阳大气磅礴，从容不迫写就了地球的四季之美，写就了太阳的光芒之美，谱写了不朽之韵。

②日出霞涌，灿烂惹情多：地球上的江山美色，四季更替都与太阳有关。地球如陀螺自转的同时绕太阳公转，因地轴与公转轨道面有一倾角675°，与轨道面垂线夹角235°，太阳光四季变化具有规律，使地球上有了四季与昼夜。正是有了太阳光的照耀，才使地面富有生气，疾风劲吹，江水奔流，花开果熟，万物生生不息，有了四季景色的更替。

③赠与江山美色，春妩媚、夏演婀娜。秋迤逦，冬吟雪曲，含蓄染金波：描写太阳光四季变化，春季阳光柔和妩媚，夏季阳光强烈而婀娜，秋季阳光温馨迤逦，冬季阳光含蓄，伴随冬雪如同在吟诵一首雪曲。太阳光的四季变化写就其光芒之美。

④神梭，织锦瑟：太阳光如神梭，编织着四季景色。承接上阕末句四季之景。

⑤太阳雨落，点点飞播。再涂满天蓝，七彩斑驳：太阳雨落之后，天空再现湛蓝，雨后彩虹遥挂天际，如同神梭在天空织就的美景。

⑥亘古不息吐纳，光与热，胸臆灼灼：太阳亘古持续的光照和热力，是蓝色地球的能量来源，使地球孕育万物并生生不息。太阳炙热的胸襟气度，是地球生命力的源泉。这种"胸臆灼灼"的气度是作者所激赏和追求的，亦有友人赞作者之诗词"其华灼灼，辞趣翩翩，文思流动，跃然纸上。"

⑦将恩典、惠泽万物，浩荡写心歌：太阳的精神就是燃烧自己，将光和热奉献给世间万物，用其"灼灼胸臆"亘古不息的吐纳，谱写一曲伟大的心歌，造就了太阳的大气魄，造就了一曲不朽之韵。这首词的上下阕相互呼应，描写了太阳的大气磅礴的精神——亘古不息吐纳恩泽万物。对四季之景的描写，更加烘托了太阳大的气度和精神。

苏幕遮·空中赏月

步天街，人乘月，意领神随，惟见一湾冽。恰与婵娟读世界。星宇茫茫，正把清辉泻。　　倚窗邀，情切切，古往今来，多少诗中阒。可晓空中吟诵越？静赏风光，脚下悄然夜。

【注】

①作者于飞机上看一湾明月，似乎就在窗外，全然没有举目望婵娟的遥远。油然而生与之侃侃而谈的内心涌动。

②古往今来，多少诗中阕。可晓空中吟诵越：古代文人喜赏月吟诗，留下大量吟诵月亮的诗句，但未曾想到现代人类能遨游天空近揽清辉，别有一番诗情。李白《静夜思》有句："床前明月光，疑是地上霜。"《月下独酌》有句："举杯邀明月，对影成三人。"张九龄《望月怀远》有句有句："海上生明月，天涯共此时。"杜甫《月夜忆舍弟》有句："露从今夜白，月是故乡明。"

浪淘沙·大雨如注

大雨久徘徊，洗净尘埃。如痴如醉泻情怀。
密密麻麻谁倾诉，独坐书斋。　　激荡吐香槐，
染绿青苔。丛丛感悟似音拍。沟壑悄然流水处，
纵横天来。

【注】

①如痴如醉泻情怀。密密麻麻谁倾诉，独坐书斋。激荡吐香槐，染绿青苔：描写作者独坐书斋，倾听窗外滂沱大雨，像是在向自己倾诉情怀。窗外的雨下得如痴如醉，手上书的字体密密麻麻，雨声和书的倾诉似乎融为一体。这种感觉非常独特，大雨似乎"洗净尘埃，染绿青苔"，吹开香槐。

②丛丛感悟似音拍：大雨倾落，击打着房檐、树木和路面，阵阵雨声似乎和着音拍飘入心灵，似乎在为作者读书伴奏。

③沟壑悄然流水处，纵横天来：此句将实景和想象结合，一方面大雨如注汇入江河湖泊，成为养育人类的"生命之源"；另

一方面，作者认为读书也如悄然流水汇聚，之后才会有纵横天来般的感悟。

江城子·人生最贵是秋光

人生最贵是秋光。亦芬芳，亦情长。漫步冬春，穿越夏之江。五味杂陈皆品味，胸怀阔，有担当。　　金风吹醉在心乡。桂花香，染胡杨。枫叶斑斓，银杏叶悄黄。踏遍青山仍未老，追梦想，著华章。

【注】

桂花香，染胡杨。枫叶斑斓，银杏叶悄黄：桂花飘香、胡杨尽染、枫叶飘红、银杏绚烂，均是最具代表性的金秋之景。

鹊桥仙·戊戌年中秋

戊戌年八月十五秋高气爽，月满韵浓。举头望月，瞬间感觉记录于词中。小小环球，同生共死，人类命运共同体是也！人间圆缺冷暖是也！天人合一、天地交互、天圆地方、天长地久、天下大同是也！

中秋情满，天高月远，淡淡清辉温婉。举头畅想品圆缺，仿佛里、人间冷暖。　　云翻云卷，蓝天尽染，入夜银河轻挽。交割白昼共一生，怎分辨、孰长孰短？

【注】

颖川（陈文玲）作于戊戌年中秋，昨天白天蓝天白云，夜晚万里晴空。明月当头之际作词，作者有感而发，遥祝世界和平、万家团圆，友情永驻！

①此时联想中美贸易摩擦加剧，世界处于急剧演化之中的大背景，越发感觉中国理念、主张和战略选择的正确。促进世界和平，构建人类命运共同体，构建共商共建共享的国际关系，是中国的胸怀和文化视角。

②交割白昼共一生，孰长孰短：地球的白昼相互交替，随着它的转动永远不会停止，怎么分谁长谁短呢？

③2017年美国特朗普执政以来，中美关系处在变动之中，围绕中美关系的博弈，作者多次参加与美国智库、战略家和社会团体的对话交流，晓之以理，促进化解对方对中国的误解与误判。

七律·戊戌年末感怀

万物复苏蹊径拾，雄狮已醒纵横织。

江河滚滚千帆竞，雾霭蒙蒙百赋痴。

智者应怀千般爱，学人要作几分诗。

登高望远胸襟阔，一片丹心任梦驰。

七律·戊戌年回望

戊戌匆匆平仄拾，一年旧事眼前织。

凭窗听雨飞白绪，踏月观云泼墨痴。

小小寰球多少难？芸芸众像似何诗？

棋逢对手谁人胜？无限风光境界驰。

蝶恋花·癸巳年元宵节感怀

北京雾霾之中又鞭炮齐鸣，增加了污染，似乎往日节日时鞭炮声声中的喜庆气氛，在笼罩的烟雾中变成了令人忧虑的事。

浓雾阴霾还在扰。鞭炮声声，反而添烦恼。难道还嫌清气少，霓光盈泪谁知晓。　　纵然花灯点亮了。独自忧愁，今夜思多少？望断月辉云里渺，藏于梦里邀青草。

【注】

①癸巳年元宵节：元宵节，农历正月十五元宵节，又称为"上元节"，春灯节，是中国传统节日。正月是农历的元月，古人称夜为"宵"，而十五日又是一年中第一个月圆之夜，所以称正月十五为元宵节。又称为小正月、元夕或灯节，是春节之后的第一个重要节日。

②不觉清气少？霓光盈泪谁知晓：指近年来北京雾霾天气令人忧郁，燃放鞭炮造成新的空气污染和噪音污染，在霓光中更加忧虑。

③纵然花灯点亮了：花灯，指元宵节供观赏的用花彩装饰的灯。

④独自忧愁，今夜思多少：指作者当时身体欠安，情绪受扰，同时国家环境污染等问题使人堪忧。

临江仙·2013年元旦感怀

　　昨日忽然成往事，那时步履匆匆。思怀仍在晓风中。书香藏韵律，感谢在诗丛。　　冬去冬来冬未了，凝成满树晶莹。真情永远绕心藤，月辉泼洒落，点亮天边星。

【注】

①昨日忽然成往事，那时步履匆匆：感叹过去的日子工作生活节奏很快，难有机会停下休息。

②冬去冬来冬未了，凝成满树晶莹：喻指经过一年年努力，积累了不少研究成果，执著精神就如满树挂满的晶莹。

③真情永远绕心藤，月辉泼洒落，点亮天边星：只有内心那份始终不变的对生活对自然的热爱和真情，才能点亮不断前进道路上的月光和星辉。

临江仙·元宵节

　　只道冷冬凝雪冻，漫天瑞雪晶莹。悄然化水却无形。满园新土暖，唤醒绿朦胧。　　四季轮值匆匆过，世间何处堪停？襟怀坦荡写人生。纵然风雨落，点亮元宵灯。

【注】

　　①四季轮值匆匆过，世间何处堪停？描写时光飞逝，四季变化，时间、空间都在不断变化中，不曾停留。

　　②襟怀坦荡写人生，纵然风雨落，点亮元宵灯：只要胸怀坦荡，人生即使遭遇风雨，也可以点燃明灯一盏，笑对坎坷。

春草碧·癸巳年春节感怀

　　雾霾曾扰清凉雨，愁断梦依稀，无声里。病榻之上追思，杜鹃啼血却失语，料峭唤春归，匆匆履。　　溯流而上依然，拂水再举。花落又何妨？香如缕。江河湖海滔滔，风儿漫卷情几许？一片感怀中，晨光洗。

【注】

　　①病榻之上追思，杜鹃啼血却失语：作者患病住院期间，声带曾受损，一段时间无法发声。杜鹃啼血，在春夏之际，杜鹃鸟会彻夜不停地啼鸣，它那凄凉哀怨的悲啼，常激起人们的多种情思，加上杜鹃的口腔上皮和舌头都是红色的，古人误以为它"啼"得满嘴流血，因而引出许多关于"杜鹃啼血"、"啼血深怨"的

传说和诗篇。传说杜鹃昼夜悲鸣，啼至血出乃止。常用以形容哀痛之极。唐白居易《琵琶行》有句："其间旦暮闻何物？杜鹃啼血猿哀鸣。"

②一片感怀中，晨光洗：感叹病中受到各方面关怀，如晨曦洗过般纯净和温暖，使作者得以渡过难关。

御街行·又逢端午

又逢端午吟词赋，思怀里、年年度。汨罗江水淌骚赋，流入万山千簇。精神不朽，已成雨露，化作长天牧。　　九州代有华章著。堪厚重、诗无数。唐风高雅宋豪情，元曲声声倾诉。而今迈步，中华梦想，已在心深处。

【注】

①此作为 2013 年 6 月 12 日端午节之感怀。

②端午：端午节为每年农历五月初五，又称端阳节、午日节、五月节等。端午节起源于中国，最初是我国人们以祛病防疫的节日，后来传说爱国诗人屈原在这一天悲愤投江而去，亦成了中国汉族人民纪念屈原的传统节日。

③汨罗江水淌屈骚，流入万山千簇：汨罗江，发源于江西省修水县黄龙山梨树埚，经修水县白石桥，于龙门流入湖南省平江县境内，向西流经平江城区，自汨罗市转向西北流至磊石乡，于汨罗江口汇入洞庭湖。汨罗江的出名，主要是因屈原的关系。战国末期，楚国著名的政治家、诗人屈原被流放时，曾在汨罗江畔的玉笥山上住过。公元前 278 年，楚国都城郢（今湖北江陵县）被秦军攻破，屈原感到救国无望，投汨罗江而死。

捣练子·春日里的忧愁（二首）

（一）

春日里，雨蒙蒙，扑面飘来点点情。湿透梦中烦恼事，雾霾弥漫几时停？

（二）

天地间，泪盈盈，洗净浮尘洗净风。谁令怅然失物语，一呼一纳亦难清？

【注】

①天地间，泪盈盈，洗净浮尘洗净风：泪盈盈，泪汪汪。浮尘，空中飞扬或物面附着的灰尘。

②谁令怅然失物语，一呼一纳亦难清：指空气污染严重，呼吸吐纳间已没有清洁空气。令人深思的是，这种情况到底是如何产生，又如何治理呢？

华清引·癸巳年清明

梨花渐放似心魂，往事如尘。染成无数思念，深深忆故人。　　凝眸怅惘且独吟，慎终追远温馨。天堂情未了，仍爱淡然春。

【注】

①作于癸巳年清明，中华民族追思先贤，以励后人。每逢清明，必思念母亲。春节初三到母亲墓前清扫，清明祭奠母亲在天之灵，她老人家的爱至今仍滋养着儿女。

②癸巳年清明：癸巳年，中国传统纪年农历的干支纪年中一个循环（即一个甲子）的第30年。每60年为一个循环。

③慎终追远：出自《论语·学而》："曾子曰：慎终追远，民德归厚矣。"慎终：谨慎的思考人生于天地之间的意义。慎终追远，旧指慎重地办理父母丧事，虔诚地祭祀远代祖先，后也指谨慎从事，追念前贤。

乌夜啼·时间纹理

时间纹理如沟，雨飘流。疏密清浊难辨、载春秋。　　书香伴，笔和砚，景中游。引墨随情挥洒、在心头。

极相思·母亲节

　　枝头挂满晶莹，藤蔓绕亲情。人生似水，随
缘而遇，母爱香浓。　　康乃馨开春已纵，一片韵、
清淡如空。痴心依旧，凝成思念，亘古还逢。

【注】

　　①母亲节：感谢母亲的节日。最早出现在古希腊。现代的母
亲节起源于美国，是每年5月的第二个星期日。母亲们在这一天
通常会收到礼物，康乃馨被视为献给母亲的花。中国的母亲花是
萱草花，又叫忘忧草。

　　②康乃馨开春已纵，一片韵、清淡如空：康乃馨，香石竹，
又名狮头石竹、麝香石竹、大花石竹、荷兰石竹。

洞仙歌·甲午年中秋之夜

　　中秋之夜，北京一轮明月依依生辉，一扫往日雾霾，这才是
北京应有的上空。

　　中秋望月，品精疏详略。古往今来在心界。
夜深沉、惟有诗意生发，融韵律，传递梦中词
阕。　　婵娟无所欲，熠熠清辉，洒向人间亦如
泻。恬淡也柔肠，低转帘开，邀知者，圆缺情切。
河汉渡、独赏浅吟声，伴风雨、流出许多诗页。

临江仙·甲午腊月有感

　　岁月流觞追既往，星辰融入冬凉。清辉盛满九州藏，纵然春已逝，难忘那时光。　　雾里浮尘皆幻象，人间过客匆忙。无边风景在何方？诗中有世界，大隐在心乡。

青玉案·乙未年春节

　　夕阳微冷经行处，解昏晓、匆匆路。若使时光留脚步，落红飞渡，登高望远，惟有真情驻。　　云收烟敛依约雾，冬去春来自然牧。不老江川诗无数，晚霞如舞，且行且阔，雁过长天赋。

青玉案·时光荏苒

　　年年岁岁风飘过，赋诗作，书魂魄。斜阳夕照天外和，山间暮霭，写成澎湃，涂染绯红色。　　时光荏苒匆匆客，往事依稀水中落。惟有真情无对错，干湿浓淡，虚实疏密，心底留清墨。

【注】

　　干湿浓淡，虚实疏密，心底留清墨：浓淡，颜色的深浅。虚实，虚或实、虚和实。《韩非子·安危》云："安危在是非，不在於强弱。存亡在虚实，不在于众寡。"清，清洁、洁净、纯洁。

声声慢·甲午年中秋之前夜

一轮明镜，挂在长空，暗香似也浮动。遥望星辰点点，天高人静。每逢此时咏叹，月圆缺，黎民百姓。举杯问、谁相知，一任淳真飞梦。　　茅店鸡声已远，成记忆，流瓦桂华时令。几许思怀，化作无垠诗境。苍穹美轮美奂，载银河、波涛溢涌。最难忘、心低处，情深意重。

采桑子·秋月

一更吐月，冰轮澈，昨夜清凉，今又清凉，洒落人间素面妆。　　四时交替秋风爽，翻晒时光，品味时光，唯有圆缺亘古长。

五言排律·乙未年春节飞雪

穿过秋之梦，如约雪再逢。
纯真然素面，恬淡却晶莹。
天籁听心雨，乡间洗雾蒙。
梨花开万树，玉色覆千峰。
款款冰凉至，蒲蒲水润生。
悟禅花漫地，对舞写精灵。

临江仙·早春之雪

　　今日北京飞雪，早春之雪像大米粒粒撒下，又瞬间融化，一眼望去，白雪皑皑平添几分妖娆。有感而纪之。

　　　看去似无如有，扑来密密麻麻。谁催玉质化泥沙？晶莹飘逸落，何处是归涯？　　冬日舞时片片，漫天都是飞花。知白抱朴入人家。还将诗作水，滋润早春发。

【注】

①谁催玉质化泥沙：玉质，指玉雕用的原材料，形容质美如玉。

②晶莹飘逸落，何处是归涯：飘逸，飘浮，轻疾高飞。

③知白抱朴：知白，明白是非黑白。抱朴，保持本有的纯真，不为外物所诱惑。

④还将诗作水，滋润早春发：滋润，湿润，不干燥。早春，初春。

十六字令·梦中阡陌（三首）

——步空林子韵和毛泽东《十六字令·山》韵而作。

（一）

山，五岭颠连错落鞍。云缭绕，远望一二三。

（二）

山，横看成峰竖卷澜。与天共，醉落竟犹酣。

（三）

山，亿载方觉岁月残。神之助，道法自然间。

如梦令·秋雨之后

枫叶红黄交错，山野收藏秋色。昨日细雨纷飞，洗后月光清澈。洒落，洒落，此长彼消时刻。

鹊桥仙·丁酉年八月十四吟月

半藏半露，思怀深处，远眺隐约星宿。月辉含蓄淡妆时，抱朴美、绮云相簇。　　穿行天幕，圆缺往复，只钓中秋情愫。举头怅惘问婵娟，谁相忆、诗中长驻。

鹊桥仙·丁酉年中秋望月

　　举头望月，子时清洌，满面东风穿越。霓裳素雅淡如溪，顺流下、光辉倾泻。　　浩然星野，无垠天界，秋水呢喃入夜。一川思绪亦涵香，缱绻梦、人间诗阕。

鹊桥仙·丁酉年八月十六拜月

　　登高拜月，韵盈情切，盛满圆圆心界。无云无雨亦无声，仰头望、灵犀不灭。　　满园枝叶，风中摇曳，正待清晖一阅。祈福日日是今夕，光似水、净如玉液。

七律·甲午年七夕感念

　　缕缕情丝河汉间，年年月冷照星寒。
　　前生一遇千行泪，来世重逢万种言。
　　天上有无真爱恨，人间是否旧姻缘。
　　雨为海客风为路，吹向江洋撒入田。

【注】
　　①甲午年七夕感念：七夕，农历七月初七是七夕节，又名乞巧节、七巧节或七姐诞。神话传说天上的牛郎、织女每年在这个晚上相会。七夕始于汉朝，是流行于中国及汉字文化圈诸国的传

统文化节日。感念，感触、情绪、意念。

②缕缕情丝河汉间，年年月冷照星寒：缕缕，连续不断。情丝，比喻男女间相爱悦的感情牵连。河汉，指银河。《古诗十九首·迢迢牵牛星》有句："河汉清且浅，相去复几许。"

③前生一遇千行泪：前生，佛教中或迷信中指人生的前一辈子。见唐寒山《诗》之四一有句："今日如许贫，总是前生作。"

④来世重逢万种言：来世，佛教轮回的说法，人死后会重行投生，因称转生之世为"来世"。重逢，指朋友或亲人在长久分别之后再次见面。

⑤天上有无真爱恨，人间是否旧姻缘：姻缘，旧时谓婚姻的缘分。《京本通俗小说·志诚张主管》有句："开言成匹配，举口合姻缘。"

⑥雨为海客风为路，吹向江洋撒入田：海客，浪迹四海者。谓走江湖的人。唐张固《幽闲鼓吹》云："丞相牛僧孺应举时，知于頔相奇俊，特诣襄阳求知。住数日，两见，以海客遇之，牛公怒而去。"江洋，江河湖海。

七律·海岸余晖

沙滩细腻抱夕阳，海岸礁石望远方。
汹涌大潮悄退岸，激昂乐曲骤离仓。
温柔曲线湾湾趣，坚硬丛岩琅琅窗。
此处余晖别闹市，从容不迫诉衷肠。

【注】

①海岸余晖：余晖，傍晚的阳光。

②沙滩细腻抱夕阳，海岸礁石望远方：沙滩上遍布细软砂砾，

夕阳余晖经过砂砾折射，似乎被轻轻拥入沙滩之中，一片宁静的温柔之中，礁石似乎静默地感受着这份宁静，面朝大海，遥望远方。

③此处余晖别闹市，从容不迫诉衷肠：海岸余晖下不同于繁华闹市，在这里可以从容不迫地抒发自己的情怀。

七律·湄公河畔遐想

湄公河水自高原，脉脉清流至中南。
岸畔遐思追旧日，江边遥想忆当年。
星湖点点涓滴汇，山野蒙蒙众岭连。
奋笔疾书呈远虑，不知漫步在今天。

【注】

①颖川（陈文玲）作于 2018 年 5 月 28 日，于老挝万象湄公河岸，修改于北京。

②此间作者带中心课题组在老挝调研，是日傍晚从琅勃拉邦乘飞机到达万象，晚餐在湄公河岸边一排排靠着河边的餐桌就餐，就餐后漫步湄公河河畔，看着奔流不息的河水，感慨而作。

浪淘沙·丁酉年重阳寄语

彼岸恰重阳，秋暮风凉。一江碧水向何方？
远在天边思故土，落叶金黄。　　漫步在他乡，
思绪纷扬。陈年旧事亦悠长。欲寄痴情无尺素，
唯有诗章。

浪淘沙令·早春二月

　　嫩柳吐缠绵，袅袅如烟。青山倚在小溪边。桃李不欺春已至，争放花簪。　　乍暖却还寒，绿草娇憨。谁家燕子觅家园？不畏远途识旧路，天上人间。

一萼红·清明怀想

丁酉年清明节，与兄弟姊妹为母亲扫墓，感而纪之。

　　叹清明。有桃红柳绿，更见梦中情。泪眼婆娑，满怀惆怅，往事留下曾经。最难忘、隔空寻觅，逢此日、祭扫母亲陵。一树洁白，几园葱翠，无限时空。　　最是渔舟唱晚，诉无边挚爱，侧耳倾听。聚少离多，斜阳别绪，枝上凝露结晶。泼墨时、浅吟低唱，月夜里、诗赋亦朦胧。南去北来谁至？依旧春风。

临江仙·乙未年（2015 年）清明节

几抹晨曦出彩，十分春韵垂青。清明寻觅故人情。音容笑貌里，何处再相逢？　　泥土散发诗意，和风唤醒心灵。流光一逝万缘轻。浮生成片段，我是梦中婴。

【注】

①清明寻觅故人情：寻觅，寻求，探索。故人，指旧交、老朋友、古人；死者。

②音容笑貌里，何处再相逢：音容笑貌，谈笑时的容貌和神态。用以怀念故人的声音容貌和神情。

③流光一逝万缘轻：流光，指如流水般逝去的时光。万缘，指一切因缘、众多缘份。

④浮生成片段，我是梦中婴：浮生，空虚不实的人生，浮生若梦。指人生。片段，整体中的一部分，又作片断。

五言排律·海雾茫茫

远望茫茫水，聆听韵律弦。

长空涂黛色，短笔写非凡。

雾霭叠叠布，烟云袅袅弹。

无边无际墨，有景有情船。

伸手牵海浪，回眸领梦湾。

包容天地大，知止见方圆。

【注】

①长空涂黛色，短笔写非凡：描写雾气笼罩下，大海与天空交融的景色如书法中笔触之变化，涂满了深浅虚实的墨色，手中的短笔挥就万般景色。黛色，青黑色。

②伸手牵海浪，回眸领梦湾：漫步沙滩，海浪轻轻拍岸，似能伸手轻牵海浪，领着海浪游走于梦的海湾。

③包容天地大，知止见方圆：只有一颗包容的心，才知天地之辽阔，只有了解与自然相处的边界，才能真正了解世间之规律。知止，《礼记·大学》云："大学之道……在止于至善。知止而后有定，定而后能静。"

踏莎行·天地

大地藏辉，长天吐瑞，无边无际乾坤醉。刚柔相济塑时空，年年岁岁春秋媚。　　元气精微，神魂交汇，人来人往情为贵。江河湖海涌新潮，谁知亘古皆前辈。

【注】

①大地藏辉，长天吐瑞，无边无际乾坤醉：吐瑞，呈现瑞应。《晋书·乐志下》云："神石吐瑞，灵芝自敷。肇基天命，道均唐虞。"唐王勃《乾元殿颂》序云："黄精吐瑞，潜龙苞象帝之基；紫气祯祥，鸣凤呈真王之表。"无边无际，际：边缘处。形容范围极为广阔。乾坤，一般代表天地，阴阳。乾：代表天，坤：代表地。

②元气精微，神魂交汇，人来人往情为贵：元气，元气禀于先天，藏于肾中，又赖后天精气以充养，维持人体生命活动的基本物质与原动力，主要功能是推动人体的生长和发育，温煦和激

发脏腑、经络等组织、器官的生理功能。指人的精神，精气。精微，精深微妙，也指精微之处。明陈继儒《袁伯应诗集序》云："公（袁可立）皆为讲贯演习，洞入精微。"神魂，心神、神志、灵魂。

乌夜啼·惠州西湖

朦胧小岛清幽，雨飘流。可忆当年苏子，寄惠州。　　塔仍在，树老迈，已千秋。还有一湾春水，映高楼。

【注】

①可忆当年苏子，寄惠州：北宋绍圣元年（1094），苏轼被朝廷贬至惠州安置，携侍妾王朝云和儿子苏过在惠州度过了三年，其间时常游览西湖，写下了许多咏吟西湖山水的诗词。他在绍圣二年（1095）写下的《江月五首》是最早以惠州西湖为主题的诗，当中更有"一更山吐月，玉塔卧微澜"的名句。同月，他在《赠昙秀》诗中，将丰湖称作西湖，是"西湖"这一名称最早的来源。惠州西湖也因苏轼诗词的传播得以扬名。

②塔仍在，树老迈，已千秋：指惠州西湖泗洲塔，宋苏东坡谪居惠州时，称此塔为大圣塔，又称玉塔。

乌夜啼·品尝春色

悄然绽放枝头，韵飘流。满树风光似锦，载花舟。　　细雨乱，绿成片，玉兰稠。漫步品尝春色，任心游。

十六字令·春（三首）

（一）

春，万物惊蛰柳浪云。青青草，遍野绿无痕。

（二）

春，细雨纷飞伞下人。年年过，水润百花村。

（三）

春，风韵怡然韵律文。天天落，转动四时轮。

五律·细雨斜飞燕

细雨斜飞燕，低云横绕山。
和风吹草绿，翠鸟唤江蓝。
曲韵通心境，诗情至港湾。
独吟堪醉态，举目问花仙。

【注】

①细雨斜飞燕：细雨斜风，形容微风夹着毛毛雨的天气。唐张志和《渔歌子》有句："青箬笠，绿蓑衣，斜风细雨不须归。"

②和风吹草绿，翠鸟唤江蓝：和风，温和的风。多指春风。翠鸟，许多种非鸣禽鸟类的任一种，构成翠鸟科，多半有冠羽，颜色鲜艳，尾比较短，喙粗长而尖锐，有比较弱的并趾足。

行香子·春舞枝头

春舞枝头，绿意飘流。柳梢黄、扬起晴柔。无声细雨，落在田畴。望花丛里，蜂蝶聚，趣相投。　　一年一度，惊蛰娇羞，待轻风、翘首回眸。群山染遍，天上耕牛。汇层叠韵，千家语，万般喉。

【注】

①春舞枝头：此处把春拟人化，一枝芽、一片叶、一朵花，均是春舞后所留下的杰作。

②柳梢黄、扬起晴柔：柳树抽芽，嫩芽迎着和煦阳光，显得分外鲜嫩。晴柔，阳光和煦柔和。

暗香·春霭

又逢春霭，暗香如大海，轮值千载。岁岁怡然，冬去春来绿丛矮。春日和风灿烂，河岸柳、迎风摇摆。春韵里、唤醒溪流，随处泛春彩。　　春爱，聚春寨。掬起几许春，水已澎湃，且行且迈。山上春光地铺盖。春意浓浓晾晒，五色土，结出安泰。踏春去、人竞赛，贺春常在。

【注】

①春霭：春日的云气。

②掬起几许春，水已澎湃，且行切迈：掬，两手相合捧物。且行且迈，边走着，边跨着步。

③春意浓浓晾晒，五色土，结出安泰：五色土，在我国古代，一直存在着"社稷祭祀"的制度。把祭祀土地神的地方称作"社"，把祭祀谷物神的地方叫做"稷"。以五色土建成的社稷坛包含着古代人对土地的崇拜。五种颜色的土壤，寓含了全中国的疆土，由全国各地纳贡交来，以表明"普天之下，莫非王土"之意。安泰，平安康泰。

一剪梅·春雨初停

春雨初停春韵生。簇簇黄花，感谢春风。丰盈饱满玉兰情，燕子归来，列队长空。　　布谷啼鸣唤醒冬。音符单纯，率性躬耕。蘑菇羞涩草刚青，采下娇柔，播种心灵。

临江仙·冬日故事

冬去春来流水逝，花开花落如斯。弥足珍贵是相知。瞬间情不老，梦想已成诗。　　漫步穿行回首处，斜阳依旧凝思。谁人长忆雪中痴？飘飘飞舞醉，酿造万丛溪。

【注】

②弥足珍贵是相知：《楚辞·九歌·少司命》有句："悲莫悲兮生别离，乐莫乐兮新相知。"

③谁人长忆雪中痴？飘飘飞舞醉：指雪花轻盈舒缓的姿态，皑皑满目的圣洁，都让人痴迷，似乎已与这飘雪同醉。

临江仙·大雪纷扬

难以忘怀今日，此时大雪临窗。浮尘滤尽是风光。柔柔思绪落，竞舞赠清妆。　　飘洒不分昼夜，只缘梦驻心乡。晶莹剔透吐衷肠。人生何为贵？融化亦纷扬。

【注】

① 2013 年 2 月 5 日上午北京飞雪，于中南海紫光阁前漫天大雪中作者有感而作。

②浮尘滤尽是风光：冬日多阴霾 PM25 困扰着人们，这场雪净化了空气，临窗望雪，别有一番滋味在心头。亦指人生总要经历风霜雪雨，只有"浮尘滤尽"后，才能尽览风光。

③飘洒不分昼夜，只缘梦驻心乡：像雪花一样不分昼夜飘洒，

为国家事业坚守岗位，不舍昼夜，缘于内心的信仰。

④人生何为贵？融化亦纷扬：人生什么是重要的呢？如雪般即使转瞬间融化，也曾经飞扬飘洒过。

多丽·秋声

觅秋声，一园五谷丰登。色缤纷，枝头累累，挂满四季晶莹。乍凉时，赤橙黄绿，青蓝紫、韵意丛丛。几缕悠然，折叠暮鼓，醉夕阳撞响晨钟。正参差、墨飞诗酿，何以解风情？拾枫叶，赏菊高雅，闻桂香浓。　　问人生、炎凉几许，快乐几许行程？忆往昔，春光夏丽；冬飞雪，星月交融。滤尽浮尘，轻抛世态，再将名利送时空。坎坷里、留得纯净，翻越岭重重。无形美，低吟如水，浸润心声。

【注】

①折叠暮鼓，醉夕阳撞响晨钟：暮鼓晨钟，佛寺中早晚报时的钟鼓。佛教规定：寺庙中晚上打鼓，早晨敲钟。比喻使人警悟的言语，也形容时光推移。"晨钟"也作"朝钟"。南北朝庚信《陪驾幸终南山和宇文月史》有句："戍楼鸣夕鼓，山寺响晨钟。"

②正参差：参差：长短不齐。

③拾枫叶，赏菊高雅，闻桂香浓：秋天里，枫叶落，菊花高雅，桂花香浓，描述一组秋的美景。

④问人生、炎凉几许，快乐几许行程：人生路途漫漫，自问苦乐有几分？

⑤滤尽浮尘，轻抛世态，再将名利送时空：经历了，努力了，

拼搏了，应褪去功名利禄，只将一生贡献给这个时代。

⑥低吟如水：人生之旅，应形如水，过而无痕；应心如水，随性无束；应情如水，浸润万物。

西江月·中秋前夜

雨韵浸湿娇月，秋思写满天帏。真情故事惹清辉，诗意浓浓曲酽。　　举目薄云飘纵，婵娟妩媚轻随。丹青水墨采香回，沐浴芳菲已醉。

【注】

①雨韵浸湿娇月，秋思写满天帏：2010年中秋节前夜天空飘雨，似乎浸润了这一轮皎月，更增添了节日思乡情愫。细雨纷飞之后月亮更加娇美，人们的思念似乎写满天空。

②真情故事惹清辉，诗意浓浓曲酽：中秋之夜，人们渴望团聚、康乐和幸福。月亮的阴晴圆缺常喻人情事态，人间无数真情故事常发生在中秋望月之时，无数咏月的诗词也是在中秋赏月之时写就。

③举目薄云飘纵，婵娟妩媚轻随：作者于中秋前夜观月，近午夜十一点，天空薄云飞纵，月亮在流云中穿行。

④丹青水墨采香回：明月似乎是刚刚采香归来，穿云而过。薄云遮月的景色，如一幅丹青水墨画卷。

武陵春·时光皱褶

海岸沙滩堪细软，皱褶写长篇。沉浸时光逝水边，画卷亦天然。　　粗犷笨拙千曲浪，雕塑倚波澜。肆意糅合岭变湾。岁月在其间。

【注】

①海岸沙滩堪细软，皱褶写长篇：漫步在柔软的沙滩上，看着海浪褪去后在海滩上留下的细沙皱褶，就像岁月留下的旧痕。

②粗犷笨拙千曲浪，雕塑倚波澜：海浪拍打沙滩，粗犷而笨拙，却雕塑出万般姿态。喻指岁月的雕琢。

③肆意糅合岭变湾岁月在其间：伴海而立的山岭，在海浪的冲刷下，久而久之成为海湾。岁月悠长，在不着痕迹间让山岭变了模样。时光的皱褶，是一种意味深远的意境。

水调歌头·新疆览云

放眼览云变，恍若写诗篇。无垠水墨辽阔，大漠演穹湾。忽而银装素裹，忽而霞烟伴日，忽而雾环山。滚滚羊群聚，朵朵絮如绵。　　轻盈美，犹遮面，浩渺田。情舒韵卷，催风催雨落江川。踏花归来景致，长忆天空梦幻，恰似在人间。海市蜃楼里，转瞬越千年。

【注】

①2010年8月5日作于北京，作者于8月4日从新疆返京。

②无垠水墨辽阔，大漠演穹湾：描写新疆的云之壮观景象，

如同一幅在天际展开的水墨画卷。作者立于大漠之上观看云景，戈壁似乎延展到天际，地平线上端的云如同天河海湾。

③忽而银装素裹，忽而霞烟伴日，忽而雾环山：描写云千变万化的形态。一时间如白雪皑皑，银装素裹；转瞬间染上落日余晖，霞烟袅袅；旋即又变化成山岭重重，云烟袅绕。

④轻盈美，犹遮面：作者认为云的美是一种轻盈的美。

⑤情舒韵卷，催风催雨落江川：在云卷云舒之间，云饱含深情地将地球的生命之源降落人间，汇聚江川。

⑥海市蜃楼里，转瞬越千年：云在天际如幻似真变化万千，如同演绎着人间的历史沧桑。

长相思·夜雨

雨飘情，雾飘情，情意绵绵感悟中。谁听窗外声？　　夜色蒙，水色蒙，蒙醉橘黄灯影丛。风轻温润凝。

【注】

①"雨飘情，雾飘情，情意绵绵感悟中谁听窗外声：描写作者雨夜听雨的一种感悟。雨丝含情，雨雾含情，作者听着窗外的雨声淅沥，内心涌起绵绵感悟。是谁在听着窗外雨声？是否也有他人倾听这夜雨，有着不同的感悟。

②夜色蒙，水色蒙，蒙醉橘黄灯影丛：街边橘黄色的灯光幽幽，映染着树丛，在雨雾中更显朦胧。

五律·禅意

俯瞰群山小，抬头众岭高。

驱车一日返，走路数天遥。

冬雪领春雨，秋光蕴夏潇。

飞尘皆古木，思想却妖娆。

【注】

①俯瞰群山小，抬头众岭高：唐杜甫《望岳》有句："会当凌绝顶，一览众山小。"

②秋光蕴夏潇：多彩的秋光蕴含着夏天的热烈和潇洒。

③飞尘皆古木，思想却妖娆：当所有的尘埃飘散后，唯有伟大的思想是永恒的。

西江月·中秋之夜

叠月古今何见？群星熠熠长天。相随相伴照山川，无语遥追秋艳。　　韶乐清辉飞落，桂香荡漾田园。蕴涵典雅写婵娟，又赋诗情词慢。

【注】

①叠月古今何见？群星熠熠长天：八月十五晚月亮与昨日之不同，天空一丝云都没有，月亮小而亮，小而圆、小而美，小而有韵味。仔细观察，发现今年月亮竟然是叠月，似乎是两个同样圆、同样大的月亮被人叠放在一起，月亮的重叠之态令人顿生爱怜。

②相随相伴照山川：从古至今历史沧桑变迁，星月依旧相随相伴。

③韶乐清辉飞落：《韶》乐，史称舜乐，起源于五千多年前，为上古舜帝之乐，是一种集诗、乐、舞为一体的综合古典艺术。清辉，此处指皎洁的月光。

④桂香荡漾田园：中秋正值桂花飘香的时节。

⑤又赋诗情词慢：中秋夜的明月清辉再引作者咏月的诗情，继而填写了第二首《西江月》。词慢：词中的一种类别。按音乐性质分，词可分为令、引、慢、三台、序子、法曲、大曲、缠令、诸宫调九种。

春草碧·清明感怀

参差荇菜纷飞柳，春雨入江流、惊蛰后。生命之树常青，周而复始土中守，只待又清明、生机缪。　　满目草色花柔，缘何美透？情重染哀思、天德厚。慎终追远先人，缅怀感悟叹宇宙，转瞬逝年华、时光奏。

【注】

①参差荇菜：出自《诗经·周南·关雎》："参差荇菜，左右流之。窈窕淑女，寤寐求之。"参差：长短不齐。荇菜：多年生水草，夏天开黄色花，嫩叶可食。

②生命之树常青，周而复始土中守，只待又清明、生机缪：一代一代的人生命轮回，生命虽已逝去，但是生命之树常青。尤其是那些留下艺术创造的人，他们的生命之树是永久的。一代一代的人的生死轮回难以避免，但大自然让生命在土壤中获得新生，每逢清明又重获生机，这种生机既是大自然生命的重生，也是人们艺术灵魂的轮回重生。

③慎终追远：出自《论语·学而》："曾子曰：'慎终追远，民德归厚矣。'"慎终：谨慎的思考人生于天地之间的意义。追远：在自身与先贤之间做一个对比，应效法先古圣贤。此处指追寻和缅怀先人，并感悟大自然。

少年游·教师节情寄母亲

婵娟飞语，江潮随曲，流水共依依。涌泪盈盈，旧时光里，背影亦清晰。　青砖路，母亲归处，学子必相趋。解惑说谜，暖风煦煦，桃李自成蹊。

七律·遍地绿意

深深浅浅绿婆娑，老树参天碧水河。
芳草丛丛追嫩柳，新苗垄垄漾春歌。
麦田雪后梳妆沃，庭院风前沐浴浊。
满眼生机流气度，清香遍地野花坡。

【注】
麦田雪后梳妆沃：冬雪消融之后，麦田如同重新梳妆，更显肥沃。

七律·生命的颜色

雁过秋窗色彩多，团云锦簇染婀娜。
难分层次催流水，不论高低越岭坡。
一份功德一份美，几重翠黛几重歌。
花香鸟语冬春错，生命斑斓意境河。

七言排律·生命之歌

迥异风光迥异书，充盈溢满水飞瀑。
恢弘天宇星辰布，璀璨人生锦绣图。
恣肆汪洋情广阔，波澜壮阔韵惊殊。
浮华褪尽香如故，恬淡轻出美似珠。
漫漫时光勤作橹，沉沉岁月苦为足。
长空寄语清辉泻，田野耕耘硕果读。
百转千回吟渴望，云飘雨落入心湖。
丛丛诗阕丛丛梦，树树繁花树树无。

鹤冲天·婆婆驾鹤

婆婆驾鹤，月半凉风澈。八十载春秋，乡村过。养儿不辞苦，淳朴善良颜色。一生都劳作。大豆高粱，玉米麦苗柴垛。　　田头地埂，只盼年年收获。早起上锅台，五更刻。入夜穿针引线，慈母爱、情脉脉。无名亦恬淡，步履匆匆，可否入得诗册？

【注】

①婆婆苗淑华，河北乐亭县小苗庄农民，养育7个子女，1个在外工作，6个在家务农，普通得不能再普通。婆婆起五更，睡半夜，支撑这个家，从来没有任何抱怨。其间我接她到北京小住，想留她在北京与我们同住，但是第3天她便要回乡，说梦见她养的猪病了，谁喂食都不吃，眼巴巴在家等她。她在困难时期除了下地之外，还要缝洗补连，给全家人做衣服、纳鞋底做鞋，还要喂人、喂猪、喂鸡、喂鸭、喂羊……。

②婆婆于2014年10月2日深夜3点50分仙逝，特写词以记之。

钗头凤·品茗

春雨浸，甘霖沁，含苞欲放细芽嫩。兴于唐，宋风近，品茗斟酌，寄情畅饮。润，润，润。　　田园美，山川俊，豪客雅朋友如云。可明道，可静心，羞涩含情，舒张一瞬。韵，韵，韵。

【注】

①茗：茗，古通萌。《说文解字》云："茗，茶芽也。"又云："萌，草木芽也，从草明声。""芽，萌也，从草牙声。"故而茗、萌的本义都是指草木的嫩芽，茶树的嫩芽即可称茗茶。一说指晚采的茶。后泛指茶水。此处"茗茶"乃偏义词，专指茶。

②兴于唐，宋风近：饮茶成为一种怡情的生活艺术，兴于唐代，极盛于宋代。在唐宋年间，人们对饮茶的环境、礼节、操作方式等饮茶仪程都已很讲究，有了一些约定俗称的规矩和仪式，茶宴已有宫庭茶宴、寺院茶宴、文人茶宴之分，极为精雅。

③明道：阐明道理。唐刘贞亮《饮茶十德》曰："以茶可行道，以茶可雅志。"可见品茶作为一种高雅的生活，其中自然有修身养性，怡情高雅的妙道蕴含。然而茶之为道，需要个人在品茶过程中凭借自己的悟性去贴近它、理解它。

④舒张：展开，放松。指冲泡茶叶之时，茶叶在热水中旗枪舒展的过程。

醉花阴·太阳岛秋色

柏绿枫红金叶早，大美太阳岛。老圃醉黄花，小径石斜，芦苇丛丛少。　　昨天雪塑吹袅袅，今日青青草。重墨染层林，碧水环流，远古清音调。

【注】

①太阳岛：位于哈尔滨市松花江北岸，面积38平方千米，是江漫滩湿地草原型风景名胜区。传岛名是从满语鳊花鱼的音译演变而来，又说岛内坡岗洁净细沙，阳光下格外炽热，故称太阳岛。岛上有水，水上有阁，阁下有湖，湖边有山，山上有亭，亭中有景，山湖相映，云霞灿烂，景观秀丽，野趣浓郁。

②枫红：唐代诗人杜牧《山行》有句："停车坐爱枫林晚，霜叶红于二月花。"描写的就是枫叶流丹，层林如染的秋景。

③金叶：中华金叶榆，榆科榆属，系白榆变种。其观赏性奇佳，叶片金黄色，有自然光泽，色泽艳丽，叶脉清晰，质感好。对寒冷、干旱气候具有极强的适应性。

④老圃醉黄花：借北宋韩琦《九日小阁》诗句："莫嫌老圃秋容淡，且看黄花晚节香。"老圃，古旧的园圃；黄花即菊花。描写园圃菊花盛开惹人醉的景致，意指高尚品格。

⑤芦苇：指太阳岛上天鹅湖边的芦苇。此湖位于太阳岛公园的北部，占地面积12万平方米，由湿地和芦苇构成。

⑥雪塑：又称雪雕，是将雪制成雪坯后，经过雕刻塑造出的立体造型艺术，与冰灯、冰雕并称冰雪雕塑艺术。太阳岛雪博会是全国雪雕艺术的发源地，是世界著名的雪雕节之一。

苏幕遮·月光

月当空，光如影，心底涟漪，汩汩波涛弄。对影三人李白咏，大江东去，苏子抒情纵。　　黄花雨，夜色静，浩渺原野，横吹玉笛声。拍遍栏杆呼美景，几声鸟啼，万缕清辉映。

【注】

①心底涟漪，汩汩波涛弄：此句描写作者因见到月光而思绪万千。

②对影三人李白咏：化用李白《月下独酌》诗中"举杯邀明月，对影成三人"之名句。

③大江东去，子瞻抒情纵：苏轼有词《念奴娇·赤壁怀古》，

抒其豪情，其中最后一句为"人生如梦，一樽还酹江月。苏轼《水调歌头》词中有句"明月几时有，把酒问青天""月有阴晴圆缺，人有悲欢离合，此事古难全""但愿人长久，千里共婵娟"等亦是写月的名句。

【中吕】山坡羊·飘雪

鹅绒飘落，翩翩舞者，轻盈旋转飞冬客。洗尘埃，写婀娜，天地一片洁白和。万蕊千花别梦又惹。山，雪色裹；河，雪色裹。

【注】

①万蕊千花别梦又惹：雪花就像盛开的万蕊千花，使人产生无数梦想，在雪中体味别样的情调。

醉翁操·为三八妇女节而作

柔声。如筝。如铃。更如莺。聆听，怦然心动寻帼英。百花飞舞辞冬，芳草生，倩女韵无穷。飒爽英俊岚雾中。万般妩媚，千种风情。　春光剪影，开放斑斓辉映。憧憬深藏心庭，偶感涟漪微腾，香风吹梦丛。悠然书人生，月淡见繁星，但观清丽亦恢弘。

鹤冲天·深圳

轻烟散去，渺渺飘思绪。平地起惊雷，风光密。蓦然回首处，渔村已无踪迹。沧桑成记忆。现代新城，落落大方雄起。　　谁挥巨笔，站在涛头写意？追梦在其中，听音律。驻步凝神仰望，堪远见、堪奇迹。比肩香港地。自信包容，再续壮怀诗剧。

【注】

①深圳：毗邻香港。是国家副省级城市，中国国家区域中心城市，计划单列市，全国文明城市，国际花园城市，是中国四大一线城市之一，国际重要的空海枢纽和外贸口岸。深圳是中国改革开放以来第一个经济特区，是中国改革开放的窗口，已发展为有一定影响力的国际化城市，创造了举世瞩目的"深圳速度"，是南方重要的高新技术研发和制造基地。作为中国南部美丽的滨海城市，有辽阔的海域连接南海和太平洋。

②平地起惊雷，风光密：指深圳被设为特区，打开中国改革开放的大门。惊雷，使人震惊的雷声，比喻突然发生的重大事件。

③渔村已无踪迹：为我国第一个经济特区，深圳一直被看作是中国改革开放的窗口。然而，如今车水马龙、汇聚四方的现代大都市，30年前却是一个荒凉的小渔村。

④谁挥巨笔，站在涛头写意：深圳经济特区是邓小平同志亲自倡导设立的中国第一个经济特区。

⑤驻步凝神仰望，堪远见、堪奇迹：1980年的深圳还是一个贫穷落后的边陲小镇，仅有3万多人口、两三条小街道。深圳30年，由昔日的小渔村，发展成美丽的国际化滨海城市，这是人类历史上的奇迹。发达的交通网络，美丽的自然景观，迷人的海景，

三十而立的深圳，显示出了其最美丽的一面。

⑥比肩香港地：深圳毗邻香港，经过三十多年的发展，已经发展成为可与香港媲美的国际化大都市。

水龙吟·河北之美

千红万紫沧桑蕾，静赏家乡之美。广袤田野，滔滔海浪，飘飘塞北。慷慨悲歌，壮哉燕赵，挺直脊背。忆儿时旧事，矮屋合院，庭前树，黄花蕊。　　星唤晨钟已醉。望长城、蜿蜒雄伟。有些惬意，有些豪迈，有些追悔。岁月匆匆，时光忒短，恰似流水。叹太行横卧，年年吐翠，看人生轨。

【注】

①河北之美：河北，简称冀，河北在战国时期大部分属于赵国和燕国，所以河北又被称为燕赵之地。地处华北，漳河以北，东临渤海、内环京津，西为太行山地，北为燕山山地，燕山以北为张北高原，其余为河北平原，

②广袤田野，滔滔海浪，飘飘塞北：塞北，指长城以北。亦泛指我国北边地区。

③慷慨悲歌，壮哉燕赵，挺直脊背：自古燕赵多慷慨悲歌之壮士。河北在战国时期大部分属于赵国和燕国，所以河北又被称为燕赵之地。

④忆儿时旧事，矮屋合院，庭前树，黄花蕊：河北是作者的故乡，回忆孩提时故土场景。

⑤望长城、蜿蜒雄伟：万里长城横穿河北，连接京津，在河

北境内长达 2000 多千米，精华地段 20 余处，大小关隘 200 多处，是长城保存最为完整最具代表性的区段。

⑥叹太行横卧，年年吐翠，看人生轨：太行山，又名五行山、王母山、女娲山。中国东部地区的重要山脉和地理分界线。耸于北京、河北、山西、河南 4 省、市间。北起北京西山，南达豫北黄河北崖，西接山西高原，东临华北平原，绵延 400 余千米，为山西东部、东南部与河北、河南两省的天然界山。

东风第一枝·西安

　　汉瓦秦砖，唐风扑面，恢弘气度如练。古城墙下芙蓉，怡然展开娇艳。楼台错落，绿萌动、柳丝如线。大雁塔前望西行，千载亦留经卷。　　朝代替，更行更远，飞画栋、大红庭院。日中击鼓熙熙，历经原始交换。青山绿水，泾渭地、花开河岸。李杜在、诗赋华章，无数美轮美奂。

【注】

①西安：西安，古称长安、京兆，是举世闻名的世界四大文明古都之一，居中国四大古都之首，是中国历史上建都朝代最多，影响力最大的都城。是中华文明的发扬地、中华民族的摇篮、中华文化的杰出代表。

②汉瓦秦砖，唐风扑面，恢弘气度如练：中国历史上的鼎盛时代，周、秦、汉、隋、唐均建都西安。汉唐时期，西安是中国对外交流的中心，是世界上最早超过百万人口的国际大都市，唐长安城是中国古代乃至世界古代史上最大的都城，在其发展的极盛阶段，一直充当着世界中心的地位。

③大雁塔前望西行，千载亦留经卷：大雁塔，坐落于西安市南部的慈恩寺内，现在的塔名是据《慈恩寺三藏法师传》中记载：摩揭陀国有一僧寺，一日有一只大雁离群落羽，摔死在地上。僧众认为这只大雁是菩萨的化身，决定为大雁建造一座塔，因而又名雁塔，也称大雁塔。唐朝高僧玄奘于公元629年至645年间，在印度游学时，瞻仰了这座雁塔。回国后，在慈恩寺译经期间，为存放从印度带回的经书佛像，于公元652年，在慈恩寺西院，建造了一座仿印度雁塔形式的砖塔，即为大雁塔。

④日中击鼓熙熙，历经原始交换：日中，中午。熙熙，热闹的样子。

⑤泾渭地：泾渭，泾水和渭水。泾水渭水，位于陕西省关中平原中部，是黄河中游两大支流。

⑥李杜在，诗赋华章，无数美轮美奂：李杜，李商隐、杜牧的合称。李商隐，唐朝诗人；杜牧，字牧之，京兆万年(今陕西西安)人，杜牧的诗、赋、古文都负盛名，而以诗的成就最大，与李商隐齐名，世称"小李杜"。美轮美奂，轮：高大；奂：众多。此处指唐代盛世，诗词华丽。《礼记·檀弓下》云："晋献文子成室，晋大夫发焉。张老曰：'美哉轮焉，美哉奂焉。'"

凤凰台上忆吹箫·广州感怀

千载春秋，山灵水秀，羊城岁月悠悠。忆旧时丝路，番禺花州。绿韵穿行飞落，多少事、汇入东流。楚庭老，珠江滚滚，无尽无休。　追求，满怀壮志，泼墨写娇羞，画里轻舟。又见骑楼处，广府回眸。惟有雄才大略，憧憬聚、梦在心头。摩星岭，白云写诗，随雨飘流。

【注】

①广州感怀：广州，中国第三大城市，中国的南大门、国家中心城市，是国家三大综合性门户城市和国际大都市，世界著名港口城市，中国南方的金融、贸易、经济、航运、物流、政治、军事、文化、科教中心、国家交通枢纽。作为中国对外开放的窗口和国家门户城市，广州外国人士众多，被称为"第三世界首都"，是全国华侨最多的城市，与北京、上海并称"北上广"。

②千载春秋，山灵水秀，羊城岁月悠悠：广州有着两千多年的历史，是中国历史文化名城，

③忆旧时丝路，番禺花州：广州南接东莞市和中山市，隔海与香港、澳门相望，地理位置优越，是中国最大、历史最悠久的对外通商口岸，海上丝绸之路的起点之一，有"千年商都"之称。广州简称穗，现有别称五羊仙城、羊城、穗城、花城等。番禺区地处广东省中南部，位于穗港澳的地理中心位置。

④楚庭老，珠江滚滚，无尽无休：楚庭或楚亭，是传说中中国广州最早的名字。相传周夷王八年（前887），楚国国王派人来到今天广州，设置楚庭。现在越秀山百步梯东侧，有一个刻着"古之楚庭"的石牌坊，记载了这个传说。珠江，或叫珠江河，旧称粤江，是中国境内第三长河流，按年流量为中国第二大河流，全

长 2320 千米。原指广州到入海口的一段河道，后来逐渐成为西江、北江、东江和珠江三角洲诸河的总称。

⑤又见骑楼处，广府回眸：骑楼，楼房向外伸出遮盖着人行道的部分，是岭南的特色建筑形式。

⑥摩星岭，白云蕴诗，随雨飘流：摩星岭，原名碧云峰，位于白云山苏家祠与龙虎岗之间，是白云山最高峰，海拔 382 米，是白云山三十多座山峰之首，从栖霞岭可达摩星岭门楼。

浪淘沙·长沙

抖落几千年，渲染江川，湘风楚雨孕峰峦。流淌古昔屈子梦，盛满非凡。　　沧浪曲轻弹，国运情牵，贾谊凭吊写诗篇。朗朗乾坤谁转动？正领心弦。

【注】

①长沙：为湖南省省会，位于湖南省东部，辖六市辖区、二县、一县级市；古时称为"潭州"，是著名的楚汉名城、山水洲城和快乐之都。是湖南省的政治、经济、文化、交通和科教中心，亦是环长株潭城市群龙头城市。

②抖落几千年，渲染江川，湘风楚雨孕峰峦：长沙作为我国首批历史文化名城，具有三千年灿烂的古城文明史，是楚汉文明和湖湘文化的始源地，世界考古奇迹"马王堆西汉陵墓"出土于此。约有 2400 年建城史，在春秋战国时期始建城，属楚国。

③流淌古昔屈子梦：屈子，指屈原。战国时期，楚国爱国诗人屈原被陷害，流落在沅湘一带（岳阳汨罗附近）。屈原依然对国家的安危念念不忘，写了许多著名诗歌以表达自己的爱国之心。

顷襄王二十一年（前278），楚国都城郢被秦军攻破。屈原悲愤难抑，写了最后一篇诗歌《怀沙》后，自投汨罗江。

④沧浪曲轻弹，国运情牵，贾谊凭吊写诗篇：沧浪，在汉寿境内沅江下游有一条由沧水和浪水汇合而成的支流，叫做沧浪水。两千多年前，屈原被楚王放逐来到这里。形容憔悴的他走在沧浪水边，江水的波澜一如他心情的不平静。一个渔夫摇着小船靠近他，询问起了三闾大夫的苦闷。"举世皆浊我独清，众人皆醉我独醒"。101年后（前177），另一位著名的文人贾谊也来到了长沙。和屈原一样，他也怀才不遇，被贬为长沙王太傅。在长沙的三年，他写下了《吊屈原赋》和《鹏鸟赋》两篇代表作。回到长安后四年，他因为梁怀王坠马而死，终日自责，郁郁而终。

⑤朗朗乾坤谁转动？正领心弦：朗朗：明朗、清亮；乾坤：原是《周易》中的两个卦名，这里指天地、世界等。形容政治清明，天下太平。心弦，指被感动而起共鸣的心境。

鹤冲天·广东清远

　　北江缓缓，举目皆诗眼。往事越千年，时光碾。溯流而上处，飞天落回清远。浓密情意满。再涂新韵，挥洒梦中温婉。　　弯弯故事，携带春风出演。故里乡俗返，楼台远。绿意鲜浓染就，堪震撼、堪经典。于无声里览。开阔胸襟，启航踏浪相勉。

【注】

①广东清远：清远市别称凤城，位于中国广东省中部，北江中下游，北面和东北面与韶关市为邻，东南和南面接广州市，南

与佛山市接壤，西与肇庆市相连，是珠江三角洲开放地区和粤北山区政治、经济、文化交流的主要汇集区之一，也是广东省面积最大的地级市。

②北江缓缓，举目皆诗眼：北江，隶属珠江水系，是珠江的三大支流之一，流经广东省。诗眼，诗人的赏鉴能力、观察力。宋苏轼《次韵吴传正〈枯木歌〉》有句："君虽不作丹青手，诗眼亦自工识拔。"

祝英台近·广西近景

　　水环山，山入景，恍然若仙境。天籁之音，袅袅有如磬。且歌且舞随行，渔舟鸥鹭，在江岸、田园飞梦。　　海潮动。桂花香漫无声，湛蓝远天净。阅尽王孙，释然诉说磬。挟着春雨春情，顺流而下，洇染着、满怀憧憬。

【注】

①广西：广西壮族自治区，简称桂，地处祖国南疆，首府南宁。广西位于中国华南地区西部，南濒北部湾、面向东南亚，西南与越南毗邻，从东至西分别与广东、湖南、贵州、云南四省接壤。广西是西南地区最便捷的出海通道，在中国与东南亚的经济交往中占有重要地位。

②天籁之音，袅袅有如磬。且歌且舞随行：指广西少数民族歌舞俱佳，尤其是在其山水美景之中，更如天籁。

③在江岸、田园飞梦：漓江，位于华南广西壮族自治区东部，属珠江水系。漓江发源于兴安县猫儿山，从桂林到阳朔83千米水程，是世界上规模最大、景色最优美的岩溶景区。唐韩愈曾以"江作青罗带，山如碧玉簪"的诗句来赞美这如诗似画的漓江。

④海潮动：海潮，海洋潮汐。指海水定时涨落的现象。

⑤桂花香漫无声：桂林满城桂花，故称桂林。

⑥阅尽王孙，释然诉说磬：王孙，王的子孙。后泛指贵族子弟。释然，疑虑、嫌隙等消释后心中平静的样子。诉说，告诉；陈述。

鹤冲天·再品南宁

飞红淌绿，漫步追春意。几度赴南宁，思如绪。草经冬不辍，花蕊惹风霖浴。青城山次第。袅袅邕江，携带韵情流去。　　千年百越，历史长廊解语。蓄势已出发，弹音律。洒落民歌遍野，胸怀阔、包容蓄。胸襟开放际。起舞翩翩，演绎世间活剧。

【注】

①广西南宁：南宁，位于广西中部偏南，广西壮族自治区首府，广西第一大城市，北部湾经济区核心城市，也是一座历史悠久的边陲古城，具有深厚的文化积淀，古称邕州。南宁满城皆绿，四季常青，是红豆的故乡。得天独厚的自然条件，形成了"青山环城、碧水绕城、绿树融城"的城市风格。南宁别称绿城、邕城、凤凰城、五象城。

②几度赴南宁，思如绪：指作者曾多次到南宁调研或工作，对于南宁的飞速发展感慨良多。几度，虚指，几次、好几次之意。绪，连绵不断的情思。

③青城山次第，袅袅邕江，携带韵情而去：次第，依一定顺序，一个挨一个的。杜牧《过华清宫绝句（之一）》有句："长安回望绣成堆，山顶千门次第开。"

④千年百越，历史长廊解语：百越，中国古代南方越人的总称。分布在今浙、闽、粤、桂等地，因部落众多，故总称百越。越即粤，古代粤、越通用。亦指百越居住的地方。也叫"百粤""诸越"。

⑤洒落民歌遍野，胸怀阔、包容蓄：南宁是一个以壮族为主的多民族和睦相处的现代化城市，居住着壮、汉、苗、瑶等36个民族。

满庭芳·杭州湘湖

　　烟雨轻拂，漫山薄雾，缓缓飞入湘湖。打湿春色，挂满水如珠。旧事丝丝缕缕，舟船古、写就惊殊。八千载、谁来谁往，拾梦忆当初？　　诗书。杨县令，程门立雪，再赋新图。几番失于美，多少荣枯？今又风光璀璨，三江聚、西子悄输。疏枝朗、红肥绿瘦，树树是乡俗。

【注】

①此诗写于2013年4月5日（清明节），杭州湘湖细雨纷纷，似有似无，薄雾弥漫，山水迷蒙，俨然一幅水墨丹青。美哉！奇哉！游湖别有一番感悟。其间，在湘湖下孙坞参观了湘湖文化展，了解了湘湖前世今生。

②杭州湘湖：湘湖，湘湖以风景秀丽而被誉为杭州西湖的"姊妹湖"。湘湖亦是浙江文明的发祥地。跨湖桥文化遗址，是国家级文物保护单位。湘湖城山之巅的越王城遗址，距今已有2500多年的历史，是当年勾践屯兵抗吴的重要军事城堡，见证了"卧薪尝胆"的历史风云，为迄今为止保存最好的古城墙遗址。湘湖是唐代诗人贺知章的故里，李白、陆游、文天祥、刘基等历代名

人在此留有不朽诗文。

③舟船古、写就惊殊。八千载、谁来谁往，拾梦忆当初：湘湖出土了世界上最早的独木舟，将浙江文明史前推到八千年。

④杨县令，程门立雪，再赋新图：杨时，当时的县令，曾为程颐学生，为求学在雪中立等老师收为门徒，后以程门立雪，指学生恭敬受教，比喻求学心切和对有学问长者的尊敬。出自《宋史·杨时传》："至是，杨时见程颐于洛，时盖年四十矣。一日见颐，颐偶瞑坐，时与游酢（音 zuò）侍立不去。颐既觉，则门外雪深一尺矣。"

⑤几番失于美，多少荣枯：湘湖在明代中期至 20 世纪 90 年代中期，由于堤桥的建造，阻碍了湖水的畅通，加之农耕社会对湘湖利用过度，古老湘湖曾一度受到重创，甚或干涸。

⑥西子悄输：西子，指杭州西湖。湘湖与西湖仅隔着钱塘江。

锦缠道·成都宽窄巷子

夜色轻舒，巷子慢说词赋。古妆浓、窄依宽处。散花而已馨香顾。浸润其中，品味巴山露。　　院深牵梦出，酒香风曝。似听得、李白吟吐。杜甫忧、诗意潺潺，蜀雨飘然舞，闽水从天注。

【注】

① 2011 年 12 月 10 日（周末）到成都参加一个专家会议。是日会议结束后，夜色中与李君如一行顺访成都宽窄巷子，巷子古香古色颇有文化内涵，令人心旷神怡，故记之。

②成都宽窄巷子：宽窄巷子，成都市三大历史文化保护区之一，由宽巷子、窄巷子和井巷子三条平行排列的城市老式街道及

其之间的四合院群落组成。目前，修葺一新的宽窄巷子由45个清末民初风格的四合院落、兼具艺术与文化底蕴的花园洋楼、新建的宅院式精品酒店等各具特色的建筑群落组成。

③夜色轻舒，巷子慢说词赋：夜色中的街巷被橘色路灯晕染，漫步其中，木门半掩、牌匾老旧，让人有踱步赋诗吟诵的雅情。

④古妆浓、窄依宽处，散花而已馨香顾：在宽窄巷子仍能找到古意浓郁的建筑遗存，"千年少城"的成都古都面貌已不复存，保留了这一隅，成为寻往访古的宝贵城市妆容。

⑤浸润其中，品味巴山露：巴山夜雨中，古街巷的古韵今音融汇。在宽窄巷子可品味巴蜀古国的古韵，也能感受成都现代艺术氛围的渲染，这里已经成为一个融汇古今、不分国籍的艺术聚集地。巴山露，指巴山夜雨，明代曹学佺《蜀中名胜记》记载，重庆北碚的缙云山，古时候就叫巴山，这里的夜雨现象特别明显。唐李商隐《夜雨寄北》："君问归期未有期，巴山夜雨涨秋池。何当共剪西窗烛，却话巴山夜雨时。"记载了这一天气现象。

⑥似听得，李白吟吐：诗仙李白在成都留下了足迹，为成都写下了诸多著名诗篇，他出川入湖北时曾在《渡荆门送别》中深情写道："仍怜故乡水，万里送行舟"。成都永远是李白"举头望明月"，低头思念的地方。

⑦杜甫忧、诗意潺潺步：公元759年冬天，杜甫为避"安史之乱"，携家入蜀，在成都营建茅屋而居，称"成都草堂"。杜甫先后在此居住近四年，创作诗歌流传至今的有240余首。

⑧蜀雨飘然舞，闽水从天注：蜀雨，蜀地多夜雨。

行香子·赴西藏云端漫步

漫步云端，对视群山。雪皑皑，列队成仙。机舱之外，无限空间。想人生事，匆匆过，似舟船。　　穿行岁月，怀揣梦想，俯瞰时，更见峰峦。倚窗问话，诗意缠绵。叹时光短，凌空处，若参禅。

【注】

①赴西藏云端漫步：2013 年 6 月 10 日，赴西藏机上所作，作者曾几次到西藏公干，这次从北京赴西藏只有周六、周日两天，既要适应高原气候，还要进行有关调研工作，飞机上观景有所别悟。

②雪皑皑，列队成仙：山顶白雪皑皑，层层叠叠，与云层交错，如仙境缭绕。

永遇乐·世外桃源——酉阳

天外桃源，已经遥远，梦中如见。走过春秋，穿行岁月，洗尽铅华看。寻得仙境，武陵一隅，陶令似留思恋。观天书、天坑无解，却涂魏晋风范。　　洞开水绕，溯流而上，满目青山空涧。石鼓钟鸣，溶岩隔世，亿载方出现。火锅豆腐，桑麻共话，归去来兮呼唤。交织美、酉阳惊艳，只缘恬淡。

【注】

①世外桃源——酉阳：酉阳，酉阳土家族苗族自治县，地处渝东南边陲武陵山区，渝、鄂、湘、黔四省（市）在此接壤，是渝东南重要门户。酉阳山清水秀，人杰地灵，西面有滩急浪高的乌江天险，东面有被喻为"土家族摇篮"的酉水河和古朴的民风民俗。

②洗尽铅华：意思是洗掉世俗的外表，不施粉黛，不藏心机，具有清新脱俗、淡雅如菊的气质。铅，古代用于化妆，华，外边的华丽。

③寻得仙境，武陵一隅，陶令似乎思恋：酉阳地处武陵腹地，被称为"世外桃源"，是陶渊明笔下"世外桃源"的原型。陶令，指东晋陶渊明，曾任彭泽令，故称。

④天书：指酉阳桃花源"小伏羲洞"景点与"玉盘仙迹"发现神秘"石刻天书"，虽然与汉字写法相仿，但结构和笔画不同，与汉字的读法和意思完全不同，俨然天书。天书笔画苍劲有力，字体流畅，如行云流水，极具中国古代书法大家的风格。景区民俗博物馆收藏的二本"酉阳天书"，据推断，"石刻天书"可能是"酉阳天书"的石刻版。

⑤天坑：酉阳桃花源景区，是集"天坑、溶洞、地下河"于一体的"退化天坑"，是我国喀斯特地貌的典型代表，

⑥洞开水绕，溯流而上，满目青山空洞：桃花源洞前的桃花溪水自洞内流出，清澈见底，哗哗地流入泉孔河。逆桃花溪入洞，静听岩壁滴水落珠之声，忽觉一股脱俗之意，再前行便是豁然开朗的田园景色。

⑦石鼓钟鸣，溶岩隔世，亿载方出现：洞中八景之一的"石鸣钟鼓"，洞中滴水如珠、叮咚有声好似铜壶滴漏，在石钟和石鼓上轻叩，声音清脆悦耳。亿载方出现，洞内钟乳石的形成往往需要上万年或几十万年时间

⑧火锅豆腐，桑麻共话，归去来兮唤：作者与朋友在乡间吃

火锅豆腐，了解民俗民风，似乎回到了远古时代。桑麻，桑树和麻。植桑饲蚕取茧和植麻取其纤维，同为古代农业解决衣着的最重要的经济活动；泛指农作物或农事。晋陶潜《归园田居》诗之二有句："相见无杂言，但道桑麻长。"唐孟浩然《过故人庄》诗有句："开筵面场圃，把酒话桑麻。"共话，在一起谈论。归去来兮，归：返回，指归隐乡里。晋陶渊明《归去来辞》云："归去来兮！田园将芜，胡不归？"

天仙子·湖北应城

漫步蒲骚听韶韵，富水淌诗穿古镇。曾经多少赋歌人？山岭峻，神仙问，玉女下凡涂抹润。　　九辩醉香端午论，远客低吟云雾浸。天门之外赏阳春。柳树韧，青山嫩，铜剑似虹风雨信。

【注】

①湖北应城：应城市，位于湖北省中部偏东，历史悠久，人文荟萃，为古蒲骚之地，以"因地处要冲，应置城为守"而得名。自南北朝时期宋朝孝建元年（454）始置县。

②漫步蒲骚听韶韵，富水淌诗穿古镇：蒲骚，应城为古蒲骚之地。蒲骚故城遗址一名蒲骚垒，又名蒲骚台。即《左传》"郧人军于蒲骚"之地。富水，源自湖北通山县南境幕阜山北麓，东北流至阳新县富池口入长江。应城境内水资源丰富，大富水河老县河，漳河和泗水等河流穿境而过。

③天门之外赏阳春：天门市，是武汉城市圈主要城市，位于湖北省中部江汉平原，北抵大洪山，与荆门、孝感接壤；南依汉水，与潜江、仙桃为邻。阳春，《白雪》《阳春》是战国时期楚国的

两支高雅歌曲。后亦用以泛指高雅的诗歌和其他文学艺术。

④铜剑如虹风雨信：应城有五千多年的悠久文化历史，出土的大量文物中，有远古时代的动、植物化石、象乳齿化石，新石器时代的石斧、陶轮，商代的青铜器，周代的铜鼎、铜戈以及战国时期的铜剑、玉器等。

水调歌头·晨曦之前的布达拉宫

满目桔黄色，洒落在城郭。晨曦藏在山后，淡淡透光波。千载巍然矗立，牵手岁月，依旧韵婆娑。俯瞰世间朝代，多少路蹉跎。　　如仙境，如隔世，若长歌。举头凝目，红旗铺展惹风拂。广场悄然漫步，摄下心中神秘，载入梦之河。转瞬初阳上，水里看宫娥。

【注】

①2013年6月12日赴西藏调研，凌晨去布达拉宫广场摄影。布达拉宫前桔黄色灯光洒在广场上，平添了神秘色彩，美哉！

②晨曦之前的布达拉宫：布达拉宫，俗称"第二普陀山"，屹立在西藏首府拉萨市区西北的红山上，是一座规模宏大的宫堡式建筑群。最初是松赞干布为迎娶文成公主而兴建的，17世纪重建后，布达拉宫成为历代达赖喇嘛的冬宫居所，也是西藏政教合一的统治中心。整座宫殿具有鲜明的藏式风格，依山而建，气势雄伟。布达拉宫中还收藏了无数的珍宝，堪称是一座艺术的殿堂。1961年，布达拉宫被中华人民共和国国务院公布为第一批全国重点文物保护单位之一。1994年，布达拉宫被列为世界文化遗产。

③满目桔黄色，洒落在城郭：作者到达时，正值日出之前时分，布达拉宫广场上的橘色灯光，轻洒在白墙红瓦的宫墙上。

④千载巍然矗立，牵手岁月，依旧韵婆娑：布达拉宫始建于公元7世纪吐蕃王朝松赞干布时期，历经一千多年风雨，这座缘由松赞干布与文成公主的建筑，依然见证着这段历史。

⑤水里看宫娥：作者绕行到布达拉宫广场的一个湖边，湖中布达拉宫倒影如镜，分外有格调。

鹤冲天·夜幕下的布达拉宫

一弯净月，挂在星空夜。隐隐若银钩，清如冽。布达拉宫伟，随缘进出神界。红白交错榭。渐次斑驳，托起梦中扉页。　　云霞褪去，如有仙山排列。广场已无声，风轻掠。岁月悄然洗浴，千百载、仍羞怯。转经人不懈。点亮街灯，此刻只留宫阙。

【鹤冲天】词牌。

【注】

①夜幕下的布达拉宫：赴西藏调研期间，作者晚上与朋友一起来到布达拉宫对面的茶屋喝茶，观赏夜幕下的布达拉宫。

①一弯净月，挂在星空夜。隐隐若银钩，清如冽：银钩，比喻弯月。冽，清澄。唐柳宗元《至小丘西小石潭记》有句："下见小潭，水尤清冽。"

②红白交错榭：指布达拉宫的红白主色。

③云霞褪去，如有仙山排列：指霞光映照下的雪山群峰，如飘然而列的仙山圣境。

④岁月悄然洗浴，千百载、仍羞怯：这座宫殿已经屹立千年，

在夜色笼罩中，浸透着神秘的神圣，也透出一丝丝对人世的羞怯。

⑤转经人不懈：转经，是西藏以及川、滇、青、甘藏区的藏传佛教的一种宗教活动，即围绕着某一特定路线行走、祈祷。藏佛教信徒认为拉萨是世界的中心，拉萨则以释迦牟尼佛为核心进行转经活动。

三台·绿岛之韵

有情随缘化海浪，欲将梦乡激荡。破晓时、睡意尚朦胧，那憧憬、仍留深巷。羞涩美、正惹晨曦涨。抹叠韵、波光轻漾。水平面、一片金黄，阔且远、酒浆琼酿。　　牧歌田野绿岛美，树树椰林天降。夜幕下、为爱醉梳妆，掠影动、仿佛惆怅。谁人解、此刻舞魂壮？日复日、殷殷希望。岁月逝、感悟丛生，已无语、却于心上。　　满园流苏景色密，倾听赋诗吟唱。道道湾、记忆亦清晰，雪拍岸、隔空相向。滩涂路、晚霞应难忘。放眼中、灯火燃亮。骤然悟、地久天长，粟之微、舟船一样。

【注】

①绿岛：这里指中国海南岛。

②流苏：用彩色羽毛或丝线等制成的穗状垂饰物，常饰于车马、帷帐等物上。

③雪拍岸、隔空相向：凭海眺望，海浪如雪，与海浪隔空相向，海潮与心潮交融。

五言排律·三亚春夏

海角春归诉，天涯夏自出。

木棉红胜火，椰树绿如酥。

玫瑰浓稠美，幽兰散淡殊。

路边梅怒放，水岸浪轻拂。

昨夜风催雨，今晨露化珠。

四时皆暖日，道法自然图。

【注】

①三亚：位于海南岛最南端，是中国最南部的热带滨海旅游城市，东邻陵水县，西接乐东县，北毗保亭县，南临南海。是全国最长寿地区（平均寿命80岁）。三亚市别称鹿城，又被称为"东方夏威夷"，拥有全海南岛最美丽的海滨风光。

②海角春归诉，天涯夏自出：天涯海角，位于三亚市西南23千米处，海湾沙滩上大小百块石耸立，"天涯""海角"和"南天一柱"巨石突兀其间，昂首天外，峥嵘壮观，是海南著名景观之一。

天仙子·大连长海感怀

待嫁风光神秘岛，踏海听涛仙境渺。原汁原味酿琼浆，山上草，炊烟袅，满目湛蓝天地老。　　生命之舟心倾倒，岁月摩挲冬已晓。红霞一抹撒羞娇，信笔扫，遐思巧，丹墨挥洒催号角。

【注】

①大连长海感怀：长海县位于辽东半岛东部的黄海海面上，西部和北部隔海毗邻大连市、金州区、普兰店市、庄河市，东与朝鲜半岛隔海相望，南隔海与山东半岛相望。

②原汁原味酿琼浆，山上草，炊烟袅，满目湛蓝天地老：岛上气候温暖，冬无严寒，夏无酷暑，气候宜人。诸岛之间海水环绕，满目碧水蓝天。

江城子·新疆库尔勒

边陲小镇载风光。夜辉煌，早清妆。弥漫之时，处处是梨香。玉液琼浆情溢满，遥远处，醉流觞。　　楼台林立驻心乡。梦悠扬，水流长。游弋天鹅，恬淡亦舒张。边塞诗人今若在，吟词赋，吐柔肠。

【注】

①库尔勒：位于新疆中部，天山南麓、塔里木盆地东北边缘，北倚天山支脉，南临塔克拉玛干沙漠，美丽的孔雀河穿城而过。是新疆维吾尔自治区巴音郭楞蒙古自治州的首府。

②弥漫之时，处处是梨香：库尔勒因盛产香梨而称为"梨城"。

③游弋天鹅：库尔勒河中游弋着无数白色的天鹅，这里美丽的风光吸引了美丽的精灵聚会。

④边塞诗人今若在，吟词赋，吐柔肠：边塞诗人指唐代诗人岑参，他曾经驻兵库尔勒，那时这里一片荒凉，令他的词章也充满边塞诗人的悲凉。如果他看到今天的繁荣景象，一定会以无限柔肠赞美这个时代。

醉翁操·仙山琼岛

——大连长山群岛

蓝天。沙滩。青山。海中船。飘然，非凡撒落成群仙。品读世外桃源，顾盼时、景色正娇憨。美到极致空气甜。　似无却有，琼岛连绵。乍寒又暖，漫步拾阶扑面，触动悠悠琴弦。缕缕情思翩翩。一桥牵两边。飞虹催诗篇。楚楚动人焉，小屿溶入波浪。

【注】

①仙山琼岛——大连长山群岛：大连长山群岛，位于辽东半岛东南，横跨黄海北部海域，包括大长山、小长山、广鹿、獐子、海洋岛等，宛如一颗颗未经雕琢的明珠镶嵌在我国北方沿海。

②飘然，非凡撒落成群仙：大连长山群岛由外长山、里长山和石城列岛三组群岛组成，诸多岛屿点缀于碧蓝海水中，如同海面上翩然而至的群仙。

③美到极致空气甜。似无却有，琼岛连绵：海岛气候适宜，自然环境优美，空气散发阵阵轻甜。海浪层层，海风习习，诸岛时隐时现，在海面连绵延展。

④乍寒又暖，漫步拾阶扑面，触动悠悠琴弦：10月下旬，乍寒又暖。几位专家拾级而上，即逐级登阶爬上一座山峰。

⑤一桥牵两边。飞虹催诗篇：一桥，指长山大桥，位于大连长海县大长山岛，是目前国内最大跨径预应力混凝土矮塔斜拉桥。长山大桥的建成，有效整合了长海群岛的陆域，进一步推动长海经济社会发展，加强了国防建设。

⑥楚楚动人焉，小屿溶入波浪间：形容似隐似现的点点海涛漂浮在碧波云海之间。

七律·普达措国家公园

清晨雾霭渐升腾，弥漫心中画墨浓。
遥不可及湖静谧，近于咫尺水朦胧。
草原恣意延伸绿，湿地随情拓展青。
柔软溪丛流远梦，几弯栈道上天庭。

【注】

①云南迪庆香格里拉：云南省迪庆藏族自治州香格里拉县，地处青藏高原南缘，横断山脉腹地，是滇、川及西藏三省区交汇处，也是举世闻名的"三江并流"风景区腹地，这些河流数千万年的雕刻作用，造就了一大片在全世界几乎是仅有的雄奇的自然景观。"迪庆"藏语意为"吉祥如意的地方"。

②普达措国家公园：位于滇西北"三江并流"世界自然遗产中心地带，由国际重要湿地碧塔海自然保护区和"三江并流"世界自然遗产红山片区之硕都湖景区两部分构成，以碧塔海、硕都湖和霞给藏族文化自然村为主要组成部分，是香格里拉的主要景点之一。

③遥不可及湖静谧，近于咫尺水朦胧：在雪山深处，在草原的腹地，林海中分布着碧塔海、属都湖、纳帕海等无数清幽宁静深邃神秘的高山湖泊，这些湖泊清冽纯净，植被完整，未受过任何污染。

七律·白洋淀风光

馨香透骨伴斜阳，碧绿连天映故乡。

百里荷香扑面梦，万顷芦苇绕湖藏。

凝风聚气玄机布，觅意寻情水路长。

洒落珍珠弥漫处，清清爽爽写心光。

【注】

①白洋淀风光：白洋淀，原是黄河故道，形成于第三纪晚期，成于第四季，是河北平原北部古盆地的一部分；古雍奴薮遗址。经大自然的变迁和先人的开辟，造就了地貌奇特、神秘而美丽的淀泊。

②百里荷香扑面梦，万顷芦苇绕湖藏：白洋淀的荷花大观园占地千多亩，生长着366种荷花，品种繁多的荷花竞相盛开，形成一种奇特而又雅致的景色。白洋淀内芦苇品种多达10余种，万顷芦苇将湖面掩藏，成为白洋淀一大盛景。

③凝风聚气玄机布，觅意寻情水道长：每逢春夏秋季，遍布于淀中的芦苇郁郁葱葱，游船穿行其间，会有神秘莫测之感，似入迷宫，顺由水路渐入芦苇丛中，颇有一番情致。

行香子·古镇风光

一抹夕阳，几缕花香。邂逅时，小巷沧桑。　美哉古镇，静静流觞。树荫浓重，溪边柳，吐柔肠。

【注】

①邂逅时，小巷沧桑：邂逅，不期而遇。《诗经·唐风·绸缪》有句："今夕何夕，见此邂逅"。

②悠悠古镇，静静流觞：流觞，古人每逢农历三月上巳日于弯曲的水渠旁集会，在上游放置酒杯，杯随水流，流到谁面前，谁就取杯把酒喝下，叫作流觞。

永遇乐·华北明珠

——白洋淀

华北明珠，水光如舞，芦苇叠簇。片片相连，若无若有，若断或若触。若伏若起，若波若浪，若唱若吟若诉。云生雨、湖生莲藕，韵生阔野深处。　　含蓄绽放，随情凝露，满淀荷花倾吐。大朴归真，扎根泥土，肆意铺心路。斜阳一缕，馨香百里，洒落绿丛无数。可知否、自然神妙，捧出诗赋？

【注】

①华北明珠，水光如舞，芦苇叠簇：白洋淀古有"北地西湖"之称，今有"华北明珠"之誉。白洋淀水域辽阔，在芦苇丛的映照下，水波莹莹舞动。

②片片相连，若无若有，若断或若触。若伏若起，若波若浪，若唱若吟若诉：描写白洋淀特殊的自然景貌。白洋淀有143个淀泊，被3700多条沟壕连接，淀淀相通，沟壕相连，湖面形成一个巨大的迷图。风起之时，湖面芦苇丛随风摇曳，似波浪阵阵，又似

低吟清唱。

③云生雨、湖生莲藕，韵生阔野深处：天地间万物融合一体，云雨转化，湖水和湖泥孕育莲藕，在这辽阔的白洋淀中，一曲悠远的生命之韵生生不息。

④大朴归真，扎根泥土，肆意铺心路：描写莲之品质。周敦颐《爱莲说》有句"出淤泥而不染，濯清涟而不妖"。

青玉案·观山岳

远离尘世观山岳，傲然立、朝天阙。峭壁悬崖峰简略，甘于寂寞，不加修饰，耸入云霄界。　　暴风骤雨情真切。俯瞰人间众生列，多少悲欢多少境，汇成青史，孕育飞雪，落在悄然夜。

【注】

①峭壁悬崖峰简略，甘于寂寞，不加修饰，耸入云霄界：描写山峰峭壁的轮廓简洁，千万年间在天地间静默不语，峰端直指云霄。

②暴风骤雨情真切：暴、骤，急速、突然。又猛又急的大风雨。比喻声势浩大，发展急速而猛烈。《老子》第二十三章云："故飘风不终朝，骤雨不终日。"真切，真实确切、清楚明白。

③俯瞰人间众生列，多少悲欢多少境，写成历史：在人类漫长的历史长河中，生死轮回，悲欢交替，只有这座座山峰静默而观。

桂枝香·扎龙湿地

　　淅淅沥沥，正细雨飘零，踏径寻趣。苇草丛丛溢满，似无边际。清凉点点皆为水，伞如花、红黄蓝绿。见丹顶鹤，悠然漫步，欲翩翩起。　　最难忘、歌中记忆。那片片白云，飘入心里。有个女孩，化作舞姿诗语。青春转瞬随情逝，但精神、已成音律。此时此刻，轻轻吟唱，扎龙湿地。

【注】

　　①扎龙湿地："扎龙"为蒙古语，意为饲养牛羊的圈。扎龙湿地，位于黑龙江省松嫩平原西部乌裕尔河下游，已无明显河道，与苇塘湖泊连成一体，然后流入龙虎泡、连环湖、南山湖，最后消失于杜蒙草原。区内湖泊星罗棋布，河道纵横，水质清纯、苇草肥美，沼泽湿地生态保持良好，被誉为鸟和水禽的"天然乐园"，1992年被列入"世界重要湿地名录"。

　　②见丹顶鹤，悠然漫步，欲翩翩起：全世界现存丹顶鹤2000只，扎龙就有400多只，占全世界丹顶鹤总数的173%。

　　③最难忘、歌中记忆：指歌曲《一个真实的故事》，歌唱了"中国第一位驯鹤姑娘"徐秀娟，为寻走失的天鹅溺水牺牲的感人事迹。

　　④那片片白云，飘入心里：片片白云，出自歌词《一个真实的故事》："为何片片白云悄悄落泪。"

　　⑤有个女孩，化作舞姿诗语："有一位女孩，她曾经来过"，她的身姿曾为这片湿地留下最美的一抹景色。

　　⑥青春转瞬随情逝，但精神、已成音律：指救鹤女孩用青春为这片湿地奏响了一首永恒的青春音律。

行香子·再赴武夷山

细雨飘零，落叶匆匆。转瞬间、秋已成冬。
人生苦短，何处堪停？对行中侣，武夷美，水环
峰。　浅斟色彩，低吟诗梦。与人知、嘉木飞鸿。
梧桐深处，燕语谁听？但赋风谣，看山去，赏丹青。

【注】

①武夷山：武夷山，位于福建省武夷山市南郊，武夷山脉北
段东南麓，是我国著名的游览胜地。

②细雨飘零，落叶匆匆。转瞬间、秋已成冬：指游览之日突
逢寒流来袭，气温骤降，细雨寒风中，落叶纷纷，昨日秋景，今
又成冬。

③梧桐深处，燕语谁听：步入山中，寻访遗落的秋色，梧桐
树林中，似乎谁又听到声声燕语。

④但赋风谣，看山去，赏丹青：秋风也罢，冬寒也罢，且听
风语赋上一首歌谣，四季均为美景，可以看山听水，踏赏丹青。

七言排律·丹霞山

万古丹霞冠岭南，水吟岭和伴长天。
击石为乐何方至，闻韶成音哪郡船。
朱雀祥云飘舞处，红山赤壁聚集颜。
沟沟峁峁风光嫁，曲曲折折星斗牵。
廓影阳刚一柱矗，清流柔弱几峰眠。
若无若有经霜月，可舍可得悟道禅。

天上人间堪对弈，诗中画里亦相连。

自然造化钟灵秀，气势磅礴沧海田。

【注】

①丹霞山：位于广东省韶关市仁化县和浈江区境内，是广东省面积最大、景色最美的、以丹霞地貌景观为主的风景区和自然遗产地，与鼎湖山、罗浮山、西樵山合称为广东四大名山。

②击石为乐何方至，闻韶成音哪郡船：击石为乐，远古泰山先民祭祀时有"击石为乐"的习俗。闻韶，文明、礼乐。郡，古代行政区域，中国秦代以前比县小，从秦代起比县大。

③朱雀祥云飘舞处，红山赤壁聚集颜：朱雀，二十八宿中南方七宿（井、鬼、柳、星、张、翼、轸）的总称。祥云，旧指象征祥瑞的云气，传说中神仙所驾的彩云。红山赤壁，丹霞山的岩石含有钙质、氢氧化铁和少量石膏，呈红色，是红色砂岩地形的代表，为典型的丹霞地貌。各岩块之间常形成狭隘的巷谷，其岩壁因红色而名为"赤壁"，壁上常发育有沿层面的岩洞。

④廓影阳刚一柱矗：指阳元石，高高耸立在离地200多米的山坡上，其独立径长28米，直径7米。

⑤清流柔弱几峰眠：描写丹霞山地貌多变，既有阳元山阳刚之景，也有清澈的锦江环绕于峰林之间，山水相依之景。

⑥可舍可得悟道禅：早在秦汉以前，就有得道僧人道元在丹霞山混元洞、狮子岩一带修行。隋唐时期丹霞山已成为岭南风景胜地，同时也有僧尼进山经营，兴建佛寺，明清时期兴盛，清末衰败。目前发现石窟寺遗存40多处，其中已修复一新并有较大影响的是别传寺和锦石岩石窟寺。

⑦自然造化钟灵秀：指自然之力造就了丹霞山水之美景、奇景。

醉翁操·琼台仙谷

悬崖。空峡。神娲。是谁家？薄纱。崇峰峻岭云梯达。一步一处新芽，绿如花，树树是仙葩。携露随雨诗作答。攀岩走壁，回首山拔。 米芾墨色，浸透溪流水润，印象琼台之察。踏径方知凸凹。丹青织袈裟。豪情成心扎。道骨太极筏。远望飘渺天上佳。

【注】

①天台山琼台仙谷：琼台仙谷，是一处比较典型的花岗岩地质地貌景观。

②悬崖。空峡：沿着景区内灵溪北行，两旁山壁对峙，山势峥嵘峻峭，奇峰纷呈，怪石错列，且愈入愈奇。著名的有"李白题诗岩"、"仙人聚会"、"双女峰"、"元宝石"、"佛手峰"等景。

③米芾墨色，浸透溪流水润，印象琼台之察：指悬崖上刻写着米芾的"琼台"两字。米芾，北宋书法家、画家，书画理论家。祖籍太原，迁居襄阳。天资高迈、人物萧散，好洁成癖。被服效唐人，多蓄奇石，世号米颠，书画自成一家。能画枯木竹石，时出新意，又能画山水，创为水墨云山墨戏，烟云掩映，平淡天真。善诗，工书法，精鉴别。擅篆、隶、楷、行、草等书体，长于临摹古人书法，达到乱真程度。宋四家之一。

④丹青织袈裟：袈裟，指缠缚于僧众身上之法衣，以其色不正而称名。又作袈裟野、迦罗沙曳、迦沙、加沙。袈裟是僧人最重要的服装。

⑤道骨太极筏：道骨，修道者的气质。

醉翁操·天台山桐柏宫

　　神仙。奇山。渊源。水成川。蓝天，风涛树语白云边。日月星辰田园，绿漫岩，桐柏落人间。品自然此时缠绵。正值秋韵，弹奏心弦。　　道于此处，流过悠悠岁月，催动清风吹帆。翠黛层叠无言。凡人行路难。华琳飘香烟。环绕紫宵前。酿造琼液澄净泉。

【注】

　　①天台山桐柏宫：浙江省天台山桐柏宫原名桐柏观、桐柏崇道观，桐柏宫在县城西北 125 千米的桐柏山上，九峰环抱，碧溪前流，是中国道教南宗祖庭。其鼎盛时期为唐代和宋代。

　　②九叶花醉琪木眠：李白《琼台》有句："青衣约我游琼台，琪木花芳九叶开。"

　　③道于此处，流过悠悠岁月，催动清风吹帆：桐柏宫是中国道教南宗祖庭，一千多年以来，道教在此得以弘扬。

　　④华琳飘香烟，环绕紫宵前：桐柏宫两边的抱山，是左青龙右白虎；青龙山连着卧龙、华琳两峰。白虎山有紫宵、翠微两峰做靠背。

　　⑤酿造琼液澄净泉：桐柏宫的水境，得天独厚。原先南面有醴泉，泉水优良。女梭溪从东侧自北往南萦流于桐柏宫之前，情意绵绵，恋恋不舍，虬曲而下。

永遇乐·南宁青秀山

　　绿色纷飞，清香荟萃，高雅如珮。铁树开花，榕须垂地，木槿堪娇媚。睡莲无语，乘舟浮动，藏在树丛列队。雾蒸腾、云中漫步，入得仙境皆醉。　　再登青秀，随缘相聚，已是金秋之岁。几度南宁，浅吟低唱，挥洒成诗缀。缘何思涌，缘何感慨，惟有山河才贵。人生短、流年似水，自然不褪。

【注】

①南宁青秀山：青秀山，原名青山，又称泰青峰，位于南宁市东南面约五千米处的邕江江畔，被誉为"南宁市的绿肺"。

②铁树开花，榕须垂地，木槿堪娇媚：铁树：也叫苏铁，常绿乔木，不常开花。铁树开花又比喻事情非常罕见或极难实现。榕须，榕须为桑科植物榕树的气根。木槿，锦葵科灌木或小乔木，又名无穷花，是一种很常见的庭园灌木花种，属于锦葵目锦葵科植物，原产于亚洲东部，花艳丽，作为观赏植物广泛栽种。娇媚，仪容甜美具有魅力。

③睡莲无语，乘舟浮动，藏在树丛列队：睡莲，又称子午莲、水芹花，是多年生水生植物，睡莲是水生花卉中名贵花卉。外形与荷花相似，不同的是荷花的叶子和花挺出水面，而睡莲的叶子和花浮在水面上。睡莲因昼舒夜卷而被誉为"花中睡美人"。

④几度南宁，浅吟低唱，挥洒成诗缀：作者曾多次来到南宁，写下了多首诗词。

踏莎行·广州白云山

　　遍岭清妆，漫天梦想，风光涌动白云上。顺流而下汇三江，屏山半掩斜阳闯。　　拂面诗情，举头向往，花城处处风姿淌。谁将飞雨化琼浆，纤纤鸟语声声访。

【注】

①白云山：为南粤名山，自古就有"羊城第一秀"之称。位于广州市东北向，属我国南方五岭大庾岭支脉的九连山山脉末段。

②顺流而下汇三江，屏山半掩斜阳闯：三江指西江、北江和东江。屏山，如屏之山。宋陈岩肖《庚溪诗话》卷下云："千里故乡，十年华屋，乱魂飞过屏山簇。"

③花城处处风姿淌，谁将飞雨化琼浆，纤纤鸟语馨香访：花城，广州美称"花城"，其一年一度的迎春花市，已为世人所瞩目。琼浆，亦作"璚浆"，仙人的饮料，喻美酒。

忆秦娥·游七星岩

　　七星座，几湾碧玉从天落。从天落，飘然山水，丹青染墨。　　端州古韵田园阔，春横细雨真情泊。真情泊，相思红豆，一江美色。

【注】

①七星岩：肇庆七星岩位于肇庆市区北约4千米处，七星岩以喀斯特溶岩地貌的岩峰、湖泊景观为主要特色，七座排列如北斗七星的石灰岩岩峰巧布在面积达63平方千米的湖面上，20余

千米长的湖堤把湖面分割成五大湖，风光旖旎。被誉为"人间仙境""岭南第一奇观"。

②端州古韵田园阔：端州：端州区是肇庆市的政治、经济、文化、科技和教育中心。已有两千多年历史，是一座国家级历史文化名城，城内保留的历史遗迹让端州充满古韵。

③相思红豆，一江美色：唐代王维《相思》："红豆生南国，春来发几枝，愿君多采撷，此物最相思。"红豆：植物名，又叫相思子，古人常用以象征爱情，比喻男女相思，此处指端州地区盛产红豆。"一江美色"指七星岩山上盛产红豆，山下几湾湖水相伴，给此地平添了很多人文和自然的魅力。

点绛唇·江南古韵

遥远流出，悠然古韵风云曲。老街城隅，岁月悄声洗。　　淡淡如无，却在梳妆里。山野绿，江南飘雨，惹醉青春女。

【注】

①江南：字面上的含义为江的南面，但作为一个典型的历史地理概念，江南本意指长江以南的地区，历史上江南往往代表着繁荣发达的文化教育和美丽富庶的水乡，区域大致为长江中下游南岸的地区。江南是一个被文人墨客美化了的地区概念，它反映了古代人民对美好生活的向往，是人们心目中的世外桃源。

七律·开平碉楼

时光隧道碉楼横，草色荷香绕绿藤。
一座城池一场梦，几方村落几重风。
潭江浸透侨民泪，古堡牵出赤子情。
远在天涯思故里，中西合璧岭南行。

【注】

开平碉楼：开平碉楼分布在广东省开平市，是中国乡土建筑的一个特殊类型，是一种集防卫、居住和中西建筑艺术于一体的多层塔楼式建筑。开平碉楼种类繁多，从建筑材料来分，可以分为四种：石楼、夯土楼、砖楼、混凝土楼；按使用功能，开平碉楼可以分为众楼、居楼、更楼三种类型。2007 年，广东"开平碉楼与村落"被正式列入《世界遗产名录》，中国由此诞生了首个华侨文化的世界遗产项目。

荆州亭·秦岭韵味

分水岭中涌动，南北共于一境。环抱夏秋冬，春日生机淌梦。　　如见雕梁画栋，叠嶂群峰纵横。挽起绿偕行，偶见蜂蝶舞弄。

【注】

①分水岭中涌动，南北共于一境：秦岭为黄河水系与长江水系的重要分水岭。

②环抱夏秋冬，春日生机淌梦：秦岭主峰太白山海拔 3767 米，为中国东部超过 3000 米的少数山峰之一。

③挽起绿偕行，偶见蜂蝶舞弄：描写秦岭春意盎然之景。偕行，
共存；并行。

苏幕遮·漫步三亚湾

月如钩，谁伴奏？暮色苍茫，绿岛轻风透。
细赏波涛推海皱。唱和低吟，水漫诗情叩。　　撒
纯真，铺锦绣。道道涯湾，岸上椰林瘦。伊甸园
中飘宇宙。子夜朦胧，美在黄昏后。

【注】

①三亚：位于海南岛最南端，是海南省仅有的两个地级市之
一。三亚是海南著名的热带海滨旅游城市和海港。

②道道涯湾：三亚境内海岸线长2091千米，有大小港湾19个。
主要港口有三亚港、榆林港、南山港、铁炉港、六道港等。主要
海湾有三亚湾、海棠湾、亚龙湾、崖州湾、大东海湾、月亮湾等。

③伊甸园中飘宇宙：海南岛美景怡人，这里蓝天白云、海水
澄碧、烟波浩瀚、帆影点点、椰林婆娑，让人仿佛置身于伊甸园
之中。

④子夜朦胧，美在黄昏后：夜色中三亚的海湾给人的感觉是
别样的，朦胧夜色中，水漫诗情，静静地与海浪唱和。"美在黄
昏后"，北宋欧阳修《生查子·元夕》有句："月上柳梢头，人
约黄昏后"，也是作者对人生的感悟。

踏青游·望惠州孤山有感

　　玉塔微澜，感动雨滴扑面。遥望去，水天一片。夜空濛，典藏处、谁人无语，在湖畔？江南痴女幽怨。苏子惠州追念。　　颠沛流离，飘渺里朝云伴。忍脱掉、舞衫歌扇。苦中行，飞笑语、皎洁如雪，情如练。化作乌阳天女。每逢暮雨轻溅。

【注】

①玉塔微澜：惠州西湖的景观称为"五湖六桥十八景"，"玉塔微澜"为十八景之一。宋朝，苏东坡谪居惠州时，称泗洲塔为大圣塔，又称玉塔。当明月升起，凉风拂湖逐波而过，湖光潋滟，屹立在西山的泗洲塔，倒影入湖波光粼粼，诱得坡仙诵出："一更山吐月，玉塔卧微澜"的佳句，"玉塔微澜"一景至今仍令游客赞不绝口。

②江南痴女幽怨。苏子惠州追念。江南痴女"指苏轼侍妾王朝云，字子霞，浙江钱塘人，1094年随苏东坡谪居惠州，第三年亡故并葬于惠州西湖孤山。苏轼在墓上筑六如亭以纪念朝云，亭柱上镌有一副楹联"不合时宜，惟有朝云能识我；独弹古调，每逢暮雨倍思卿"，不仅表达了苏轼对朝云的追念，也是他对一生坎坷际遇的感叹。

③颠沛流离，飘渺里朝云伴：苏轼一生坎坷，官场几度沉浮，颠沛不已，王朝云始终相随，无怨无悔。

④每逢暮雨轻溅：六如亭上楹联"每逢暮雨倍思卿"，表达了苏轼对红颜知己王朝云的追念。

沁园春·琼岛感怀

海角飞舟，天际飘流，绿岛悠悠。正登高望远，踌躇满志；惊涛拍岸，横翠藏柔。五指参天，椰林浩荡，几许清凌洗皓眸。堪辽阔，引无穷故事，惹鹿回头。　　曾经贬谪文修，幸淳厚、民风暖溯秋。赏诗词书赋，华章不朽；婷婷玉女，却握长钩。今日琼台，春潮涌动，一派风光竞自由。情动处，见高楼林立，霓彩娇羞。

【注】

①琼岛：指海南岛，是仅次于台湾的全国第二大岛海南岛，位于我国雷州半岛的南部，是中国南海上的一颗璀璨的明珠。

②五指参天：指海南第一高山——五指山，是海南岛的象征，也是我国名山之一。该山位于海南岛中部，峰峦起伏成锯齿状，形似五指，故得名。

③椰林：椰树是海南岛最常见的树种。葱翠的椰林组成一望无际的林带，是海南海岸线上一道天然绿色屏障。

④鹿回头：鹿回头在崖县三亚港南约 5 千米处。此处一座山岭拔地而起，雄伟峻峭，气势非凡，因貌似一头金鹿回首向海观望，故得名"鹿回头"。

⑤曾经贬谪文修：历史上海南岛是贬官流放处，被贬海南来的有北宋宰相李纲；因为反对秦桧卖国专权，官至枢密使因多次远贬绝食而亡的赵鼎；南宋抗金名臣胡铨和副宰相李光；一代文豪苏东坡。这种典型的贬臣文化历经历代文人墨客的题咏描绘，对海南历史产生了不可估量的文化意义。"贬官文化"给海南的历史增添了浓重的人文色彩，促使了海南本土文化与中原文化的融合发展。

⑥"幸淳厚、民风暖溯秋""赏诗书墨赋，华章不朽"：指海南岛民风淳朴，流放到此处的不少贬官受到当地民众的拥戴。苏东坡当年在儋州受到礼待，在谪居儋州三年的时光里，食芋饮水，著书以为乐，共写诗一百二十七首、词四首、各种表、赋、颂、碑铭、论文、书信、杂记等一百八十二篇。和苏东坡同样际遇的贬官在此地留下了不朽华章，贬官个人之不幸，成了海南文化之大幸。

少年游·水墨无锡

吴风清雅，湖光吐纳，诗韵润千家。不老情怀，雨追雾绕，飞梦忆年华。　　芳姿美，暗香如缕，芯蕊正生发。水墨无锡，采菊篱下，旭日染云霞。

【注】

①无锡：无锡市位于江苏省南部，地处太湖之滨，风景优雅秀丽，千年悠久历史，是我国著名的鱼米之乡，也是一座现代化工业城市，我国民族工业的发源地之一，素有"小上海"之称。

②吴风清雅：无锡是吴文化的发源地之一。

③水墨无锡，采菊篱下，旭日染云霞：无锡的现代化气息和历史古城的古雅韵致如水墨一般交融。作者感觉身处现代化程度很高的无锡仍能感受到"采菊东篱下"的淡然。尤其是当旭日染红云霞，作者站在太湖湖畔，眼前展开的是一幅"水墨无锡"的画卷。

一剪梅·夜游浦江

　　盛世辉煌璀璨妆。五彩霓裳，几曲长廊。浦江两岸漫诗章，同坐船舱，共赏灯乡。　　新旧交织梦幻翔。昨日沧桑，现代风光。高楼大厦雾中藏，半入天堂，半落心房。

【注】

　　①2010年10月24日参观上海世博会，夜晚与好友乘船游览黄浦江。是日阴天，云缠雾绕，上海电视塔、经贸大厦等高层建筑上半段耸入云中，似海市蜃楼，下半段灯光璀璨，射出万丈光芒。这种奇异景色伴随世博会场馆别有一番风韵。

　　②、新旧交织梦幻翔昨日沧桑，现代风光：浦江两岸的七彩灯光，交织新旧时代，再现着昨日的沧桑，折射出现代的辉煌。

浪淘沙令·漫步浦江边

　　举目望婵娟，黄浦江边，飞云飘纵伴娇憨。子夜时分城寂静，携手情牵。　　漫步赏斑斓，思绪翩翩，万家灯火似星帆。悱恻缠绵仍倾诉，遐想明天。

【注】

　　①2010年10月25日晚，作者在黄浦江边漫步近2小时，赏尽上海夜景。是夜空中月亮与薄云相随相伴，云层流动，月亮隐在云中，无比娇媚。云月与万家灯火交相辉映，夜景悱恻缠绵。

　　②子夜时分城寂静，携手情牵：作者陶醉在黄浦江之美景中，

漫步直至半夜时分，江畔已游人寥寥，城静江寂，似乎只剩这憨月与作者携手夜游。

五律·南京

——桨声灯影

桨声灯影溪，倒影夜如渠。
江畔金陵梦，湖中美榭衣。
同声歌水色，异语写光霓。
可晓情深处，诗文共作畦。

【注】

①秦淮河，古称淮水，本名"龙藏浦"，全长约110千米，流域面积2600多平方千米，是南京地区主要河道，沿岸人文荟萃、市井繁华，集中体现金陵古都风貌，素有"十里秦淮""六朝金粉"之誉。

②桨声灯影：指秦淮风光以灯船最为著名，河上之船一律彩灯悬挂，游秦淮河之人以乘灯船为快，可于桨声灯影间，静赏秦淮河两岸旖旎风光。由朱自清名篇《桨声灯影里的秦淮河》，可领略灯船风采一二。

③江畔金陵梦，湖中美榭衣：描写秦淮河东西水关之间的河段，两岸全部是古色古香的建筑群，飞檐漏窗，雕梁画栋，画舫凌波，构成一副如梦似幻的美景奇观。金陵，南京的古时用的别称。榭：古代建筑建于水边或者花畔，借以成景，平面常为长方形，一般多开敞或设窗扇，以供人们游憩，眺望。

江城子·上海春色

　　大街小巷玉兰开。孟春裁，沪飞白。黄浦江边，滚滚水情怀。去岁世博人似海，排长队，上船台。　　梦中景色亦徘徊。雨飘来，洗尘埃。快步匆匆，寻找旧音拍。半入云端楼矗立，霓光映，韵成排。

【注】

①2011年3月，作者应邀到上海参加一个重要会议，正值上海市花玉兰盛放，故有感而作。

②"大街小巷玉兰开""孟春裁，沪飞白"：玉兰是上海的市花。上海的白玉兰，一般开得比较早，在清明节前夕盛开。在上海的街头巷尾，能看到白玉兰树，大朵白玉兰绽放，处处充满生命的气息。"孟春"，即是春季的首月。春季三月，第一月为孟春，第二月为仲春，第三月为季春。

③黄浦江边，滚滚水情怀。去岁世博人似海，排长队，上船台：作者再度来到黄埔江边，江水依旧滚滚流淌，述说着奔流不止的情怀。不禁回忆起去年来沪参观世博会的场景，

行香子·登南京明城墙

　　玄武湖旁，古郡城墙。踏阶上、一览风光。楼台烟雨，砖瓦沧桑。六朝十会，顺流下、入长江。　　湖熟文化，偏安宝藏，诸天工、汇聚诗章。雄关壁垒，漫步时光。云锦雍容，染飞彩、绣辉煌。

【注】

①南京明城墙：南京明城墙是明太祖朱元璋（1328－1398）定都南京的产物，是中国历史上唯一建造在江南的都城城墙。它始建于元末至正二十六年（1366），建成于明洪武十五年（1386），历时21年之久。从内到外由宫城、皇城、京城、外郭四重城墙构成。其中，南京京城墙，不循古代都城取方形或者矩形的旧制，设计思想独特、建造工艺精湛、规模恢弘雄壮，在钟灵毓秀的南京山水之间，蜿蜒盘桓达33676千米，比北京的古城墙还长出0．776公里。

②玄武湖旁，古郡城墙。踏阶上、一览风光：南京明城墙北临玄武湖，登临古城墙，可俯瞰玄武湖美景。古城墙墙高14-21米，城基宽度14米左右，城墙顶部宽4-9米。作者拾阶而上，在古城墙上漫步一小时有余，古道流芳，长满绿苔的古城墙顶部大道，像一条绿色的长廊，蜿蜒盘桓，向前方延展。

③楼台烟雨，砖瓦沧桑：指南京的古城墙、古刹等建筑在江南的烟雨濛濛中若隐若现，城墙斑驳，更添沧桑之感。楼台烟雨，杜牧《江南春》有句："南朝四百八十寺，多少楼台烟雨中。"

④六朝十会，顺流下、入长江：指南京被称为"六朝古都"、"十朝胜会"，千百年来，历史像长江一样，奔腾不息，催生了这座历史文化名城。所谓"六朝"是指：三国吴孙权称王，定都建业（今南京）；317年，逃亡江南的西晋皇族司马睿被拥戴在建康（今南京）当皇帝，建立东晋政权；南北朝时期的宋、齐、梁、陈四个朝代，均定都建康（今南京）。"十朝都会"，指继"六朝"（孙吴、东晋、宋、齐、梁、陈）之后，南唐、明朝（洪武帝、建文帝）、太平天国、中华民国先后定都南京，一共十朝称"十朝都会"。

⑤湖熟文化：是中国江南地区的史前文化，遗址分布主要在南京、镇江以及太湖流域，其存在时间相当于中原地区的商朝、周朝。

⑥偏安宝藏，诸天工、汇聚诗章：指南京作为中国的古都，

有高原，有深水，有平原，集钟灵毓秀于一处。偏安一隅，曾多次遭受兵燹之灾，但亦屡屡从瓦砾荒烟中重整繁华。此地不仅山川灵秀，文学昌盛，流传下诸多佳作名篇。

⑦雄关壁垒，漫步时光：指南京在中国历史上具有重要的战略意义，多次挽救了汉民族。历史上，在中原被异族所占领，汉民族即将遭受灭顶之灾时，通常汉民族都会选择南京休养生息，立志北伐，恢复华夏。大明、民国二次北伐成功；东晋、萧梁、刘宋三番北伐功败垂成。南宋初立，群臣皆议以建康为都以显匡复中原之图，惜宋高宗无意北伐而定行在于杭州，但迫于舆论仍定金陵为行都。太平天国以南京为都，以驱除异族统治为动员基础。所以，南京被视为汉族的复兴之地，在中国历史上具有特殊地位和价值。

⑧云锦：南京云锦因其绚丽多姿，美如天上云霞而得名，至今已有1580年历史。南京云锦与成都的蜀锦、苏州的宋锦、广西的壮锦并称"中国四大名锦"。在古代丝织物中，"锦"是代表最高技术水平的织物，南京云锦则集历代织锦工艺艺术之大成，位于中国古代三大名锦之首，元、明、清三朝均为皇家御用品贡品。因其丰富的文化和科技内涵，被专家称作是中国古代织锦工艺史上最后一座里程碑，公认为"东方瑰宝"、"中华一绝"。是中华民族和全世界珍贵的历史文化遗产之一。

浪淘沙令·常州感怀

秀水映青山，恬静江南，怦然心动婉约间。
缱绻书香交汇处，古韵连绵。　　澎湃奏琴弦，
吟唱新颜，浓浓惬意漫江川。正待展开明日卷，
气象万千。

【注】

②常州：别称"龙城"，地处江苏省南部，北携长江，南衔太湖，与上海、南京等距相望。常州是拥有2500年历史的江南文化古城，是季子的故里。现为长江三角洲地区重要的现代制造业基地。

③秀水映青山：常州有独特的地理位置，湖泊密布，三面群山。北环长江，南抱滆湖，东南占太湖一角，南为天目山余脉，西为茅山山脉，北为宁镇山脉尾部。

④怦然心动婉约间：常州有着江南城市共同的特点——婉约。

⑤缱绻书香交汇处，古韵连绵：常州人杰地灵，人文荟萃，享有"天下名士有部落，东南无与常匹俦"之誉。"常州今文经学派""阳湖文派""常州词派""常州画派"和"孟河医派"饮誉全国。

⑥澎湃奏琴弦，吟唱新颜：指常州在改革开放中发展迅速，快速的城市化建设让古城常州再展新颜。

⑦正待展开明日卷，气象万千：作者参加了常州市"十二五"规划评审，深信常州市在"十二五"期间将继续保持强劲的发展势头，展开新的画卷。

五言排律·浙江宁波

黛瓦青砖处，唏嘘岁月图。

往昔陈酿酒，故地老槐铺。

雅韵文风巷，乡情古镇出。

阅读凝固史，品味渐行书。

海上生明月，城中蕴旧屋。

三江集故事，一泻入心湖。

【注】

②宁波：其名取自"海定则波宁"，简称"甬"，是中国浙江省的副省级城市。位于浙东，长江三角洲南翼，北临杭州湾，西接绍兴，南靠台州，东北与舟山隔海相望。宁波是浙江省经济最发达的城市，是上海国际航运枢纽港的重要组成部分。

③黛瓦青砖处，唏嘘岁月图：地处江南的宁波，城市中仍保留着幽幽古巷和青砖黛瓦的老屋，唏嘘岁月流逝，古朴清秀的建筑留存着这个城市的历史记忆。

④故地老槐铺：指宁波市城区中古槐成荫。

⑥乡情古镇出：宁波地区保存着多处各具风格的江南古镇，如最具儒家文化古韵的前童古镇，被誉为"天下第一进士城"的慈城古镇等等。

⑦海上生明月：唐张九龄《望月怀远》有句："海上生明月，天涯共此时。"

⑧三江集故事：三江指余姚江、奉化江、甬江。余姚江、奉化江在宁波市区"三江口"汇成甬江，流向东北，经招宝山入东海。

江城子·扑面是春风

　　俨然村落俨然翁。景丛生，画中行。疑似欧乡，跨海落川中。漫步小庄精彩处，修竹翠，伴楼层。　　雄鹰展翅上长空。傲苍穹，正奔腾。遍地黄花，扑面是春风。桃粉杏白谁与共，琵琶绿，草莓红。

【注】

　　①作者于 2011 年春到成都市双流县调研，了解当地农村土地流转改革的情况，被所见农村的新面貌触动，故做此词。

　　②俨然村落俨然翁景丛生，画中行疑似欧乡，跨海落川中：作者在成都双流县一个作为新农村建设示范点的村中参观，见这个按照欧式风格统一设计建设农民新居的村舍规划有致，与山林景色融为一体，呈现出一派自然之态，俨然已存在多年。一位老翁盘坐在村前的水塘边，怡然自得。这座村庄好像是一座欧洲乡村，漂洋过海降落在川中大地上。

临江仙·曾忆雪中登峨眉

　　曾忆攀登峨眉顶，天台寺庙朦胧。道佛同在此山中。飘飘飞雪至，皑皑映青松。　　绕岭堪称神妙景，仙风道骨高峰。真情融入冷凝冰。纵然难举步，回首望晶莹。

水龙吟·成都感怀

　　追寻天府先人梦，缕缕情思飞纵。谁人故里，谁人伟业，谁人情重？杜甫草堂，浣花溪伴，锦官城静。李太白咏叹，巍峨蜀道，堪惊险，青天共。　　竹绿柳轻景盛。东坡吟、陆游歌竞。李冰筑堰，岷江归顺，千年奔涌。诸葛出师，言之切切，鞠躬心捧。纵观仙逝者，惟其真爱，人民称颂。

【注】

①成都：成都市，简称"蓉"，别称"锦城""锦官城"，自古被誉为"天府之国"，位于四川省中部，是中西部地区重要的中心城市。早在公元前四世纪，蜀国开明王朝迁蜀都城至成都，取周王迁岐"二年成邑，三年成都"，因名成都，相沿至今。

②天府：原指土地肥沃、物产丰富的地区，古专指陕西省关中地区，今多指四川。

③杜甫草堂，浣花溪伴：杜甫草堂即成都杜甫草堂博物馆，位于四川省成都市西门外的浣花溪畔，是中国唐代伟大现实主义诗人杜甫流寓成都时的故居。公元759年冬天，杜甫为避"安史之乱"，携家入蜀，在成都营建茅屋而居，称"成都草堂"。

④李冰筑堰：李冰是我国战国时期杰出的水利工程学家，秦昭襄王末年（前256～前251）为蜀郡守，在今四川省都江堰市（原灌县）岷江出山口处主持兴建了中国早期的灌溉工程都江堰，因而使成都平原富庶起来。

江城子·滇池情思

一湾星月落滇城。雨蒙蒙，景丛丛。山色湖光，常伴夏秋冬。莫道昆明池水浅，春光泻，染绯红。　　曾经污垢抹颜容。惋惜情，隐约疼。今日欣闻，沐浴再重生。遥想明朝还美色，轻漫步，赏晶莹。

诉衷情·西藏姑娘

格桑花语调悠长，遍野纵清香。何方美景独特？西藏圣洁乡。　　风沐浴，雨梳妆，酒穿肠。染绯红色，梦想天边，大朴诗章。

【注】

①圣洁乡：指西藏，西藏是一块圣洁的土地，是让心灵净化的地方。

②风沐浴，雨梳妆，酒穿肠：描写高原藏民的典型生活状态，高原风雨的沐浴和洗礼，终年青稞酒相伴。青稞酒，藏语叫做"羌"，是用青藏高原出产的一种主要粮食——青稞制成的。

③染绯红色，梦想天边，大朴诗章：高原特殊的气候环境，让西藏的姑娘们脸带绯红。常年生活在高原的她们用最贴近自然的朴素，编织着最真最美的诗章。

诉衷情·西藏儿童

神奇西藏沐天光，少小便浓妆。双颊已染颜
色，日日戴霓裳。　　疼爱涌，赏格桑，在山岗。
已将淳朴，摄入心乡，梦里收藏。

【注】

①神奇西藏沐天光，少小便浓妆：西藏高原紫外线强烈，藏
民儿童小脸绯红，好似刻意涂抹了腮红。

②霓裳：指藏族儿童的民族服装，图案丰富，艳丽多彩。

③疼爱涌，赏格桑，在山岗：作者被藏族儿童质朴所打动，
心中涌起阵阵的疼爱。在西藏行走的途中，只要遇到藏民孩童，
作者便与他们一起合影留念，喜爱之情溢于言表。

诉衷情·西藏老妈妈

时光长卷染风情，生命太从容。沧桑写满褶
皱，憧憬在梦中。　　飞笑语，念经行，奶香浓。
晒干牛粪，燃起炊烟，等待歌同。

行香子·丽江印象

一抹风光，几缕清香。邂逅时，小镇沧桑。
悠悠古镇，静静流觞。树荫浓重，溪边柳，吐柔
肠。　　联翩浮想，绵延渴望，曲径中，洒满斜阳。
楚河汉界，交错心乡。若出其里，天人共，韵成章。

行香子·侧耳聆听

侧耳聆听，天路长龙。欲奔腾、横贯霓虹。
青青草场，远古云层。打开春色，谁吟唱，觅回
声？　　飘然纽带，环山穿梦，几千年、雪域寒冰。
路随情至，牵手京城。滚滚车轮，晓心语、正急行。

【注】

①侧耳聆听：青藏铁路于 2006 年 7 月 1 日全线通车。作者
到达西藏时正值青藏铁路全面通车前夕，成群的牦牛漫步在架起
的铁路轨桥旁，侧耳聆听，似乎在期待着远方的列车奔驰而来。

②天路长龙：指青藏铁路。青藏高原上，一条举世瞩目的钢
铁巨龙正蜿蜒前行，它突破生命禁区，穿越戈壁昆仑，飞架裂谷
天堑，使通往"世界屋脊"的路途不再遥远。由于跨越了世界上
最高的高原，这条铁路也被人们称作"天路"。

⑤飘然纽带，环山穿梦。几千年、雪域寒冰：指由于雪域高
原特殊的地理和气候特征，青藏铁路建设面临着多年冻土、高寒
缺氧、生态脆弱"三大难题"的严峻挑战。青藏铁路绕山穿梦，
是中国人超越梦想的成果，多少人为了这条美丽的天路奉献着热
血年华。其中为了攻克冻土难题，我国科学家采取了以桥代路、
片石通风路基、通风管路基、碎石和片石护坡、热棒、保温板、
综合防排水体系等措施，冻土攻关取得重大进展。青藏铁路的冻
土研究基地，已成为中国乃至世界上最大的冻土研究基地。

⑥路随情至，牵手京城：青藏铁路是"十五"时期国家的重
点项目，它凝聚了祖国对西藏的爱护和责任，凝聚了各方面的智
慧，凝聚了修路工作人员的汗水。路随情至，一条天路沟通了天
堑与平地，沟通着中国人的心灵，一条天路让中国人充满了自豪
与骄傲。

苏幕遮·写真

摄红黄，飞梦巷，尽赏风光，独爱新西藏。
举目虔诚吟渴望，欲问还休，恐把行人撞。　　看
格桑，僧侣让，雪域他乡，溢满神奇酿。香火绕
梁经语唱，解语迷茫，却惹情思漾。

【注】

①写真：这首诗描写了外国旅人在西藏摄影的场景和感觉。
在外国人眼中，西藏是圣洁和神秘的，在藏民眼中，外国旅人也
是西藏的一抹独特色彩。

②摄红黄，飞梦巷，尽赏风光，独爱新西藏：描写一些外国
旅客对西藏这片神圣、平和、纯粹的净土的喜爱。他们有的用镜
头记录新西藏的斑斓色彩，有的驻足藏式建筑品赏艺术，有的与
藏民一起徒步转湖。这种对大自然的热爱，是不分国界的，是一
种纯粹的情感。

③香火绕梁经语唱，解语迷茫，却惹情思漾：西藏的文化古
老而神秘，来自他国的旅人虽然无法理解僧侣们的悠悠梵音，却
被这种神圣虔诚的姿态所深深打动。

八声甘州·新疆五彩湾

叹朦胧画卷色斑斓，五彩岭连绵。望火山余
脉，迷人梦幻，壮哉神湾。光怪陆离百态，震撼
动心弦。欲问何方造？烈焰天燃。　　错落山岗
有致，目不暇接处，起舞翩翩。飘落古城堡，黄
褐染蓝天。雅丹奇、登高远望，转瞬间，俨然已
成仙。游人醉，景移车动，大美无言。

【注】

①错落山岗有致，目不暇接处，起舞翩翩：指五彩湾由错落的低丘群组成，景色绚丽多姿，让人目不暇接。其中更有形如俄罗斯舞者，好似身穿华丽舞衣在城郭中翩翩起舞。

②飘落古城堡，黄褐染蓝天：五彩湾地状如城郭，犹如从天而落的古堡。多彩的山壁红黄相间，在蓝天的衬托下，景色更加绚丽多姿。

③雅丹奇：指雅丹地貌，是一种典型的风蚀性地貌。五彩湾是地貌变迁过程中，经过长期的风化剥蚀以及雨水冲刷，形成的外形奇特的雅丹地貌。

踏莎行·群峰翠满

——那拉提草原

碧绿山峦，群峰翠满，是谁铺展丝绒毯？蓝天飞梦落高原，连绵雪岭松涛掩。　　浸润清甜，风光扑面，牛羊醉亦情如练。沿河绕谷觅溪丛，飘然演绎丹青卷。

【注】

①2010年8月1日作于新疆那拉提草原。

如梦令·五彩滩

天上仙山飞落，百怪千奇横卧。清水绕高坡，
雨打风蚀云过。天作，天作，宛若神来丹墨。

【注】

①2010 年 7 月 25 日作于新疆五彩滩。

②五彩滩：位于新疆北端，属阿勒泰地区，布尔津县境内，
地处我国唯一注入北冰洋的额尔齐斯河北岸的一二级阶地上，海
拔 480 米。五彩滩一河两岸，南北各异。北岸是悬崖式的雅丹地
貌，山势起伏、颜色多变，其是由激猛的流水侵蚀切割以及狂风
侵蚀作用而共同形成，号称"新疆最美的雅丹地貌"；南岸有绿洲、
沙漠与蓝色的天际相合，风光尽收眼底。

③天上仙山飞落，百怪千奇横卧：五彩滩的雅丹地貌形态典
型而又独特，其绵延几公里的高坡横卧在水边，造型奇特的雅丹
地貌有水相伴，平添一份韵致。

④雨打风蚀云过：五彩滩河岸是由流水侵蚀切割与风蚀作用
共同形成。

瑞鹤仙·可可托海

一幅丹青卷。绿色丛林里，万千浓艳。飘然
水飞至，额尔齐斯醉，竟如绸缎。深藏梦幻。山
清新，岭高路漫。伫立峰巅望，墨舒河畔。　　惊
憾。神驰意往，感悟非凡，湛蓝扑面。美轮美奂。
突兀妙绝连片。宝矿于斯处，奇石长屏，富蕴吐
出灿烂。问西流，缕缕情丝，向谁涌溅？

【注】

①2010年作于可可托海的额尔齐斯大峡谷。

②可可托海：可可托海镇位于富蕴县城东北48千米的阿尔泰山间，处于源头位置的额尔齐斯河刚好从镇中穿流而过，便是镇名的来历。可可托海，蒙古语，意为"蓝色的河湾"。由于特殊的地质构造、风雨侵蚀和流水切割。

③伫立峰巅望，墨舒河畔：额尔齐斯河沿岸对峙连绵排列的花岗岩山峰，峰壁圆浑，形态多样，峰峰演绎着美丽的故事，堪称一百单八峰。河谷宽广，碧水茫茫，河畔水草丛生，绿树成荫，如展开的一幅"大漠水乡"丹青画卷。

④宝矿于斯处，奇石长屏，富蕴吐出灿烂：富蕴：富蕴县位于新疆维吾尔自治区北部，阿尔泰山中段南麓。因"天富蕴藏"而得名，素有"天然矿产博物馆"之称。县境内矿种齐全，已发现矿种100余种，以黄金、宝石、有色金属、稀有金属闻名遐迩。

如梦令·小白杨哨所

西域天高路远，百转千回川渐。一曲小白杨，
今日边关相伴。惊叹！惊撼！祖国心中思恋。

【注】

①2010年7月30日写于新疆塔城裕民县小白杨哨所，为作者与塔城地区行署副专员李刚《如梦令·小白杨哨所》词作之和。李刚词曰："西看边亭日暮，荒草斩断山路。雪海哨兵吟，征雁飞落杨树。杨树，杨树，欲把忠魂留住。"忠魂：牺牲的人。作者将自己现场作的这首词，献给了小白杨哨所官兵。

②小白杨哨所：中哈边界新疆塔城裕民县塔斯提哨所。20世纪80年代初哨所的战士在哨所营房旁种下了十棵白杨树苗，但

是小白杨难以忍受干旱、风沙、严寒的肆虐，相继枯死，十棵小白杨中唯有一棵顽强地活了下来。这棵小白杨在战士们的精心呵护下茁壮成长，日夜伴随着守卫边疆的战士们。以小白杨的感人事迹为原型的歌曲《小白杨》唱响了祖国大江南北，哨所从此被称为"小白杨"哨所。作者慕名而来，仍然被看到的场景所惊叹。在祖国的西域边陲，有这么一群战士镇守着祖国的疆土，把他们的青春年华奉献给了这片热土。荒无人烟的土地上屹立着一座放哨用的塔楼，士兵背枪放哨尽显英武。那棵顽强的小白杨经过20多年的生长已经和塔楼齐高，高大的树干上印着"小白杨守边疆"几个红色大字，和塔楼上"祖国在我心中"交相辉映。作者不禁感叹，是这样一群坚韧的"小白杨"在固守祖国的边疆，保卫着人民的安宁。

五言排律·福建

走谷传峡恋，闽江绕岭川。
才观无尽美，再赏有容篇。
朱子读书韵，林公写志联。
武夷山水绿，鼓浪海汐蓝。
老树连根茂，新楼入雾端。
真情牵宝岛，惹醉雨潺潺。

【注】

①福建：福建省，简称"闽"，省会福州，是中国东南沿海的省份。居于中国东海与南海的交通要冲，是中国距东南亚、西亚、东非和大洋洲最近的省份之一，东隔台湾海峡，与台湾岛相望。福建在历史上是"海上丝绸之路"、"郑和下西洋"、伊斯兰教

等重要文化发源地和商贸集散地。

②走谷传峡恋，闽江绕岭川：指福建的气候、地理条件复杂，生态资源丰富。福建省境内峰岭耸峙，丘陵连绵，河谷、盆地穿插其间，山地、丘陵占全省总面积的80%以上，素有"八山一水一分田"之称。全省森林覆盖率达百分之六十以上，居全国第二（仅次于台湾省），是中国生物多样性最为丰富的省份之一。雄浑宽阔的闽江流经福建省30多个市县，河流两岸自然景色和人文名胜交相辉映。

③朱子读书韵：南宋思想家朱熹曾在福建泰宁县授课讲学，并作有《四时读书乐》诗四首："晓起坐书斋，落花堆满径。只此是文章。挥毫有余兴。（春）古木被高阴，昼坐不知暑。会得古人心，开襟静无语。（夏）蟋蟀鸣床头，夜眠不成寐。起阅案前书，西风拂庭桂。（秋）瑞雪飞琼瑶，梅花静相倚。独占三春魁，深涵太极理。（冬）"

④林公写志联：林公，指林则徐，福建侯官人（今福建省福州）。林则徐在查禁鸦片时期，曾写下对联："海纳百川，有容乃大；壁立千仞，无欲则刚。"

⑤武夷山：武夷山地处中国福建省的西北部，江西省东部，位于福建与江西的交界处。属典型的丹霞地貌，素有"碧水丹山"、"奇秀甲东南"之美誉，是首批国家级重点风景名胜区之一，于1999年12月被联合国教科文组织列入《世界遗产名录》，荣膺"世界自然与文化双重遗产"。

天净沙·图瓦人村落（三首）

（一）

　　诗情画意深藏，蓝天净土家乡，童话飘然岭上。霞飞墨漾，洇出一个村庄。

（二）

　　时光曼妙悠长，白桦绿水毡房，久住凡间向往。牧羊人唱，炊烟袅袅天堂。

（三）

　　边陲小镇风光，云间部落花香，遍地风情梦想。至今依旧，风牵雨雾清妆。

【注】
　　①2010年7月28日写于新疆禾木，为图瓦人聚集地之一。
　　②图瓦人：图瓦亦称"土瓦""德瓦"或"库库门恰克"，历史悠久，早在古代文献中就有记录。隋唐时称"都播"，元称"图巴""秃巴思""乌梁海种人"等。新疆喀纳斯是图瓦人在我国唯一的聚集地，大约有两千五百人左右，主要分布在哈巴河县的白哈巴村、布尔津县的禾木村和喀纳斯村。图瓦村位于喀纳斯湖南岸2-3千米处的喀纳斯河谷地带，周围山清水秀，环境优美，是布尔津县前往喀纳斯湖旅游的必经之路。

江城子·厦门

鹭州自古世间名。海中生，岛环情。集美学村，厦大绿丛丛。桃李芬芳香缕缕，学子谢，栋梁成。　　长街大道韵叠行。木棉红，茂竹浓。源远流长，岁岁赠春风。百舸争流激荡里，追梦想，染苍穹。

【注】

①鹭州：指厦门岛。相传远古时，厦门岛为白鹭栖息之地，故又称"鹭岛"。白鹭为厦门市市鸟。

②集美学村：位于福建省厦门市。由著名爱国华侨领袖陈嘉庚先生于1913年始倾资创办，享誉东南亚。陈嘉庚：（1874—1961）著名爱国华侨领袖，厦门集美人，曾被毛泽东称誉为"华侨旗帜，民族光辉"。早年侨居新加坡经营实业，一生倾资创办和建设集美学校（现为集美大学）和厦门大学。

③木棉红，茂竹浓：在厦门春天的斑斓色彩中，作者尤喜木棉和竹。红艳的木棉花跃上枝头，独展风姿；鼓浪屿的金镶玉竹，黄绿相间，与谦谦修竹相比，更显清新可爱。

行香子·福建福州

山水福州，画卷清幽。碧绿江、环绕洲头。
三溪浩荡，岁月如钩。满城浓荫，上善水、浸春
秋。　　新街老巷，收藏锦绣，忆往昔、海上丝绸。
千流百舸，列队争游。火树银花，泛舟赏、再回眸。

【注】

①山水福州：指福州背山依江面海，城内于山、乌山、屏山
"三山"鼎峙，闽江宛如绿带穿城而过，河汊纵横，湖塘相连，
独具江南水城的神韵。"三山一水"成为福州主要标志，故称之
"山水福州"。福州，简称"榕"，为福建省省会，位于闽江下游，
系我国东南沿海重要都市，东濒东海，与台湾省隔海相望，北、
西、南三面分别与宁德市、南平市、三明市、泉州市、莆田市接壤。
福州是中国国家历史文化名城，历史上长期作为福建的政治中心，
既是中国东南沿海重要的贸易港口和海上丝绸之路的门户，同时
也是重要文化中心，从宋代起文化教育就非常发达，是产生进士
（4100多人）、状元（31人）和两院院士（67人）最多的中国
城市之一。在近现代史上，它位列中国最早开放通商的五个城市
之中，又是中国近代海军的摇篮和工业、科技发源地之一。

②三溪：三溪指闽江上游的北源建溪，中源富屯溪，正源沙溪。
三大支流蜿蜒于武夷山和戴云山两大山脉之间，最后在南平附近
相会始称闽江。

③新街老巷，收藏锦绣，忆往昔、海上丝绸：指福州作为古
代海上丝绸之路的重要门户，悠久的历史给这个城市留下很多珍
贵的文化印记，林则徐、三坊七巷、马尾船政、三山两塔一条江、
鼓山、闽剧、寿山石、昙石山文化遗址、青云山，这些文化印记
是福州往昔今日吸引世人的名片。

七律·厦门鼓浪屿

欣然步入朦胧景，细品多情鼓浪风。

若即若离追海韵，如痴如醉赏花容。

宽街小巷藏心事，矮院高墙掩梦丛。

谁奏钢琴飞畅想，翩翩白鹭入长空。

春草碧·泉州探古

街巷深处繁花簇，探访古城池、钟灵布。灿烂文化如图，丝绸之路起锚处，忆闽越舟楫、沧桑树。　老宅天井房屋，多元建筑，汇聚写诗书、景输入。佛光塔影桑莲，丛林宗寺流水渡，馆驿旧时光、今日路。

【注】

①泉州：泉州是福建省下辖的一个地级市。又称鲤城（市区地图似鲤鱼）、刺桐城（古时据说遍布刺桐树）、温陵，地处福建东南部，与台湾隔海相望，古"海上丝绸之路"的起点，是国务院第一批公布的 24 个历史文化名城之一，古代有"海滨邹鲁"的美誉。邹鲁，是对文化昌盛之地的代指。

②街巷深处繁花簇：四月的泉州，繁花似锦。老城区街巷深深，回首间，一树木棉，一树刺桐，朵朵鲜红让你惊喜不已。刺桐花，泉州的市花。

踏莎行·郴州印象

才下飞机，又登城际，瞬间已见郴州骊。苏仙岭上仰先贤，昔时旅舍桃源绿。　　满目风光，潇湘崛起，斜阳暮里皆工地。郴江依旧绕郴山，鱼衔尺素传诗意。

【注】

① 2010 年 6 月，作者到郴州参加深圳改革发展研究院为郴州研究制定的战略发展规划评审，期间到苏仙岭一游，访秦观所作《踏莎行·郴州旅舍》旧址，感悟中遂作。

② 郴州：郴州市位于湖南省东南部，地处南岭山脉与罗霄山脉交错、长江水系与珠江水系分流的地带。"北瞻衡岳之秀，南直五岭之冲"，自古以来为中原通往华南沿海的咽喉。

③ 城际：指湖南省城际快铁。近年赖湖南城市群一体化提速，城际铁路建设成绩显著。

④ 苏仙岭：苏仙岭是湖南省人民政府首批公布省级风景名胜区之一，自古享有"天下第十八福地""湘南胜地"的美称。苏仙岭因苏仙神奇美丽的传说而驰名海内外，岭上有白鹿洞、升仙石、望母松等"仙"迹，自然山水风光久负盛名。由秦少游作词、苏东坡作跋、米芾书写的《踏莎行·郴州旅舍》被镌刻在苏仙岭的岩壁上，史称"三绝碑"。

⑤ 郴江依旧绕郴山，鱼衔尺素传诗意：秦观《踏莎行·郴州旅舍》有句："驿寄梅花，鱼传尺素，砌成此恨无重数。郴江本自绕郴山，为谁流下潇湘去？"表达了秦少游对往昔生活的追忆和对今时困苦处境的痛审，他在幻想、希望与失望的感情挣扎中，面对眼前无言而各得其所的山水，悄然地获得了一种人生感悟——生活本身充满了各种解释，就像这绕着郴山的郴江，它也

是身不由自己地向北奔流向潇湘而去。作者眼前的景色与秦观所见无异，但心境不同，今日的郴州已不是当年蛮夷之地，一派欣欣向荣之景，"鱼衔尺素"传递的是如诗般心境。

醉花阴·郴州情韵

　　诗意丛丛情淌翠，洗礼郴州媚。南楚韵深深，天下福城，水绕青山醉。　　满园故事斜阳贵，千载风光汇。五岭敞心怀，正待磅礴，激荡东江沸。

【注】

①郴州：郴州市位于湖南省东南部，地处南岭山脉中段与罗霄山脉南段交汇地带。被国内外人士评为"粤港澳后花园""小广东""有色金属之乡""中国银都""天下第十八福地"等。

②满园故事斜阳贵：随着郴州的快速发展，使城市的斜阳显得特别美。秦观《踏莎行·郴州旅舍》有句："可堪孤馆闭春寒，杜鹃声里斜阳暮。"表达的是一种凄凉，而"满园故事斜阳贵"表达的是一种昂扬的情怀，郴州经济社会发展的成果让人倍感鼓舞。

③五岭：或称南岭，指大庾岭，骑田岭，都庞岭，萌渚岭，横亘在江西、湖南、两广之间。

④东江：指郴州著名旅游景点"湘南洞庭"东江湖、"中国生态第一漂"东江生态漂流。

浪淘沙令·唐山感怀

　　曾忆旧唐山，往事如烟，至今梦里亦潸然。楼阁亭台都不见，何处乡关？　　弹指送流年，换了人间。霓光异彩染江天。叠翠横斜流淌美，情意绵绵。

【注】

　　①曾忆旧唐山，往事如烟，至今梦里亦潸然：1976年7月28日凌晨3点42分，中国唐山市丰南一带发生里氏78级大地震。造成242769人死亡，435556人受伤。当时地震罹难场面惨烈到极点，至今回忆起当年场景，梦中仍潸然泪下。

　　②楼阁亭台都不见，何处乡关：唐山，一座上百万人口的工业城市，在一场没有预报的特大地震中被夷为废墟，多少人瞬间痛失亲人，失去家园。

醉翁操·重庆唱晚

　　灯城。长龙。金鹰。正飞腾。山中，沧桑宇水重楼峰。老屋檐瓦朦胧，观夜空，皓月照园庭。古道民居花醉丛。露香渐重，桥映垂虹。　　流光溢彩，才入干兰梦境。经颂慈云梵声，绿树芬芳荫浓，峰峦接繁星。悠然迎春风，黛墨染穹窿，喜观重庆更繁荣。

【注】

　　①干兰：亦作"干阑""干栏"。我国古代流行于长江流域

及其以南地区的一种原始形式的住宅，即用竖立的木桩构成底架，建成高出地面的一种房屋。今西南某些地区还继续使用。

②慈云：指重庆万州慈云寺。慈云寺原名慈云庵，位于重庆市万州西部，长江三峡风景区上游，毗邻太白岩，南邻乌龙池，依山傍水，绿树成荫，风景优美宜人。该寺始建于清咸丰元年（1851迄今150多年历史。

八声甘州·青岛感怀

望滔滔海浪涌诗情，溢满写青城。沿岸铺绿色，绵延数里，春意浓浓。岛上风光正美，处处画中行。大道领幽径，楼栋层层。　　潇洒飞舟天际，一览寰宇阔，诠释奔腾。雨后虹如练，横跨越长空。几番风、几番冷落，几番甜，无语史留名。崂山晓，群峰已见，浩瀚苍穹。

【注】

①青岛：青岛市地处山东半岛东南部，东南濒临黄海，东北与烟台市毗邻，西与潍坊市相连，西南与日照市接壤。"青岛"这个名称，原指小青岛（也叫琴岛），以岛上"山岩耸秀，林木蓊郁"而得名。

②岛上风光正美，处处画中行。大道领幽径，楼栋层层：青岛的滨海风景区修建了全长369千米的滨海步行道，将全市主要旅游景点串联在一起，形成一条独具特色的海滨风景画廊。城市中新建的马路和幽静小路交织，颇具年代感的欧式建筑和一座座拔地而起的新楼房，共同折射出这座城市的新面貌。

③崂山：古代又曾称牢山、劳山、鳌山等，史书各有解释，说法不一。它是山东半岛的主要山脉，崂山的主峰名为"巨峰"，

又称"崂顶"，海拔11327米，是我国海岸线第一高峰，有着海上"第一名山"之称。它耸立在黄海之滨，高大雄伟。山海相连，山光海色是崂山的风景特点。

踏莎行·北戴河夜色

夜幕轻播，流星雨落，潇潇海浪沙滩过。秦皇岛外有遗篇，千年阅览诗书册。　　岁月如河，江山锦瑟，天河望断星舟错。燕山幸自伴雄关，涛声依旧吟辽阔。

【注】

① 2010年7月11日作于秦皇岛北戴河。

①北戴河：北戴河海滨地处河北省秦皇岛市中心的西部。是秦皇岛的城市区之一。受海洋气候的影响，夏无酷暑，气候宜人，二十里长、曲折平坦的沙质海滩，沙软潮平，背靠树木葱郁的联峰山，自然环境优美。

②秦皇岛外有遗篇，千年阅览诗书册：毛泽东《浪淘沙·北戴河》有句："往事越千年，魏武挥鞭，东临碣石有遗篇"。"遗篇"指建安十二年（207）曹操东征乌桓（古代部族名），经过北戴河碣石山时写下《观沧海》。

③燕山幸自伴雄关：燕山，位于中国河北平原北侧，由潮白河谷到山海关，大致呈东西向，长300多千米。雄关，指山海关，历来号称"天下第一关"，北依燕山山脉，故称"燕山幸自伴雄关"。

七律·中南海感悟

和风飞雨漾春波，紫光怀仁绘山河。

喜鹊登枝唱新曲，赤子漫步思如梭。

荣辱不惊长行路，碧波涟漪写婀娜。

复归于朴上善水，光而不耀君子德。

【注】

①中南海：中海和南海的合称，位于故宫西侧。中南海的"海"是蒙古语"海子"的简称，是水域的意思，因为地处北京中南方位，故称为中南海，此名始于元代，一直沿用至今。1949 年后，中南海成为中共中央和国务院的驻地和部分国家领导人居住的地方，成了中华人民共和国高层决策地的代称。

②紫光怀仁：紫光阁位于中海西北岸，位于中海西岸北部，阁高两层，面阔七间，单檐庑殿顶，黄剪边绿琉璃瓦，前有五间卷棚歇山顶抱厦。1949 年后改建为国事活动场所。怀仁堂位于丰泽园东北，原为仪銮殿旧址。袁世凯称帝前改名怀仁堂，用于办公。1949 年中华人民共和国成立后，拆除原建筑，修建中式屋顶的两层楼房。中共中央和国务院在这里举行过若干重大会议。

③喜鹊登枝：中国传统吉祥图案。相信鹊能报喜的观念，早在两千多年前便已经在民间流行，画鹊兆喜的风俗大为流行。

④复归于朴：《道德经》云："为天下谷，常德乃足，复归于朴。"做到常德不离、常德不差、常德充足；则强者自弱、显者自败、荣者自失；我安然以处不争而自得，非不争也。

⑤上善水：《老子》云："上善若水，水善利万物而不争。"意思是说，最高境界的善行就像水的品性一样，泽被万物而不争名利。为政若如此，善于精简处理，把握时机，发挥所长，也就能把国家治理好。

⑥光而不耀:《道德经》:"是以圣人,方而不割,廉而不刿,直而不肆,光而不耀"。这也就是讲韬光养晦的道理,不仅不向人炫耀,而且要主动地、自觉地收敛自己的光辉,不使耀人眼目。

⑦这首诗是作者数年在中南海工作的感悟,表达了作者对在中南海工作人员勤政爱民、夙夜在公、荣辱不惊等品质的赞美之情。

满江红·文话山东

　　文话山东,五岳崇、泰山登顶。众山小、松涛浩荡,溪流穿纵。千万舟帆藏韵动,海滨绿重荫浓共。看仙境、海市蜃楼中,谁人梦?　　民风耿,侠义重。泉水旺,文风盛。孔孟墨管仲,孙子兵用。浩瀚无垠书画卷,波澜卷起思想颂。待中华、伟大复兴时,辉煌映。

【注】

①文话:原意指评论文章做法的著作,此处指评论和介绍,引出后文。

②五岳崇,泰山登顶:泰山为五岳之尊。泰山,又名岱宗,《五经通义》云:"宗,长也,言为群岳之长",又被称为"五岳之长""五岳独宗"、"五岳独尊"。

③众山小:语出杜甫《望岳》中的"会当凌绝顶,一览众山小"。

④松涛浩荡:泰山上多植松树,故有松涛之景。其中注明的"对松山",也叫"万松山",双峰对峙,万松叠翠,下临千仞深渊,上蔽千年古松,乱云飞渡,观松听涛,景味异常,乾隆曾称之为:"岱岳最佳处。"

⑤海市蜃楼：平静的海面、大江江面、湖面、雪原、沙漠或戈壁等地方，偶尔会在空中出现高大楼台、城郭、树木等幻景，称海市蜃楼。我国山东蓬莱海面上常出现这种幻景，古人归因于蛟龙之属的蜃，吐气而成楼台城郭，因而得名。

⑥孔孟墨管仲，孙子兵用：指山东地区的孔子、孟子、墨子等中国古代思想家，管仲、孙子等政治家，军事家。孔子为山东曲阜人，儒家学派创始人；孟子为山东邹城人，儒家学派重要人物；墨子则被学界普遍认为是鲁国人，即今山东滕州人，是墨家学派的开创者；管仲，为齐国上卿，即在山东境内，是当时著名的政治家；孙子为山东广饶人，是著名的军事思想家。

沁园春·河南

老墨庄周，孔子祖籍，炎黄故居。忆杜甫居易，豪朋雅客，朝代更替，数代王邑。遗址商城，汤殷故地，人类文明留印迹。龙门赞，叹少林白马，武艺称奇。　　清明上河旖旎。喜千绿、重重麦浪曲。看千红万紫，斗妍争奇，黄河万里，纵横如驹。千载追寻，中华崛起，梦中东京汴柳依。今日美，赞前程似锦，辉煌如霓。

【注】

①朝代更替，数代王邑：历史上，曾先后有数代王朝定都于河南。夏商两代王都皆在河南境内，夏朝开国帝王大禹即帝位后，都于阳翟，即今河南禹州；商代都城亦多在河南境内，考古学家至今已发现了偃师二里头、郑州商城、偃师商城和安阳殷墟四个都邑遗址；东周时期，平王迁都洛邑，亦即今河南洛阳一带。此后，

汉高祖定都洛阳，东汉光武帝中兴，乃至魏晋时期，北魏、后梁、后唐、后晋，相因沿袭，共计数百帝王，十余个王朝曾经定都河南境内。

②商城遗址，汤殷故地：即今安阳县，原为商（殷）代国都。殷墟遗址在今河南安阳小屯村及其周围。商代从盘庚到帝辛（纣王），在此建都达 273 年，是中国历史上可以肯定确切位置的最早的都城。殷墟并非一座简单的建筑物，而是一座都城——是一个国家的政治中心、经济中心、军事中心和文化礼仪中心，是一个王国的缩影。

③龙门：此句讲述河南的宗教艺术。龙门石窟是在洛阳市的佛教石窟群，开凿于山水相依的峭壁间。始凿于北魏孝文帝迁都洛阳之际，先后经历北魏、东魏、西魏、北齐、北周、隋、唐和北宋等朝，雕琢断断续续达 400 年之久。其中的佛教艺术造像继承了北魏的优秀传统，又汲取了汉民族的文化，创造了雄健生动而又纯朴自然的写实作风，达到了佛雕艺术的顶峰。

④少林白马：连同上句"龙门"，都叙述河南的宗教文化。少林寺，位于河南登封城西少室山，以少林武术著称，少林功夫是中国武术中体系最庞大的门派，因以禅入武，习武修禅，又有"武术禅"之称。白马寺，古称金刚崖寺，建于东汉明帝永平十一年（公元 68），距今已有近 2000 年的历史，号称"中国第一古刹"，是佛教传入中国后第一所官办寺院。

⑤武艺传奇：此句有三层意思，一指龙门石窟、少林寺、白马寺均为劳动人民所创造的文化奇迹；二指少林寺文明的武术文化；三指河南作为文化大省近年来涌现出的诸如《风中少林》等文化精品。

⑥清明上河旖旎：清明上河指《清明上河图》，宋张择端绘，表现了京都汴梁（今河南开封）的繁华景象，生动描绘了当时城市生活的面貌。此句由古入今，指《清明上河图》中所画之景致固然繁华，现在河南的新面貌却更加旖旎。

⑦喜千绿、重重麦浪曲：河南为小麦生产大省，产量居全国第一。此处化用毛泽东诗句"喜看稻菽千重浪"，描绘农忙时节麦浪翻腾，一望无际的美景。

⑧汴柳：汴，开封市简称。贾岛《送沈秀才下第东归》诗："浙云近吴见，汴柳接楚垂。"

临江仙·江西

一山飞峙大江隈，滕王阁文咏味。鄱阳湖聚九河水，一泻入长江，万流惹人醉。　　文人墨客幸荟萃，高山流水争辉。巍峨井冈叹雄伟。中部庆崛起，赣地迎腾飞。

【注】

①一山飞峙大江隈：比喻庐山、三清山矗立江边之状。隈：山水弯曲隐蔽处。此处化用毛泽东诗《七律·登庐山》首句"一山飞峙大江边"。开篇横空一个"飞"字，气势磅礴，描绘庐山巍峨耸立在大江之滨，依然保持一种凌空欲飞的雄姿，让人体味到那由运动造成的动态美，可谓神采飞扬。而以"大江"与"飞峙"的高山相映衬，令山的雄姿更加鲜明突出。

②滕王阁文：指唐王勃写的《滕王阁序》。滕王阁在今江西省南昌市。文中铺叙滕王阁一带形势景色，有"豫章故郡，洪都新府。星分翼轸，地接衡庐。襟三江而带五湖，控蛮荆而引瓯越"之句，其中豫章、洪都即南昌古称，衡指衡阳，庐指庐山，三江五湖，则泛指长江中下游江湖水系。借以突出江西位居中部，沟通其余诸省的重要地理位置。

③鄱阳湖聚九河水：鄱阳湖在江西省北部，汇集赣江、修水

等九条河流，经湖口注入长江。"九河"，又称九江，《晋太康地记》记载，九江源于"刘歆以为湖汉九水入彭蠡泽也"，指汇入鄱阳湖的九条河流：赣江水、鄱水、余水、修水、淦水、盱水、蜀水、南水、彭水。此处喻指江西海纳百川的博大胸怀。

④一泻入长江，万流惹人醉：长江流经九江水域境内，与鄱阳湖和赣、鄂、皖三省毗连的河流汇集，百川归海，水势浩渺，江面壮阔。此处不仅写鄱阳湖水进入长江，更指江西借中部崛起之势展开胸怀，通过开放走向全世界，如万流奔腾般呈现多姿多彩的景致情味。

⑤高山流水：指典雅高妙的音乐。《高山流水》，为中国十大古曲之一。传说先秦的琴师俞伯牙一次在郊野弹琴，樵夫钟子期竟能领会这是描绘"巍巍乎高山"和"汤汤乎流水"。伯牙惊道："善哉，子之心而与吾心同。"子期死后，伯牙痛失知音，摔琴绝弦，终身不弹，故有高山流水之曲以喻知音。

水调歌头·江西婺源

　　大樟风光美，三清翠竹丰。千年古镇婺源，画意染丹青。黛瓦粉墙错落，石板弯弯斜径，两岸醉江灯。村外水环绕，浅唱送轻风。　　驿道静，野菊众，绿荫浓。诗情荡漾，漫步疑是宋元明。小桥人家流水，厚重徽商底蕴，世代有传承。老屋正晒秋，枫叶已飞红。

【注】

①婺源：婺源县位于江西省东北部与皖、浙交界处，素有"书乡"、"茶乡"之称，是全国著名的文化与生态旅游县，被外界

誉为"中国最美的乡村"。

②大樟：指婺源的大樟山。

③三清：指婺源的三清山，山中多竹林。

④千年古镇婺源：婺源建县的历史大约有1200多年。

⑤黛瓦粉墙错落，石板青青斜径，两岸醉江灯：婺源古村的景色，村中古建民宅粉墙黛瓦错落有致，村内街巷溪水贯通，青石板道纵横交错，小溪两岸均为人家。

⑥村外水环绕：语出古诗"古树高低屋，斜阳远近山，林梢烟似带，村外水如环"。

⑦漫步疑是宋元明：指婺源古村中建于宋元明时代的古宅保存完好，移步其中，宛如当时。

水调歌头·湖南

举目洞庭丽，放眼芙蓉霓。三湘四水汇聚，物华天宝觅。屈子湘江天怨，润芝九州问地，侠义壮怀依。浩浩长河去，荡荡不归西！　　时光逝，江山易，史传奇。岳阳楼记，难忘忧国忧民曲。鲁肃习兵谁知？但晓名篇佳句，惟楚有才兮。岳麓书院在，凤凰翱翔起。

【注】

①天宝：典出唐王勃《滕王阁序》"物华天宝"句。天宝指天生的珍异，用以喻指湖南一省在文化方面得天独厚，人杰地灵的状态。

②屈子湘江天怨：指屈原所作《天问》。湖南古为楚地，屈原《楚辞》为中国古代浪漫主义的滥觞。《天问》更是一篇充满强烈的

理性探索精神和深沉的文学情思的经典诗作，体现了作者的忧国
情怀。

③润芝九州问地：指毛泽东1925年所作《沁园春·长沙》中"怅
寥廓，问苍茫大地，谁主沉浮"句。润之，即毛泽东字。毛泽东
和屈原皆是湖南人，一脉传承忧国忧民的侠义之情。

④浩浩长河去：语出屈原《九章·怀沙》中句"浩浩沅湘，
分流汩兮"。

⑤鲁肃习兵谁知，但晓名篇佳句：指岳阳楼最初的用途鲜有
人知道，但因此楼而留下的名篇佳句却千古流传。鲁肃习兵：三
国时期鲁肃为检阅水兵操练，依水修筑了阅军楼，即岳阳楼之前
身。与岳阳楼相关的名句有："气蒸云梦泽，波撼岳阳城""先
天下之忧而忧，后天下之乐而乐""水天一色，风月无边"等。

⑥惟楚有才兮：引自岳麓书院门首楹联"惟楚有才，于斯为
盛"。

苏幕遮·雨中皖南

缠绵雨，新柳绿，雨中江南，飘忽写春意。
黛瓦粉墙马头曲，岁月斑驳，时光洇墨迹。　　油
菜黄，花香语，桃红梨白，掩映古民居。画里乡
村风光丽，尽褪浮华，人水两相依。

【注】
①皖南：安徽省长江以南的城市，包括安徽省的芜湖、宣城、
马鞍山、铜陵、池州、黄山六市。
②黛瓦粉墙马头曲：描写江南水乡民居建筑风格。江南水乡
民居在单体上以木构一、二层厅堂式的住宅为多，为适应江南的

气候特点，住宅布局多穿堂、天井、院落。构造为瓦顶、空斗墙、观音兜山脊或马头墙，形成高低错落、粉墙黛瓦、庭院深邃的建筑群体风貌。

③油菜黄，花香语。桃红梨白，掩映古民居：皖南春景，在如镜天空之下，金黄的油菜、红艳的桃花和白色的梨花，掩映着粉墙黛瓦的古民宅。

满江红·山西

太行之西，长河聚、奔腾追忆。尧舜禹、三皇五帝，平阳安邑。古老城池唐宋曲，秦皇嬴政汉武帝。问枭雄、秋风辞何在？星斗易。　　云岗留，晋商义。吕梁传，平型役。赞英雄代有，传奇天地。豪客雅朋阑珊处，名山古刹壶口丽。待山西、再造辉煌时，春雷起。

【注】

①太行之西：山西，因地处太行之西而得名。

②尧舜禹：上古传说中的三个帝王。尧起自山西太行山中，定都于今太原一带，舜继承尧之位，而禹继承舜之位，主要活动均在山西境内。

③三皇五帝：中国古史传说中出现在夏朝之前的帝王。三皇指传说中上古三帝，其所指说法共有五种，但一般按《尚书》之说指伏羲、神农、黄帝。五帝也有五种所指，今也袭用《尚书》之说，指黄帝、颛顼、帝喾、尧、舜。

④平阳安邑：平阳，今山西临汾西南；安邑，今山西夏县北；"平阳""安邑"均为传说中夏的都城。《史记·封禅书》曰："夏

禹又都平阳，或在安邑，或在晋阳。"

⑤秦皇嬴政汉武帝：嬴政即秦始皇，中国第一个封建王朝——秦王朝的始皇帝；汉武帝名刘彻，他的雄才大略、文治武功使汉朝成为当时世界上最强大的国家。

⑥秋风辞：汉武帝泛舟汾河所作之诗，曰："秋风起兮白云飞，草木黄落兮雁南归。兰有秀兮菊有芳，怀佳人兮不能忘。泛楼船兮济汾河，横中流兮扬素波。箫鼓鸣兮发棹歌，欢乐极兮哀情多。少壮几时兮奈老何！"全诗清丽隽永，笔调流畅，以景物起兴，继写楼船中的歌舞盛宴的热闹场面，最后以感叹乐极生悲，人生易老，岁月流逝作结。此处用《秋风辞》之意，照应下句"星斗易"，以见历史盛衰流变，倏忽千年。

⑦星斗易：指时光荏苒。承上句《秋风辞》典故，点出岁月流逝的主旨，感叹文明更迭，千古帝王于今亦不知何处去。

⑧云岗：即云冈石窟，是国家重点保护文物，入选世界文化遗产，位于山西省大同市，有窟龛252个，造像51000余尊，代表了公元5世纪至6世纪中国杰出的佛教石窟艺术。

⑨晋商义：晋商，中国最著名的商帮之一，指明清500年间的山西商人。晋商的商业道德标准是"以义制利"，以"诚信"和"团结"取胜。因此作者在此说"晋商义"。

⑩吕梁传：指《吕梁英雄传》，描写抗日战争时期，晋绥边区人民组织民兵保家卫国的英雄事迹。

⑪平型役：即平型关大捷，是八路军出师华北抗日战场后首战大捷，也是全国抗战爆发以来中国军队的第一个大胜利，意义非凡。以上各句均指山西在中国古代和近代历史上创造的辉煌文明和作出的历史贡献。

⑫阑珊：衰减、零落、消沉、凋残之意。

⑬名山古刹壶口：名山，山西多名山，是全国唯一一个拥有五岳、五镇和四大佛教名山的省份。古刹，山西现存古代建筑，数量之多和历史、艺术价值之高都居全国之首，其中多为寺院。

壶口，中国黄河上的著名瀑布，位于山西省吉县西部南村坡下。黄河至此两岸石壁峭立，河口收束，狭如壶口，故名。

沁园春·广西

广西壮乡，韵律流淌，旖旎风光。看山峦如纵，群峰遥望，江河飘带，浓绿成行。耕种云边，水光浅绛，壮歌瑶舞苗绣娘。风雨梦，载千年岁月，笙动悠扬。　　海天一色苍茫，风帆过、堆雪纷扬。系东盟十国，友谊佳酿，田园锦绣，醉意芬芳。飞瀑流溅，诗情荡漾，灵渠连通两大江。春歌唱，赞奔腾万里，巨轮启航。

【注】

①韵律流淌：壮族以歌舞著称，有三月三歌节。此处突出广西民族歌舞兴盛之特点。

②风雨梦：这里意指风雨桥，流行于广西等地侗族独有的桥，又名花桥，由桥、塔、亭组成。全用木料筑成，桥面铺板，两旁设栏杆、长凳，桥顶盖瓦，形成长廊式走道。塔、亭建在石桥墩上，有多层，檐角飞翘，顶有宝葫芦等装饰。因行人过往能避风雨，故名。建造风雨桥现已成侗乡的一项公益事业。

③系东盟十国：广西壮族自治区首府南宁是东盟十国和中国团结合作的聚会地点。东盟十国，即东南亚国家联盟，包括文莱、柬埔寨、印度尼西亚、老挝、马来西亚、缅甸、菲律宾、新加坡、泰国、越南。

④灵渠连通两大江：指秦代在广西境内开凿的灵渠运河，沟通了长江和珠江两大水系。

沁园春·广西桂林

烟雨朦胧，墨染诗情，如雾似风。见百里江曲，蜿蜒山纵，绿色绸带，柔美轻盈。羽沙飘然，群峰灵动，桂林山水天下名。挥洒处，系两江四水，景色交融。　　九马壁上嘶鸣。沿江岸、凤尾竹呢哝。叹山水相映，梦中仙境，一轴画卷，百幅民情。阳朔西街，摩肩擦踵，酒绿灯红彻夜明。轻风里，恋赶圩少女，倩影花丛。

【注】

①两江四水："两江四湖"工程，连接漓江、桃花江、沟通榕湖、杉湖、桂湖、木龙湖构成环城水系，引水入湖，这一环城水系可以说是桂林城区的灵魂。绸缎似的江，翡翠般的湖，给中外游客的感受是，舟行碧波上，人在画中游。

②九马壁上嘶鸣：九马画山。桂林漓江著名的景观之一，它五峰连属，东南北三面环山，西面削壁临江，高宽百余米的石壁上，青绿黄白，众彩纷呈，浓淡相间，斑驳有致，宛如一幅神骏图。清代诗人徐弓赞道："自古山如画，如今画似山。马图呈九首，奇物在人间"。

③阳朔：阳朔县位于广西壮族自治区东北部，桂林市区东南面，隶属广西桂林市，位于漓江西岸，风景秀丽。"桂林山水甲天下，阳朔堪称甲桂林"，高度概括了阳朔的自然风光在世界上所占有的重要位置。

④赶圩：即赶集。客家人叫赴圩。在客家人的口语中，把约定俗成的集市交易称为"圩日"，人们到集市上交易、办事，就叫赴圩。

南乡子·醉望风光

宝岛是何方？疑见相知在故乡。醉望风光泼墨染，浓妆。恰似江河九曲肠。　　阿里山如凰，日月潭清水意长。横卧峰峦穿南北，何妨？俯瞰无垠太平洋。

【注】

①九曲肠：喻无限的忧思。《再生缘》第七二回有句："恨无彩凤双飞翼，空有羝羊九曲肠。"

②横卧峰峦穿南北：台湾岛多山，高山和丘陵面积占全部面积的三分之二以上。台湾岛有五大山脉、四大平原、三大盆地，分别是中央山脉、雪山山脉、玉山山脉、阿里山山脉和台东山脉，宜兰平原、嘉南平原、屏东平原和台东纵谷平原，台北盆地、台中盆地和埔里盆地。其中中央山脉纵贯南北。

③ 2009 年 10 月 28 日，从北京到台湾台北参加海峡两岸旅游展览会，到达台湾当晚所作。

诉衷情·待归舟

孤悬海外寄乡愁，宝岛泪曾流。浅湾浩叹多载，梦里鬓先秋。　　游子诉，痴心幽，待归舟。此情如染，岁月沉沉，往事悠悠。

【注】

①浅湾浩叹多载：浩叹，深深感慨。意为深叹台湾和祖国仅隔着一湾浅浅的海峡，却多年分离，诗人余光中《乡愁》有句："乡

愁是一湾浅浅的海峡，我在这头，大陆在那头"。亦表达了同样的慨叹。

②鬓先秋：语出南宋陆游《诉衷情》："胡未灭，鬓先秋，泪空流。"表达祖国未统一，功业未成，回首人生却流年暗度，两鬓已苍。

忆江南·于台湾东海岸思念故乡（二首）

（一）

凝眸望，谁晓我柔肠？东海岸边涛送暖，京城大雪已遮窗，能不念家乡？

（二）

风催浪，卷起韵成章。昨日绵绵播春雨，今天漫漫漾秋香。两岸共芬芳。

【注】

①东海岸：台湾岛东临太平洋，东部沿海岸峻水深。

②凭窗望，谁晓我柔肠：柔曲的心肠。喻指缠绵的情意。宋柳永《清平乐》词有句："翠减红稀莺似懒，特地柔肠欲断。"此处指作者凭窗想念故乡的情意。

③京城大雪已遮窗：作者写这首词的当日，北京城正飘洒着2009年冬日第一场雪。

水调歌头·南京

夫子庙民情，故国已朦胧。夕阳晚露霞沐，
润物细无声。墙上青藤缠绕，岁月沧桑厚重，梧
桐雨飘零。细腻蕴豪放，稳健亦轻盈。　　六朝
郡，中山墓，校园行。晨曦缕缕，读书声润朗如
铃。志士仁人无数，挥洒英雄梦境，青史有罡风。
立体画中韵，故事更好听。

【注】

①夫子庙：始建于东晋成帝司马衍咸康三年，当年只有学宫，
并未建孔庙。孔庙是宋仁宗景佑元年就东晋学宫扩建而成的，因
为祭奉的是孔夫子，故又称夫子庙。在学宫的前面建孔庙，目的
是在于希望士子遵循先圣先贤之道，接受封建教化。夫子庙不仅
是明清时期南京的文教中心，同时也是居东南各省之冠的文教建
筑群。

②梧桐雨飘零：南京行道树为梧桐，绿荫蔽日，清新宜人。

③六朝郡：南京先后有吴、东晋、宋、齐、梁、陈定都，合
称六朝，故南京被称为六朝古都。今南京图书馆保留有六朝建康
城遗址。六朝建康城为当时世界上最大的城市，人口达百万。经
济发达，文化繁盛，在江南保存了华夏文化之正朔。

④中山墓：中山陵位于南京城外，是中国近代伟大的政治家、
伟大的革命先行者孙中山先生的陵墓及其附属纪念建筑群。中山
陵依山而筑，坐北朝南，西邻明孝陵，东毗灵谷寺，岗峦前列，
屏障后峙，气势磅礴，雄伟壮观。墓地全局呈"警钟"形图案，
其中祭堂为仿宫殿式的建筑，建有三道拱门，门楣上刻有"民族，
民权，民生"横额。祭堂内放置孙中山先生大理石坐像，壁上刻
有孙中山先生手书《建国大纲》全文。

沁园春·苏州

姑苏风光，人间天堂，水墨染妆。观太湖神韵，心魂激荡，烟波如黛，细雨纷扬。待嫁新娘，霓裳频换，万般妩媚映春光。轻风渺，觅横笛飞处，晚唱悠扬。　　古村古宅古巷，通幽处、起伏见桥梁。牵寒山客船，阊门周庄，粉墙黛瓦，家枕河上。一堤杨柳，十里荷香，七十二峰拥城坊。太湖美，看姑苏盛景，再现辉煌。

【注】

①待嫁新娘，频换霓裳，万般妩媚映春光：作者游览太湖时，恰巧见到一对新人在太湖畔拍摄婚纱照，那位新娘的妩媚与湖光春色直有交相辉映之美。

②寒山客船：唐张继《枫桥夜泊》有句："姑苏城外寒山寺，夜半钟声到客船。"讲的就是苏州寒山寺、枫桥一带的景致。

③周庄：周庄位于苏州城东南，昆山的西南处，古称贞丰里。周庄镇为泽国，因河成街，呈现一派古朴、明洁的幽静，是江南典型的"小桥、流水、人家"，虽历经900多年的沧桑，仍完整地保存着原有的水乡古镇的风貌和格局，宛如一颗镶嵌在淀山湖畔的明珠。

④七十二峰：太湖中大小岛屿48个，连同沿湖的山峰和半岛，号称"七十二峰"。其中以洞庭东山、西山、马迹山、三山、鼋头渚为最著名者，组成一幅山外有山，湖中有湖，山峦连绵，层次重叠的壮丽天然图画。

御街行·楚韵汉风悟邳州

　　小城旧日辉煌梦，楚韵重、汉风盛。亭台楼阁蕴诗情，黛瓦墙内静。水杉荫浓，绿丛掩映，金黄染银杏。　　追寻汴水泗水境，却只见、天地动。繁花香渐醉朦胧，骆马运河奔涌。山川阡陌，故国犹在，再与英雄共。

【注】

①楚韵汉风：历史上邳州是兵家必争之地，著名的楚汉之争即发生于此地。

②邳州：邳州位于江苏省北部，别称良城，古称邳国、下邳，民国元年1912始称邳县。1992年10月撤县设邳州市。这座现代化新兴城市东临亚欧大陆桥东桥头堡连云港，西依历史文化名城徐州，位于江苏省确定的徐连都市圈的中心，地理位置极为优越。

③水杉：世界上珍稀的孑遗植物，有"活化石"之称。在中生代白垩纪，地球上已出现水杉类植物。约发展在250万年前的冰期以后，这类植物几乎全部绝迹，仅存水杉一种。

④汴水泗水：汴水，即汴河。发源于荥阳大周山洛口，经中牟北五里的官渡，从"利泽水门"和"大通水门"流入里城，横贯今之后河街、州桥街、袁宅街、胭脂河街一带，折而东南经"上善水门"流出外城。过陈留、杞县，与泗水、淮河汇集。泗水是位于中国山东省的一条河流，发源于山东省蒙山南麓，经泗水县、曲阜市及兖州市注入南阳湖。泗水在古代是淮河的一大支流，曾汇集反水、睢水、潼水、沂水等诸多河流，经今鱼台县、沛县、徐州市、宿迁市及泗阳县，在泗口注入淮河。泗水在历史上曾经长期是联系中原与江淮地区的交通孔道，开发甚早。

浪淘沙令·厦门鼓浪屿

曼妙琴声飘，古浪屿娇，温柔清澈鹭江悄。
凤凰枝头花似火，别样妖娆。　　起伏山坡道，
万国建筑，多姿多彩亦如雕。浩瀚涛涌诗意漾，
雪浪滔滔。

【注】

①鼓浪屿：位于厦门岛西南隅，与厦门市隔海相望，与厦门岛只隔一条宽600米的鹭江。原名圆沙洲、圆洲仔，因海西南有海蚀洞受浪潮冲击，声如擂鼓，故而得名。

②琴声：鼓浪屿是音乐的沃土，人才辈出，钢琴拥有密度为全国之冠，故得名"钢琴之岛""音乐之乡"。

③鹭江：位于鼓浪屿与厦门岛之间的海域，宽600米。由于海面上常有很多美丽优雅的白鹭盘旋飞翔，故称之为鹭江。

④万国建筑：鼓浪屿上，因历史原因而使得中外风格各异的建筑物被完好地汇集、保留，故有"万国建筑博览"之称。

百字令·黄土高坡

情到深处，看跌宕起伏，激荡炽热。一度一
年开怀乐，擂响战鼓放歌。春日播种，秋天收获，
满山牛羊坡。杜鹃染红，荞麦花开婆娑。　　岩
鹰高原飞过，艳阳高照，岁月如长河。饱满额头
泥土色，亘古不变如昨。蜿蜒山坳，祖先皱纹，
九曲黄河刻。古老执着，思想疆域辽阔。

【注】

①黄土高坡：即指位于中国北方的黄土高原。黄土高原为地形名词，民间为了显示其高，口头上多称"黄土高坡"。它东起太行山，西至乌鞘岭，南连秦岭，北抵长城，面积40万平方千米，为世界最大的黄土堆积区。

②一度一年开怀乐：指黄土高原上一年一度的丰收景况。

③擂响战鼓：黄土高原地带流行"三鼓"，即胸鼓、腰鼓、鳖鼓。三鼓艺术刚健有力，自然大方，欢快流畅，有刚有柔，刚柔相济，粗犷、雄浑、动力十足的风格正与当地自然环境、地理风貌、民风民情等浑然一体、不可分离。此处以击鼓艺术比拟战鼓，暗喻黄土高原上的人们坚忍不拔，顽强奋斗的精神面貌。

④杜鹃染红：杜鹃花，又名映山红，因春季开放时满山鲜艳而得名。又被誉为"花中西施"。杜鹃花象征人们对生活热烈美好的感情，也象征国家的繁荣富强和人民的幸福生活。

⑤荞麦：又称为三角麦、乌麦。荞麦在肥沃土壤上较其他粮食作物产量低，但特别适应于干旱丘陵和凉爽的气候，黄土高原多有栽种。

⑥岩鹰：栖息于高山的猛禽。

⑦九曲黄河：化自唐刘禹锡诗句"九曲黄河万里沙"。古时称黄河有九曲十八弯，是由于藏族人民根据黄河上游的地形、景观等，将上游诸河段取了更有特色的名称，如卡日曲、约古宗列曲、扎曲、玛曲、河曲、九曲等，故而得名。现在，所谓九曲十八弯只是一种概数的说法，来形容河套平原上黄河的曲折性。

望海潮·自贡灯会

神牵心挂，蜀川诗画，乡情灿若蒹葭。夜幕冰轮，调浓底色，织成一片奇葩。参差美作答。熠熠光如海，瀑布流沙。溢彩华章，大唐楼阁，入天涯。　凤凰涅槃时佳。见五色长亭，火树银花。吹落众星，水中闪烁，催生梦想诗札。憧憬唤人家。春意阑珊处，形胜风发。代代雕琢向往，倾泻颂中华。

声声慢·张居正故居

生前伟岸，死后凄凉，披肝沥胆跌宕。满院昔时痕迹，帝王良相。修身养性蓄志，太子师、万人之上。捧日月，戴星辰、一任雨急风涨。　辅政十年国旺，仓廪赋、可惜不思开创。天妒英才，尽瘁又能怎样？抬头匾额亦在，但茶凉、万历气象。不复返、惟剩绿苔古巷。

【注】

2018年6月18日，作者受邀参加在湖北荆州举办的首届中国诗人节。期间，参观了一代名相明代张居正故居，有感而作。

拂霓裳·琅勃拉邦清晨一瞥

米香浓，袈裟橘色且雍容。天破晓、布施端
坐满街庭。鱼贯而入刻，古城上寮风。寺墙红。
绕行僧、千载诵经声。　　湄公河畔，小镇静、
绿葱茏。佛塔耸、自然交替月朦胧。匍匐温润淌，
故事在其中。跨时空。在佛国、景象亦曾经。

【注】

作于2018年，于老挝琅勃拉邦。

七律·丽江古城

小城古巷纵横织，细雨飘零入梦湿。
八百年前昔木府，一千载后旧街石。
轮回岁月轮回客，流转时光流转诗。
多少风光多少梦，玉龙雪岭亦如痴。

【注】

①作于2018年7月作于丽江古城，作者休假在此小住几日，
第一次带孙儿出京休假，在古城一览，有感而作。过去作者虽然
曾多次到云南调研，但难得有闲游丽江古城。

②八百年前昔木府：木府（英语：MuFuMansion）是丽江木
氏土司衙门的俗称，位于丽江古城狮子山下，是丽江古城文化之
"大观园"。整个建筑群坐西向东，是一座辉煌的建筑艺术之苑。

纳西族人原来没有汉族的姓氏，朱元璋建立明王朝后，远在
滇西北丽江纳西族土司阿甲阿得审时度势，于有闲1382年"率

众归顺"，举人臣之礼，此举大获朱元璋赏识，朱将自己的姓去掉一撇和一横，钦赐其"木"姓，从此纳西传统的父子连名制得以改成汉姓名字。

"北有故宫，南有木府"，木府是一座辉煌的建筑艺术之苑，它充分反映了明代中原建筑的风采气质，同时保留了唐宋中原建筑古朴粗犷的流风余韵，而其坐西朝东，府内玉沟纵横，活水长流的布局，则又见纳西族传统文化之精神。丽江旅游有一句话："不到木府，等于不到丽江"。

③一千年后旧街石：街巷四通八达，街面彩石铺地，穿行其间，如游身于伏羲八卦阵中。

拂霓裳·仰光大金寺

染金光，一湖涟漪自三江。晨曦里、太阳初照塔成行。蔽日菩提树，古榕种荫凉。草花香。诵经人、无色亦无殇。　　风铃悦耳，摇岁月、挂长廊。天湛湛、淡云柔弱绕佛肠。赤足合掌拜，一任就沧桑。向何方？待明夕，雨后彩虹长。

【注】

作于 2018 年，于缅甸仰光。

五律·登高望远

人生行万里，应有大胸襟。
遇事登高望，逢危俯瞰吟。
难从难外拓，苦向苦中寻。
寒暑何能祛，凭风驾驭春。

蝶恋花·返璞归真

面海靠山蓝绿驻，画卷铺开，水墨丹青赋。大美自然娇颜妒，深藏景色应无数。　　昨日不知何为贵，城市喧嚣，燕子双飞去。返璞归真花竟语，斜光晚照禅修渡。

一剪梅·天山脚下雪中村

村落洁白老树痴。孤寂何妨，转瞬新枝。河中流水亦冰封，冷冻喧嚣，参透得失。　　几户人家几处诗。袅袅炊烟，细雪飞丝。耕牛等待春播时，愈是寒冬愈相知。

青玉案·天山南坡踏雪

　　驱车绕岭天山侧，雪飘落，洁白色。一片茫茫无阡陌，南坡古树，影叠根握，笑问何方客。　　谁人远道书魂魄，寻觅晶莹心舍？蓝绿红黄游者至，渐行渐远，凡尘洗净，岁月穿行过。

桂枝香·流光里的古城

　　青石板上，嵌历史足音，时光磨亮。细雨纷飞时刻，打湿街巷。悄然浸润庭前树，小城深、瓦当惆怅。风雕霜洗，花窗已旧，故人何样？　　桥下水、如烟印象。忆昨日舟船，百家生相。列肆丛生，多少喜忧悲怆？年年岁岁皆如是，瞬间无、过客来往。春秋交替，清流夜枕，将心安放。

鹊桥仙·衢州黄坛口

丙申年十一月十三日，在浙江衢州调研。这里是针圣故里，这里是钱塘江源头。黄坛口水库是源头的蓄水池。这一湾净水达到超一类地表水的纯净度，置身之上，仿佛泛舟人间仙境，分外难得。

一泓净水，黄坛口汇，流向钱塘已醉。大潮起落自源头，岭深处、乡情最美。　　采摘日月，云端南北，傍晚时分妩媚。山中古木绿如屏，大朴贵、孕育繁华蕊。

五言排律·贵州荔波小七孔景观

世外桃源梦，漳江绕岭行。
卧龙潭吐翠，龟背山飞红。
古树枯藤老，清泉瀑布迎。
啾啾唱啼鸟，脉脉品清风。
美韵深闺里，纯情浅水中。
人随石错落，天籁化晶莹。

醉春风·贵州兴义印象

万马峰林策，夕阳随意抹，几湾碧玉绿婆娑。若、若、若。疑是天堂，梦里阡陌，画中景色。　　瀑布从天落，喷薄风唱和，敞开胸臆写婀娜。阔、阔、阔。大美希音，大情致远，大江飞拓。

鹧鸪天·几座碉楼

——四川阿坝桃坪羌寨

丁酉年早春二月，赴四川为讲学，随好友驱车阿坝参观桃坪羌寨这里的建筑固若金汤，历经 2000 多年而不摧，98 户人家建筑连成一体，顶部户户相连，水渠绕城似新疆吐鲁番地下管网，地下迷宫与小城形成神秘的色彩。古人先贤的智慧令人仰之，有感而记。

古道川西驿站亭，群山深处掩桃坪。似听旧日铃声响，千载民风千载情。　　杂谷脑、水清凌。嶙峋参差雾蒸腾。起伏错落沿石径，几座碉楼解码中。

鹊桥仙·固若金汤

——四川阿坝桃坪羌寨

丁酉年早春二月，赴四川讲学，随好友驱车阿坝参观桃坪羌寨。这里的建筑固若金汤，历经2000多年而不摧，98户人家建筑连成一体，顶部户户相连，水渠绕城似新疆吐鲁番地下管网，地下迷宫与小城形成神秘的色彩。古人先贤的智慧令人仰之，有感而记。

屏蔽锁山陲，扼守川西不可催。固若金汤连百户，溪回。一片深黄白云飞。　　风雨化春晖，古朴民风百岁谁？曲径通幽牵往事，桃梅。几处殷红竞芳菲。

念奴娇·大别山抒怀

时光凝固，向群峰环顾，大别山麓。楚韵汉风情切切，洗净长天帷幕。一草一石，一花一木，皆唱英雄赋。烽烟遍地，血染杜鹃成簇。　　月桂淡淡飘香，潺潺河水，几酹流觞吐。千古豪杰千古爱，哽咽轻弹如注。大朴无华，满腔热血，写就将军谱。无名无姓，嵌入思怀深处。

采桑子·悟

　　悟春春去梵音至，椰影脱俗，月色脱俗，物我皆空天地书。　　浩然不见生涯寞，参透如无，放下如无，海浪层叠禅意铺。

【注】

①悟春春去梵音至：梵音，佛教谓大梵天王所出的音声。亦指佛、菩萨的音声。

②物我皆空天地书：物我，彼此，外物与己身。皆空，都没有了，都是空虚。

③参透如无：参透，彻底领悟，识破，看透。

④放下如无：放下，心灵上的放下。

⑤海浪层叠禅意铺：禅意，犹禅心，指清空安宁的心。

桂枝香·心平天下平

2016 年 3 月 25 日下午，博鳌论坛年会举办以"心平天下平·同愿同行亚太梦"为主题的宗教分论坛。十一世班禅额尔德尼·确吉杰布、柬埔寨布格里僧王、香港净因法师同台，首次进行宗教领袖对话。十一世班禅说，2500 年前同时诞生了释迦牟尼佛、孔夫子和亚里士多德，佛教传承 2500 多年，独特之处在于净化心灵、让内心平和，最为重要的是善，要扬善抑恶，行一切善事，杜绝一切恶事。作者于现场聆听了这场对话，有感而作。

禅思慧语，汇精妙圆融，观照人性。暮鼓晨钟参悟，穿行梵境。心平天下平知否？善行之、芸芸生众。月明风朗，世缘虽浅，树下听梦。　超凡者、从容淡定。渡幽谷俗尘，佛智今用。五蕴皆空，宇宙万千生命。飞鸿流水年年至，又谁知、留下伤痛？瞬间澎湃，倏忽消逝，物择天竞。

【注】

"禅思慧语，汇精妙圆融，观照人性：十一世班禅说，每个人都是追求幸福快乐的，但内心若被无名所遮蔽、被贪嗔痴所侵蚀，那就会迷失方向……。如何避免全人类厄运？需要人类从心去调服。如果每个人都为慈悲、为善，认识到人类是命运共同体，努力修行调服好自己，影响周围的人，我想，家庭就可以和睦，社会就可以和谐，世界就可以和平。

蝶恋花·兄弟相知

遥远非洲异国调。总理访时，鼓乐齐鸣号。瓢泼大雨仍舞蹈，天涯何处无芳草？　　兄弟相知应亦早。山上会堂，上下医院道。种瓜得瓜真情晓，有情自有多情报。

【注】

①2002年8月朱镕基总理访问非洲四国：阿尔及利亚、摩洛哥、喀麦隆和南非。本词为作者随访喀麦隆时所作。

②喀麦隆：喀麦隆共和国，位于非洲中西部，南与赤道几内亚、加蓬、刚果接壤，东邻乍得、中非，西部与尼日利亚交界，北隔乍得湖与尼日尔相望，西南濒临几内亚湾。大致可分为5个自然区：西部山区、沿海森林平原、内陆森林高原、阿达马瓦高原、北部热带草原。1960年10月1日组成喀麦隆联邦共和国。比亚总统执政以来，对内实行民族复兴纲领，主张民主化和民族融合，经济上实行有领导的自由主义政策；对外奉行独立、不结盟和广泛国际合作政策。

③非洲：世界第二大洲，略小于亚洲，约占地球陆地总面积的1/5，位于东半球的西南部，地跨赤道南北。西濒大西洋，北为地中海，东临红海与印度洋，南部则为大西洋和印度洋汇流水域。大部分地区位于南北回归线之间，全年高温地区的面积广大，有"热带大陆"之称。地理上习惯分为北非、东非、西非、中非和南非五个地区。境内降水较少，矿物资源及动植物种类丰富。

④天涯何处无芳草：宋苏轼《蝶恋花》有句："枝上柳绵吹又少，天涯何处无芳草。"

⑤兄弟相知应亦早：晋陶渊明《答庞参军》有句有句："相知何必旧，倾盖定前言。"楚屈原《九歌·少司命》有句："悲

莫悲兮生别离，乐莫乐兮新相知。"皆表达了新相交知己的喜悦之情，此处强调了两国业已存在的友好关系。

⑥山上会堂、山下医院道：此处会堂指雅温得会议大厦，坐落在喀首都雅温得西部恩孔卡纳山上，由中国在70世纪70年代末和80年代初援建，为喀麦隆首都雅温得标志性建筑之一和中喀友谊的象征。同时中国援助项目雅温得妇儿医院也已成为中喀友好的典范之作。

⑦种瓜得瓜：《涅槃经》云："种瓜得瓜，种李得李。"比喻做了什么事，就会得到什么样的结果。

⑧有情自有多情报：中非友谊建立在相互尊重、相互理解、相互支持的基础上，中国人民对非洲人民的感情自然得到感情的回报。

蝶恋花·他乡故知

　　微露晨曦人行早。尚待出门，又闻歌声渺。载舞载歌对宾蹈，万端感慨知多少？　　彩绸搭起彩虹桥。共举鲜花，瞬间情意绕。欢乐大街友谊道，他乡"故知"已尽晓。

【注】

①他乡"故知"：李汝珍《镜花缘》第十回："邂逅相逢，真是'万里他乡遇故知'可谓三生有幸！"意为在远离家乡的地方碰到了亲朋好友，是使人高兴的事。

水调歌头·赏东京梦华

清明上河景，九阙宋风浓。可忆往事如梦，今夜竟朦胧。回首笙箫悠远，又见雕梁画栋，玉砌月光明。万国仰神圣，起舞望京城。　　彩灯烁，香暗动，对长亭。浅吟低唱，芳草何处不含情？细雨将息人静，汴京初灯共赏，水绕桥飞虹。历史知兴替，盛世醉繁星。

【注】

①清明上河：北宋开封的繁华盛景，除了文字记载外，最著名的就是《清明上河图》。它像一部纪录片，真实生动地展现了八百年前北宋东京的生活情景和社会风貌，成为后人研究北宋时各种社会风情和人文历史的珍贵史料。清明上河园即是按照图中布局，采用宋代营造法式，结合现代建筑方法，集中再现了原图的购物景观和民俗风情，从而对《清明上河图》复原再现的大型宋代历史文化主题公园。该园占地面积500余亩，其中水面150亩，拥有大小古船50余艘，各种宋式房屋400余间，形成了中原地区最大的气势磅礴的宋代古建筑群，整个景区内芳草如茵，古音萦绕，钟鼓阵阵，形成一派"丝柳欲拂面，鳞波映银帆，酒旗随风展，车轿绵如链"的栩栩如生的古风神韵。

②宋风：开封为北宋都城，城垣宏大，文化灿烂，古人曾有"琪树明霞五凤楼，夷门自古帝王州"的诗句。特别是北宋时期，开封作为都城东京，是中国政治、经济、军事、科技与文化中心，也是当时世界上最繁华的都市之一，气势雄伟，规模宏大，富丽辉煌。清明上河园复现北宋景致，将精心选择的北宋印象包含进去，更是把人们的思绪拉回千年前的繁华的北宋王朝。

③玉砌：如白玉堆砌。比喻白玉般的事物聚集一处，也形容

富丽的建筑物，指如白玉般的阶梯。南唐李煜《虞美人》有句："雕栏玉砌应犹在，只是朱颜改。"

④长亭：在中国古典诗歌里。长亭代指陆上的送别之所。古代驿站路上约隔十里设一长亭，五里设一短亭，供游人休息和送别。唐代李白《菩萨蛮》有句："何处是归程？长亭更短亭。"宋代柳永《雨霖铃》有句："寒蝉凄切，对长亭晚。"近代李叔同《送别》有句："长亭外，古道边，芳草碧连天。"

千秋岁·莫斯科高尔基艺术家画廊

何方油墨，染透金黄色？冬雪里，涂心舍。悠悠之岁月，随意成画作。红墙下，一棵大树街边客。　　宫阙相间处，几缕夕阳射。广场上，时光过。云烟成往事，不朽辉煌刻。停脚步，倾囊购买风情作。

【注】

①2014年8月10日下午，作者赴俄罗斯公务活动结束后与石泽、王璐一起漫步莫斯科高尔基艺术家画廊欣赏画作。作者被其中一位88岁老画家的画作吸引，画作是俄罗斯著名画家所作，听说我们来自中国北京，画家以800美元一幅将自己画作——"宫墙外克里姆林宫雪景"卖给了作者。

②作者老夫妇把画作从画廊搬到莫斯科河边，亲手从镜框里取下画作送给作者。

江城子·古巴哈瓦那

　　尘封琥珀美蝴蝶。旧情结，远方叠。老路新街，正伴夕阳斜。防浪堤边情侣过，如剪影，手相携。　　老车破旧物或缺？日刚别，有人歇。广告稀疏，直面斥威胁。腼腆新娘追梦想，蓝色海，已察觉。

【注】

①古巴哈瓦那：哈瓦那，是古巴政治、经济、文化和旅游中心，是西印度群岛中最大的城市和世界上最美丽的城市之一，有"加勒比海的明珠"之称。哈瓦那老城是建筑艺术的宝库，拥有各个时期不同风格的建筑，1982年被联合国教科文组织列为"人类文化遗产"之一。

②防浪堤边情侣过，如剪影，手相携：哈瓦那旧城位于哈瓦那湾西侧的一个半岛上，海边修建了绵延五千米的堤坝，这是哈瓦那有名的风情线。一对对情侣携手漫步，似夕阳之下的一张张剪影。

③广告稀疏，直面斥威胁：指哈瓦那市区竖起的巨大广告牌，上面印有斥责美国对古巴严厉制裁的内容。

④腼腆新娘追梦想：指作者在哈瓦那旧城的广场偶遇一对古巴新人的婚礼，花童为新娘托起长长的裙摆，新娘身着洁白的婚纱，寄托着对未来的美好希望。

七律·京都顾盼

渐放馨香漫步春，轻声唤醒雨梳云。

京都恍若长安座，古郡曾识盛唐文。

闲绕花枝柔弱水，低垂瀑布淡然村。

鸭川两岸霞光醉，陌上方知顾盼人。

【注】

①京都：日本一级行政区，京都府是日本关西地区的都道府县之一。

②京都恍若长安座，古郡飘然盛唐文：日本京都古建筑群是仿照唐朝风格建造的。京都这座"千年古都"有各种佛教寺庙1500多座，部分建筑已收入到世界遗产名录中。作者游览京都古建筑群，感觉如穿越了历史回到中国的盛唐时期，颇感亲切。

江城子·南非开普敦桌山

白云缠绕脚下飘。似轻纱，亦棉岛。顶上如磐，绿树又青草。俯首不见小城渺，观沧海，烟袅袅。　　但观异地风光娇。雾正浓，晴空俏。松鼠凝神，我心可知晓？漫步桌山云端道，遥祝愿，祖国好。

【注】

①南非：南非共和国，因地处非洲南部而得名。南非位于非洲大陆最南端，东、西、南三面濒临印度洋和大西洋，位于开普敦东南1920千米处大西洋上的爱德华王子岛及马里昂岛亦为南

非领土。北与纳米比亚、博茨瓦纳、津巴布韦、莫桑比克和斯威士兰接壤，另有"国中之国"莱索托。属于中等收入的发展中国家。是非洲经济最发达的国家，国内生产总值约占全非国内生产总值的五分之一。自然资源丰富，是世界五大矿产国之一。金融、法律体系比较完善，通信、交通、能源等基础设施良好。矿业、制造业、农业和服务业是经济四大支柱，深井采矿等技术居于世界领先地位。素有"彩虹之国"和"黄金宝石之国"之誉。

②开普敦：南非第二大城市，南非立法首都，西开普省省会，开普敦都会城区的组成部分。开普敦以其美丽的自然景观及码头而闻名于世，知名的地标有被誉为"上帝之餐桌"的桌山，以及印度洋和大西洋的交汇点——好望角。它位于好望角北端的狭长地带，濒大西洋特布尔湾。开普敦集欧洲和非洲人文、自然景观特色于一身，开普敦因此名列世界最美丽的都市之一，也是南非最受欢迎的观光都市。

③桌山：开普敦城西的特布尔山，海拔1082米，因山顶平整如桌而得名，（英文"特布尔"意为桌），山峰绵延平展，气象巍然。桌山是由一名葡萄牙航海家安东尼奥·达·沙丹那所命名的，意为"海角之桌"。国家植物园即位于桌山的斜坡上，其上方是建于1825年的最古老的博物馆，桌山脚下则是开普敦大学。

④观沧海：三国时期曹操所作《步出夏门行》组诗之二，描绘诗人登上碣石山顶，居高临海，视野寥廓，大海的壮阔景象尽收眼底之况。全诗为："东临碣石，以观沧海。水何澹澹，山岛竦峙。树木丛生，百草丰茂。秋风萧瑟，洪波涌起。日月之行，若出其中。星汉灿烂，若出其里。幸甚至哉，歌以咏志。"

长相思·好望角乐章

西海洋，东海洋，海洋交融潮水狂。好望角
乐章。　　天苍茫，水苍茫，天水相连万里长。
岸边诗意翔。

【注】

1 好望角：南非西开普省开普半岛南端的岩石岬角。葡萄牙
航海家迪亚斯确定了非洲大陆的最南端后，在返回葡萄牙的航程
中，于1488年发现了此一岬角。据历史记载，迪亚斯将之命名
为风暴角，葡王约翰二世重予命名为好望角，这是由于此发现乃
一好兆头，昭示了欧洲可以从水路抵达印度。以气候恶劣、海浪
滔天闻名的好望角，是来自印度洋的莫桑比克－厄加勒斯暖流，
与来自南极水域的吉拉洋流相汇合之处，强劲的西风急流掀起的
惊涛骇浪长年不断，是世界上最危险的航海地带之一。

②海洋交融：好望角位于南非共和国南部，来自印度洋的莫
桑比克－厄加勒斯暖流，与来自南极水域的吉拉洋流相汇合之处，
同时也是大西洋和印度洋的汇合之处。此处也指近些年东西方经
济文化的交融。

千秋岁·莫斯科大雨

匆匆步履，又伴风和雨。车窗外，珠如缕。
瓢泼川漫路，似见江河曲。前行处，顺流而下接
踵跻。　　一日奔波累，辘辘饥肠几。家国事，
真情缕。莫斯科骤变，祸与福相倚。奔忙步，心
中呼唤催寰宇。

【注】

2014 年 8 月 8 日，与石泽、王璐等在俄罗斯安排 4 场公务活
动，分别到俄罗斯交通部、能源部、外交学院调研，中午 1 点半
结束第 2 场会谈，我们赶往没有时间吃午饭。从交通部出来，莫
斯科下着瓢泼大雨。

②莫斯科大雨：莫斯科是俄罗斯联邦首都、莫斯科州首府。
是俄罗斯的政治、经济、文化、金融、交通中心以及最大的综合
性城市，是一座国际化大都市。迄今已有 800 余年的历史，是世
界著名的古城。莫斯科拥有众多名胜古迹，是历史悠久的克里姆
林宫所在地。莫斯科城市规划优美，掩映在一片绿海之中，故有"森
林中的首都"之美誉。

千秋岁·圣彼得堡

　　列宁格勒，涅瓦河清澈。沧桑处，巴黎色。冬宫观艺术，画里飘油墨。墙淡绿，门前排队皆游客。　　岁月从容过，故事成书册。夏宫内，出阡陌。彼得沙俄业，二世藏魂魄。惊回首，金戈铁马江山阔。

【注】

2014 年 8 月于圣彼得堡作。

御街行·致中国土耳其大使馆

　　小城一隅藏心舍，手相握、思乡迫。真情激荡化长风，寄往梦中仙壑。中国故事，潺潺江水，流淌成丹墨。　　悠长隽永方佳作，韵律美、胸襟阔。茫茫人海有缘识，共品缤纷秋色。几多敬意，几多感慨，已入诗书册。

【注】

　　2014 年 8 月 14 日受中国驻土耳其大使郁红阳邀请，晚饭后为土耳其大使馆全体同志讲课——"中国经济发展趋势展望"，受到使馆同志热烈欢迎。大使馆同志远在他乡，尽职尽责，他们是祖国的忠诚勇士。作者感慨之作。

御街行·莫斯科红场印象

朦胧晨霭铺寰宇，望红场、微光熹。曾经十月炮声隆，开辟崭新天地。瞬间逝去，瞬间更替，又在烽烟里。　　悄然漫步无人语，青石贵、长风洗。宫娥依旧入云端，雄伟昂然而倚。穿行岁月，穿行记忆，回首成神曲。

【注】

2014年8月10日凌晨5点零5分，与石泽、王璐一起从圣彼得堡乘火车到达莫斯科，公务活动之前没有安排下榻酒店，我们直奔红场利用公务活动之前的间隙参观，感慨之作。

①御街行：词牌名。又名《孤雁儿》。

②莫斯科红场印象：红场，位于俄罗斯首都莫斯科市中心，临莫斯科河。红场是莫斯科最古老的广场，是重大历史事件的见证场所，也是俄罗斯重要节日举行群众集会、大型庆典和阅兵活动的地方，著名旅游景点。是世界上著名的广场之一。

浪淘沙令·霍尔木兹海峡

大海载舟船，扬起风帆。一湾碧水落峡川。人往人来都是客，岸上炊烟。　　鸥鸟竞蓝天，展翅云间。时光流逝剩情缘。古堡旧屋盛梦想，丝路相连。

七律·土耳其伊斯坦布尔

东西交汇通天宇，南北连接贯长堤。

高雅海鸥情竞舞，悠然旅者赋唏嘘。

钟声古堡星月映，人气巴扎买卖集。

错落山峦灯错落，一城恬淡载民居。

七律·仁川印象

登高望海海随缘，一半波涛一半天。

野草迎风翻作浪，摩天领韵化成帆。

谁吹号角催人跃，何奏城乡动地弦。

开放引来凰起舞，高楼大厦亦田园。

临江仙·造访泰戈尔大学有感

生若夏花之灿烂，死如秋叶依依。大洋彼岸
亦唏嘘。相逢读远韵，回首品长迪。　　伟岸并
非推政客，华章重彩格局。吉檀迦利世人喻。故
园依旧在，南北共东西。

踏莎行·柏林参观古巴比伦展览

远古流苏，驻足举目，通天祭祀神灵处。空中悬院水绕墙，琉璃碧瓦何人铸？　　断壁残垣，依稀道路，洪荒逝去暗香渡。繁花怯露入泥牛，唯留岁月瘢痕布。

【注】

此词作于2017年10月28日。2017年10月26-28日，受中国驻德国大使馆邀请，赴德国参加"中德高级别经济学家闭门圆桌会议"。德国方面经济学家有：德国财政部顾问委员会主席、德国科学与工程院院士、德意志银行首席经济学家等10位专家；中国方面经济学家有：陈文玲、张宇燕、张维迎、许小年、陈志武、鞠建东、任泽平、洪俊杰、杨富强等10位。

②在德国期间，10月26日与中国驻德企业、地方政府驻德机构等座谈，作会议主题报告。27日下午中德高级别经济学家对话，我在第一时段作主旨发言，在大使主持的晚宴上发言谈中共十九大和中德关系的看法。28日参观柏林博物馆岛，其中古巴比伦展览令人震撼，一个古老的、辉煌的文明展现在眼前。

鹊桥仙·在印尼与导游聊天有感

曾经失落，远离祖国，多少辛酸时刻。侨胞南下觅生活，似梦魇、华人被遏。　　四时灼热，摩托挤破，首府车拥路涩。椰林古树已千年，可记住、匆匆来客？

【注】
此作于 2016 年 7 月，于印度尼西达作。

摸鱼儿·意大利罗马感怀

几千年、时光磨砺。古城处处痕迹。残垣断壁斑驳旧，嵌入历史追忆。教堂密、从容不迫连天宇。喷泉涌溢。溅浪漫情怀，摩肩接踵，多少人足迹？　青石板、小巷交织连续。拾阶而上寻觅。是中曾有辉煌在，何故悄然消匿？堪悲剧。角斗场、血腥莫过厮杀际。谁人快意？叹无数生灵，命如草芥，朝代却更替。

【注】
此词于 2017 年 7 月 22 日赴意大利调研有感而作。

鹊桥仙·造访印度尼西亚

海中岛国，珍珠散落，点点星洲横卧。千帆百舸向何方，远望去、雄鹰飞过。　爪哇古色，雨林秀色，泗水何时移座？南洋浪里可耕田，却没有、灯光照射。

【注】
此作于 2016 年 7 月，赴印尼期间调研有感而作。

浪淘沙令·参观德国柏林墙有感

旧磊已拆完，断壁残垣。只留涂抹忆当年。
百里藩篱隔不住，转瞬之间。　　抽刀断水难，
何况阑珊？一墙高筑亦如帆。携手东西成南北，
大道相连。

【注】

2017 年 10 月 28 日，赴德国参加高级别经济学家对话，会议
期间中方代表在驻德使馆同仁安排下参观柏林墙，有感而发。

相见欢·英国剑桥大学

康河随梦漂流，草清幽。老树耄耋仍绿，嵌
春秋。　　古堡旧，已千载，胜高楼。盛满辉煌
无数，荡轻舟。

【注】

2017 年 7 月 18 日，我带队赴英国、瑞士、意大利做相关调
研期间所作，7 月 18 日上午受邀于剑桥大学校长办公室演讲《一
带一路与英中经贸关系》。

醉花阴·柏林暮秋黄叶

　　落叶飘飞铺满地，无羁沧桑密。丁酉恰重阳，遥忆菊花，脚下金黄细。　　层林尽染红墙壁，惹秋光诗意。一片一轻舟，驶向初冬，亦蕴枝头绿。

【注】

　　③柏林暮秋：赴德国参加会议期间时值暮秋，27日上午没有会议安排，与洪俊杰到柏林社区公园走路，公园内落叶金黄，任其飘飞积累。树上黄绿交织，脚下落叶沙沙作响，别有一番风景。

醉花阴·伦敦海德公园

　　绿草丛中镶碧玉，九曲湖神秘。古树覆荫浓，小径弯弯，迷路归来觅。　　凌晨漫步穿行绿，偌大天鹅聚。曲颈理妆容，不向天歌，自顾名和利。

【注】

　　2017年7月19日，作者赴英国调研下榻英国伦敦海德公园对面的一个酒店，凌晨起床漫步海德公园后作。

水调歌头·参观大英博物馆（东方馆）感怀

世上数千载，穿越过江川。当年谁造辉煌？
熠熠竞斑斓。古往今来何贵？雕刻飘然梦想，嵌
入深思妙韵，无语却非凡。只是很多事，如梗在
心间。　　青铜器，唐三彩，玉帛纤。不应在此，
离乡背井别家园。旧日山河破碎，盛满愁思哀绪，
辗转被沽钱。感慨与之对，国运领悲欢。

【注】

2018 年 4 月 12 日下午到伦敦大英博物馆参观，有感而作。
本次伦敦之行参加《习近平治国理政》第二卷外文版首发式，回
首中华民族百年屈辱，在这里看到这么多国之瑰宝，想到它们的
前世今生，深深感到国运不仅决定着中国人的命运，也决定着中
国文物的命运。

念奴娇·塔克拉玛干沙漠

波涛汹涌，大沙漠、气势磅礴如歌。韵动风
随曲波阔，历尽万年蹉跎。楼兰王国，丝绸之路，
古城六十座。沙尘漫卷，梦里依稀飘落。　　虽
有海市蜃楼，沙响莫测，魔鬼城奇特。怎堪比绿
洲片片，滚滚塔里木河？昔日田园，古时村落，
往事如烟过。惊叹沙漠，亦真亦幻亦惑。

【注】

①塔克拉玛干沙漠：位于南新疆塔里木盆地，维吾尔语意

"进去出不来的地方"，当地人通常称它为"死亡之海"。东西长1000余千米，南北宽400多千米，总面积约337600平方千米，是中国境内最大的沙漠，也是世界第十大沙漠，故被称为"塔克拉玛干大沙漠"，也是全世界最大流动沙漠。

②历尽万年蹉跎：指该地区历史悠久。公元前17世纪，西域地区已出现基本的国家形态，并于阿富汗一带的商人进行青金石贸易。到公元前5世纪左右，西域地区开始逐渐繁荣，西域各国利用地处东西方交往要道的地里优势逐渐发展，在西汉管辖下，西域各地的经济文化获得了极大发展，从此也与中原地区瓜葛紧密，来往诸多。

③"丝绸之路"：丝绸之路一词最早来自于德国地理学家费迪南·冯·李希霍芬1877年出版的《中国》，有时也简称为丝路，是指西汉（前202—公元9）时，由张骞出使西域开辟的以长安（今西安）为起点，经甘肃、新疆，到中亚、西亚，并联接地中海各国的陆上通道，因为由这条路西运的货物中以丝绸制品的影响最大，故得此名。

④楼兰王国：楼兰属古时西域三十六国之一，与敦煌邻接，公元前后与汉朝关系密切。古代楼兰的记载以《汉书·西域传》、法显还有玄奘的记录为基础。楼兰古城为楼兰国国都，地处新疆巴音郭楞蒙古自治州若羌县北境，罗布泊的西北角、孔雀河道南岸的7千米处。距今约1600年前楼兰国神秘消失，只余下古城遗迹。

⑤古城六十座：新疆境内分布着六十余座故城古镇的遗址，其中知名的如准噶尔盆地内的玛纳斯古城、北庭都护府故城、大河古城等，天山脚下的交河故城、高昌故城、惠远古城等，位于塔里木盆地内的博格达沁故城、轮台古城、楼兰古城、海头古城、且末古城、精绝国故城、尼雅遗址等，可谓是故城古镇的博物馆。

⑥海市蜃楼：光线经过不同密度的空气层，发生显著折射或全反射时，把远处景物显示在空中或地面而形成的各种奇异景象，

常发生在海上或沙漠地区。古人误认为蜃吐气而成。

⑦沙响莫测：指沙漠中的鸣沙现象，由于空气湿度、温度和风的速度经常在变化，不断影响着沙粒响声的频率和"共鸣箱"的结构，再加上策动力和沙子本身带有的频率的变化，鸣沙的响声也会经常变化。

⑧魔鬼城：又称乌尔禾风城。位于准噶尔盆地西北边缘的佳木河下游乌尔禾矿区，西南距克拉玛依市100千米。由于风蚀作用，土壤被吹成城堡、沟壑等形状，远看很像城市的遗址，又兼风声凌厉怪异，情景恐怖，所以叫魔鬼城。新疆境内的魔鬼城还有奇台县西北的昌吉奇台魔鬼城、哈密五堡雅丹地貌的魔鬼城，以及吉木萨尔北部的五彩城。

⑨塔里木河："塔里木"在古突厥语中，意为"注入湖泊、沙漠的河水支流"。河流在新疆维吾尔自治区塔里木盆地北部。塔里木河由发源于天山的阿克苏河、发源于喀喇昆仑山的叶尔羌河以及和田河汇流而成，最后流入台特马湖，全长2179千米，流域面积198平方千米，是中国第一大和世界第5大内陆河。流域面积102万平方千米，涵盖了我国最大盆地——塔里木盆地的绝大部分，堪称新疆地区的"生命之河"。

祝英台近·敬赠袁行霈先生伉俪

曲雍容，韵律重，举案齐眉共。伉俪情深，携手华章诵。耕耘播种飞鸿，文功史略，痴者众、诗情画境。　　细雨弄。去岁同赏苏风，太湖水朦胧。笑语盈盈，纵寒暖风竞。墨宝书文珍藏，虽然新友，又谁知、竟如旧梦？

【注】

举案齐眉：形容夫妻互相尊敬，姻缘美满。原本是东汉梁鸿与妻子孟光的故事，典出《后汉书·梁鸿传》："为人赁舂，每归，妻为具食，不敢于鸿前仰视，举案齐眉。"

沁园春·读毛泽东诗词

前无古人，后无来者，荡气诗文。仰恢宏大气，风云吐纳，倚天抽剑，落花缤纷。四海翻腾，鲲鹏击水，激荡华章莽昆仑。大智慧，聚精华荟萃，豪迈雄浑。　　浩歌鼓舞军心。战疆场、从容淡定吟。望群山驰骋，战马狂奔，玉龙飞起，坐看星辰。畅论春秋，弹拨纵横，指点江山中国魂。数风流，悟伟人之道，韵满乾坤。

【注】

①倚天抽剑：借句毛泽东1935年所作《念奴娇·昆仑》之"安得倚天抽宝剑，把汝裁为三截？"

②落花缤纷：落花借句毛泽东1949年所作《七律·和柳亚

子先生》之"三十一年还旧国，落花时节读华章。"

③四海翻腾：毛泽东1963年所作《满江红·和郭沫若同志》中有"四海翻腾云水怒，五洲震荡风雷激"之句，此处接下文"鲲鹏击水"化用其意。

④鲲鹏击水：毛泽东1918年作《送纵宇一郎东行》中有"君行吾为发浩歌，鲲鹏击浪从兹始"之句。

⑤激荡华章莽昆仑：此句形容毛泽东诗词的恢宏气概和激荡豪情，所引为毛泽东两首词，《沁园春·长沙》"指点江山，激扬文字，粪土当年万户侯"和《念奴娇·昆仑》"横空出世，莽昆仑，阅尽人间春色"。莽，高大、辽阔状。

⑥浩歌鼓舞军心：毛泽东词《蝶恋花·从汀州向长沙》中有句"国际悲歌歌一曲，狂飙为我从天落"。

⑦战疆场、从容淡定吟：毛泽东诗多为战争年代所写，故作者如此表述。

⑧群山驰骋：毛泽东诗中多有描写群山逶迤的句子，如"五岭逶迤腾细浪""山舞银蛇"等。

⑨战马狂奔：毛泽东有"万马战犹酣"之句，作者此句代指战争描写。

⑩玉龙飞起：语出毛泽东《念奴娇·昆仑》之"飞起玉龙三百万，搅得周天寒彻"。毛泽东自注："前人所谓'战罢玉龙三百万，败鳞残甲满天飞'，说的是飞雪。这里借用一句，说的是雪山。夏日登岷山远望，群山飞舞，一片皆白。……"

1①坐看星辰：毛泽东《七律·送瘟神》中有"坐地日行八万里，巡天遥看一千河"之句，即写坐观星河流转之意。

1②数风流：毛泽东1936年所作之《沁园春·雪》有"数风流人物，还看今朝"的名句。

1③悟伟人之道，韵满乾坤：指毛泽东诗词中蕴含着伟人之"道"，因此神韵万千，回味久远。

踏青游·读古诗词

　　醉眼朦胧，咏诵古诗怦恸。小栖中、曲低韵
重。润如酥，入梦境、感怀泉涌，飞雨共。清新
高雅唐宋。淡抹盛妆歌竞。　　遍采民谣，大朴
唱于劳动。楚词耿、愤其哀痛。近风浓，格律正、
弹拨弦弄，痴者众。文明殿堂剪影。沧桑历史辉映。

【注】
　　①润如酥：唐代韩愈《早春呈水部张十八员外》有句："天
街小雨润如酥，草色遥看近却无。"写初春雨丝滋润大地之貌。
　　②淡抹盛妆：宋代苏轼《饮湖上初晴后雨》二首之一有句："欲
把西湖比西子，淡妆浓抹总相宜。"
　　③遍采民谣：即采风，在民间采集诗歌的活动。在我国古代，
"采风"的含义主要是指采集民歌。公元前五百多年时编写的《诗
经》，其中《国风》的约大部分和《小雅》的小部分，就是周初
到春秋中期的民歌，它们都是从民间采来的。可见我国的采风活
动起源很早，历史悠久。
　　④大朴唱于劳动：古诗起源于劳动。原始人一面劳动，一面
发出单纯而有节奏的呼叫，以忘却劳动带来暂时的痛苦和振奋精
神，协调动作。渐渐这种单纯而有节奏的呼叫声，发展成为模仿
劳动本身的声音和表达劳动者本身感情诗歌。鲁迅先生曾经说过，
"诗是韵文，从劳动时发生的"。所以我们说，诗是普遍的艺术，
是一种最为古老的文学艺术样式。
　　⑤楚词耿、愤其哀痛："楚词"又称"楚辞"，是战国时代
的伟大诗人屈原创造的一种诗体。这种诗体具有浓厚的地域文化
色彩，"皆书楚语，作楚声，纪楚地，名楚物"，楚辞具有楚国
特有的音调音韵，同时具有深厚的浪漫主义色彩和浓厚的巫文化

色彩。其中，屈原的作品更具有激切的情思和追求理想，九死不悔的精神。

⑥近风浓，格律正：指一系列中国古代诗歌独有的，在创作时的格式、音律等方面所应遵守的准则。中国古代近体诗、词在格律上要求严格。格律诗，包括律诗和绝句，被称为近体诗或今体诗，在南北朝的齐梁时期就已发端，到唐初成熟。唐之后的诗，便被称为近体诗。

沁园春·读文怀沙《四部文明》

谈笑鸿儒，燕叟如读，钩沉卷舒。闻书香弥漫，文章满腹，不衫不履，非阡非陌。浅唱低吟，屈骚流韵，修远求索已惊殊。泼墨处，驻洒脱心境，文隽玑珠。　　情思澎湃如图。聚智慧、集成四部书。评春秋历史，千年之路，诗词泉涌，运用自如。历久弥馨，大彻大悟，生命本真美与苦。正清和，一沙一世界，百岁天福。

【注】

①文老：文怀沙，原名为文哲渠，字贯之，笔名有王耳、司空无忌等。斋名燕堂，号燕叟。国学大师、红学家、书画家、金石家、中医学家、吟咏大师，亦是新中国楚辞研究学者。

②钩沉：意为探索深奥的道理或散失的内容。

③不衫不履：不穿长衫，不穿鞋子。形容性情洒脱，不拘小节。唐杜光庭《虬髯客传》云："既而太宗至，不衫不履，裼裘而来，神气扬扬，貌与常异。"

④四部书：《四部文明》，是由文怀沙担任主编，陕西震旦

汉唐研究院编纂，历时20年，对我国先秦至隋唐两千余年间的历史文化进行了一次全面的、学术的、总结性的大规模纂述，是一部展现中华文明前半期的集大成之作。《四部文明》之"四部"因历史时序，将中国历史前半期之文明成就以时代划分，归并为《商周文明卷》、《秦汉文明卷》、《魏晋南北朝文明卷》、《隋唐文明卷》四部丛书，是为《四部文明》。

⑤一沙一世界：《地藏菩萨本愿经》中有"一物一数，作一恒河；一恒河沙，一沙一界；一界之内，一尘一劫"之句。而十九世纪英国第一位重要的浪漫主义诗人威廉·布莱克的作品《天真的预兆》里也有："一颗沙里看出一个世界，一朵野花里一座天堂，把无限放在你的手掌上，永恒在一刹那里收藏。"之类句子。此处用以表达文老恬淡自得，观照万物，以见大千世界的气度。

永遇乐·仰诗仙李太白

吞吐群星，包容日月，拥抱苍穹。数阵雷霆，几度大恸，酒醉狂飙竞。梦游天姥，独登蜀道，五岳辞锋涌动。四海腾、磅礴万里，鲲鹏凌空纵横。   窗前举目，天涯望路，谁解放歌豪情？饮马黄河，卷舒天宇，荡气回肠咏。奇才旷世，飘然落笔，痴者何止唐宋？诗国盛、再邀太白，唱和与共。

【注】

①酒醉狂飙竞：李白好酒，每于大醉后落笔成篇，文不加点。他在寓居任城时，曾与孔巢父等人会于徂徕山酣饮纵酒，人称"竹溪六逸"；入长安后，又与贺知章、李适之、李琎、崔宗之、苏晋、张旭、焦遂并称为"饮中八仙"。

②独登蜀道：李白古风有《蜀道难》。贺知章读《蜀道难》，即叹曰："子谪仙人也。"这是李白浪漫主义的代表作之一。以丰富的想象、夸张、援引历史故事、神话传说等浪漫手法，描绘蜀道山川之险峻，慨叹蜀道之艰难。诗风宏伟壮丽，句法灵活多变，韵散兼用。着力描绘了秦蜀道路上奇丽惊险的山川，并引出对政治局势的暗喻，流露了对社会的某些忧虑与关切。

③五岳辞锋涌动：李白《江上吟》有句："兴酣落笔摇五岳，诗成笑傲凌沧洲。"可谓豪情蕴藉，才气纵横之笔。

④鲲鹏凌空纵横：大鹏是李白诗赋中常常借以自况的意象，它既是自由的象征，又是惊世骇俗的理想和志趣的象征。

⑤天涯望路：李白《菩萨蛮》有句："暝色入高楼，有人楼上愁。"描绘天涯倦客在暮色中于高楼远望的情景。

声声慢·读辛弃疾词《西江月·夜行黄沙道中》

清辉乍泄，老干枝斜，天堂忽落皓月。可问轻风半夜，缘何惊鹊？婵娟欲邀共赏，稻花开、飘香世界。忍不住，扰梦乡，唤醒乌啼诗阕。　　蛙叫蝉鸣溪跃，人听曲、心潮起伏难解。沐浴其中，已晓丰收喜悦。牵手漫游原野，韵浓浓、情意切切。光如影，树映雪、遍地玉液。

【注】

①辛弃疾：南宋爱国词人。原字坦夫，改字幼安，中年名所居曰稼轩，因此自号"稼轩居士"。历城（今山东省济南市历城区遥墙镇四风闸村）人。辛弃疾存词600多首。强烈的爱国主义思想和战斗精神是辛词的基本思想内容。他是我国历史上伟大的

豪放派词人、爱国者、军事家和政治家。

②缘何惊鹊：辛弃疾《西江月·夜行黄沙道中》有句："明月别枝惊鹊，清风半夜鸣蝉。稻花香里说丰年，听取蛙声一片。"

钗头凤·清辉夜

清辉夜。也羞怯。桔黄灯色朦胧泻。光成列。绕亭榭。漫步其中，赏读词阕。悦。悦。悦。　　琼浆界。诗书帖。蔷薇几点东厢月。情切切。星辰阅。雨止风息，正将心掠。谢。谢。谢。

【注】

①清辉夜。也羞怯。桔黄灯色朦胧泻。：作者夜晚漫步，在橘黄色的路灯下，月色更显朦胧羞涩。

②光成列。绕亭榭。漫步其中，赏读词。悦。悦。悦。"：朗月清辉的夜晚，橘黄色路灯的光影成排成列，作者在路灯下漫步赏读诗阕，感到分外愉悦。

③琼浆界：指中国的传统文化如琼浆一般，让人陶醉痴迷。

④蔷薇几点东厢月。情切切。星辰阅：春天蔷薇花开，墙角几丛蔷薇，与东边天际的月亮相映，这般意境美妙无比。天空的星辰都在注视着自然界的美好景致，更显情意切切。

⑤雨眠风息，正将心掠谢。谢。谢：雨已渐渐悄声，风也慢慢停歇，而心仍被这如诗词画卷般的美景浸润，仍在享受这美妙的意境。此情此景，作者由衷感谢大自然给予的美景，感谢中国传统文化的滋养，才能体味到眼前的美妙意境。

诉衷情·书香

书香缕缕采花丛，墨漾解朦胧。风云变幻精彩，倾诉万般情。　　窗外雨，洗心灵，韵轻盈。似溪流注，浸润人生，如梦随行。

【注】

①书香缕缕采花丛：表达作者阅读时的感受，每次捧读一本好书，缕缕书香，都让作者感觉如身处花丛之中。

②墨漾解朦胧：指书可为人答疑解惑。

③似溪流注，浸润人生，如梦随行：书像溪流一样，滴滴浸润心灵，滋润着人生。读书让人如身处梦幻的世界，这种美好的感觉伴随人生，让人有极大的幸福感。

踏莎行·交织错落书山径

岁月风铃，时光春梦，交织错落书山径。组合音符写人生，几千汉字非常境。　　旋律悠扬，诗词韵重，情怀滋养文章共。瞬间感悟览江天，如歌往事凭栏诵。

【注】

①岁月风铃：岁月如风铃般摇曳，风起而响，风息而静，了无痕迹却声声入心田。

②交织错落书山径：在流水逝去的岁月时光里，最令人欣慰的是，作者在交织纵横的书山经不断寻觅、追求、欣赏，游弋在中国传统文化的海洋中。

③旋律悠扬，诗词韵重，情怀滋养文章共：岁月轻轻奏出悠扬的旋律，作者体味着岁月的起承转合，并在诗词创作中感受到中华诗词的厚重底蕴。惟有具有这般情怀才能写出有思想的文章。

七律·诗情

人间世上情为络，艺海学涯苦作舟。
雾绕云牵提炼美，墨泼情酿感受愁。
繁花似锦千秋醉，碧水如绸万古柔。
感悟丛生成词阕，思怀奔涌化溪流。

【注】

①艺海学涯苦作舟：唐代韩愈有句："书山有路勤为径，学海无涯苦作舟。"

②络：经络，脉络。

③雾绕云牵提炼美，墨泼情酿感受愁：指诗词创作是从大自然的春夏秋冬、雨雪风霜之中提炼美，从人的喜怒哀类、悲欢离合中感受忧愁和喜悦。这样才能"感悟丛生成词阕"。

七言排律·读周敦颐《爱莲说》

　　久赏周公爱莲章，花中君子淌风光。婷婷玉立连天碧，脉脉含情领雨香。横看芙蓉清雅态，纵观翠盖淡然妆。不娇不艳凭栏望，不蔓不枝任冷霜。　　不媚不俗晨露聚，不播不种藕丝长。不折不曲随芳趣，不弃不离伴水乡。冬蕴神思藏掠影，春发彩梦绕回廊。污泥不染高洁志，情撒郴山韵满江。

【注】

　　①北宋著名理学家、哲学家周敦颐三次为官郴州，在郴写下《爱莲说》传为千古美谈。作者在郴州重读《爱莲说》，再次感受荷花的君子之风，故写此诗叙说喜爱周敦颐《爱莲说》的缘故。

　　②周敦颐：又名敦实，宋朝道州营道（现今湖南道县）人，著名哲学家、理学家，谥号元公，号"濂溪"，世称"濂溪先生"。理学派开山鼻祖。周敦颐著有《周子全书》行世。

　　③《爱莲说》：《爱莲说》为周敦颐之传世散文佳作："水陆草木之花，可爱者甚蕃。晋陶渊明独爱菊。自李唐来，世人甚爱牡丹。予独爱莲之出淤泥而不染，濯清涟而不妖，中通外直，不蔓不枝，香远益清，亭亭净植，可远观而不可亵玩焉。予谓菊，花之隐逸者也；牡丹，花之富贵者也；莲，花之君子者也。噫！菊之爱，陶后鲜有闻。莲之爱，同予者何人？牡丹之爱，宜乎众矣。"

　　④花中君子：指荷花，周敦颐《爱莲说》："莲，花之君子者也。"荷花，又名莲花、水芙蓉、芙蕖等，属睡莲科多年生水生草本花卉。

　　⑤横看芙蓉清雅态，纵观翠盖淡然妆：荷花盛开时，横看呈清雅之态，纵看着淡然之妆。芙蓉，荷花的别名。翠盖，指荷叶，形如新娘的绿色头纱，亦或是漂浮在水面扇子。

⑥不娇不艳凭栏望，不蔓不枝任冷霜：周敦颐称赞荷花"出淤泥而不染，濯清涟而不妖，中通外直，不蔓不枝"。荷花不像桃红李艳般妖媚，外形笔直，不生枝蔓，不枝枝节节。

⑦不媚不俗晨露聚：指晶莹露水点缀的荷花却不显妖媚。荷花叶柄密生倒刺，荷叶挺出水面，表面具蜡质白粉，当露水积聚在荷叶上，显得十分清雅。

⑧不播不种藕丝长：荷花是多年生水生植物，自第一次在河塘生根之后，多年不用打理种植，每年都会长出新叶，开出新花。

⑨不折不曲随芳趣，不弃不离伴水乡："中通外直，不蔓不枝"的荷花笔直洁净，立于水中，香气飘远。不折不曲荷花有着芳香和高雅，植根生淤泥之中，始终与水相伴。

⑩冬蕴神思藏掠影，春发彩梦绕回廊：冬日，荷花将情思深藏，扎根在水面下的土壤中，等待着春天到来。春日，唤醒了隐匿在整个冬天的多彩梦想唤醒，荷花变成翠盖，长成莲藕，又结出盎然生机的斑斓梦想。

1①污泥不染高洁志：周敦颐云："予独爱莲之出淤泥而不染"，喻莲花高洁之志。

1②情撒郴山韵满江：指周敦颐在郴州写下《爱莲说》，亦作者在郴州赏读《爱莲说》。秦观《踏莎行·郴州旅舍》有句："郴江幸自绕郴山，为谁流下潇湘去？"

江城子·淑女厚德载物

——读《易经》

厚德载物蕴涵深。大胸襟，美人伦。地势坤兮，母爱动天云。淑女万方仪态里，真情涌，在凡尘。　　赏心悦目水流春。润丛林，荡舟群。承载时光，穿越过心魂。君子自当强者健，牵玉手，韵长存。

【注】

①淑女厚德载物：《周易》："天行健，君子以自强不息。""地势坤，君子以厚德载物。"意谓：天（即自然）的运动刚强劲健，相应于此，君子应刚毅坚卓，发愤图强；大地的气势厚实和顺，君子应增厚美德，容载万物。文怀沙老人对此句做了改动，谓之："天行健，君子当自强不息。地势坤，淑女当厚德载物。"他认为"地势坤"，是坤卦，那一定该是"淑女"厚德载物。作者赞赏这一改动，认为"淑女"与"君子"不仅对仗更好，而且也更有蕴意。

②赏心悦目水流春：唐张若虚《春江花月夜》有句："江水流春去欲尽，江潭落月复西斜。"

莺啼序·诗意潺潺

灵魂涅槃驰骋，酿成优雅梦。提炼美，感悟丛丛，细微末节播种。平凡处、滴滴闪烁，芬芳赠与如诗境。捧起潺潺水，丝丝浸润生命。　　拥抱晶莹，绽放宽广，还将真情赠。雪飘舞、细雨霏霏，江河交汇奔涌。敞胸襟、湖泊不语，微涟起，扬帆轻映。海茫茫，白浪滔滔，潮潮吟诵。　　时光流翠，岁月吐香，百花园茂盛。秋色密、早春青草，夏日莲碧，遍野绵柔，染出冬景。才闻鸟语，又听低唱，谁人寄与心歌共？　　九畹芳、画卷伴词竞。挥毫墨漾，一任涂抹苍穹，绘就万里仙栋。　　池边飞絮，晓岸垂丝，夜月清辉捧。倚窗坐、书山有径。尽赏辞章，品味春秋，曲高韵重。阑珊乐起，凤箫声动。凌空展翅山川应，渐觉时，已领斑斓众。蓦然回首无垠，苦作舟船，再攀新顶。

【注】

①涅槃：梵文 Nirvana 的音译，意思是"灭渡"，即"重生"。据印度史诗《罗摩衍那》载：保护神毗湿奴点燃熊熊烈焰，垂死的凤凰投入火中，燃为灰烬，再从灰烬重生，成为美丽辉煌永生的火凤凰。人们把这称作"凤凰涅槃"。此处指诗词是心灵之声，"诗言志"是发至心底的声音，如同浴火重生一般。诗词创作需要用心写就，如同人的灵魂的再生。

②提炼美：作者认为诗词创作的基点是提炼美。应体现天人合一、造化自然的精神，通过对自然和人类现实生活的观察和表达，将世间美好的东西提炼出来，使之升华为可供欣赏、愉悦身

心的艺术作品，是艺术家努力追求的目标。

③倚窗坐，书山有径：《增广贤文》有句："书山有路勤为径，学海无涯苦作舟。"作者在《江城子·端午读书》有词句："随风潜入夜无声。踏书丛，觅诗情。"亦表达了对读书的热爱，以及在书山文海中潜心读书所体味到的幸福感。

④九畹芳：指九畹兰。形容中国的诗词歌赋高雅，散发着馨香。

⑤阑珊乐起，凤箫声动：宋辛弃疾《青玉案·元夕》有句："凤箫声动，玉壶光转，一夜鱼龙舞。""众里寻他千百度，蓦然回首，那人却在，灯火阑珊处。"

忆江南·和诗作《无法忘》（二首）

（一）

无法忘，泪水透衣裳。三聚氰胺充奶粉，穷人婴幼作干粮。能不受其伤？

（二）

悲情怆，奋笔写文章。国庆七天不出户，洋洋万语为扶桑。酿造幸福浆。

【注】

作于2008年国庆节期间，此前出现令人震惊的三鹿氰胺事件（中国奶制品污染事件，一起重大食品安全案）。作者与李金菊、赵霖国庆期间撰写了关于中国食品药品的安全形势与对策建议，得到国家领导的重要批示。

临江仙·谛听心语

　　雨巷竹帘宁静处，茶香温润轻舒。荷花流水韵叠铺，紫砂壶缓缓，淡淡待吟出。　　谈笑风生集秀雅，谛听心语如珠。拈花一笑写诗书。光阴飞似箭，唱和品茗屋。

【注】

①紫砂壶缓缓，淡淡待吟出：品茗人倒茶的动作轻缓，从紫砂壶中缓缓淌出的淡淡茶香，似乎是从它心中吟出的悠然诗句。

②拈花一笑写诗书：品茗让人拥有祥和、宁静、美妙的心境和拈花拂雪的淡然，作者在这样氛围中创作的大量诗词，真实表达了当时的感动和感悟。拈花一笑：佛教语，禅宗以心传心的第一宗典故，包含两层意思：一是指对禅理有了透彻的理解，二是指彼此默契、心神领会、心意相通、心心相印。

三台·遥远的绝响

——读老子《道德经》

巨星煌煌岁月老，乘风驾云飘渺。密码中、宇宙蕴玄机，意高远、谁知谁晓？开混沌，辩证阴阳考。大智慧、华章精巧。有形否？绝响绕梁，道可道、却难寻找。　　太极八卦万物杳，动静虚实多少。梦境里、其上不皎兮，怅寥廓、无边无了。随情至，淡泊祛烦恼。抱朴守、浮云横扫。字字贵、句句珠玑，养心性、月圆花好。　　恍兮惚兮理至简，道法自然圭臬。老子云、大器晚成兮，进如退、躬身藏傲。轻狂者、炫华则必倒。治大国、轻举轻放，戒贪欲、涵养民生，厚德行、运兴福铆。

【注】

①巨星煌煌岁月老，乘风驾云飘渺：老聃长寿，传其一百六十余岁仙逝。其一生顺民之性、随民之情、与世无争、柔慈待人。老子的哲学思想和由其创立的道家学派，对中国古代思想文化产生了深远影响。煌煌，明亮辉耀貌。《诗经·陈风·东门之杨》有句："昏以为期，明星煌煌。"

②开混沌：混沌，也作浑沌，中国古人想象中天地未开辟以前宇宙模糊一团的状态。

③辩证阴阳考：阴阳考，关于"阴"前"阳"后的思考。阴阳是中国古代哲学中的重要范畴。阴阳的本意很简单，"山北水南"为阴，"山南水北"为阳。老子认为一切事物都遵循这样的规律：

事物本身的内部不是单一的、静止的，而是相对复杂和变化的。事物本身即是阴阳的统一体。相互对立的事物会互相转化，即是阴阳转化。

④道可道、却难寻找：道可道，出自老子《道德经》第一章："道可道，非常道；名可名，非常名。"意为，可以用言语表述的，就不是永恒的。"道"是《老子》的核心概念。"道"代表"究竟真实"，最后、最终、真正唯一、绝对的，就是究竟。"可道"是指可以用言语表述（言语和语言的含义不同）。在文言中，"道"本来就有"说"的意思。

⑤太极八卦：即是阐明宇宙从无极而太极，以至万物化生的过程。其中的太极即为天地未开、混沌未分阴阳之前的状态。

⑥动静虚实：动与静，虚与实，仍是在对立中统一的。

⑦其上不皎兮：意思是，它的上面没有阳的光亮。出自《道德经》第十四章："视之不见，名曰夷；听之不闻，名曰希；搏之不得，名曰微。此三者，不可致诘，故混而为一。其上不皎，其下不昧，绳绳兮不可名，复归于无物。是谓无状之状，无物之象，是谓惚恍。迎之不见其首，随之不见其后。"

⑧抱朴守：抱朴，道教术语。源见于《老子》："见素抱朴，少私寡欲"。朴指平真、自然、不加任何修饰的原始。抱朴即道家、道教思想中追求保守本真，怀抱纯朴，不萦于物欲，不受自然和社会因素干扰的思想。

⑨恍兮惚兮理至简：《道德经》第二十一章云"道之为物，惟恍惟惚。惚兮恍兮，其中有象；恍兮惚兮，其中有物。窈兮冥兮，其中有精，其精甚真，其中有信。"

⑩道法自然圭臬：道法自然，语出老子《道德经》第二十五章："人法地，地法天，天法道，道法自然。""自然"是自然而然的自然，即"无状之状"的自然。其意思是，人受制于地，地受制于天，天受制于规则，规则受制于自然。从这里可以看出老子的法的意识里，就是自然法。当然，法制的概念尚未形成。不过，

在治理国家时，他主张用自然法来治理天下。圭臬，指圭表，我国古代天文仪器，是在石座上平放着的一个尺（圭），南北两端各立一个标杆（表）。根据日影的长短可以测定节气和一年时间的长短。比喻准则或法度。

⑪大器晚成兮：《老子》四十一章云："大方无隅，大器晚成。大音希声，大象无形。"指能担当重任的人物要经过长期的锻炼。

七律·古意

野草丛生古树遮，原汁原味涌沙河。
毫无规律随情染，却有格栅锁婀娜。
晚照浮光追日落，晨曦淡色漾春波。
谁人细数时光路，一任飘流梦里歌。

【注】

①野草丛生古树遮，原汁原味涌沙河：描写一副原始状态下图景。河流没有规整的河道，河水漫天流淌，河沙为滩。岸边野草丛生，茂密古树枝叶繁多，垂及河面。

②毫无规律随情染，却有格栅锁婀娜：这种纯自然的状态毫无规律，却有栅栏似乎划出婀娜的边界，有着一种让人灵感迸发的意境。

沁园春·道法自然

——读老子《道德经·25章》

老子《道德经·25章》云："有物混成，先天地生。寂兮廖兮，独立而不改，周行而不殆。""可以为天地母。吾不知其名，字之曰"道"，强为之名曰大。大曰逝，逝曰远，远曰反。""故道大、天大、地大、王亦大。域中有四大，而人居其一焉！人法地，地法天，天法道，道法自然。"

　　道法自然，天地无边，万物有弦。如江河湖海，悄悄流逝，随时又返，左右方圆。变动不居，虚极混沌，放眼皆收宇宙间。何为贵？承载生命处，绿水青山。　　无形无象无言。无名矣、无终无始焉。知循环不殆，四时成序，阴阳消长，造化非凡。妙气绵绵，韬光内敛，举止自如心自安。低吟唱，抱朴归真者，福禄双全。

【注】
　　①如江河湖海，悄悄流逝，随时又返，左右方圆：道，没有固定的处所，是一个冥冥之中来临，又随时可能逝去的东西，但远逝的道又悄悄返转还原。
　　②虚极混沌：虚极，指太空。唐于邵《唐释奠武成王乐章·送神》云："返归虚极，神心则悦。"唐独孤及《梦远游赋》云："思欲冲三清，出五浊，乘陵虚极，与造物者为伍。"混沌，古代传说中指世界开辟前元气未分、模糊一团的状态。
　　③无形无象无言。无名矣、无终无始焉：《庄子·知北游》云："无古无今，无始无终。"认为广义性的宇宙没有开始也没有结

束的深刻哲学概念。

　　④知循环不殆："道"的循环运动永不停息。

　　⑤四时成序：指春夏秋冬四季的顺序形成。

　　⑥阴阳消长：指对立互根的阴阳双方的量和比例不是一成不变的，而是处于不断地增长或消减的运动变化之中。在正常情况下，阴阳双方应是长而不偏盛，消而不偏衰。若超过了这一限度，出现了阴阳的偏盛或偏衰，是为异常的消长变化。

　　⑦造化非凡：造化，指自然界。《庄子·大宗师》云："今以一天地为大铲，以造化为大冶。"杜甫《望岳》有句："造化钟神秀，阴阳割昏晓。"

　　⑧妙气绵绵：妙气，灵妙之气。晋郭璞《游仙诗》之九云："采药游名山，将以救年颓。呼吸玉滋液，妙气盈胸怀。"

　　⑨韬光内敛：指淡然出世的世界观。韬光，比喻隐藏声名才华。鲁迅《且介亭杂文·河南卢氏曹先生教泽碑文》："韬光里巷，处之怡然。"内敛，内敛：收拢，聚集。

　　⑩抱朴归真：抱朴，道教语。老子云："见素抱朴，少私寡欲"。朴指天真、自然、不加任何修饰的原始。抱朴即道家、道教思想中追求保守本真，怀抱纯朴，不萦于物欲，不受自然和社会因素干扰的思想。归真，还其本来的状态。

七律·读《论语》"政者"

　　为政以德中国律，万宗师表驭宗羲。千金散尽终缥缈，一诺聚集始神奇。　　政者正也行大道，仁人和也筑长堤。不知礼仪无以立，甘愿心随百姓居。

【注】

①读《论语》"为政正也"：季康子问政于孔子。孔子对曰："政者，正也。子率以正，孰敢不正？"政就是正的意思，为官，首在一个"正"字。

②为政以德中国律，万世师表驭宗羲：《论语·为政》子曰："为政以德，譬如北辰，居其所而众星共之。"为政以德：以，用的意思。此句是说统治者应以道德进行统治，即"德治"，这因此成为历代统治者的治国理念。万世师表，见于《三国志·魏志·文帝纪》："昔仲尼大圣之才，怀帝王之器，……可谓命世之大圣，亿载之师表者也。"称赞孔子是千秋万代人们的表率。

③政者正也行大道："政者，正也。子率以正，孰敢不正？""其身正，不令而行，其身不正，虽令不从。"

④仁人和也筑长堤：仁者是具有大智慧，人格魅力，善良的人。仁者是中国古代一种含义极广的道德范畴。本指人与人之间相互亲爱。孔子把"仁"作为最高的道德原则、道德标准和道德境界。

⑤不知礼仪无以立，甘愿心随百姓居："克己复礼为仁"，这是孔子关于什么是仁的主要解释。在这里，孔子以礼来规定仁，依礼而行就是仁的根本要求。克己复礼就是通过人们的道德修养自觉地遵守礼的规定。这是孔子思想的核心内容，贯穿于《论语》一书的始终。

一斛珠·读《论语》"士不可以不弘毅"

　　云飘云恋，花开花落人生栈。家国己任情怀漫，抛却浮名、胸有诗书卷。　　士不可以不弘毅，修身养性心灵岸。如斯逝者仍怀念，放下荣枯、任重而宏远。

【注】

　　①读孔子论语"士不可以不弘毅"："士不可以不弘毅"是《论语·泰伯》中的曾子说的一句话，原文为"士不可以不弘毅，任重而道远。仁以为己任，不亦重乎？死而后已，不亦远乎？"。"弘毅"："弘"是宽广之意，"毅"是强忍之意，"弘毅"指的是宽广、坚忍的品质、态度，这是完成学业必须具有的精神状态也就是说，作为一个士人，一个君子，必须要有宽广、坚忍的品质。

　　②家国己任情怀漫，抛却浮名、胸有诗书卷：家庭，国家和自己的责任或任务。抛却浮名，丢掉或放弃虚名。

　　③士不可以不弘毅，修身养性心灵岸：作为一个士人，一个君子，必须要有宽广、坚忍的品质。修身：就是使自己的心灵得到净化、纯洁。养性：就是使自己的本性不受损害。通过自我反省体察，使身心达到完美的境界。

　　④如斯逝者仍怀念，放下荣枯、任重而宏远：逝：过去的逝去的；斯：代词，指这流去的江水；用以形容光阴如流水一去不返。时间就像这奔腾的河水一样，不停地流逝。喻义：光阴如流水一样，一去不回，因倍加珍惜。《论语·子罕》云："子在川上曰：'逝者如斯夫！不舍昼夜。"荣枯，草木的茂盛和干枯。喻人世的盛衰、穷达。任重而道远，比喻责任重大，道路又遥远，要经历长期的奋斗。《论语》云："曾子曰：士不可以不弘毅，任重而道远。仁以为己任，不亦重乎？死而后已，不亦远乎？"

行香子·诵经

　　沐浴佛光，向往天堂。诵经文、默默心乡。谁将渴望，寄予禅房？美哉西藏，遥远处，浸沧桑。　　山峦跌宕，高原粗犷。放眼量、边塞悠扬。江河流淌，岁月绵长。雪域安宁，袈裟紫，度时光。

【行香子】词牌，又名《爇心香》。

【注】

　　袈裟紫：袈裟，原取梵文音译，是佛教僧尼法衣。紫色有尊贵之意，唐朝多赐高僧紫衣。此处指作者在西藏旅途中看到身披紫袈裟的僧侣。

河满子·读李煜诗词

　　痛苦感伤悲怆，问天问地滥觞。细雨潺潺皆泪水，小楼昨夜沧桑。寂寞梧桐深院，已然盛满愁肠。　　恰似一江记忆，流出昨日辉煌。多少追思多少恨，雕栏玉砌忧伤。失去方觉珍贵，顺流飘向何方？

桂枝香·读《诗经》

国风雅颂，叹大朴丛生，琼浆流动。百态千姿铺展，浩歌催动。自由自在天然美，品诗经、流出仙境。谦谦君子，窈窕淑女，撒情播梦。　　妙趣里、华章与共。想古往今来，真爱纯净。惟有脱俗，心底涌出成诵。仿佛听到桃花雨，韵悄滴、赞赏生命。牧歌已逝，星河却在，熠熠辉映。

【注】

①《诗经》：是中国汉族文学史上最早的诗歌总集，收入自西周初年至春秋中叶大约五百多年的诗歌 305 篇。

②国风雅颂：国风，《诗经》的一部分。大抵是周初至春秋间各诸侯国的民间诗歌。作品大多体现了人民的思想感情，对统治阶级的罪恶有所揭露，广阔地反映了当时的社会生活。雅颂，《诗经》内容和乐曲分类的名称。"雅"又分"大雅""小雅"，合起来是四部分。雅乐为朝廷的乐曲，颂为宗庙祭祀的乐曲，亦指盛世之乐庙堂之乐。

③品诗经、流出仙境：品，品读。仙境：仙人所居处；仙界。亦借喻景物极美的地方。

④谦谦君子，窈窕淑女，撒情播梦：谦谦君子，指谦虚谨慎、能严格要求自己、品格高尚的人。《易·谦》云："谦谦君子，卑以自牧也。"窈窕淑女，窈窕：美好的样子。淑女：温和善良的女子。指美丽而有品行的女子。《诗经·周南·关雎》有句："窈窕淑女，君子好逑。"

⑤牧歌已逝，星河却在，熠熠辉映：牧歌，牧童、牧人唱的歌谣。星河，银河。宋·李清照《南歌子》有句："天上星河转，人间帘幕垂。"

读毛泽东《论持久战》

东方欲晓山间梦，挥笔成章论战争。
乱渡飞云寻道路，疾驰骏马踏征程。
延安窑洞一园赋，陕北土屋几垄情。
布阵谋篇谁写就，人民领袖毛泽东。

【注】

①读毛泽东《论持久战》：抗战全面爆发后，在国民党内出现了"速胜论"和"亡国论"等论调。在共产党内，也有一些人寄望于国民党正规军的抗战，轻视游击战争。但是，抗战10个月的实践证明"亡国论""速胜论"是完全错误的。抗日战争的发展前途究竟如何？一时成了人们关注的问题。1938年5月，毛泽东写的《论持久战》初步总结了全国抗战的经验，批驳了当时盛行的种种错误观点，系统阐明了党的抗日持久战方针。

②东方欲晓山间梦，挥笔成章论战争：伟大抗日战争在东方历史上是空前的，在世界历史上也将是伟大的，全世界人民都关心这个战争。身受战争灾难、为着自己民族的生存而奋斗的每一个中国人，无日不在渴望战争的胜利。毛泽东通过《论持久战》有力地批判了当时国内存在的速胜论与亡国论，为人民指明了抗日战争的正确道路。东方欲晓：毛泽东诗词《清平乐·会昌》有句"东方欲晓，莫道君行早。踏遍青山人未老，风景这边独好。"

③乱渡飞云寻道路，疾驰骏马踏征程：在《论持久战》这部光辉著作中，毛泽东以辩证唯物主义的立场、观点和方法，对战争的根本问题作了精辟的论述，制订了指导抗日战争的正确路线、方针、政策和人民战争的战略战术，证明了其无懈可击的正确性；它可用于指导反侵略的现代局部战争，并经得起实践的检验。它不仅在国内成为指导抗日战争的科学的军事理论，而且在世界军

事学术史上也有极高的学术价值。乱云飞渡：毛泽东有诗《七绝·为李进同志题所摄庐山仙人洞照》："暮色苍茫看劲松，乱云飞渡仍从容。天生一个仙人洞，无限风光在险峰"。

④延安窑洞一园赋，陕北土屋几垄情：枣园曾经是中共中央书记处所在地，位于陕西省延安市城西北8千米处。毛泽东在枣园居住期间，正是土地革命时期向抗日战争的转变时期。毛泽东以极大的精力和智慧研究中国的军事学、战争学，他用战略思维和哲学思维，深刻分析总结了中国革命战争的特点、中国革命战争的战略战术、中国革命根据地、中日双方进行战争的国情、国共两党军事史等重大问题，撰写了《中国革命战争的战略问题》、《抗日游击战争的战略问题》《论持久战》《战争和战略问题》等一批名垂千古的伟大著作，为抗日战争的胜利奠定了理论基础。

暗香·读《孙子兵法》

江山不老，孙子兵法早，久经方晓。战略思维，天地阴阳五行考。帷幄东方迥异，水克火、哲思淼淼。取胜者、对弈无常，庙算寓精巧。　　圭臬，古今少。惟知己知他，运筹征讨，死生有了。情寄山川踏沟峁。大道无形至简，凭正义、伐谋先导。艺术否？兵事否？抑如诗草？

【注】

①《孙子兵法》：作者为春秋吴国将军孙武，字长卿。《孙子兵法》，又称《孙武兵法》《吴孙子兵法》《孙子兵书》《孙武兵书》等，英文名为"TheArtofWar"，是世界上第一部军事著作，世界三大兵书之一（另外两部是克劳塞维茨《战争论》和宫本武

藏《五轮书》），被誉为"兵学盛典"。《孙子兵法》是中国古典军事文化遗产中的璀璨瑰宝，是中国优秀文化传统的重要组成部分，其内容博大精深，思想精邃富赡，逻辑缜密严谨。

②天地阴阳五行：木火土金水五种物象表达的相生相克关系简称为五行。阴阳属于阴阳五行学说立论的基础，阴阳与五行属于形式与内容的关系，是指无论阴的内部或阳的内部包括阴阳之间，都具备着木火土金水五种物象表达的那种生克利害的基本关系。换句话来说，即阴阳的内容是通过木火土金水物象反映出来的，五行属于阴阳内容的存在形式。

③水克火：五行之中，水有克伐、制约火的作用。

④哲思淼淼：哲思，形容精深敏捷的思虑。陆云《晋故豫章内史夏府君诔》："澄鉴博映，哲思惟文，沦心众妙，洞志灵源。"淼淼，水势浩大貌。

⑤对弈：对弈，下围棋（分黑白两方，执黑棋方先下，至某方无子可落，以占领棋盘面积较多的一方为胜），引申到象棋，及其他对局。又称，手谈。在古代，有学识地位的人，用来消遣娱乐，他们同时也锻炼了全局考虑的能力，增强自己的谋略。

⑥庙算：指凡事预则立，事前要有谋划和准备。中国古代，凡遇到重大战事，皆要告于祖庙，议于明堂，故而称之"庙算"。

⑦圭臬：指圭表，我国古代天文仪器，是在石座上平放着的一个尺（圭），南北两端各立一个标杆（表）。根据日影的长短可以测定节气和一年时间的长短。比喻准则或法度。

⑧惟知己知他：知己知他，此处格律要求平声，故将彼改为他。出处《孙子·谋攻》："知己知彼，百战不殆。"原意是如果对敌我双方的情况都能了解透彻，打起仗来就可以立于不败之地，泛指对双方情况都很了解，根本就不用担心会失败。

⑨运筹征讨：运筹，筹划；制定策略，进行谋划。征讨，讨伐。

⑩大道无形至简：基本解释"大道"，政治上的最高理想，指放之四海而皆准的道理或真理大道的体。天地宇宙之间大道是

核心主宰，是世界的真理。这大道之本体是仁爱的、友善的、和平的、是自然和谐的。能够体现大道本体的是人与人与生命之间的相互敬重、敬畏和宽容。

⑪伐谋：破坏敌方施展的谋略。一说以谋略战胜敌人。《孙子·谋攻》云："故上兵伐谋，其次伐交，其次伐兵。"

七律·读毛泽东《沁园春·雪》

开门见雪舞苍穹，千里冰封万岭蒙。

满腹诗情奔涌至，一园美色诵读成。

横空出世昆仑阅，踏马成词旷野惊。

无数追求无数梦，风流人物风流同。

【注】

①《沁园春·雪》是毛泽东的诗词名篇，作于1936年2月。

②开门见雪舞苍穹，千里冰封万岭蒙：毛泽东转战二万五千里长征到达陕西吴起镇，次日早晨打开房门，大雪飘飞，不由思绪蹁跹。提笔写下了这首诗词。"北国风光，千里冰封，万里雪飘"是《沁园春·雪》中的词句。

③横空出世昆仑阅，踏马成词旷野惊：昆仑山，又称昆仑虚、中国第一神山。昆仑山由于其高耸挺拔，成为古代中国和西部之间的天然屏障，被古代中国人认为是世界的边缘，加上昆仑山的终年积雪令中国古代以白色象征西方。昆仑山在中华民族的文化史上具有"万山之祖"的显赫地位，古人称昆仑山为中华"龙脉之祖"。如李白的"若非群玉山头见，会向瑶台月下逢"的美诗，毛主席的"横空出世，莽昆仑"的华章等。

惜分飞·读陶渊明《桃花源记》

踏径寻得飘然境，邂逅桃源幻梦。只见东篱下，缘溪尽驻秦时姓。　　屋舍桑竹孰与共？物是人非陶令。地老天荒纵，花间相见情怀映。

【注】

①陶渊明《桃花源记》：陶渊明：又名潜，字元亮，私谥"靖节"，因宅边曾有五棵柳树，又自号"五柳先生"，东晋浔阳柴桑人（今江西九江），东晋著名诗人，东晋末期南朝宋初期诗人、文学家、辞赋家、散文家。《桃花源记》人陶渊明的代表作之一，是《桃花源诗》的序言。通过对桃花源的安宁和乐、自由平等生活的描绘，表现了作者追求美好生活的理想和对现实生活的不满。

②踏径寻得飘然境，邂逅桃源幻梦：《桃花源记》："缘溪行，忘路之远近。忽逢桃花林，夹岸数百步，中无杂树，芳草鲜美，落英缤纷。"

③只见东篱下，缘溪尽驻秦时姓：陶渊明《饮酒》诗之五有句："採菊东篱下，悠然见南山。"后因此指种菊之处，菊圃。缘溪尽驻秦时姓，陶渊明《桃花源记》云："自云先世避秦时乱，率妻子邑人来此绝境，不复出焉，遂与外人间隔。"

④屋舍桑竹孰与共？物是人非陶令：《桃花源记》云："土地平旷，屋舍俨然，有良田美池桑竹之属。"陶令，指陶渊明，曾任彭泽令，故称。

⑤花间相见：花间，指菊花，陶渊明爱菊，宅边遍植菊花。

五言排律·读王维《使至塞上》

一地花香路，悄然漫步读。
田园皆秀色，大漠孤烟无。
天降黄河水，情生绿苇图。
征鹏出汉塞，归雁落心湖。
故垒应犹在，新城似又出。
读诗思旧事，入夜念扶苏。

【注】

①王维《使至塞上》："单车欲问边，属国过居延。征蓬出汉塞，归雁入胡天。大漠孤烟直，长河落日圆。萧关逢候骑，都护在燕然。"

②大漠孤烟无：大漠，大沙漠，此处大约是指凉州之北的沙漠。孤烟：一云边防报警之狼烟，又指边防使用的平安火。

③征鹏出汉塞："征蓬出汉塞，归雁入胡天"，诗人以"蓬""雁"自比，说自己随风而去的蓬草一样出临"汉塞"，振翅北飞的"归雁"一样进入"胡天"。

④归雁落心湖：归雁：雁是候鸟，这里是指大雁北飞。

⑤故垒应犹在：故垒，古代的堡垒；旧堡垒。

⑥新城似又出：新城好像已经建成。

七言排律·读张继《夜泊枫桥》

烟雨悄声入夜情，离愁别绪涌江枫。

浅斟低唱淋漓竟，载露含风渐次盈。

月落乌啼霜满地，云飘水动韵登汀。

姑苏城外寒山寺，尘世鼓中驿站营。

多少文人骚客梦，何方游子雅朋行。

拾得东渡重洋岛，舍弃西窗几壑峰。

背影依稀岁月逝，心乡若有时光停。

淅淅沥沥诗章就，隐隐约约画中逢。

【注】

①读《夜泊枫桥》：唐张继《枫桥夜泊》："月落乌啼霜满天，江枫渔火对愁眠。姑苏城外寒山寺，夜半钟声到客船。"枫桥：在今苏州市阊门外。

②离愁别绪涌江枫：宋欧阳修《梁州令》有句："离情别恨多少，条条结向垂杨缕。"江枫：寒山寺旁边的两座桥"江村桥"和"枫桥"的名称。

③月落乌啼霜满地：在月辉洒落时，伴着几声乌鸦的啼叫，满地好像铺着一层薄薄的秋霜。

④姑苏城外寒山寺：姑苏：苏州的别称，因城西南有姑苏山而得名。寒山寺：在枫桥附近，始建于南朝梁代。相传因唐僧人寒山、拾得住此而得名。

⑤文人骚客：文人，指读书能文的人。曹丕《与吴质书》云："观古今文人，类不护细行。"骚客，又解骚人。屈原作《离骚》，因此称屈原或《楚辞》的作者为骚人。后泛指诗人。后也泛指忧愁失意的文士、诗人，如："正声何微茫，哀怨起骚人。"（李白《古风》）"迁客骚人，多会于此。"（宋·范仲淹《岳阳楼记》）

⑥西窗：唐李商隐诗《夜雨寄北》："君问归期未有期，巴山夜雨涨秋池。何当共剪西窗烛，却话巴山夜雨时。"

桂枝香·读白居易《长相思》

　　滴滴是泪，那旧日愁思，却也妩媚。远望瓜洲渡口，寄情山水。月辉洒在楼台上，倚窗时、谁人知会？吴山点点，泗河东去，似乎心碎。　　忒忧郁、闺房姊妹。纵满腹经纶，只留憔悴。别绪离怀，幸有入诗歌谓。小城故事虽流逝，伴泉林、化为珠珮。圣人论语，平凡女子，皆成高贵。

【注】

①白居易《长相思》：白居易（772～846），字乐天，晚年又号称香山居士，河南郑州新郑人，是我国唐代伟大的现实主义诗人，有"诗魔"和"诗王"之称，其诗歌题材广泛，形式多样，语言平易通俗。官至翰林学士、左赞善大夫。有《白氏长庆集》传世，代表诗作有《长恨歌》《卖炭翁》《琵琶行》等。长相思，词牌名。亦称《长相思令》《相思令》《吴山青》等。《长相思》："汴水流，泗水流，流到瓜洲古渡头。吴山点点愁。　　思悠悠，恨悠悠，恨到归时方始休。月明人倚楼。"

②滴滴是泪，那旧日愁思，却也妩媚：愁思，忧愁的思绪。妩媚，姿态美好可爱。

③瓜洲渡口：瓜洲，位于江苏省扬州市邗江区，扬州市古运河下游与长江交汇处。

④吴山点点，泗河东去，似乎心碎：吴山，在浙江杭州市西

湖东南。山势绵亘起伏，伸入市区，左带钱塘江，右瞰西湖，为杭州名胜。春秋时为吴西界，故名。或云以伍子胥故，讹伍为吴。又因此山有子胥祠，遂称胥山。五代吴越中时（一说宋代）山上有城隍庙，故亦称城隍山，今通称吴山。泗河，又名泗水，山东省中部较大河流，发源于沂蒙山区新泰市太平顶西麓，原经鲁西南平原，循今山东南四湖（昭阳湖、南阳湖、独山湖、微山湖）流路，进入江苏省。

⑤纵满腹经纶，只留憔悴。别绪离怀，幸有入诗歌谓：指白居易一生官场沉浮，宦途受挫之后，诗歌成为其寄情山水、品味普通生活的慰藉。白居易早年热心济世，强调诗歌的政治功能，并力求通俗，所作《新乐府》《秦中吟》共六十首，确实做到了"唯歌生民病""句句必尽规"，与杜甫的"三吏""三别"同为著名的诗史。长篇叙事诗《长恨歌》《琵琶行》则代表他艺术上的最高成就。中年在官场中受了挫折，"宦途自此心长栖，世事从今口不开"，但仍写了许多好诗，为百姓做过许多好事，杭州西湖至今留着纪念他的白堤。晚年寄情山水，也写过一些小词。

⑥圣人论语，平凡女子，皆成高贵：在白居易的诗中，有济世圣言，也有寻常人家女子的思愁绵长，在诗人眼中，人间万象均可用诗表达出其内在高贵意境。

踏青游·格萨尔王史诗

　　旷野天高，镶解满山神妙。眷顾中、史诗萦绕。古桑烟，吹袅袅、飘出故事，知多少？今日玉树领悟，格萨尔王能晓？　　口若悬河，演唱意随情到。战鼓响、英雄未老。草原鹰，腾空起、聆听号角，仙境渺。俯瞰水环峰抱。三江源头祈祷。追风追雨追道。

【注】

　　①格萨尔王史诗：《格萨尔王传》是藏族人民集体创作的一部伟大的英雄史诗，结构宏伟，卷帙浩繁，气势磅礴，流传广泛，代表着古代藏族文化的最高成就。史诗从生成、基本定型到不断演进，包含了藏民族文化的原始内核，又融汇了不同时代藏民族关于历史、社会、自然、科学、宗教、道德、风俗、文化、艺术的知识，是研究古代藏族社会的一部百科全书，被誉为"东方的荷马史诗"。格萨尔王，在藏族的传说里是莲花生大师的化身，一生戎马，扬善抑恶，弘扬佛法，传播文化，成为藏族人民引以为自豪的旷世英雄。格萨尔王生于 1038 年，殁于 1119 年，一生降妖伏魔，除暴安良，南征北战，统一了大小 150 多个部落，国土始归一统。

　　②古桑烟，吹袅袅、飘出故事，知多少：桑烟："桑"是藏语的译音，本义为"净"。桑烟又称熏香。桑烟的发源地在今西藏阿里地区，沿袭至今已有 3000 余年的历史，是宗教活动中的重要仪式之一。用在盟誓上，是让天神作证的意思。民间性的桑烟，更多的是为自己、家人和亲朋好友祈福。每逢吉日，村寨到处弥漫着浓郁的香味，萦绕着袅袅的桑烟。

　　③今日玉树领悟，格萨尔王能晓：玉树，藏语大意是"遗址

之地"，即是指格萨尔王创立的岭王国。玉树是传说中格萨尔王王妃珠姆的诞生地。在玉树有大量的有关格萨尔王的传说、文物和遗址。

④口若悬河，演唱意随情到：《格萨尔王传》的传承方式令人称奇，由历代无数民间说唱艺人集体创造、加工提炼、口耳相传的，现今已经整理发掘的有120多部、100多万行诗，逾千万字。众多的格萨尔说唱艺人目不识丁，却能在大病一场或一觉醒来之后说唱《格萨尔王传》。在藏地，格萨尔说唱艺人分为7类，其中以"神授艺人"最为神奇。因此，格萨尔说唱艺人也成为西藏诸多未解之谜之一。在玉树，有几十位能说书的艺人，皆为顿悟之后说唱，最多的一人可说200多部书。

⑤三江源头祈祷：三江源，位于我国的西部，平均海拔3500-4800米，是世界屋脊——青藏高原的腹地、青海省南部，为孕育中华民族、中南半岛悠久文明历史的长江、黄河和澜沧江的源头汇水区。

⑥追风追雨追道：格萨尔王一生，是为正义、为苍生而策马向前的一生，充满着与邪恶势力斗争的惊涛骇浪，为了铲除人间的祸患和弱肉强食的不合理现象，他受命降临凡界，镇伏了食人的妖魔，驱逐了掳掠百姓的侵略者，并和他的叔父晁同—叛国投敌的奸贼展开毫不妥协的斗争，赢得了部落的自由和平与幸福。

喜迁莺·读《仓央嘉措诗》

　　仓央嘉措，真爱撒满河，痴情飘落。捧起莲石，轻抬慧眼，朝圣恰逢春过。转世感怀消遁，温润莹泽心作。皎洁月，阿吉玛米美，散花时刻。　　清澈，无对错，抛弃世俗，丢却人间懦。南寺香烟，丝丝缕缕，淡淡环绕佛座。已将玉洁冰色，化作灵魂雕塑。舍利子，道行修成者，曼陀罗侧。

【注】

①《仓央嘉措诗》：仓央嘉措，门巴族人。六世达赖喇嘛，西藏历史上著名的人物。1683年生于西藏南部的门隅宇松。相传8岁能写字，11岁能作诗。

②捧起莲石，轻抬慧眼，朝圣恰逢春过：《捧着莲石去朝圣》是一本关于西藏六世达赖喇嘛仓央嘉措的传记文学。

③阿吉玛米：出自六世达赖仓央嘉措的情诗，传说是仓央嘉措情人的名字。

④清澈，丢对错，丢弃世俗，丢弃人间懦：1706年，六世达赖被废除，开始流浪生涯。传说仓央嘉措舍弃名位，决然遁去，在行至青海湖后，于一个风雪夜失踪。后半生周游印度、尼泊尔、蒙古以及我国康藏、甘、青等处，继续弘扬佛法，后来在阿拉善去世，终年64岁。

⑤舍利子：舍利子原指佛教祖师释迦牟尼佛圆寂火化后留下的遗骨和珠状宝石样生成物。舍利子印度语叫做驮都，也叫设利罗，译成中文叫灵骨、身骨、遗身。是一个人往生，经过火葬后所留下的结晶体。

⑥曼陀罗侧：藏传佛教术语曼陀罗或称满达、曼扎、曼达，梵文：mandala。意译为坛场，以轮圆具足或"聚集"为本意。

指一切圣贤、一切功德的聚集之处。曼陀罗是僧人和藏民日常修习秘法时的"心中宇宙图"，共有四种，即所谓的"四曼为相"，一般是以圆形或正方形为主，相当对称，有中心点。

七律·雪夜读书

三更有梦书当枕，雪夜无声地作根。
飘落漫天洁雅韵，亲泽遍野婉约文。
灯前静览诗书卷，窗外悄铺岁月金。
追梦惜时怜逝水，潇潇洒洒写天魂。

【注】

①三更有梦书当枕：传为清·纪晓岚诗句："三更有梦书当枕，千里怀人月在峰。"《越绝书·外传枕中》云："以丹书帛，置之枕中，以为国宝。"或许是枕边书最早的由来。

②飘落漫天洁雅韵：洁雅韵，常用作形容一种高雅的风韵，雅致的气韵，或指优雅的音韵。雅，有美好、高尚之意。韵，有风度、气质、节律之意。

七律·书屋

足音印记绕清流，世事沉浮载空舟。
不染尘埃读万象，惟读韵律品千秋。
经年日月风交替，漫步乾坤客去留。
室雅何须帘影动，书屋虽小胜金瓯。

【注】

①世事沉浮载空舟：世事，世上的事。沉浮，比喻盛衰、消长，也指随波逐流。

②万象：宇宙内外一切事物或景象。

③乾坤：《易经》的乾卦和坤卦，借指天地、阴阳或江山、局面等。

④金瓯：金的盆盂或杯子。

桂枝香·诗漾清香

——中华诗词学会成立 30 周年所作

凭栏远望，历千载春秋，卓然吟唱。上古弹歌而作，兼葭击壤。太息掩涕哀民怨，仰天时、咏之悲壮。宋词高雅，唐诗华美，精神佳酿。　赋载道、哲思作桨。叹横看成峰，梦回沙场。画角声中，河汉月明星朗。无边落木萧萧下，万端情汩汩流淌。冲刷岁月，穿行景色，满船思想。

眼儿媚·夜半读书

灯下灯前览诗书，夜半入心图。万千智者，华章里驻，踏径拾珠。　修身养性无垠路，悟道品读屋。甜酸苦辣，怡然气度，自有天福。

念奴娇·拜读习近平《念奴娇 · 追思焦裕禄》

纳云吐雨，阅春色，大地惊蛰微熹。滚滚思怀，追逝者、催促匆匆步履。合抱焦桐，归来碧绿，树下浓荫里。江河冬去，浪花飞舞成曲。

脉脉播种耕耘，奉深情不已，晨曦几许。胸臆灼灼，融梦想、直上长天寰宇。月夜银屏，醉英雄气概，任凭风洗。凝胶时刻，淌出无尽心语。

水调歌头·诗仙李白

久仰诗仙境，已在梦中盛。行云流水挥洒，笔落即惊风。欲上九天揽月，将进灵魂醉志，有色亦如空。蜀道拾阶越，独坐敬亭迎。　　情弥漫，意浓重，雾蒸腾。江河涌动，大唐时代韵无穷。举杯浇愁心醉，把酒低吟歌纵，起舞影飘零。得道赋阳冰，化作万年情。

清平乐·感叹李白晚年际遇

天门中断，楚水流哀怨。谁晓谪仙堪苦难，了却浮生沟堑。　　仰天大笑诗风，万山踏遍豪情。遥望故乡明月，低头疑在江中。

桂枝香·致诗人吉狄马加先生

　　彝风野趣，梦想入清江，淌出诗句。一捧凉山热土，红黄蓝绿。登临举目群星烁，欲飞翔、吟哦思绪。月光挥洒，随情融化，谱成音律。　　书中路、匆匆步履。写大地长空，繁花飞絮。雪豹独白，嘉那玛尼石砌。蹄声细碎心湖远，令衷肠、如诉如泣。三江源水，从天而落，奔腾不羁。

【注】

《光明日报》刊登《吉狄马加：写在天空和大地之间》，文章称2016年6月吉狄马加获得2016年度欧洲诗歌艺术荷马奖③，颁奖仪式特意选在诗人家乡——四川彝族自治县。吉狄马加2016年1月22日参加"陈文玲第三部古典诗词发布会暨中华诗词高端论坛"，在会上发表重要观点。

鹊桥仙·读李白《静夜思》

　　举杯邀月，窗前诗阕，一片乡情浓烈。缘何三百咏婵娟，影凌乱、清辉不灭。　　茫茫长夜，风吹落雪，独自编织境界。气吞寰宇手摘星，放飞梦、无眠之夜。

鹊桥仙·一代文豪星宿

　　华章诗赋，文章雨露，一代文豪星宿。天边飞鸿落人间，便化作、诗情无数。　　迢迢长路，杨帆远渡，俯首为牛执著。春风野火笔为犁，错落里、蓦然回顾。

【注】
　　2016 年 12 月 23 日，在中国现代文学馆参加"纪念鲁迅逝世80 周年暨臧克家《有的人——纪念鲁迅有感》发表 67 年"活动，应邀在会议上发言。会上展出同期一代文豪大家，有感而作。

鹊桥仙·读柳宗元《江雪》

　　一人独坐，千山静默，垂钓雪中景色。孤舟万径竟如无，俱往矣、飞白淡墨。　　胸中沟壑，随情起落，凝固时光此刻。冬藏内敛待春归，晓晴后、风光唱和。

醉花阴·日月轮回

——步李清照词韵

日月轮回无永昼，难辨人或兽。抱朴在山间，醉卧田园，入夜风吹透。　群峰踏遍谁先后？泼墨情盈袖。生命转头空，冬夏交织，叶落枝头瘦。

声声慢·访徐志摩故居

一杯潇洒，几碗激情，轻轻涂抹意境。沐浴星辰朗月，手牵诗共。山高水长情重，别康桥、怦然心动。时光逝、岁月空，只有纯真如梦。　溢满青春色彩，踏韵律、穿越世俗人性。浪漫玄思，已作风光馈赠。玫瑰盛开此刻，在天堂、低声吟诵。为什么，去者远、仍受尊敬？

临江仙·敬致臧克家先生

风雨一生诗溢涌，琅琊烙印无形。人民解语在其中。文章传千古，爱憎自分明。　不老江天星宇阔，黄昏老马嘶鸣。满腔热血骨铮铮。匍匐泥土贵，抱朴吐心声。

河传·读周文重《出使美国》

千山万水，太平洋经纬，潮升潮壑。雾里看花，渡夏光春蕊。淡定中，终不悔。　　层层海浪行行队，架起长桥、开放包容绘。大国外交，自信自尊自贵。世界和，中与美。

【注】

①周文重《出使美国》：周文重，原任中华人民共和国驻美利坚合众国特命全权大使，至2010年卸任。《出使美国（2005-2010）》以作者2005-2010年任中国驻美国大使期间亲身经历的12件大事，从一个侧面反映了中美关系的历程。

②大国外交，自信自尊自贵：中国的大国外交应充满智慧，具有自信、自尊和自强的大国风范和高贵。

③世界和，中与美：中国和美国作为最大的发展中国家和最大的发达国家，只有构建新型大国关系，才能对世界和平发展做出贡献，反之则影响世界和平。

浪淘沙·瞻仰梁启超故居

　　丙申年十月二十七日，在江门参加上海第一财经主办的《全国县市长论坛》应邀作主旨发言。是日寒风夹带冷雨，与周健工、张坚忠雨中撑伞瞻仰一代伟人梁启超故居和宋元崖门之战旧址，别有一番感慨。

　　仰慕饮冰君，纵雨低吟。一观浩荡少年文。无所不窥天下事，动魄惊心。　　变法唤图新，字字千钧。激流勇进弄潮人。聊慰满门皆俊秀，梦想成真。

水调歌头·追梦者

　　寄语松竹韵，泼墨写丹青。编织时代经纬，激越亦从容。追梦天开一堑，寻道心藏五岭，顶上我为峰。淡淡黄花蕊，融入酿真情。　　任风雨，归来去，润无声。不择冷暖，卷起江海浪涛腾。播种东南西北，提炼酸甜苦辣，境界在其中。草木堪君子，大朴自然生。

桂枝香·读蒋子龙散文集

　　大家风范，写率性文章，心灵藤蔓。解析人生百态，世情达练。云烟雾影皆不是，海河边、冬凉春暖。几分入木，几分出水，即成文卷。　共书案、时光漫漫。赞恬淡如空，暗香扑面。去岁评诗，卓见已留江畔。明心见性馨香处，似珠玑化作帷幔。不生不灭，不增不减，絮花成片。

念奴娇·起舞徘徊寰宇

　　徘徊寰宇，品茫茫仙阁，乘鸾来去。起舞长空云弄影，人在清凉国里。携手同游，中烟历历，水墨洇诗句。低吟浅唱，化为香气飘逸。　漫步穿行心丛，峰峦神骏，秀向风和雨。醉了夕阳斜照处，醉了词中天地。万象更新，千帆竞过，壮美中华剧。东方织锦，展开无数瑰丽。

春草碧·思想者

　　傲骨依旧清辉澈，极目望江河、胸怀阔。抖落一片俗尘，捧出生命写诗册。道法自然中、藏心舍。　月华如练年年，有升有落。此事古难全、风吹过。夜深人静凭栏，心归何处无对错。智慧蕴惊涛、真情刻。

【注】

①道法自然中、藏心舍：道法自然，老子的哲学思想。《老子》云："道法自然。"老子认为，"道"虽是生长万物的，却是无目的、无意识的，它"生而不有，为而不恃，长而不宰"，即不把万物据为己有，不夸耀自己的功劳，不主宰和支配万物，而是听任万物自然而然发展着。

②月华如练年年，有升有落：月缺月圆，年年岁岁如此，月升月落，年年岁岁此般。北宋范仲淹《御街行》有句："年年今夜，月华如练，长是人千里。"

③此事古难全、风吹过：苏轼《水调歌头》有句："人有悲欢离合，月有阴晴圆缺，此事古难全。"

④智慧蕴惊涛、真情刻：惊涛，震慑人心的波涛。

七律·赏读李白故居碑林毛泽东、祝枝山、徐渭书李白诗有感

碑林震撼草书文，天上飞流泣鬼神。
犹见黄河咆哮志，疑观蜀道横绝魂。
瀛洲海客轻权贵，巴蜀诗仙重友人。
不尽豪情挥笔落，一墙壮阔半边云。

江城子·瞻仰孙犁纪念馆

布衣布履布荷香。水牵肠，苇花扬。故里情
深，泥土也流芳。翠绿随风洋溢处，白洋淀，竟
风光。　　　冀中抗日写华章。藕根长，采菱娘。
淡淡飞丝，热烈却清凉。富贵荣华皆粪土，留隽永，
印心乡。

粉蝶儿·赏西宁《中国藏族文化艺术彩绘大观》

云淡风轻，美妙已成画栋。色斑斓、水流山
应。捧珠玑，铺日月，膜拜神圣。汇天然，重彩
染出仙境。　　　纤毫毕现，青藏高原纯净。梵音中、
雪山与共。叹奇观，融信仰，白莲化梦。感慨时，
诗意漫川吟诵。

【注】

①赏西宁《中国藏族文化艺术彩绘大观》：《中国藏族文化
艺术彩绘大观》展览于青海西宁的青海藏文化博物馆。长卷由当
代藏族著名唐卡工艺美术大师宗者拉杰历时 27 年设计策划，由
青海、西藏、甘肃、四川、云南五省区的 400 余位藏、蒙、汉、
土族顶尖工艺美术师耗时 4 年，精心创作完成。《中国藏族文化
艺术彩绘大观》画卷以藏族历史和藏传佛教各教派源流为主线，
表现了藏族人民对宇宙和地球的形成、人类的产生和社会变化以
及对未来世界的认识。

水调歌头·三星堆感怀

　　一缕云烟古，浩渺水无痕。洞开时刻惊叹，落日竟如金。锈迹尘封往事，纵目撑开神树，巴蜀印年轮。泥土筑羌寨，钻木渡乾坤。　　青铜固，陶缶朴，玉清纯。鱼凫巧手，织就岁月自然魂。断壁残垣沉寂，却蕴蚕丛密码，几欲上天门。九鸟衔花籽，遍野撒诗文。

醉花阴·驻步倾听

　　古树参天荫满路，侃侃轻谈吐。道友共称奇，驻步倾听，已解情深处。　　苦读汲取聪明露，遍览诗书赋。居敬紫阳楼，活水源头，云影天光布。

【注】

　　①2011年5月，作者在友人陪同下参观朱熹故居，偶遇一位当地的派出所所长，这位非专业导游对朱熹生平的精彩解说，吸引作者驻步倾听。

　　②苦读汲取聪明露，遍览诗书赋：指朱熹在此居住四十余载，饮啜"灵泉"之水，静心苦读，遍览群书，终成大家。

　　③居敬：朱熹《朱子语类·学三》云："学者工夫，唯在居敬穷理二理。"居敬穷理是中国宋代程朱学派所倡导的一种道德修养方法。"居敬"语出《论语·雍也》"居敬而行简"，意为以恭敬自持。程朱理学家认为所谓"居敬"，就是"心"的"主一""专一""自作主宰"，不为外物所牵累。

④活水源头，云影天光布：朱熹《观书有感》："半亩方塘一鉴开，天光云影共徘徊。问渠那得清如许，为有源头活水来。"

桂枝香·观四川成都莫高窟展览

鸣沙东麓，仰艺术之巅，绚烂夺目。响彻梅花吹角，向天飞舞。丝绸古路缤纷色，莫高魂、敦煌长驻。缥缈岁月，六根清净，轮回无数。　　北魏朴、唐风大度。品流泻芬芳，如诗如赋。岁月斑驳，佛祖涅槃开悟。经书几万西方掠，慧根存、锦绣无数。登临怀想，中华崛起，梦融情入。

虞美人·杜甫草堂

锦官城里红湿处，杜甫草堂驻。浣花溪水醉如初，晓雨霏霏犹似领诗读。　　安得广厦忧民苦，三吏三别赋。啼垂归血盼家书，一览众山岭上望江图。

【注】

①锦官城里红湿处：杜甫《春夜喜雨》有句："晓看红湿处，花重锦官城。"

②浣花溪水醉如初：杜甫草堂的浣花溪因杜甫而闻名，这里除了杜甫诗中描写的含蓄婉约景致之外，更多的是让人在此怀念杜甫，并因此陶醉和向往。

③安得广厦忧民苦：杜甫《茅屋为秋风所破歌》有句"安得广厦千万间，大庇天下寒士俱欢颜"，是杜甫旅居四川成都草堂期间所作，该作品体现了诗人忧国忧民的崇高思想境界，是杜诗的典范之作。

④三吏三别赋：三吏：《石壕吏》《新安吏》《潼关吏》，三别：《新婚别》《无家别》《垂老别》。"三吏三别"是杜甫的经典代表作品，杜甫体会民间疾苦及在乱世之中的孤独，写出了老百姓的困苦和战争对老百姓的残酷，表达了杜甫对人民的同情。

声声慢·在那遥远的地方

无拘无束，无欲无求，无私无我泰斗。遥远姑娘似醉，扬鞭之手。天边太阳映照，达坂城、马车正走。丝雨路，撒纯情，悒悒忧伤弹奏。　　热泪烫伤手背，提炼美、飘落乐声如缪。芳草青青，海北殿堂怀旧。胸襟豁然朗润，仰洛宾、轻歌宇宙。不朽者，将心歌、织成锦绣。

【注】

①在那遥远的地方：《在那遥远的地方》是西部歌王王洛宾在1939年创作的一首至今仍被广为传唱的歌曲。这首歌曲的曲调源于哈萨克族民歌。1939年秋，王洛宾受马步芳委派，协助电影艺术家郑君里在青海湖畔拍摄纪录片《民族万岁》，此时认识了藏族姑娘卓玛，她是当地一位藏族千户长的女儿。一段时间的相处，活泼美丽的卓玛给王洛宾留下了深刻的印象，并为她创作了这首歌曲。这首歌的创作过程，已成了带有传奇色彩的故事。相传在拍摄过程中，两人共乘一马，在青海湖边奔驰，如同歌词

中写的那样，卓玛的皮鞭轻轻地敲打在王洛宾的身上。两人分离之后，王洛宾在回西宁的路上怅然若失，借助民歌的旋律写成了这首传世之作。

②无拘无束，无欲无求，无私无我泰斗：王洛宾一生遭际坎坷，饱经沧桑，却有一颗超然物外的平常心。他在歌曲的天地里自由吟唱，无拘无束，无欲无求。由歌而起，由歌而终，是这位音乐泰斗传歌的一生。

③遥远姑娘似醉，扬鞭之手：正是美丽卓玛轻轻一鞭，打出了传世之作。《在那遥远的地方》歌词："我愿流浪在草原，跟她去放羊，每天看着那粉红的小脸和那美丽金边的衣裳。我愿做一只小羊，跟在她身旁，我愿每天她拿着皮鞭不断轻轻打在我身上。"

⑥热泪烫伤手背：王洛宾作品《你的热泪把我手背烫伤》，是他经历了命运的劫难，刑满释放后受到他曾经的学生和朋友帮助感动之余所写。歌词中写道："我重新回到了朋友的身边，又闻到友谊的芳香，亲爱的朋友谢谢你，从你的眼睛看到了悲伤，从你的眼睛看到了希望……"王洛宾将友谊看作生命的一部分，他珍重友谊，真爱朋友，在这些作品中都注满了他的激情。

⑦海北殿堂怀旧：指作者在青海海北参观王洛宾音乐艺术馆，缅怀这位伟大的音乐家。位于青海海北州的王洛宾音乐艺术馆，集中陈列了关于王洛宾的大量照片、实物及不同时期的歌曲、歌剧手稿，是全国最大规模的集中体现王洛宾音乐文化和西部音乐的艺术馆。主展厅由"走向音乐圣地""在音乐圣地的多彩绽放""矢志不渝的音乐追求""西部音乐的传歌者"、"乐缘情未了"五个部分构成，700余张珍贵的照片和手稿，体现了对这位中国民族艺术家的尊重和敬仰。

声声慢·瞻北京孔庙和国子监

　　参天老树，掩映沉浮，庄严雄伟肃穆。翠柏
苍松阅览，最高学府。修身悟道朝圣，大成音、
悠悠倾诉。槐荫下，朗声出，齐鲁同吟曲赋。　　国
子监中俊彦，正襟坐、尊师敬文追古。独占鳌头，
礼乐射御书数。圜桥教泽浸润，捧读时、溪流涌入。
学者智，智者远、远者卓著。

【注】

①北京孔庙和国子监：北京孔庙和国子监始建于元代，合于
"左庙右学"的古制，分别作为皇帝祭祀孔子的场所和最高学府。
北京孔庙又称"先师庙"、"宣圣庙"，是元明清三代国家举行
祭孔典礼的场所。国子监又称"太学"、"国学"，是元明清三
代国家设立的最高学府和教育行政机构。

②庄严雄伟肃穆：孔庙和国子监两组建筑群都采取沿中轴线
而建、左右对称的中国传统建筑方式，组成了一套完整、宏伟、
壮丽的古代建筑群。其中国子监辟雍和彝伦堂、孔庙太成殿等主
要殿堂建筑庄严雄伟，让人油然而生崇敬之情。

③齐鲁同吟曲赋：曲阜孔庙和包括北京孔庙在内的其他数千
座孔庙，是祭祀孔子、宣传儒家思想的庙宇。曲阜孔庙，是祭祀
中国春秋时期的著名思想家和教育家孔子的本庙，位于孔子故里
山东曲阜城内，又称"阙里至圣庙"，始建于鲁哀公十七年（前
478），历代增修扩建，是中国渊源最古、历史最长的一组建筑物，
也是海内外数千座孔庙的先河与范本，和相邻的孔府、城北的孔
林合称"三孔"。随着中国文化在中国周边地区的影响加深，越
南、朝鲜、日本等地都兴建了许多孔庙。18世纪以后，在欧洲、
美洲等地也相继出现了孔庙。海内外孔庙曾发展到3000多处（目
前尚存1300多处）。

江城子·虎门销烟

　　国家休戚总相关。浪无边，洗云天。呼啸奔腾，岸上是江山。不畏浮云遮望眼，执战戟，怒销烟。　　杜鹃啼血动心寰。映斜阳，伴时艰。誓不回还，壁立尽观澜。烧尽池中一腔怨，民敬仰，史留篇。

【注】

①虎门销烟：1839 年 6 月 3 日清朝政府委任钦差大臣林则徐禁烟，在虎门海滩当众销毁鸦片，至 6 月 25 日结束，共历时 23 天，销毁鸦片 19187 箱和 2119 袋，总重量 2376254 斤。虎门销烟成为打击毒品的历史事件。虎门销烟开始的 6 月 3 日，民国时被定为不放假的禁烟节，而销烟结束翌日即 6 月 26 日也正好是国际禁毒日。

②杜鹃啼血：传说杜鹃昼夜悲鸣，啼至血出乃止。常用以形容哀痛之极。唐白居易《琵琶行》有句："其间旦暮闻何物？杜鹃啼血猿哀鸣。"

江城子·端午读书

　　随风潜入夜无声。踏书丛，觅诗情。润物滴滴，点点化飞鸿。谁解感怀如淡墨，衔春色，染苍穹。　　身临其境悟人生。起伏中，见雍容。华美篇章，尽赏意难平。古色古香虽久远，心与共，手相擎。

【注】：

①随风潜入夜无声：唐杜甫《春夜喜雨》有句："随风潜入夜，润物细无声"。

②古色古香虽久远，心与共，手相擎：书画作品的古典雅致的情韵虽离我们的时代很遥远，但是作者在阅读的过程中仍能产生共鸣。作者热爱读书，在读书的过程中感受到幸福，这种与作品的精神契合和执手相擎的亲近，只能在潜心阅读中才能体味得到。

浪淘沙令·访朱熹故居

妙道自天然。遍地皆禅，方塘半亩硕白莲。千载古榕枝叶茂，种下诗篇。　　曾忆数十年，风雨无间，聪明泉水润文园。漫步紫阳朱子巷，寻觅格言。

【注】

①朱熹：南宋著名的理学家、思想家、哲学家、教育家、诗人、闽学派的代表人物，世称朱子，是孔子、孟子以来最杰出的弘扬儒学的大师。其一生著述甚多，主要有《四书章句集注》、《楚辞集注》及门人所辑《朱子大全》、《朱子语》等。

②方塘半亩硕白莲：指朱熹故居盛开的五夫白莲。五夫的荷塘因有朱熹的"半亩方塘"和厚重文化的积淀，而颇具风格。方塘半亩，指紫阳楼前是一池方塘。朱熹《观书有感》有句："半亩方塘一鉴开，天光云影共徘徊。"

③聪明泉水润文园：聪明泉水，指朱熹故居紫阳楼内的灵泉古井，即朱熹《观书有感》一诗中"问渠那得清如许，为有源头活水来"的活水，泉眼旁刻有朱熹手书"灵泉"。800多年前滋

养着朱熹旷世思想的泉水，被人们称为"聪明泉"。

④紫阳：指紫阳楼，又名紫阳书堂、紫阳书室，位于福建省武夷山市位于五夫镇府前村，潭溪之畔、屏山之麓，是朱熹居住达四十余年的旧居。因朱氏的祖籍徽州婺源有紫阳山，朱熹为表示不忘先祖，故将其取名为紫阳楼。紫阳楼内有半亩方塘、灵泉古井及朱子樟。其附近还有朱子巷、兴贤书院、兴贤古街、朱子社仓等古迹。

⑤朱子巷：位于福建省武夷山市境内，是五夫里（现为五夫镇）五夫街一条叉巷，始建于五代十国南唐时代（约930-950），距今1000多年。当年，朱熹偕徒探友，寻幽问道，每次外出时都要经过这小巷，竟达数万次之多。后人为怀念这位理学集大成的大儒，遂将这条小巷称为朱子巷，借以表达朱熹始经此处得使陋巷生辉的殊荣。

蝶恋花·游开封清明上河园

天降甘霖轻雾渺，亲友同行，漫步闻啼鸟。画卷诗情谁人晓？东京锦绣华章考。　　盛世王朝仙境袅。万种风情，大野芳菲草。宋代辉煌今日好，梦华韵律余音杳。

【注】

①画卷诗情：清明上河园不仅以恢宏的气势再现了《清明上河图》，而且用巧妙的创意把历史活化，使游人进入园区，仿佛穿越时空隧道走进了一幅活动的历史画卷，常令人有"一朝步入画卷，一日梦回千年"的时光倒流之感。

②东京锦绣：在历史上，开封凭借河湖纵横、灌溉发达、气候温和、交通便利的有利条件，是中国最早开发的地区，其城垣

宏大，文化灿烂，特别是北宋时期，开封作为都城东京，是中国政治、经济、军事、科技与文化中心，也是当时世界上最繁华的都市之一。

忆秦娥·布达拉宫

佛光阙，横空出世天边界。天边界，嵯峨殿宇，正将云掠。　　气势雄伟飞檐列，交相辉映红旗越。红旗越，祥和西藏，更牵情切。

【注】

①布达拉宫：俗称"第二普陀山"，屹立在西藏首府拉萨市区西北的红山上，是一座规模宏大的宫堡式建筑群。最初是松赞干布为迎娶文成公主而兴建的，17世纪重建后，布达拉宫成为历代达赖喇嘛的冬宫居所，也是西藏政教合一的统治中心。整座宫殿具有鲜明的藏式风格，依山而建，气势雄伟。布达拉宫中还收藏了无数的珍宝，堪称是一座艺术的殿堂。1961年，布达拉宫被中华人民共和国国务院公布为第一批全国重点文物保护单位之一。1994年，布达拉宫被列为世界文化遗产。

②横空出世天边界：布达拉宫始建于公元7世纪吐蕃王朝松赞干布时期，于1645年重建。整座宫殿依山垒砌，群楼重叠，殿宇嵯峨，气势雄伟，有横空出世、气贯苍穹之势。

③嵯峨殿宇：指布达拉宫依山而建，气势雄伟。嵯峨，形容山势高峻。唐杜甫《江梅》有句："故园不可见，巫岫郁嵯峨。"

六州歌头·再访朱子故居

时光浸润，朱子巷中寻。街苍老，墙亦旧，却如金。千载古村落，方塘小，寒泉在，书院聚，理学魂。山水武夷，孕育结庐境，墨客纷纭。品禅茶一味，壶里有乾坤。历史回音。雅风存。　　望五夫里，庭前树，格言训，雨轻吟。听风语，观峰壑，著诗文。种浓荫。徒步穿行过，游学者，仰其人。抒胸臆，追真谛，苦耕耘。感悟不期而至，自然馈，天道酬勤。叹紫阳楼上，曼妙遇纯真。暮霭迎晨。

【注】

①朱子巷中寻。街苍老，墙亦旧，却如金：朱子故里包括紫阳楼、朱子巷、兴贤古街。朱子巷是条鹅卵石铺就的古巷，小巷深深，两侧土墙沧桑，是朱熹进入武夷山的第一巷，始建于五代十国南唐时，距今已千余年，相传朱熹初居五夫时，常从此巷前往鹅子峰麓，向岳父兼老师的刘勉之求教，或去不远处的文定书堂向一代名儒胡安国之子胡宪问道。经年累月，经此小巷竟达数万次之多。

②千载古村落，方塘小，寒泉在，书院聚，理学魂：据记载，朱熹定居紫阳楼近50年。旧紫阳楼于民国初年毁于兵燹，后仅存遗址,现紫阳楼是1998年底在省市领导及专家的重视和支持下，在原址上，按原样重建的。紫阳楼前，翠竹扶疏，数株相传为朱熹手植的红豆树、樟树、楠木高大挺拔，门前几畦青圃镶嵌着的半亩方塘，传说曾启迪朱熹作出《观书有感》"半亩方塘一鉴开，天光云影共徘徊。问渠哪得清如许，为有源头活水来"这脍炙人

口的诗句。紫阳书院以祭祀朱熹，宣扬朱熹理学思想为主旨。

③山水武夷，孕育结庐境，墨客纷纭：结庐，东晋陶渊明《饮酒》："结庐在人境，而无车马喧。"结庐，构筑房舍。

④历史回音。雅风存：朱熹承北宋周敦颐与二程学说，创立宋代研究哲理的学风，建立了庞大的理学体系，成为宋代理学之大成，其功绩为后世所称道。

⑤望五夫里，庭前树，格言训，雨轻吟：五夫镇自古就有"邹鲁渊源"之称，是理学宗师朱熹的故乡，朱子理学的形成地，朱熹在五夫从师就学长达40余年。紫阳楼前，翠竹扶疏，数株相传为朱熹手植的红豆树、樟树、楠木，高大挺拔。格言训，指《朱子语类家训。

⑥叹紫阳楼上，曼妙遇纯真，暮霭迎晨：紫阳楼，位于五夫潭溪之畔、屏山之麓。朱熹父亲朱松的好友刘子翚，不负朱松重托，为朱熹母子构筑的楼宅，因朱氏祖籍江西婺源有紫阳山，为念先祖，故名楼宅为紫阳楼，匾其厅堂为"紫阳书堂"。

菩萨蛮·丝绸之路

　　春蚕到死丝方尽，吐出美妙飘然韵。素女手纤纤，柔肠织远山。　　弯弯商道路，脚步寸寸读。大漠走惊殊，驼铃飞画图。

【注】

①丝绸之路：简称丝路。是指西汉（前202—8，）时，由张骞出使西域开辟的以长安（今西安）为起点，经甘肃、新疆，到中亚、西亚，并联接地中海各国的陆上通道。因为由这条路西运的货物中以丝绸制品的影响最大，故得此名。在古代世界，只有中国是最早开始种桑、养蚕、生产丝织品的国家。考古发现，自商、

周至战国时期，中国的丝绸的生产技术已经发展到相当高的水平。

②春蚕到死丝方尽：唐李商隐《无题》有句："春蚕到死丝方尽，蜡炬成灰泪始干。"

莺啼序·访一代词宗柳永故居

低吟柳词妩媚，领千般叠翠。寻故里、往日依然，岁月流淌凝泪。罗汉绿、经年不朽，悄然等待知音慰。见古桥苍老，空梁似载憔悴。　　进士之家，慈母教诲，浸武夷山水。音律美、和着蝉鸣，声声注满青穗。漫天听、金鹅岭下，启航处、云飘思霈。洗清秋、天际归舟，谁知心内？

灵魂漂处，望海潮时，涌出真韵味。杨柳岸、晓风残月，执手相看，晚露娟娟，画中描绘。浮名抛却，穿行苦乐，白衣卿相怜香桂，叹唏嘘、哀婉疏枝缀。直将块垒，换得大雅轻俗，隐隐两三灯蕊。　　酩酊大醉，入仕追寻，纵镜空箫累。羁旅客、凄霜加倍。妙笔生花，亦复如何？半筐鬼魅。纯情照旧，斜阳不废。利牵名惹无错对，宦游难、自古人言畏。词宗一代芳菲，傲立诗丛，化为玉佩。

【注】

①一代词宗——柳永：柳永，（约987—约1053）北宋著名词人，婉约派最具代表性的人物。崇安（今福建武夷山）人，原名三变，字景庄，后改名永，字耆卿，排行第七，又称柳七。宋仁宗朝进士，

官至屯田员外郎，故世称柳屯田。他自称"奉旨填词柳三变"，以毕生精力作词，并以"白衣卿相"自诩。其词多描绘城市风光和歌妓生活，尤长于抒写羁旅行役之情，创作慢词独多。铺叙刻画，情景交融，语言通俗，音律谐婉，在当时流传极其广泛，人称"凡有井水饮处，皆能歌柳词"，对宋词的发展有重大影响。

②低吟柳词妩媚，领千般叠翠：叠翠，层叠的翠绿色。指层叠的山色。

③罗汉绿、经年不朽，悄然等待知音慰。罗汉绿：柳永16岁离家时，栽下了2棵罗汉松，现在这两棵罗汉松还在。悄然等待知音慰：柳永由于仕途坎坷、生活潦倒，由追求功名转而厌倦官场，沉溺于旖旎繁华的都市生活，在"倚红偎翠"、"浅斟低唱"中寻找寄托。

④见古桥苍老，空梁似载憔悴：柳永出生于崇安县白水村，白水村口有座遇仙桥，躬卧在潺潺白水溪之上。它那凝重的古朴身姿，宛若一把巨大的锁，用当地百姓的话来说，这把锁紧紧锁住了白水村水口的风水。

⑤进士之家，慈母教诲，浸武夷山水：柳永于雍熙四年（987）生于京东西路济州任城县，淳化元年（990）至淳化三年（992），柳永父柳宜通判全州，按照宋代官制，不许携带家眷前往。柳宜无奈将妻子与儿子柳永带回福建崇安老家，柳永从小受到琴棋书画俱佳尤擅长曲乐的母亲严格训练。

⑥漫天听、金鹅岭下，启航处、云飘思霈：茶里村坐北朝南，东面临五夫古道，西面是巍峨壮丽的白水金鹅峰，俗称鹅子峰，海拔1002米，是武夷山市东部最高峰。茶里村静卧在幽雅的自然环境中，风水意象怡人，加上鹅子峰曾养育了宋代词人柳永和南宋理学家朱熹两位名人，茶里村自然也沾了光。

⑦杨柳岸、晓风残月，执手相看，晚露娟娟，画中描绘：杨柳岸晓风残月，出自柳永《雨霖铃》："多情自古伤离别，更那堪，冷落清秋节。今宵酒醒何处？杨柳岸，晓风残月。此去经年，应

是良辰好景虚设。便纵有千种风情，更与何人说！""柳"、"留"谐音，写难留的离情；晓风凄冷，写别后的寒心；残月破碎，写此后难圆之意。"执手相看泪眼，竟无语凝噎。"将离人凄楚惆怅、孤独忧伤的感情，表现得十分充分、真切，创造出一种特有的意境，成为名句。

⑧浮名抛却，穿行苦乐，白衣卿相怜月桂：柳永《鹤冲天》有："忍把浮名，换了浅斟低唱"句，宋仁宗曾批评他："此人好去'浅斟低唱'，何要'浮名'？且填词去。"，将名字抹去。于是自称"奉旨填词柳三变"，以毕生精力作词，并以"白衣卿相"自许。

念奴娇·李清照

　　女人似花，花如梦、洒向人间成境。香脸半开，娇旖旎、雨打芭蕉咏诵。横溢才华，婉丽词章，墨香喷薄竞。夫亡国破，清月独照窗映。　　纵有满腹经纶，觅情追韵痛，诗书与共。忍问英才，怎堪比、飒爽恰逢国盛？回首千年，纤纤女子众，痴心谁懂？惟有当代，巾帼方为梁栋。

【注】

①李清照：号易安居士，南宋杰出女词人，为婉约词一派的代表，词独具一格，称"易安体"。早年生活安定，词作多写相思之情；金兵入侵后，遭遇国家巨变，词作多感慨身世飘零。她的诗文感时咏史，与词风迥异。她不独工于词作，还兼工诗文，擅长书画，畅晓音律。

②香脸半开，娇旖旎、雨打芭蕉咏诵：李清照词《渔家傲》："雪里已知春信至，寒梅点缀琼枝腻。香脸半开娇旖旎，当庭际，

玉人浴出新妆洗。　　造化可能偏有意，故教明月玲珑地。共赏金尊沉绿蚁，莫拜醉，此花不与群花比"。此处用以比拟李清照的闺阁生活与多情善感的特质。雨打芭蕉咏诵："雨打芭蕉"常与孤独忧愁特别是离情别绪相联系。李清照亦有词表现"雨打芭蕉"，《添字丑奴儿》："窗前谁种芭蕉树，阴满中庭。阴满中庭，叶叶心心，舒卷有余情。　　伤心枕上三更雨，点滴霖霪。点滴霖霪，愁损北人，不惯起来听。"此处用以渲染南渡之后李清照忧伤清寂的心情。

③夫亡国破：李清照生活的年代为北宋末期南宋初期，国破即指北宋为金所迫，朝廷被迫南迁。"夫亡"指李清照丈夫赵明诚。

④纵有满腹经纶，觅情追韵痛，诗书与共。忍问英才，怎堪比、飒爽恰逢国盛：此句意为李清照虽然才华横溢，但仍难以与现代女子飒爽自然的精神状态相比。

惜分飞·昌化石

　　景外之情风光奉，国色天资妙境。遍览金石趣，寿山虽贵无金凤。　　峡谷幽深藏远梦，方寸之间韵动。倾诉时光梦，万千丝缕皆飘纵。

【注】

①昌化石：昌化石产于浙江省临安昌化镇。昌化石油脂光泽，微透明黄黑双色巧至半透明，极少数透明。品种很多，大部色泽沉着，性韧涩，明显带有团片状细白粉点。昌化石中，最负盛名的便是"印石三宝"之一的"昌化鸡血石"了。

②遍览金石趣，寿山虽贵无金凤：金石：田黄石，简称"田黄"，因产于福州市寿山乡"寿山溪"两旁之水稻田底下、呈黄色而得

名，为寿山石中最优良的品种之一。寿山：寿山位于中国福建省福州市的东北部，这里是寿山石的唯一产地。而寿山石这个名称也是由此而来。寿山石先后四次从众多参评的宝玉石中脱颖而出，荣登"国石"候选石之首。金凤：在鸡血石产地，有许多有关鸡血石的传说，这其中之一便是凤凰灭蝗虫，血洒玉岩山。

③峡谷幽深藏远梦，方寸之间韵动：昌化鸡血石出产于浙江省临安市昌化镇西50千米的浙西大峡谷源头—玉岩山，海拔1300余米，属天目山系，为仙霞岭山脉的北支，周围群山环抱，峻岭绵延，高山峡谷形成了独特的气候条件。

声声慢·昌化踏山寻石

云飘云聚，百里驱车，浙西山谷雅趣。满目层叠嫩绿，新枝携雨。曾经造访故地，觅奇石、已留心际。藏于地、寓于天，只待相知相遇。　　遥远村庄好似，天赐与、家家打磨卖玉。七彩凝结，百态千姿如絮。田黄雅鸡血贵，自然生、自然哺育。几多美，几多韵、几多诗律。

【注】

①昌化踏山寻石：昌化，是临安市西部的政治、经济、文化中心，是浙江中心城镇之一。昌化鸡血石为中华国宝，名扬四海。

②云飘云聚，百里驱车，浙西山谷雅趣：浙西，是指浙江省中西部的金华、衢州、严州三市。

③曾经造访故地，觅奇石、已留心际：作者曾到昌化寻石，此次为故地重游。

④藏于地、寓于天，只待相知相遇：指天地自然之力造就了

奇石，这些自然之赐，等待着知石赏石之人出现。

⑤遥远村庄好似，天赐与、家家打磨卖玉：指山中村落坐拥玉矿资源，似乎是上天赐予他们的财富，每家每户都以加工石料为生。

⑥七彩凝结，百态千姿如絮：指昌化石颜色斑斓，姿态万千。

⑧田黄雅鸡血贵，自然生、自然哺育：具有黄色冻地的鸡血石，质地乳黄微透明为主，在黄冻地上配以鲜浓的鸡血石。

一斛珠·翡翠

绿飘黄汇，紫云祥瑞飞花醉。曾经亿载酣然睡，等待相知、欣赏风光媚。　　心潮跌宕生翡翠，冰清玉润晶莹缀。物随人趣情回馈，日久天长、陈酿美勾兑。

【注】

①翡翠：也称翡翠玉、翠玉、硬玉、缅甸玉，是玉的一种，颜色呈翠绿色（称之翠）或红色（称之翡）。是在地质作用过程中形成的主要由硬玉、绿辉石和钠铬辉石组成的达到玉级的多晶集合体。

②绿飘黄汇，紫云祥瑞飞花醉："红翡绿翠紫为贵"，翡翠有绿红黄紫等颜色，还有花青翡翠。

③曾经亿载酣然睡，跌宕起伏生翡翠：翡翠的形成要经过亿万年的地质作用。翡翠是在低温条件下在极高压力下变质形成，这高压是由于地壳运动引起挤压力所形成。据证实，凡是有翡翠矿床分布的区域，均是地壳运动较强烈地带。

④冰清玉润心灵珮：翡翠的质感通透如冰一样清净透明。

惜分飞·鸡血石

　　玉树临风昌化过，岁岁年年景色。谁令金石醉，红如飘带藏书册。　　细腻凝结温润若，无数风光降落。点点滴滴墨，刘关张里天人和。

【注】

①鸡血石：鸡血石是辰砂条带的地开石，其颜色比朱砂还鲜红。因为它的颜色像鸡血一样鲜红，所以人们俗称鸡血石。我国最早发现的鸡血石是浙江昌化玉岩山鸡血石。后来又发现了内蒙古赤峰市巴林右旗的巴林鸡血石，现亦有贵州、桂林鸡血石。

②玉树临风昌化过：玉树临风，形容人像玉树一样风度潇洒，秀美多姿。昌化，位于浙西边陲，是一处美丽而又富饶的神奇宝地，蕴涵着独特的文化、资源，昌化鸡血石为中华国宝，早已名扬四海。

③红如飘带藏书册：作为中国四大印章石之一，鸡血石一直是文人墨客文房最喜爱的物品。

④刘关张里天人和：指有红、黑、白（或黄）三种颜色相伴而生石头，因为与《三国演义》中的刘备、关羽、张飞的脸谱相契合，所以被称为"刘、关、张"或"桃园三结义"。

七律·风筝

鹰飞草绿鸟乘风，闹意轻鸣酷似筝。

帷幄运筹心展翅，腾挪飞舞手携情。

云霄之上追方寸，方寸之间望宇空。

自在自由根却驻，无拘无束上苍穹。

【注】

①风筝：发明于中国东周春秋时期，至今已2000余年。相传墨翟以木头制成木鸟，研制三年而成，是人类最早的风筝起源，后来鲁班用竹子，改进墨翟的风筝材质，更而演进成为今日多线风筝。

②云霄之上追方寸，方寸之间望宇空：风筝以方寸之身扶摇而上，似乎成为放飞风筝人追逐和亲近天空的纽带。

③自在自由根却驻，无拘无束上苍穹：风筝能随风而起，自在自由、无拘无束地翱翔天际，而无论飞多远、飞多高，风筝的线仍是风筝的根，紧紧握在放风筝的人手中。

七律·扎染

返璞归真染梦乡，蓝天落入撒风光。

挤揪搓皱折叠布，缠绕缝合浸泡缸。

汲取天然颜色处，酿出地造纯情廊。

谁言岁月难寻觅，几处洁白淡淡香。

【注】

①扎染：扎染古称扎缬、绞缬、夹缬和染缬，是中国民间传

统而独特的染色工艺。扎花是以缝为主、缝扎结合的手工扎花方法，具有表现范围广泛、刻画细腻、变幻无穷的特点。

②返璞归真染梦乡，蓝天落入撒风光：返璞归真，去掉外饰，还其本质。比喻回复原来的自然状态。在浸染过程中，由于花纹的边界受到蓝靛溶液的浸润，图案产生自然晕纹，青里带翠，凝重素雅，薄如烟雾，轻若蝉翅，似梦似幻，若隐若现，韵味别致，有一种回归自然的拙趣。

③挤揪搓皱折叠布，缠绕缝合浸泡缸：扎染工艺分为扎结和染色两部分。它是通过纱、线、绳等工具，对织物进行扎、缝、缚、缀、夹，等多种形式组合后进行染色。

满庭芳·红木家具

　　紫气微香，飘然梦想，可忆昨日时光？历经寒暑，曾叹世无常。几百年轮写就，肌理美、淳厚含芳。谁演绎，绵绵生命，珍木再梳妆？　　华章，明简练，清增显贵，今又新桑。匠心蕴才思，独具花黄。经典语言涌动，抚案唱、高雅满堂。朝夕伴，春来冬去，日久见情长。

【注】

①红木家具：红木家具始于明代，主要是指用紫檀木、酸枝木、乌木、瘿木、花梨木、鸡翅木制成的家具。其外观形体简朴对称，天然材色和纹理宜人。其中紫檀木是红木中的极品。红木家具主要采用中国家具制造的雕刻、榫卯、镶嵌、曲线等传统工艺。

②几百年轮回写就，肌理美、淳厚含芳：制作传统红木家具的用料十分讲究，均用珍贵硬木即红木制成，其质地优良、坚硬

耐用、纹理沉着、美观大方、富于光泽。红木资源有限，其生长周期非常长，有的可达几百年。

③谁演绎，绵绵生命，珍木再梳妆：红木被加工成家具，成为贵重的艺术品。使这种珍稀的木种如同再次梳妆，绽放光芒。

④匠心蕴才思，独具花黄：表达作者对制作红木家具的工匠的赞赏。我国传统的红木家具，基本上都是由工艺师们一刀一锯一刨完成的，每落一刀都花费工艺师的才情和心思，同时还要讲究整体艺术上的和谐统一。

南乡子·茶境

　　春水入茶中，袅袅升腾嫩叶轻。浓淡领风随雨润盈盈。一任幽香醉梦丛。　　境界在心胸，别有一番雅韵生。携露带云羞涩里，亭亭。吐尽芬芳总是情。

【注】

①茶境：品茶的意境。

②春水入茶中，袅袅升腾嫩叶轻：春水，春天的河水，唐崔珏《有赠》有句："两脸夭桃从镜发，一眸春水照人寒。"袅袅，形容烟气缭绕升腾。

③境界在心胸，别有一番雅韵生：雅韵，风雅的韵致。

五律·风筝

乘风上碧空，漫步舞苍穹。
飘曳情丝绕，翩跹梦想行。
九天飞远雁，一线系苍龙。
寥廓凭人望，春光满目浓。

【注】

①风筝：风筝源于我国春秋时代，至今已2000余年。相传"墨子为木鸢，三年而成，飞一日而败。"到南北朝，风筝开始成为传递信息的工具。从隋唐开始，由于造纸业的发达，民间开始用纸来裱糊风筝。到了宋代，放风筝成为人们喜爱的户外活动。宋人周密的《武林旧事》写道："清明时节，人们到郊外放风鸢，日暮方归。""鸢"就指风筝。北宋张择端的《清明上河图》，宋苏汉臣的《百子图》里都有放风筝的生动景象。

苏幕遮·唢呐

唢呐吹，玉音绕，吐纳喜忧，乡情随风飘。抑扬顿挫人生道，抖擞精神，东方天已晓。　唇齿依，仰天啸，盛满五谷，律动山野俏。倾情弹奏忘渐老，童心永驻，只道君行早。

【注】

①唢呐：唢呐又名喇叭，小唢呐称手笛，大唢呐又称海笛。

②吐纳喜忧，乡情随风飘：唢呐在我国是深受广大人民喜爱和欢迎的民族乐器之一，广泛应用于民间的婚、丧、嫁、娶、礼、乐、典、祭及秧歌会等仪式伴奏。

③唇齿依，仰天啸：描写唢呐吹奏时的技巧和吹奏者的姿态。

卜算子·和田玉

天地神凝积，亿万年洗礼。巍峨昆仑吐真情，大美和田玉。　　日月沁肤肌，温润莹泽趣。君子缘何玉比德？磨砺方成器。

【注】

①和田玉：一种软玉，俗称真玉。和田玉和陕西蓝田玉、河南南阳玉、甘肃酒泉玉、辽宁岫岩玉并称为中国五大名玉。并曾获得"美玉"称号，被中国宝玉石协会正式命名为"中国国石"，有"温润而泽""缜密以栗""叩之其声清越以长""瑕不掩瑜，瑜不掩瑕"等特点。

②巍峨昆仑：和田玉分布于塔里木盆地之南的昆仑山脉之中，源于昆仑山的玉龙喀什河，即古代著名的白玉河。这条河流入塔里木盆地后，与喀拉喀什河汇合成和阗河，河里盛产白玉、青玉和墨玉，自古以来是和阗出玉的主要河流。

③温润莹泽：和田玉无论是从皮色，肉质及温润度来说都优于其它玉种，触手温润，光彩盈然。这是由于，和田玉的籽玉因被水长年浸泡、冲刷、打磨，质地细糯滋润、密度大，乃成为玉中之珍。

④君子缘何玉比德：玉文化是历史最悠久、最能代表东方文明的古文化之一，玉代表了品德高尚、美好与尊贵。东方人往往用玉来比喻人的德性，儒家讲究"君子必佩玉"，"无故，玉不去身"等，孔子曰："昔者，君子比德于玉"。东汉许慎更在《说文》中举玉之五德："玉，石之美，有五德，润泽以温，仁之方也；思理自外可以知中，义之方也；其声舒扬，尊以远闻，智之方也；

不挠而折，勇之方也；锐廉而不技，洁之方也。"

⑤磨砺方成器：孔子曰："玉不琢不成器"，先秦时期的玉，寓意人的道德品行，表述一种精神境界。特别是这一期的知识阶层，还将自己对理想道德最高境界的追求，比附于玉之精美坚洁；将高尚人格的砥砺磨练，寓之于美玉的琢磨精雕。

忆秦娥·太湖石

　　太湖石，穿透岁月梦如织。梦如织，瘦漏透皱，涡洞漩漓。　　万千奇石万千姿，混沌之初谁人知？谁人知，时光冲浪，日月加持。

【注】

①太湖石：太湖石为太湖中产的石头，多窟窿和褶皱纹理，形状各异，姿态万千，通灵剔透。明画家造园家文震亨在《长物志》中写道："太湖石在水中者为贵，岁久被波涛冲击，皆成空石，面面玲珑。"

②瘦漏透皱：太湖石的特点为"皱、漏、瘦、透"之美。皱，指石面多褶皱纹理；漏，指石上多窟窿洞穴；瘦，指石之形态瘦硬朴拙；透，指石上空穴透光，空灵清透之貌。

③涡动漩漓：指太湖石多窟窿和褶皱纹理，由于长年水浪冲击，产生许多窝孔、穿孔、道孔，形状奇特竣削观之灵动如漩涡。

④日月加持：此处指太湖石蕴藏天地日月之灵气精华。

苏幕遮·乡村

院中竹，乡间路，年复一年，细雨丝丝吐。春种秋收染画布，散发憧憬，演绎田野赋。　　为人母，为人父，日复一日，炊烟村村雾。淡定人生从容渡，亘古馨香，万种风情注。

苏幕遮·炊烟

炊烟升，轻纱飘，千古岁月，村头薄云裛。古典田园诗韵脚，花开花落，天天夕阳照。　　水墨中，慈母叫，游子远行，缕缕丝线绕。俯首躬耕唱民谣，日出日落，年年春光好。

行香子·既非幻也非真

误了清晨，误了黄昏。在路上，寻觅知音。浮光掠影，逝去难存。更无痕迹，刻于史，刻于心。　　半生懵懂，归来问道，任由情、一梦留吟。诗中挥洒，惊醒湿襟。想那些事，既非幻，也非真。

南乡子·香本是空

　　似有似无风，揽入怀中竟是空。草木经霜花沐雨，浓浓。已把飘香化作情。　　迎面问其名，浸润心脾却不停。载梦觅寻何处醉，轻轻。万水千山处处逢。

【注】

①似有似无风，揽入怀中竟是空：指香气似有又无，寻香而拥入胸中，竟然空无一物。

②万水千山处处逢：自然是香气的本源，花草之香、泥土之香、微风之香、山水之香，踏山听水间处处逢香。

荆州亭·一叶扁舟

　　一叶扁舟摇曳，缓缓驶出心域。梦在浪中行，落在平湖成绿。　　缕缕暖风几许，便把真情相与。世上亦他乡，大隐隐于自己。

【荆州亭】词牌。

【注】

①一叶扁舟，扁舟：小船。像一片小树叶那样的小船。形容物体小而轻。唐黄光溥《题黄居寀秋山图》有句："暮烟幂幂锁村坞，一叶扁舟横野渡。"

②世上亦他乡，大隐隐于自己：中华道家哲学思想。小隐于野，大隐于市。闲逸潇洒的生活不一定要到林泉野径去才能体会得到，更高层次的隐逸生活是在都市繁华之中的心灵净土。作者认为，

天地之大，处处都是他乡，真正的隐只有隐于自身，才能保持内心的净土。

声声慢·慢生活

波光潋滟，水色柔绵，匆匆脚步放缓。品味人生真谛，随情加减。晚霞映红梦想，掠清风、夕阳温婉。心浮躁、必太急，难免征程太短。　　淡定从容不迫，慢吐纳、方能懂得深浅。大爱为尊、抱朴归真经典。回归自然悟道，溢芬芳、花香涨满。低吟处、望远方，丛林如染。

【注】

①慢生活：慢，是一种生活态度，是一种健康的心态，是对人生的高度自信。平时繁忙，在病中慢下来体味人生，竟有无数感慨。

②品味人生真谛，随情加减：现代生活催生了人们急功近利的人生观，而人生的真谛，应该是顺从内心真实感受和情感，细细品味风起云卷间的韵致。

③心浮躁、必太急，难免征程太短：一个人如果心浮气躁，急功近利，就不具有可持续性。

④淡定从容不迫，慢吐纳、方能懂得深浅：只有从容品读体味生活，淡定面对成败，才能真正体会到生命深层内涵。

荆州亭·一地水声

一地水声写梦，往事似曾消纵。流韵竟无痕，
转瞬金秋浓重。　　醉墨诗词与共，试把江川催
动。雪里看红梅，几片痴情相赠。

【注】

①流水竟无痕，转瞬金秋浓重：流水，流动的水。转瞬，转眼，
喻时间短促。金秋，深秋时节。

②醉墨诗词与共，试把江川催动：醉墨，谓醉中所作的诗画。
唐陆龟蒙《奉和袭美醉中偶作见寄次韵》有句："怜君醉墨风流甚，
几度题诗小谢斋。"江川，江河，河流。

七律·水墨

水墨青岚抱朴生，黑白交互即虚空。
微云浓淡随情散，凉月阴晴步韵成。
五色包融盛意蕴，一格凝聚问禅宗。
诗中流水无声淌，不以繁华易素容。

【注】

①水墨：水和墨。多用以指一种不着彩色，纯以水墨点染的
绘画法。

②水墨青岚抱朴生：青岚，竹林间的雾气。青岚是初夏的第
一阵微风的意思，也作青色的雾气，对自然现象的描述。抱朴，
保持本有的纯真，不为外物所诱惑。《老子》云"见素抱朴，少
私寡欲"。朴指平真、自然、不加任何修饰的原始。抱朴即道家、

道教思想中追求保守本真，怀抱纯朴，不萦于物欲，不受自然和社会因素干扰的思想。

③黑白交互即虚空：交互，指替换着；互相；彼此。虚空，（佛家）指一切万物本体不存在，但能感觉到。

④五色包融盛意蕴：五色，指青、黄、赤、白、黑五色，即黑白加三原色。理论上，通过这五种颜色可调出其他所有颜色。故可泛指各种色彩。意蕴，即事物的内容或含义。

⑤一格凝聚问禅宗：一格，一种规格或一个格局。凝聚，积聚；聚合。禅宗，大乘佛教在中国的一个宗派，着重以静虑和高度冥想作为超度救世的法门。禅宗又名佛心宗。教外别传。禅宗不是汉传佛教，又不离汉传佛教，是中国化后的佛教——即禅宗。

暗香·中国书画

笔酣墨满，水沁风韵染，时光荏苒，历史瞬间，感悟无言化书简。浓淡干湿取舍，惊艳处、飞鸿知返。若舞者，动静由之，激烈或舒缓。一览，渐次远。　　物我两忘中，解构凉暖。浪叠浪卷，天上阴晴有深浅。随意开合宇宙，提炼美、化为经典。大象朴，生吐纳，不增不减。

声声慢·汉字珠玑

　　方圆形意，汉字珠玑，光芒炫艳瑰丽。风骨不须装扮，生机栩栩。渐行渐阔渐美，甲骨神、金文刻契。篆隶草，瑟管箫，流水高山雅遇。　　植入丹青墨色，云化雨、滴滴落于心际。西岭千秋，东海波涛其里。窗隙淌春夜共，有谁知、一片天地。蒹葭老，素装古、征鸿来去。

六州歌头·吾得一

——书法以悦

　　《道德经》曰："天得一以清，地得一以宁，神得一以灵，谷得一以盈，万物得一以生。"

　　吾曰："吾喜诗书歌赋，自幼习作至今，寻道以致盈之。吾因之得一——书法之妙，其中甚爱奔放不羁的草书，每日早晚或节假日必挥洒练笔。尽管吾书法与吾诗词歌赋均未面世相同，但中华文明予人之巨大滋养，已植入灵魂，成为吾人生一大快事。"

　　行云流水，笔落即枝梅。文载道，书蓄蕾，韵相随。待春回。大象无形也，瞬间聚，蓦忽散，疏密缀，枯润珮，大胸帏。错落高低，境在功夫外，俯仰情飞。品曲直横竖，壮阔亦精微。虎跃龙窥。凤芳菲。　　写人生路，顺流至，得而守，领沙锥。

风雨馈，明月慰，叹惊雷。梦中追。怀素今安在？
张旭醉？米芾挥。泼墨处，成妩媚，倾囊归。浓
淡虚实藏露，腾空起，战鼓轻催。问几千汉字，
缘故作花媒？代有清辉。

【注】

①《道德经》曰："天得一以清，地得一以宁，神得一以灵，
谷得一以盈，万物得一以生。"出于《老子》之《道德经》第
三十九章。天得一以清。一为天地之大道，天得到这个"一"而清明。
老子将"道"看成是构成天、地、神、谷以及万物所不可或缺的
要素。自然界一切都在流动着、变化着，老子认为这些变化的基
础是统一而不是矛盾的斗争，故说"天得一以清，地得一以宁，
神得一以灵，谷得一以盈，万物得一以生"。

②笔落即枝梅：笔落时书之作品如同梅花的枝干。

③文载道："文以载道"，宋代古文家周敦颐提出。他在《周
子通书·文辞》中说："文所以载道也，轮辕饰而人弗庸，涂饰
也。况虚车乎？文辞，艺也；道德，实也。美则爱，爱则传焉。
贤者得以学而至之，是为教。故曰：'言之不文，行之不远。'
然不贤者。虽父兄临之，师保勉之，不学也；强之，不从也。不
知务道德而第以文辞为能者，艺焉而已。"这里所说的"道"，
是指儒家的传统伦理道德。周敦颐认为，写作文章的目的，就是
要宣扬儒家的仁义道德和伦理纲常，为封建统治的政治教化服务。
评价文章好坏的首要标准是其内容的贤与不贤。

④书蕾蕾：笔下有花蕾，孕育新生。

⑤大象无形也：出自老子《道德经》第四十一章。老子在说
到"道"的至高至极境界时，引用了"大白若辱，大方无隅，大
器晚成，大音希声，大象无形"等说法，意思是："最白的东西
好像是污浊的，宏大的方正（形象）一般看不出棱角，宏大的（人）
材（物）器一般成熟较晚，宏大的音律听上去往往声响稀薄，宏

大的气势景象似乎没有一定之形"。"大象无形"可以理解为：世界上最伟大恢弘、崇高壮丽的气派和境界，往往并不拘泥于一定的事物和格局，而是表现出"气象万千"的面貌和场景。这里指草书的气势。

⑥瞬间聚，蓧忽散，疏密缀：指草书的形态。

⑦枯润珮：枯，指草书中的枯笔。

⑧怀素今安在：怀素，（725-785）字藏真，僧名怀素，俗姓钱，汉族，永州零陵（湖南零陵）人。幼年好佛，出家为僧。他是书法史上领一代风骚的草书家，他的草书称为"狂草"，用笔圆劲有力，使转如环，奔放流畅，一气呵成，与唐代另一草书家张旭齐名，人称"张颠素狂"或"颠张醉素"。

⑨张旭醉：张旭，（675- 约750），字伯高，一字季明，汉族，唐朝吴（今江苏苏州）人。曾官常熟县尉，金吾长史。善草书，性好酒，世称张颠，也是"饮中八仙"之一。其草书当时与李白诗歌、裴旻剑舞并称"三绝"，诗亦别具一格，以七绝见长。与李白、贺知章等人共列饮中八仙之一。又，与贺知章、张若虚、包融号称"吴中四士"。传世书迹有《肚痛帖》、《古诗四帖》等。

⑩米芾挥：米芾(1051-1107)，北宋书法家、画家，书画理论家。祖籍太原，迁居襄阳。天资高迈、人物萧散，好洁成癖。被服效唐人，多蓄奇石。世号米颠。书画自成一家。能画枯木竹石，时出新意，又能画山水，创为水墨云山墨戏，烟云掩映，平淡天真。善诗，工书法，精鉴别。擅篆、隶、楷、行、草等书体，长于临摹古人书法，达到乱真程度。宋四家之一。曾任校书郎、书画博士、礼部员外郎。

七言排律·伟哉汉字

日月星辰万象生，山川鸟兽玉玲珑。

仓颉创造通神境，许慎激活随意形。

横可弯圆旋日月，点能滋润入江凌。

千军万马图文聚，百部十行队列成。

有尽言含无限韵，无垠语吐有生情。

诗书画印因其美，钩竖撇捺为彼容。

篆隶楷行狂草舞，礼乐词章循规成。

伟哉汉字春秋泊，心光错落入苍穹。

【注】

①汉字：亦称中文字、中国字、国字，是汉字文化圈广泛使用的一种文字，属于表意文字的词素音节文字，为上古时代的汉族人所发明创制并作改进，目前确切历史可追溯至约公元前 1300 年商朝的甲骨文。再到秦朝的小篆，发展至汉朝才被取名为"汉字"，至唐代楷化为今日所用的手写字体标准——楷书。汉字是迄今为止连续使用时间最长的主要文字，也是上古时期各大文字体系中唯一传承至今的文字，有学者认为汉字是维系中国南北长期处于统一状态的关键元素之一，亦有学者将汉字列为中国第五大发明。中国历代皆以汉字为主要官方文字。

②日月星辰：指汉字的雏形正是由于古人对日月星辰事件万物形态的具象。

③仓颉：史皇氏，陕西省渭南市白水县人。《说文解字》记载：仓颉是黄帝时期造字的史官，被尊为"造字圣人。"据《吕氏春秋通诠·审分览·君守》载：仓颉，传说为黄帝的史官，汉字的创造者，被后人尊为中华文字始祖，但普遍认为汉字由仓颉一人创造只是传说，不过他可能是汉字的整理者。

④许慎：东汉汝南召陵（现河南郾城县）人，著有《说文解字》和《五经异义》等。因他所著的《说文解字》闻名于世界，所以研究《说文解字》的人，皆称许慎为"许君"，称《说文》为"许书"，称传其学为"许学"。

⑤篆隶楷行狂草舞：篆书，汉字的一种书体，通常包括大篆、小篆，一般指小篆。隶，即隶书（秦书八体之一。又名"八分体"。相传为秦人程邈所作，由小篆省简变化而成）。楷，楷书。汉字形体之一，由隶书演变而来，也叫"正书"，"真书"。行，汉字字体的一种。狂草，草书中最放纵的一种，笔势连绵回绕，字形变化繁多。相传创自汉张芝，至唐张旭、怀素始有流传。

⑥礼乐词章：礼乐，礼节和音乐。古代帝王常用兴礼乐为手段以求达到尊卑有序远近和合的统治目的。词章，同"辞章"。诗文的总称。

千秋岁·激活汉字

激活汉字，铺展天书际。无限美，情浓郁。奔腾千万旅，栩栩精灵聚。凝目处，滴滴水韵含思绪。　　横竖弯携趣，亦有钩折续。挥笔落，诗成句。飘流催撒捺，春水流觞细。藏密码，几番醉墨经霜溢。

【注】

①飘流催撒捺，春水流觞细：流觞，古人每逢农历三月上巳日于弯曲的水渠旁集会，在上游放置酒杯，杯随水流，流到谁面前，谁就取杯把酒喝下，叫作流觞。

②几番醉墨经霜溢：醉墨，醉中所作的诗画。

水龙吟·赏中华草书

狂风骤雨从天落，万水千山胸壑。惊蛇入草，奔雷乍裂，韵生于墨。映带情丝，起伏交错，雄浑壮阔。血脉相连处，清浊疏密，云烟布，毫锋过。　　若止若飘若拓。浪纷纷、马蹄踏破。出林飞鸟，焦浓枯干，横直疾涩。气势磅礴，素屏凝露，枝头停泊。任游龙吐纳，心随笔转，伟哉气魄。

【注】

①草书：汉字的一种书体，特点是结构简省、笔画连绵。形成于汉代，是为了书写简便在隶书基础上演变出来的。有章草、今草、狂草之分。

②惊蛇入草：形容书法活泼有力。唐韦续《书诀墨薮》云："作一牵如百岁枯藤，作一放纵如惊蛇入草。"《宣和书谱·草书七》云："若飞鸟出林，惊蛇入草。"

③奔雷乍裂：声响猛烈的雷。形容草书行笔时刚如银瓶乍裂，崩雷坠石。

④清浊疏密：南朝梁简文帝《答湘东王论王羲之书》云："试笔成文，临池染墨，疏密俱巧，真草皆得。"明谢肇淛《五杂俎·人部三》云："古无真正楷书……至国朝，文徵仲先生始极意结构，疏密匀称，位置适宜。"

⑤毫锋过：毫，指毛笔。锋，毛笔的尖端。

⑥若止若飘若拓：形容草书书写时随着笔画的变化，和书写者情绪的变化，或顿停，或轻过，或重笔，一气呵成。

⑦焦浓枯干：指草书落笔初始的浓墨，和书行墨淡时的枯笔。

⑧横直疾涩：书法术语。用以对笔势的评述。笔势由用笔的

速度快慢、力度强弱、笔锋顺逆诸因素产生。疾笔求其劲挺流畅，涩笔求其凝注浑重。东汉蔡邕《九势》称："疾势，出于啄磔之中，又在竖笔紧趯之内。""涩势，在于紧駃战行之法。"然精于疾涩笔势者往往寓涩于疾。东晋王羲之《记白云先生书诀》称："势疾则涩。"清代刘熙载《艺概·书概》称："古人用笔，不外'疾'、'涩'二字。涩非迟也，疾非速也。以迟速为疾涩，而能疾涩者无之。"

疏影·满纸草书

　　飘然细雨，入淡墨成滴，流淌情趣。浸润心灵，挥笔如无，转瞬已成狂曲。龙飞凤舞江山里，汉字美、蕴含无比。跌宕时，肆意铺张，转瞬奏出诗律。　　疏影丛生印记，化作一腔志，正随思绪。最爱词章，亦赏丹青，更喜草书霹雳。敲窗水汽悄然聚，神韵里、枝头相遇。久向往、汲取琼浆，饱览中国剧。

【注】

①最爱词章，亦赏丹青，更喜草书霹雳：作者从小喜爱词赋，也欣赏中国的传统绘画，更喜爱并书写书法尤其是大草。

②丹青：我国古代绘画常用朱红色、青色，故称画为"丹青"。《汉书·苏武传》云："竹帛所载，丹青所画。"杜甫《丹青引赠曹将军霸》有句："丹青不知老将至，富贵于我如浮云。"民间称画工为"丹青师傅"。也泛指绘画艺术，如《晋书·顾恺之传》云："尤善丹青。"

一剪梅·水墨无声

水墨无声饱蘸情，古往今来，气韵相通。疾风骤雨任枯荣。冷暖由之，挥洒心灵。　　感悟悄然入梦中，酣畅淋漓，走笔飞龙。沟沟崆崆写人生，忽而如诗，忽而如空。

三台·感悟书法

品高德馨路自远，大觉大空知返。笔者书、载魏晋雍容，蕴诗意、流觞深浅。开思域、似有波涛卷。浸水色、时光观览。古张旭、怀素巅峰，马上赋、润之情满。　　悟禅机领悟大道，涌动胸中随感。不畏冷、飞雪赠梅香，抬望眼、春增冬减。迎风雨、漫步韵铺展。隐逸里、夕阳仍暖。海作墨、重彩薄云，月辉撒、便成诗眼。　　贯达融通梦晓律，写出屋漏痕染。劲与柔、阔与敛相间，守其本、因循成畹。何为上？捧灵魂至简。秉性持、平静舒缓。法天地、澄净浑然，踏山听、旷达如伞。

【注】

①大觉大空知返：大觉，大梦觉醒。道家比喻了悟大道。《庄子·齐物论》云："且有大觉而后知此其大梦也。"成玄英疏："唯有体道圣人，朗然独觉。"大空，佛教谓大乘彻底之空，既不执有，亦不执空。相对小乘之"偏空"而言。

②载魏晋雍容，蕴诗意、流觞深浅：魏晋书法承汉之余绪，又极富创造活力，是书法史上的里程碑，奠定了中国书法艺术的发展方向。魏晋书法规隋唐之法，开两宋之意，启元明之态，促清民（国）之朴，深刻地影响了历代书法并影响着当代书法的发展。

七律·心灵尺度

心灵尺度阔无痕，演奏弦琴典雅音。
笃定从容随冷热，淡然羞涩任浮沉。
清词半阕云和梦，风月一帘树与茵。
逝去时光不复返，只留韵律与清纯。

唐多令·宣纸

一沓月光清，几杯茶韵浓。笔墨中、宣纸长生。溪水洗涤蒸煮后，心纯净，韵无声。　　铺展写诗情，挥毫载古风。待知音、寻觅相逢。春夏秋冬依次过，五色谱，纳苍穹。

【注】
①宣纸：出自安徽泾县（原属宁国府，产纸以府治宣城为名，故称"宣纸"），主要供中国毛笔书画以及裱、拓、水印等使用的高级艺术用纸。
②溪水洗涤蒸煮后：古法宣纸制作工序包含洗涤和蒸煮。
③心纯净：宣纸洁白纯净。
④韵无声：宣纸具有"韧而能润、光而不滑、洁白稠密、纹

理纯净、搓折无损、润墨性强"等特点。

⑤五色谱：墨分五色，中国画技法名。指以水调节墨色多层次的浓淡干湿。语出唐代张彦远《历代名画记》："运墨而五色具。""五色"说法不一。

蝶恋花·人生感怀

燕子衔泥南北去，振翅飞翔，春夏秋冬度。啜饮冰霜成雨露，任情化作喷薄雾。　　步履匆匆回首处，多少圆缺，转瞬成昔故。晚照仍需憧憬驻，转山时刻光芒簇。

【注】

①燕子衔泥南北去：燕子衔泥，燕子的窝是燕子一口一口衔来的泥垒起来的。

②啜饮冰霜成雨露：啜饮，饮，喝，引申义是品尝。

③多少圆缺，转瞬成昔故：圆缺，月亮的盈亏。转瞬，转眼，喻时间短促。昔故，往日的事情。

④晚照仍需憧憬驻，转山时刻光芒簇：晚照，傍晚的阳光，夕照。憧憬，就是对未来的美好生活的期待与向往。转山，是一种盛行于西藏等地区的宗教活动，每年都会有很多虔诚的信徒来参加，特别是每当藏历马年的时候，转山就是个盛会，参加的人数相当的庞大。簇，丛集，聚集。

踏莎行·天地有大美

宇宙玄机，登高相遇，磅礴吐纳观天地。重岩叠嶂见奇峰，长空极目舒心际。　　大美无声，梵音有律，思接万载洪荒寂。择决九野梦随缘，时光来往谁追忆？

七言排律·人生感悟

色即是空即是禅，暗香盈满亦为仙。

一川溪水哲思淌，九岭梅枝境界涵。

宠辱不惊观世相，得失有悟洗心田。

浮光掠影终归逝，躁动喧嚣也有年。

垄土穷乡知苦乐，凡尘闹市晓超然。

青苔老树出新绿，瀚海长空隐娇蓝。

翠柳抽丝春染色，玉米结穗夏飞颜。

风轻云淡通神韵，大美希音参透难。

【注】

①色即是空即是禅：出自大乘空宗理论的经典著作《心经》，全句为："色即是空，空即是色，色不异空，空不异色。""受、想、行、识，亦复如是。"在佛学中，这个"色"指"色界"或"色法界"，属色理，相当于物质（现象）世界，属物理；"空"是变化、运动之意，指"空界"或"空法界"，即"真如界"，属空理，相当于真际或真实界，属真理。物质的、现象的一定是运动的、变化的，运动的、变化的一定是物质的、现象的。

②九岭梅枝境界涵：境界，指事物所达到的程度或表现的情况。亦特指诗、文、画等的意境。涵，包含，包容。

③宠辱不惊：宠：宠爱。受宠受辱都不在乎。指不因个人得失而动心。

④大美希音：希音，奇妙的声音；玄远高超的言谈。

⑤参透难：参透，彻底领悟；识破；看透。

采桑子·人生感悟

人生历练凭风洗，错对携行。功过携行。难解难分亦难清。　　若逢困苦无须怨，雨落天晴。雾散天晴。宇宙苍茫放眼空。

【注】

①人生感悟：感悟，有所感触而醒悟或领悟。

②宇宙苍茫：苍茫，苍——是指天的颜色；茫——形容辽阔，无边际。苍茫的意思就是辽阔遥远而望不到边。

醉太平·彩虹

一湾彩虹，平添韵情。追随万里长空，色叠七彩凝。　　君临雨中，滴滴水生。飘然洒落心灵，感怀回首中。

【注】

①彩虹：又称天虹，简称虹，是气象中的一种光学现象。当太阳光照射到空气中的水滴，光线被折射及反射，在天空上形成

拱形的七彩光谱，雨后常见。形状弯曲，色彩艳丽。

多丽·成长感怀

　　忆时光，感怀盛满行囊。步蹒跚、呀呀稚语，伴随世上情肠。和风沐，春光妩媚，无忧虑、岁岁新装。等待晨曦，欣闻鸟语，彩蝶飞舞唤花香。少年梦、总将思绪，交替染红黄。中年累、携儿带女，赡养爹娘。　　苦中行、风霜雪雨，娶来世态炎凉。叩心灵、写出渴望。踏寻美、独钓沧桑。冷热交织，幸福痛苦，汇成世界大篇章。名与利、浮云飘散，惟有水流长。凭高望，古今挚爱酿成琼浆。

【注】
①成长感怀：感怀，有所感触。也指因感触而产生的情绪。
②忆时光，感怀盛满行囊：回忆过去的时光，满怀感触。
③苦中行、风霜雪雨，娶来世态炎凉：世态炎凉，指一些人在别人得势时百般奉承，别人失势时就十分冷淡。
④踏寻美、独钓沧桑：世事多艰辛，需要有一颗发现美的心，独品世事沧桑背后的精髓。

采桑子·淡然

付出不必求回报，穿越流年。品味流年。百
转千回岁月间。　　天涯咫尺格相远，成也心田。
败也心田。腹有诗书气自闲。

后庭宴·感悟人生

天有闭合，有升有落。几番驰骋群山过。几
番苦难雾云遮，蹉跎岁月仍求索。　　穿行昼夜
之间，纵横梦乡交错。襟怀坦荡，正捧韵风多。
品味世间情，恍然同冷热。

【注】

②几番驰骋群山过，几番苦难雾云遮，蹉跎岁月仍求索：人
生几经沉浮，经历了辉煌，也遭遇过苦难，但仍旧在这漫漫岁月
中坚持不断前进的乐观态度。《楚辞·离骚》有句："路漫漫其
修远兮，吾将上下而求索。"

③品味世间情，恍然同冷热：只有细细品味人间真情，才能
胸怀宽广，与环球同凉热，多给与，少索取，共享幸福。

五言排律·日月曲

宇宙辉煌剧，情牵万物趋。

太阳夺目璨，月亮聚光溪。

几抹红霞抹，一轮俏影依。

从容淡定水，慷慨激昂驹。

天性风疾野，地格雨默滴。

灼灼心似火，脉脉韵无期。

【注】

①日月曲：日月，太阳和月亮。

②从容淡定水，慷慨激昂驹：世间溪流与河流缓缓，时间却如白驹过隙般。

③天性风疾野，地格雨默滴：风过天际狂野不羁，雨落大地静默沉稳。

④灼灼心似火，脉脉韵无期：阳光灼热如火，给世间万物带来能量，月辉清凉如水，为世间万物带来悠远情韵。以日月情之心，喻人的奉献精神。

人月圆·咏月

婵娟天外清辉册，温婉亦婀娜。千年万载，升升落落，看遍长河。　　凭栏夜赏，溪湾横卧，欲语还说。轻读辽阔，怡然寂寞，对月当歌。

【注】

①咏月：中国历代咏月的诗词有万余首，月是诗人咏叹的中

心，表达人间的离合悲欢，诉说着人间的思念和感怀，亦作此诗以寄情。

②婵娟天外清辉册：婵娟，明月。苏轼《水调歌头》有句："但愿人长久，千里共婵娟。"清辉，皎洁的月光。唐杜甫《月圆》诗有句："故园松桂发，万里共清辉。"

③温婉亦婀娜：指月光下的万物，显得分外轻柔多情。温婉，温柔和婉。婀娜，轻盈柔美。

临江仙·和空林子《雪后》

大雪漫天书舞曲，飘飘欲醉飞兮。绒花恋恋弄心弦，悄然轻吻地，洒落赐天衣。　　润物蕴深皆不语，柔柔素面依依。多情纵令化清溪，奔流沧海水，万物谢冬泥。

【注】

①洒落赐天衣：描写雪花飘洒而下，在白雪覆盖之下，大地银装素裹。

②润物韵深皆不语，洁白素面依依：此处作者采用叠音"依依"凸显冬雪温润之美。洁白的冬雪默默滋润万物，这种素面依依的品质更具神韵。

③多情纵令化清溪，奔流沧海水，万物谢冬泥：描写多情的雪花即使化为清溪，也将痴情地汇聚成河流奔腾流入大海。冬雪化入泥土滋养着万物，万物应感谢这无声无息飘落的雪花，感谢这给与万物生存载体的土地。

祝英台近·独处时分

雨飘零，人入静，独享时光纵。倚枕读书，满目是诗梦。挥毫泼墨抒怀，放飞收摄，清气聚、神思涌动。　　与谁共？流莺声细花轻，山川有灵性。阴阳吐纳，天地养生命。挽手日月星辰，穿行寰宇，正走在、无垠仙境。

梦仙郎·岁月无悔

诗章如水，清妆似蕊，心涌动、岁月无悔。冲浪任风来，歧路不徘徊。　　日月交割生梦，更替互动。千万载、留下光景。照见故人情，含蓄待朦胧。

桂枝香·胸襟

群山高古，领万里长空，巍峨神助。岭上颠连错落，气吞如虎。今生前世谁知晓？大胸襟、藏于深处。雪融时刻，江河涌动，地耕天牧。　　心向往，真情永驻。品日月交割，春秋无数。昨夜星辰，纵落也成光簇。登临俯瞰群山小，踏流光、穿越寒暑。世间何贵？精神不朽，思接千古。

唐多令·云朵

天上垛云浓，可知投递名？任纷飞、无影无踪。细水相逢思绪涌，情叩问，雨中生。   滋养自然行，一程更几程。入江流、融汇心声。荏苒时光堪恬淡，虽不语，也从容。

【注】

①细水相逢思绪涌，情叩问，雨中生：叩问，询问；打听。

②滋养自然行，一程更几程：清纳兰性德《长相思》："山一程，水一程，身向榆关那畔行，夜深千帐灯。风一更，雪一更，聒碎乡心梦不成，故园无此声。"

采桑子·夜空星辰

夜空挂满星辰座，童话斑驳，神秘婆娑，一抹银河入梦波。   苍茫宇宙苍茫惑，浩瀚如歌，遥远心说，几处闪烁几处隔。

【注】

①夜空星辰：星辰，星的总称。

②银河，银河在中国古代又称天河、银汉、星河、星汉、云汉，是横跨星空的一条乳白色亮带，由一千亿颗以上的恒星组成。

永遇乐·凭窗远眺

　　淡墨天边，霞光遥远，恰似留恋。滚滚白云，悄然入海，岸上桔黄倩。湛蓝宇宙，群星镶嵌，我与月辉拂面。这般明、星星点点，欲言又止相伴。　　渐飞渐晚，长空弥漫，转瞬化为聚散。一片茫茫，似无还有，脚下穿行舰。立于高处，奇观频现，多少诗人难见。堪惊叹、黑白界限，自然搅拌。

【注】

　　1 滚滚白云，悄然入海，岸上桔黄倩：指云层形如海浪，由近致远，涌入天际，这天海的岸边，一抹橘色分外俏丽。

　　2 这般明、星星点点，欲言又止相伴：机舱外，落日余晖与星光共存，没有了平时举目远望的距离，让人涌起与之侃侃而谈的冲动，但却欲言又止静静地隔窗相伴。

　　3 一片茫茫，似无却有，脚下穿行舰：窗外云层辽阔，似乎纯白无形，又似乎千般姿态，飞机于云层之上而过，好像一艘航行在大海中的船舰。

　　4 多少诗人难见：指对于古代诗人墨客而言，寰宇神秘遥远，无法像现代人这样能从飞机上观看，这种独特的视角，给人带来更为震撼的感受。

　　5 堪惊叹、黑白界限，自然搅拌：黑白交界，指黑暗深远的天空和洁白的云层的交界。形成时间黑白交界的，正是这自然造就的。

江城子·中南海岁月

依依嫩柳丝鹅黄。撒飞鸿，漾春光。岁月如歌，韵重曲悠长。日日耕耘情流淌，祖国美，醉梳妆。　　霏霏细雨尽纷扬。水奔流，海激荡。故地如昨，转瞬已新装。历历人生无憾事，风萧动，散心香。

【注】

①中南海：位于故宫西侧的中海和南海的合称。因为地处北京中南方位，故称为中南海，此名始于元代，一直沿用至今。今日中南海的北半部有太液池和大宁宫，"太液秋波"为形成于金朝的燕京八景之一。中华人民共和国建立后，中南海成为中国共产党中央委员会和中华人民共和国国务院的驻地和部分国家领导人居住的地方，中南海现为中华人民共和国的国家中枢，最高行政权力的象征和代名词。

②耕耘：《荀子》："夙兴夜寐，耕耘树艺。"唐元稹《代曲江老人百韵》有句："秋田耕耘足，丰年雨露频。"本意为农耕之事，后也指代各种辛勤劳动，特别是脑力劳动。

③作者于中国的心脏——中南海工作二十多年，这首词作即抒发她对中南海生活的感悟。

念奴娇·纪念改革开放三十年

　　漫道雄关，三十年，今朝格外璀璨。不识昔日旧河山，大鹏直冲霄汉。西风劲吹，东风扑面，万马战犹酣。东西南北，烂漫山花开遍。　　曾记近代数年，锁在深闺，裹足"金玉莲"？打破枷锁冲篱藩，卷起百尺狂澜。巨龙腾飞，雄狮猛醒，万山尽阅览。蓦然回首，竟在弹指之间。

【注】

①漫道雄关：喻改革开放既伟大又艰难的历程。此句引毛泽东词《忆秦娥·娄山关》中"雄关漫道真如铁"一句，自然而又完美地借用了原句的豪迈之气，且能令人联想到，改革开放的先驱者亦拥有当年革命先驱们"而今迈步从头越"的凌云壮志与坚定决意。

②大鹏直冲霄汉：《庄子·逍遥游》称："北冥有鱼，其名为鲲。鲲之大，不知其几千里也。化而为鸟，其名为鹏。鹏之背，不知其几千里也。怒而飞，其翼若垂天之云。是鸟也，海运则将徙于南冥。南冥者，天池也。"毛泽东《念奴娇·鸟儿问答》中化用《逍遥游》此句为"鲲鹏展翅九万里"，喻新中国腾飞之貌。本词化用虽同，所喻却是改革开放后为新中国带来的另一番天翻地覆的新风，可谓再一次的羽化腾飞。

③西风劲吹，东风扑面：喻指中国文化与西方文化的激烈交流和对撞。其中，"西风"指西方国家的经济政治体制和各种思想等；"东风"指中国的传统文化。此处喻指中国的改革之风既承传统文化精华，又在对外开放的进程中与世界不同文化的洗礼。

④万马战犹酣：语出毛泽东《十六字令三首》"山，倒海翻

江卷巨澜。奔腾急，万马战犹酣”。既指改革开放使中国经济社会发生翻天覆地的变化，又承上句，喻东西方文化在改革开放过程中的交锋与相互吸纳、包容。

沁园春·祖国颂

山有山声，水有水韵，国有国风。忆征途如纵，飞流奔涌，浩然正气，荡荡长风。气势非凡，义无反顾，万壑千山尽从容。开混沌，望河山壮美，积雪消融。　　千年往事匆匆，回首处、依稀在梦中。忆秦砖汉瓦，旧痕尚在，唐音宋调，余韵无穷。历代传承，五洲吟诵，光耀千秋爱国情。真神韵，看睡狮梦醒，巨龙凌空。

【注】

①浩然正气：《孟子·公孙丑》云："我善养吾浩然之气。"南宋文天祥《正气歌序》云："况浩然者，乃天地之正气也"。一般用来形容一种刚正宏大的精神与高尚的情操。

②睡狮：此句根据拿破仑对中国的论述而来。1817年，美国著名外交家阿美士德探访监禁于圣赫勒拿岛的拿破仑，阿美士德提出可以通过武力敲开中国的大门，并认为"中国在表面强大的背后是泥足巨人，很软弱"。但拿破仑认为，中国并不软弱，它只不过是一只睡眠中的狮子，并称"以今天看来，狮子睡着了连苍蝇都敢落到它的脸上叫几声。……中国一旦被惊醒，世界会为之震动。"二十世纪初新式学堂的乐歌《中国男儿》，"睡狮千年，一夫振臂万夫雄"歌词亦即化用此意。比喻令人中国所蕴藏的强大力量，激发爱国者的血性和决心。

一剪梅·留住清幽

　　夏赴津门入海流，云淡风柔，邂逅诗酬。赏读今古画中馐。易得千文，一览难求。　　梦里依稀再举头。人自多幅，意气相投。挥毫泼墨竟无愁。人往人来，留住清幽。

念奴娇·中国梦

　　中国之梦，正乘风破浪，远航飞骋。卷起浪花千万簇，恰似战旗飘纵。骏马奔腾，江河溢涌，踌躇满怀共。登高望远，复兴心鼓雷动。　　往事已在胸中，任由思绪，化作持觞咏。岁月悠然回忆里，智慧真实厚重。高贵情操，以生大象，实乃家国幸。暖风催绿，染出遍地仙境。

【注】

①骏马奔腾，江河溢涌，踌躇满怀共：中国梦是中华民族伟大复兴之梦，是全体人民踌躇满志共同为之奋斗的梦。

②高贵情操，以生大象，实乃家国幸：大象，大道，常理。《老子》云："执大象，天下往。"河上公注："象，道也。圣人守大道，则天下万民移心归往之。"

清平乐·赴美参加"第二轮中美工商领袖与前高官对话"有感

千山万水，彼岸秋光美。对弈胜出凭智慧，字字斟酌轻垒。　　无缘无故相摧，冷言冷语说非。却把真情换了，狼心狗肺虚伪。

【注】

①第二轮中美工商领袖与前高官对话：2011 年 1 月 15 日为期两天的中美工商领袖和前高官第二轮对话在华盛顿开幕，来自两国 30 多位企业家代表、前政府高官及知名学者参加了对话。

②"无缘无故相摧，冷言冷语说非"，"却把真情换了，狼心狗肺虚伪"：指中国推动中美两国的多方面的友好合作，而美国一些政客把中国作为战略竞争对手进行围堵，还以各种谬论攻击中国。

五言排律·辛亥革命 100 周年

壮士击楫处，西学东渐图。
五族共和动，废黜帝权呼。
对饮销烟过，开怀革命殊。
悠悠千载路，漫漫百年途。
回首群星烁，前行众志铺。
情深真爱至，激荡写诗书。

【注】

①辛亥革命：辛亥革命是指清宣统三年（1911）中国爆发的

资产阶级民主革命。这次革命结束了中国长达两千年之久的君主专制制度，是一次伟大的革命运动，是近代中国比较完全意义上的资产阶级民主革命。它在政治上、思想上给中国人民带来了不可低估的解放。革命使民主共和的观念深入人心。反帝反封建斗争，以辛亥革命为新的起点，更加深入、更加大规模地开展起来。

②壮士击楫处：击楫，为晋祖逖统兵北伐，渡江中流，拍击船桨，立誓收复中原的故事。后亦用为颂扬收复失地统一国家的壮志之典。

③西学东渐图：西学东渐是指明朝末年一直到近代西方学术思想向中国传播的历史过程，其虽然亦可以泛指自上古以来一直到当代的各种西方事物传入中国，但通常而言是指在明末清初以及晚清民初两个时期之中，欧洲及美国等地学术思想的传入。在这段时期中由来华西人、出洋华人、书籍以及新式教育等为媒介，以香港、通商口岸以及日本等作为重要窗口，西方的哲学、天文、物理、化学、医学、生物学、地理、政治学、社会学、经济学、法学、应用科技、史学、文学、艺术等大量传入中国，对于中国的学术、思想、政治和社会经济都产生重大影响。

④五族共和动：清末同盟会曾有"驱逐鞑虏"等纲领，民国后放弃该口号转为"五族共和"。

⑤废黜帝权呼：辛亥革命爆发的背景是清王朝日益腐朽、帝国主义侵略进一步加深、中国民族资本主义初步成长的基础上发生的。其目的是推翻清朝的专制统治，挽救民族危亡，争取国家的独立、民主和富强。

⑥漫漫百年途，回首群星烁：2011年是辛亥革命爆发的100周年纪念，在这百年的漫漫时光里，很多仁人志士为中华民族伟大复兴做出了贡献。

苏幕遮·见纽约街头露宿者

夜深沉，街巷近。漫步纽约，但见和衣顺。
呼噜声声酣梦困。无虑无忧，明晚何方顿？　　黯
伤神，愁浸润。随处横斜，倒地无人问。好梦似
乎仍未泯。欲唤还休，化作相惜寸。

【注】

①见纽约街头露宿者：作者晚上工作结束后，漫步纽约街头。
此作为见摩天高楼下露宿者有感而作。纽约每晚都有人入住收容
中心，其它无家可归人士则在街头、地铁月台或教堂阶级等地方
度过漫漫长夜。

②漫步纽约，但见和衣顺，呼噜声声酣梦困：和衣，谓不脱
衣服。宋张先《南歌子》有句："醉后和衣倒，愁来殢酒醺。"酣梦，
睡眠深沉、甜美。

③无虑无忧，明晚何方顿：无虑无忧，没有一点忧愁和顾虑。
顿，止宿。

如梦令·华盛顿秋色

华盛顿城秋色，街巷红飞黄泊。但见路边人，
搭起帐篷如卧。凉彻！凉彻！冬令季节何过？

【注】

①华盛顿秋色：华盛顿哥伦比亚特区（Washington，DC），
简称华盛顿，是美利坚合众国的首都，位于美国东北部，是为纪
念美国开国元勋乔治·华盛顿和发现美洲新大陆的哥伦布（意大

利著名航海家）命名的。华盛顿在行政上由联邦政府直辖，不属于任何一个州。

②但见路边人，搭起帐篷如卧。凉彻！凉彻！冬令季节何过：作者夜晚漫步华盛顿街头，驻地后广场上是"占领华盛顿"的人群，这些人搭起帐篷而居住，在凉风中，不知这些露宿街头的人该如何熬过这苦寒之夜。

凤凰台上忆吹箫·曾忆当年访纽约

曾忆繁华，纽约旧日，金牛声势勃发。华尔街中站，人见人夸。转瞬浮光逝去，激愤里、直指搜刮。风云起，街心巷隅，汇聚飞花。　　蒹葭，这般美丽，天外赠秋图，谁赏寒鸦？

入夜仍无寐，思绪如麻。虚拟亭台楼阁，多少梦、皆已坍塌。凝眸处，惊鸿满园，怎不回家？

【注】

①曾忆繁华，纽约旧日，金牛声势勃发。华尔街中站，人见人夸：指当年美国华尔街金融繁华的场景。金牛，亚托罗·迪·莫迪卡所雕塑的公牛可以说是华尔街的代表。1989年12月，莫迪卡将这尊代表牛市的雕塑作为公共艺术，放置在纽约证券交易所前方，后被移至华尔街附近的博灵格林公园。

②转瞬浮光逝去，激愤里、直指搜刮：美国金融危机爆发之后，往日的繁荣瞬间如泡沫挥散，受到直接影响的普通民众生活窘迫，华尔街一度成为众人游行攻击和人们认为社会不公平的场所，感到不公平的社会群情激愤。

③虚拟亭台楼阁，多少梦、皆已坍塌：指美国金融危机和虚

拟经济泡沫的破灭。

④凝眸处，惊鸿满园，怎不回家：指中国经济健康发展，将在世界经济发展中发挥更加重要的作用，但在美国作者则感到国际金融危机后惊鸿满园。

烛影摇红·于美国纽约有感

街巷丛生，轻盈快步霓光影。缘何入夜望楼台，感慨凭栏纵？谁赋盛装锁梦？更哪堪、黄粱散竟！半城灯醉，半院朦胧，天涯晃动。　　举目长空，半边月亮清辉赠。薄云缓缓过摇红，欲与人间共。正待晨曦涌动。耐寒凉、编织纬径。有谁知晓，彼岸他乡，心潮如涌。

【注】

①于美国纽约有感：纽约，全球十大国际大都市之首，位于纽约州东南部，下辖五个区。是世界上公认的最大城市和最大的国际金融中心，也是整个美国的金融经济中心、最大港口和人口最多的城市。联合国总部和世界上很多国际机构和跨国公司的总部都设在纽约。

②缘何入夜望楼台：楼台，凉台。

③感慨凭栏纵：凭栏，身倚栏杆。南唐李煜《浪淘沙》有句："独自莫凭栏，无限江山。"

④谁赋盛装锁梦：盛装，华美的装束。梦，指美国梦，自1776年以来，世世代代的美国人都深信不疑，只要经过努力不懈的奋斗便能获得更好的生活，亦即人们必须通过自己的勤奋、勇气、创意和决心迈向繁荣，而非依赖于特定的社会阶级和他人的援助。锁梦，指美国人在金融危机中遭遇到的困境。

⑤更那堪、黄粱散竟：更哪堪，更何况。黄粱：比喻虚幻不能实现的梦想，亦指导致国际金融危机的过度虚拟经济的坍塌。

⑥有谁知晓，彼岸他乡，心潮如涌：心潮如涌，比喻不平静的心情、思绪。

后庭宴·参加中美经贸关系成果发布会有感

寰宇唏嘘，长空接续。大洋彼岸云相遇。几度风雨几度晴，时光流逝俗尘祛。　　破除冷战思维，人类共同寻觅。和平之仰，才是福音地。不醒是无知，醒来方受益。

【注】

①赴美国参加中美未来经贸关系研究成果发布会：2013年5月20日至24日，赴美国参加董建华先生主持的中美未来经贸关系课题成果发布会。

②几番驰骋群山过：驰骋，自由地或随意地到处走动；漫游。

③大洋彼岸云相遇。几度风雨几度晴，时光流逝俗尘祛：指中美关系经历了各种阶段。

④破除冷战思维，人类共同寻觅：广义的冷战思维指冷战期间在两大集团对峙，两个超级大国争霸的过程中所形成的处理国家间关系，解决国际争端的一种思维模式，其产生的基础是资产阶级狭隘的国家主权与利益观念以及在此基础上形成的一套西方国际关系理论，其目的在于对社会主义国家的遏制与挤压。狭义的冷战思维特指冷战结束后，西方大国特别是美国的保守势力妄图建立单极世界，推行霸权主义的一种意识与观念。

⑥不醒是无知，醒来方受益：指只有建立互相尊重、互利共赢的中美关系，两国乃至全世界才能真正从中获益，没有这个理念是无知的，秉承和平、发展与合作的理念，才能促进世界和谐。

五言排律·保卫钓鱼岛

东海硝烟起，奇天大辱兮。一群狼崽叫，几只蚍蜉唧。甲午曾经逝，壬辰已在逼。

泱泱国有耻，小小岛无依。怒而须刚烈，和则必战屈。出征飞骏马，踏破恶人墟。

【注】

①保卫钓鱼岛：距钓鱼岛是钓鱼岛列岛的主岛，位于中国东海，距温州市约356千米、距福州市约385千米、距基隆市约190千米，面积43838平方千米，周围海域面积约为17万平方千米。1970年开始，华人组织民间团体多次展开宣示主权的"保钓运动"。

②东海硝烟起，奇天大辱兮：指我国在东海与日本产生的领土争端。东海，中国三大边缘海之一，是中国岛屿最多的海域。亦称东中国海，是指中国东部长江口外的大片海域，南接台湾海峡，北临黄海（以长江口北侧与韩国济州岛的连线为界），东临太平洋，以琉球群岛为界。

③甲午曾经逝，壬辰已在逼：2012年是壬辰年。甲午战争为19世纪末日本和中国为争夺朝鲜半岛控制权而爆发的一场战争。按中国干支纪年，主要战争发生的1894年时为甲午年，故称甲午战争。这场战争以中国战败，北洋舰队全军覆没告终。中国清朝政府迫于日本军国主义的军事压力，签订了丧权辱国的不平等条约——《马关条约》。它给中华民族带来空前严重的民族危机，大大加深了中国社会半殖民地化的程度。

④泱泱国有耻，小小岛无依：领土完整关系到一个国家的尊严，即使是弹丸之地也应寸土不让。

⑤怒而须刚烈，和则必战屈：指在领土问题上应该保持坚定态度，寸土不让。倘若"和"，就必须战胜对方之后而和之。

青玉案·和平畅想

——赴美国有感

　　晨曦驶到天之塞，融入海、方澎湃。人往人来谁胜败？白云皑皑，随风飘散，哪里扎心寨？　　时光流淌听音籁，画鼓声中墨如黛。是是非非交汇处，概莫能外，同生共死，转瞬从头迈。

【青玉案】词牌。

【注】
　①和平畅想：对世界和平发展的畅想。
　②是是非非交汇处，概莫能外，同生共死，转瞬从头迈：世界国际关系风云变化，其实是同一个地球上，环球同此凉热，每个国家、每一个人都不能例外，应当和谐共处，共谋发展前路。

捣练子·农民工之忧（二首）

虽不语，却含情，泪眼朦胧困境中。踏上漫长追梦路，隐于工地隐于穷。

人在此，但无名，大厦高楼何处容？只待每年春节至，匆匆归去饮乡风。

【注】

①踏上漫长追梦路，隐于工地隐于穷：工地，工人施工、生产的地方。

②人在此，但无名，大厦高楼何处容：指进城务工人员在城市工作生活，却没有户籍，无法真正融入到城市中，没有真正的容身之处。这是中国城市化进程中普遍存在的社会问题。

③只待每年春节至，匆匆归去饮乡风：指每到春节，城市农民工背起行囊匆匆返回离开一年的家乡，是中国特有的春运大军。

荆州亭·城市工地一瞥

蹲在路边一隅，只有馒头糙米。白菜煮油花，碗里餐食无几。　　工地住房简易，"三九"汗如飞雨。惟想寄些钱，安慰家中妻女。

【注】

①城市工地一瞥：作者某日路过城市某处建筑工地，看到农民工吃饭和生存状态，有感而作。

②蹲在路边一隅，只有馒头糙米。白菜煮油花，碗里餐食无几：农民工生活质量普遍堪忧。整日超负荷体力劳动，却得不到基本

的营养供给。

③工地住房简易，"三九"汗如飞雨：居住环境质量差。近四成的农民工居住在工棚或集体宿舍里，地方狭窄拥挤，室内肮脏零乱，除了被褥衣物，几无他物。

祝英台近·玉树震后

跨群山，越雪线，玉树通天卷。献上哈达，旋即泪飞溅。废墟仍旧蓝帆，冬寒岁短，日夜战、昨昔灾难。　　　到心岸。三江源水发端，奔腾涌如练。一泻情思，执著向东漫。可知此地依然，疮痍满目，隐约痛、带将愁念。

【注】

玉树：玉树藏族自治州：位于青海省西南青藏高原腹地的三江源头，平均海拔在 4200 米以上。玉树藏语意为"遗址"。玉树素有"江河之源、名山之宗、牦牛之地、歌舞之乡""唐蕃古道"和"中华水塔"的美誉。中华民族的母亲河长江、黄河和东南亚第一巨川湄公河（即澜沧江）均发源于玉树。玉树古为羌地。魏晋南北朝时属苏毗王国，隋称"女国"，唐称"东女国"。

荆州亭·留守儿童写照

　　遥望远方梦里，父母打工步履。不晓在何方，
缘故亲情不举？　　奶奶泪如细雨，数着时光和
米。子在痛中思，惟有心牵命倚。

【荆州亭】词牌，江亭怨，《花庵词选》名《清平乐令》。

【注】

　　①留守儿童写照：在中国有这样一个弱势群体：他们的父母
为了生计远走他乡离开年幼的孩子，外出打工，用勤劳获取家庭
收入，为经济发展和社会稳定作出了贡献，但他们却留在了农村
家里，与父母相伴的时间微乎其微，包括内地城市，也有父母双
双外出去繁华都市打工。这些本应是父母掌上明珠的儿童集中起
来便成了一个特殊的群体——留守儿童。作者于2005年中国中
部六省调研时在安徽淮河边的一个村落里，亲自看到了这些留守
儿童的生存状况，并撰写了向上呈送的调研报告，也创作了此词。

　　②遥望远方梦里，父母打工步履：父母为了生计远走他乡离
开年幼的孩子，在很长时间外出打工的人群集中在东南沿海，用
勤劳获取家庭收入。

　　③奶奶泪如细雨，数着时光和米，子在痛中思，惟有心牵命倚：
留守儿童多由祖辈照顾，父母监护教育角色的缺失，对留守儿童
的全面健康成长造成不良影响，"隔代教育"问题在"留守儿童"
群体中最为突出。

浪淘沙令·致贵州山里的孩子

梦想驻扁舟，遍岭清流。深山远处有双眸。
渴望溢出成泪雨，落在村头。　　京畿亦心忧，
怎解穷愁？风霜雪雨奈何求？铺展幸福寻路径，
任绿飘流。

【注】

①2000 年，作者到贵州省黔南州都匀市参加一个会议，共
青团都匀市委员会正在组织对山区贫困学生进行资助，作者对其
中两个孩子进行了资助，从小学四年级一直资助到初中毕业。从
此，这两个孩子每年通过共青团都匀市委员会转来他们给作者的
来信。作者有感作此诗。

②致贵州山里的孩子：贵州省，位于中国西南的东南部，辖
6 个地级市和 3 个自治州，省会贵阳市。东毗湖南、南邻广西、
西连云南、北接四川和重庆市。全省地貌可概括分为：高原、山地、
丘陵和盆地四种基本类型，高原山地居多，素有"八山一水一分田"
之说。作者在对孩子们的回信中，鼓励并希望孩子们能克服生活
上的困难，以坚韧的精神茁壮成长。

③深山远处有双眸，渴望溢出成泪雨，落在村头：贵州深山
地区由于偏远，道路交通不便，导致村民经济、文化特别落后，
贫困家庭多，贫困学生也多，其中很多都渴望上学却没有机会。

④京畿亦心忧，怎解穷愁？风霜雪雨奈何求：作者身在北京，
为深山中孩子们所经历的苦困担忧，在作者的现代诗《给山里孩
子的信》中有专门描述。

浪淘沙令·有感棚户区改造

　　贫困聚成山，棚户炊烟。忧愁溢满破房间。
送暖送春凭挚爱，流入心间。　　感悟似江澜，
回首非凡。正将故旧变楼栏。往事已然随水逝，
只剩情缘。

【注】

　　①2012年3月25日，作者于沈阳参加中国社会科学院组织
的《棚户区改造：中国辽宁的经验－城市化进程中全球贫民住区
发展模式探索》课题专家讨论，有感而作。

　　②有感棚户区改造：棚户区，是指城市建成区范围内、平房
密度大、使用年限久、房屋质量差、人均建筑面积小、基础设施
配套不齐全、交通不便利、治安和消防隐患大、环境卫生脏、乱、
差的区域及"城中村"。所谓"城中村"，是指城市建成区仍然
存在的、在集体土地上建造的、属于棚户区性质的区域。

　　③贫困聚成山，棚户炊烟：棚户，房屋、住处简陋的人家、住户。

　　④送暖送春凭挚爱，流入心间：棚户区的改造工作已经逐步
展开，棚户区居民的生活有望改善。

宝鼎现·习近平接见美方代表重要讲话有感

世间何贵？理想如经，和平如纬。驰日月、潮平潮起，鼓荡春秋交替酹。思怀远、望舟船碧影，恰似流光消褪。可记否、尘封往事。二战滇西血泪。　　雨暴风骤江山碎。九州摧、苦难人类。多少恨、结成块垒。家破河殇何处寐？铁蹄下、鬼欺犬狂吠。地火熊熊鼓擂。朝天阙、驱逐鞑虏，伟大民族不跪！难忘累累伤痕，凭吊里、英灵告慰。太平洋、开阔无垠，载滔滔壮美。　　任飞鸟、翱翔列队，直上云霄内。燕雀志、怎知鸿鹄，展翅飞天吾辈。

【注】

2015 年 9 月 17 日下午 4 点，习近平主席在人民大会堂福建厅接见出席参加第七轮中美工商领袖与前高官对话的美方代表，对中美关系发表了重要讲话，并回答了美方代表提出的若干问题。作者作为工作人员见证了此次接见，深感中国领导人的风采和战略家的雄图大略。

千秋岁·一代伟人孙中山

茫茫震旦，天地玄黄探。旌旗举，硝烟漫，长风催战马，横指千夫怨。凌绝顶，五族共和声声唤。　　解构思维链，推动乾坤转。开世纪，阴霾散。治国方略伟，俯首为公范。先行者，中华阔步腾飞瞰。

满江红·"一带一路"畅想

——写在"一带一路"国际合作高峰论坛之际

2017年5月14-15日，国家召开"一带一路"国际合作高峰论坛，来自100多个国家和国际组织的1300位国际友人参加会议，29个国家元首和政府首脑参加会议，盛况空前。2013年9月和10月，习近平主席提出"一带一路"重大倡议，得到多名国家相应并参与携手建设。

无数春蚕，丝吐尽，织成锦绣。驼铃响、千辛万苦，情深意厚。古往今来多少事，日出月隐时光皱。带与路、穿起梦相连，风光又。　　胸襟阔，心弦扣；云生雨，江河缪。共茫茫天际，如何参透？柔可胜刚流水韧，慈能领韵合音奏。俯瞰小，寰宇在枝头，群峰瘦。

五言排律·辛亥革命

壮士击楫处，烟波浩渺图。

五族共和愿，废黜帝权呼。

对饮胸襟阔，开怀梦想殊。

赤诚心幻水，挚爱雨脱俗。

一宇群星烁，九州众志铺。

品读功业刻，不由思怀出。

采桑子·赴美参加纽约中美智库对话

临窗俯瞰空山远，天地洪荒，宇宙洪荒，物竞天择往复长。　遥观顿悟人生短，夜色苍茫，白昼苍茫，昏晓交割冷暖藏。

苏幕遮·崖门之战旧址感怀

雨中行、追苦旅。南宋衰亡，此处风云际。俯瞰崖山天接水，几度轮回，了然无痕迹。　冷袭人、寒扫地。时代更迭，落叶眠冬意。唯痛当年鏖战者，海浪飞来去。

【注】

丙申年十月二十七日，在江门参加会议，是日雨中观宋元崖门之战旧址，别有一番感慨。

满江红·赴美国与智库交流有感

思想湍流，随风漫，大洋彼岸。叹世间、日出日落，柴门虚掩。色不异空空即色，人非圣贤贤成券。入场时、人类共沧桑，同凉暖。 时光逝，人生短；性相近，习相远。恰东方欲晓，枝头结满。春夏秋冬交替过，兴衰强盛轮回转。寰球小，大鹏鸟扶摇，长天瞰。

【注】

2016年4月11日至4月17日，作者随中国国际经济交流中心课题组赴美国考察相关智库情况并与之交流，有感而记。

江城子·于中央电视台《市场分析室》解析中美经贸关系

寰球转动憾难停。问长空，雨或晴。义利权衡，大道不须争。抽刀水，更交融。 乌云弥漫转头空。踏征程，满江红。顾盼生辉，一览众山青。欲待明朝思此刻，堪壮阔，亦从容。

【注】

2017年1月23日，应邀在中央电视台二套《市场分析室》解析美国特朗普执政后的中美经贸关系。特朗普如果执意打贸易战，只会两败俱伤，但美国将失去7方面重大利益，中国也将遭受严峻挑战。

疏影·任几番骤雨

——2017年4月17日赴韩国首尔参加国际会议

清明断雪，任几番骤雨，杨花飘絮。乍暖还寒，半岛风凉却相聚。春暮隆隆炮响，持正气、从容来去。论大道、不逊竹笛，无我更无惧。　　足迹，俯瞰密。逆水而上时，远望清丽。世间演绎，经历其中始觉趣。昨夜无眠静赏，诗与赋、银河星际。爱与憎、生百谷，有如大地。

一斛珠·美国总统大选

几重沟壑，大洋彼岸疾风过。飞云乱渡空山破，便向人间、换了无情客。　　荒谬相逢谁更恶？挑灯看剑暗流若。一斛骤雨从天落，吹角连营、手把红旗刻。

【注】

①美国总统大选2016年11月8日结束，这是一场空前鏖战，引起世界各国社会各阶层观战。号称世界上最强大的美国，选出了一位史上争议最大的特朗普，这是对所谓民主社会和精英社会的极大讽刺，也是美国深层次社会矛盾发展的必然。

②便向人间、换了无情客：无情，没有情义，没有感情。

③荒谬相逢谁更恶：荒谬，荒唐，非常离谱，不合常理。

祝英台近·目送海警船 3210 号赴黄岩岛巡航

　　汽笛鸣，波浪涌，风卷红旗动。南海茫茫，处处是痴梦。踏上遥远征程，扬眉剑鞘，守疆土、撒情播种。　　英雄颂。巡航列队船庭，岸边感怀纵。水天浩荡，牵手与心共。缓缓驶向群星，连接寰宇，地平线上，日月错、霞光接应。

清平乐·参加剑桥大学"一带一路"理论研讨会有感

　　红砖小巷，古堡斜阳涨。八百年中风雨酿，成就大师巨匠。　　剑桥河畔青青，曾经雁过留声。鼓角相闻时刻，思怀跨越时空。

【注】

①2018 年 7 月 5-7 日，作者应邀赴英国剑桥大学参加"一带一路"理论研讨会，会上作者作了主旨发言。

②红砖小巷：爬满常青藤的红砖庭院散落在优雅弯曲的小巷。

③古堡斜阳涨：古堡，剑桥大学城的许多地方仍保留着中世纪以来的风貌，到处可见几百年来不断按原样精心维修的古城建筑；斜阳涨，作者傍晚到达剑桥大学入住，已经是当地时间晚上八点半了，此时斜阳余晖分外妖娆。

水调歌头·第四届全球智库峰会

　　智者云集处，风雨却无声。长空万里俯瞰，京畿聚精英。小小寰球发问，破浪前行时候，哪里是归程？同载巨轮往，可否共苍穹？　　光阴迫，日月转，步匆匆。不应有恨，追寻人类梦中情。突破藩篱阻滞，解构心灵密码，谁不愿和平？冷战应抛弃，携手写丹青。

【注】

　　作于 2015 年 6 月 27 日晚。"全球智库峰会"2009 年由中国国际经济交流中心举办，每两年一次。

定风波·于中央电视台《市场分析室》解析国际经济形势

　　也有风云也有晴，山川幻化正飘红。举目人间都是客，潮涌。明朝回首竟如空。　　画鼓声中听躁动，风冷，天鹅湖上影重重。不废江河千古梦。吟诵，任凭骤雨落前庭。

【注】

　　作于 2017 年 1 月 15 日晚，应邀在央视财经频道《市场分析室》解析国际经济形势后。

满庭芳·贺中国共产党建党九十周年

江海横流，沧桑正道，栉风沐雨迢迢。忆九十载，回首竞妖娆。枝叶关情已任，浴血里、战地香飘。黄花韵，红旗越过，理想酹惊涛。　　潇潇。开伟业，江山代有，无数天骄。写出满园春，架起长桥。谁把乾坤转动？翱翔梦、已在云霄。时光水，冲刷意志，再启万千锚。

【注】

①栉风沐雨：风梳发，雨洗头。形容人经常在外面不顾风雨地辛苦奔波。《庄子·天下》："沐甚雨，栉急风。"

②忆九十载，回首竞妖娆：中国共产党走过了整整九十年光辉的历程。九十年来，党团结带领全国各族人民进行了艰苦卓绝的奋斗，战胜了各种艰难险阻，取得了令世人瞩目的伟大的成就。

③枝叶关情已任：指中国共产党以为人民群众谋幸福为己任。清代郑燮《墨竹图题诗》："衙斋卧听萧萧竹，疑是民间疾苦声。些小吾曹州县吏，一枝一叶总关情。"

④黄花韵，红旗越过，理想酹惊涛：黄花，指菊花。毛泽东《采桑子·重阳》："人生易老天难老，岁岁重阳。今又重阳，战地黄花分外香。"毛泽东《清平乐·蒋桂战争》："红旗越过汀江，直下龙岩上杭。"

⑤时光水，冲刷意志，再启万千锚：指经历万般艰险之后，共产党人意志更加坚定，带领着全国各族人民向更美好的未来重新出发。